Of Death and Destiny

Luna Helmer

Bibliografische Information der Deutschen Nationalbibliothek: Die Deutsche Nationalbibliothek verzeichnet diese Publikation in der Deutschen Nationalbibliografie; detaillierte bibliografische Daten sind im Internet über dnb.dnb.de abrufbar.

1. Auflage 2024
Verlag: BoD • Books on Demand GmbH, In de Tarpen 42, 22848 Norderstedt
Druck: Libri Plureos GmbH, Friedensallee 273, 22763 Hamburg
ISBN: 978-3-7597-6884-1

Lektorat: Sophie Jenke (www.lektorat-weltenbau.de)

Covergestaltung: Alexander Kopainski (www.kopainski.com)

Weltkarten: veronikawunder auf fiverr.

Insta: lunarrow_books

E-Mail: lunah.autorin@gmail.com

Of Death and Destiny

Luna Helmer

Luna Helmer lebt meist in ihren eigenen Fantasywelten oder denen, die sie liest und schaut. Dadurch ist es kaum verwunderlich, dass sie die herumgeisternden Geschichten niederschreiben möchte.

Die Zeit, um dies zu tun, hat sie sich dann lieber während der Schule freigeschaufelt, statt eine Runde Online ausfallen zu lassen oder die neue Folge nicht zu beenden ... Während des Schreibens hatte sie daher leider auch keine Zeit, um an ihrer Prioritätensetzung zu arbeiten.

Ihr zweiter Wohnort ist in Hessen, wo sie mit ihren Eltern und zwei leicht dämlichen Katzen (sorry, aber ...) lebt. Sie mag realistische Fantasy (und hasst es, über sich selbst in der dritten Person zu schreiben)

Für alle Tagträumer.

Gebt nicht auf :)

Was bisher geschah

Nachdem die Waise Iska als Halbteufelin erwacht ist und sich als Tochter der Teufelin des Todes Suruh herausstellt, muss sie ihren Zwillingsbruder Derryk zurücklassen. Sie sucht einen Weg in die dämonische Hauptstadt der Unterwelt, Neterya. Auf ihrer Reise dorthin verirrt sie sich in den Zirkus der dunklen Künste, ein mysteriöses Gefängnis für Dämonen mit seltsamen Insassen. Nachdem sie diesen Ort entkommen konnte, gelangt sie durch ein Portal nach Neterya.

In der Zwischenzeit hat Derryk die Bekanntschaft eines unbekannten, namenlosen Mädchens gemacht, welches ihn in die Hauptstadt Ashari begleitet. Dort bekommt er die Chance, einer dämonenjagenden Garde beizutreten. Nachdem er in einer Aufnahmeprüfung eine Sirene, eine Wasserdämonin, töten musste, akzeptiert diese ihn als Schüler. Direkt danach jagen sie das Mädchen, welches Derryk nach Ashari begleitet hatte und sich als Spionin eines fremden Landes entpuppte. Es gelingt ihnen, sie einzufangen und einzusperren.

In Neterya wurde Iskas Ankunft bereits erwartet. Die Dritte Seherin Rio't, eine Herrscherin Neteryas und Mitglied des mächtigen Rates der Zwölf, nimmt sie als Schülerin an und stellt ihr die Dämonin Skee als ihre Dienerin vor.

Derryk und Iska trainieren und lernen in den nächsten Monaten, machen neue Bekanntschaften und bauen sich ein Leben auf.

Derryk bekommt mit drei anderen Rekruten den Auftrag, drei Spione eines verfeindeten Landes ausfindig zu machen, unter ihnen eine dämonische

Seherin. Mehrere Wochen gehen sie Hinweisen nach und beobachten Verdächtige, bis sie endlich eine feste Spur und Beweise finden.

Iska wird von Rio't unterrichtet, wenn auch nur in dämonischer statt teuflischer Magie und Geschichte. Sie beginnt, dem Rat der Zwölf und ihrer Lehrerin zu misstrauen. Ihre Freundschaft zu Skee verstärken dieses Gefühl, als sie mit der Zeit die Geschichte der Sklavin erfährt, deren Magie vom Rat weggesperrt wurde. Skee erzählt Iska von ihrer Abstammung einer dämonischen Mutter und einem Wächter als Vater, den Gesandten der Erzengel.

Rio't nimmt sie mit in die Stadt der Seher und deren Heiligtum. Dort wird ein riesiges, mysteriöses Auge aufbewahrt. Durch dieses Auge nimmt Iska ungewollt Kontakt mit der ihrer Mutter Suruh auf. Außerdem beobachtet sie am gleichen Tag ein gefährliches Ritual, in welchem ein Mensch in eine Chameere, einen animalistischen Dämon, verwandelt wird.

Derryk und seine Kameraden verfolgen die Verdächtigen, finden sie jedoch tot vor. Die Todesursache ist ihnen zuerst ein Mysterium, doch klärt sich, als sie auf einen NakTey, einen seelenraubenden Dämon, in den Straßen Asharis treffen. Der Dämon hatte bereits einen seinen Kameraden getötet und entzieht beinah noch Ayin, einer Assassinen-Rekrutin, die Seele. Derryk versucht Ayin zu helfen, wird dabei jedoch selbst von dem NakTey erwischt.

Iska beginnt, eigene Nachforschungen anzustellen, mit Skees Hilfe und dem Rat eines Freundes der Dienerin: dem alten Alchemisten Ask und dessen Heilerschüler Lynn. Entgegen Rio'ts Warnungen sucht und findet sie einen Weg, Skees Fluch aufzuheben. Und während ihrer Recherchen zu ihrer eigenen Familie wird sie von ihrer Halbschwester Ka'Ji, einer gefürchteten Halbteufelin, besucht. Ka'Ji versucht, Iska auf ihre Seite ziehen, doch sie lehnt ab.

Als Derryk nach dem Angriff des NakTey erwacht, fühlt er sich seltsam. Leer und als würde ihm etwas fehlen. Ihm wird gesagt, Luxj habe ihn und Ayin gerettet, doch das Mädchen liege noch immer im Koma. Nach ein paar Tagen wird Derryk entlassen und nimmt sein Training an Luxj' Seite wieder auf. Doch ihn überkommen plötzliche, fremde Gedanken, als wäre eine zweite Stimme in seinem Kopf. Derryk verhält sich aggressiv seinen Kameraden gegenüber und zieht sich zurück. Langsam verzweifelt er, er kann nicht verstehen, was mit ihm nicht stimmt. Im Verlies trifft er noch einmal auf das Mädchen, welches ihn vor einem Jahr nach Ashari begleitet hatte. Sie versucht, ihn vor etwas zu warnen, doch Derryk hört ihr nicht mehr zu und ignoriert ihre Worte.

Iska schickt Skee auf die Suche nach einem gewissen Artefakt aus Skees Vergangenheit, einem Amulett. Doch dazu muss Skee einen verbotenen Bereich im Archiv Neteryas betreten und wird erwischt - doch bevor ein Mitglied des Rates ihr den Todesstoß versetzen kann, rettet Iska sie und weist das Ratsmitglied in ihre Schranken. Damit zieht sie deren Zorn auf sich. Doch bevor dieser etwas tun kann, erreichen Iska schockierende Nachrichten.

Derryk verliert mehr und mehr seiner selbst und seines Verstandes. Die Stimme in seinem Kopf drängt ihn zu immer gewaltsameren Gedanken, bis sie ihn eines Nachts übernimmt. Besessen vom Fluch dringt Derryk in den Königspalast ein und tötet den König und die Königin. Er wird von den Wachen überwältigt und zum Tode verurteilt.

In Neterya werden Iska die Nachrichten zu ihrem Bruder zugetragen. Auch wenn sie Skee versprochen hat, ihren Fluch zu brechen, drängt ihr Herz sie dazu, Derryk zuerst zu retten. Da tauchen zwei von Ask geschickte Halbteufel auf, Akyma und Ifrat. Sie helfen Iska, das Ritual für Skee direkt durchzuziehen und den Fluch zu brechen. Somit begleitet die Dämonin Iska in die Oberwelt. Statt dort auf einen Kampf um Derryk zu treffen, gibt der neue König den Gefangenen frei. Er warnt Iska vor der Zukunft.

Abermals mit Asks Hilfe kann Iska den Fluch von Derryk in eine zweite Persönlichkeit verwandeln, die sich immer an Vollmond zeigen wird. Kurz darauf wird sie von dem Rat gerufen. Aufgrund ihrer Position als Halbteufelin überzeugt sie den Rat, Skee frei zu lassen, im Austausch gegen einen Gefallen - ein gefährliches Versprechen unter Dämonen.

Derryk wird von seinen Taten geplagt. Er kann seine Freiheit nicht mit seinem Gewissen vereinbaren und bittet darum, zurück nach Ashari zu dürfen, um sich zu stellen. Doch dort angekommen muss er feststellen, dass das Land von einem Befeindeten eingenommen wurde. So kann er nur noch der Hinrichtung seines Königs beiwohnen. In seinen letzten Momenten betraut der König Derryk mit der Aufgabe, seine Lebensschuld zu begleichen und Ashari zu befreien.

Zur gleichen Zeit wird Neterya von Ka'Ji und Ki'Aja angegriffen und zerstört. Iska, Skee, Ask und Lynn werden von der Halbteufelin konfrontiert und getrennt. Iska und Skee landen in einer Falle der Wächter. Skee wird auf eine entfernte Insel verbannt, ein Gefängnis für Dämonen. Iska tötet alle Wächter. Doch Neterya ist bereits gefallen. So bleibt ihr nur noch, der Stadt den Rücken zu kehren und einen Weg zu finden, ihre Freunde und Familie wieder zusammen zu bringen, um einen Krieg zu gewinnen …

Einsamkeit und Zeit allein

Iska

Die Bilder des brennenden Neterya verfolgten sie auf Schritt und Tritt. Ein so grundsätzlich anderes Bild als jenes, welches sich nun vor ihr erstreckte.

Eine Landschaft mit unzähligen Wasserfällen, welche von den Wolken entsprangen und die umstehenden Berge umhüllten, zog sich über den gesamten Horizont. Sie hatte noch nie so viel Wasser auf einmal gesehen. Das kristallklare Wasser wurde nur von schwarzem, glänzendem Gestein unterbrochen, was in unregelmäßigen Abständen aus der Oberfläche ragte. Die Kalten Quellen waren das Reich der Nymphen und Sirenen und lag weit abseits von Neterya. Hier sollte weder Ka'Ji noch ihre Armee sein. Zumindest nicht mehr.

Und der Weg hatte ihr Zeit zum Nachdenken gegeben. Zeit, die sie vermutlich nicht hatte, aber brauchte. Ihre Situation war … kritisch, milde ausgedrückt. Und sie brauchte dringend einen Plan, irgendeine Idee, wie es weiterging. Einen Weg zum Überleben, eine Strategie für einen Krieg. Alleine konnte sie nichts ausrichten und noch weniger, wenn sie in Neterya blieb. Hier lief sie nur Gefahr, von Ka'Ji, oder noch schlimmer Ki'Aja, entdeckt zu werden. Also brauchte sie ein Portal in die Oberwelt. Und von denen existierten nur eine Handvoll.

Als eine der wenigen Dämonen, die die Erlaubnis zur Oberwelt hatten, besaßen Nymphen ein solches. Außerdem waren sie neben den Animeen die umgänglichste Dämonenart. Hier war die Chance am größten, weiterzukommen.

Die Frage war nur, wo sich das Portal befand.

Iska trat näher an das Wasser heran. Kieselsteine und schwarzer Sand knirschten unter ihren Füßen, scharfe, glänzend weiße Muschelscherben schnitten durch den mitgenommenen Stoff ihrer Schuhe. Am Ufer hielt sie inne, dem Tor zu den Kalten Quellen. Die Nymphen hausten im flachen Gewässer in Unterwasserhöhlen und zwischen Algen oder in Felsenhöhlen über Wasser; Sirenen hingegen lebten tief unten am Meeresgrund. Und normalerweise waren zumindest Nymphen sehr gesellige und gesprächige Wesen. Doch die kristalline Wasseroberfläche lag ruhig, ab und an unterbrochen durch sachte Wellen.

Iska lief am Ufer entlang, der Sand unter ihren Lederschlappen knirschte unangenehm laut in der Stille und der Gedanke, dass der Sand nur auf Wasser lag und durch die Magie der Sirenen nicht einsank, bereitete ihr zusätzliches Unbehagen. Neben ihren leichten Fußabdrücken bemerkte sie weitere, tiefe Abdrücke aus drei Zehen und langen Krallen, die Löcher im Sand hinterlassen hatten. So etwas hatte sie noch nie gesehen. Sie hätte auf eine Chimäre getippt, doch das Territorium der Tierdämonen lag am anderen Ende der Unterwelt.

Steine fielen klappernd die steilen Felsen herunter, begleitet von unverständlichem Getuschel. Iska hob den Blick und suchte das dunkle Gestein ab, doch bis auf das Geflüster nahm sie nichts wahr.

Da blitzte eine blaugrüne Schuppe hinter einem Vorhang aus getrockneten, schwarzgrauen Algen auf, der einen Höhleneingang verdeckte. Dem Farbblitz folgte eine kleine Gestalt, ihre fahl-grüne Haut stach in der

Dunkelheit hervor. Gelbgrüne Augen fixierten Iska. Der jungen Nymphe folgten zwei weitere Gestalten.

»Sind sie weg?« Beinahe verstand Iska die zaghaften Worte nicht, die Distanz verschluckte ihre Stimme.

»Sind sie weg?«, wiederholte die junge Nymphe genauso leise wie vorher. Sie hielt ihre Hände vor der Brust gefaltet und sah sich mit tellergroßen Augen um. Die zwei anderen versteckten sich hinter ihr.

»Wer?«

»Die Bestien.« Ihre Stimme zitterte.

Iskas Blick fiel kurz auf die Abdrücke im Sand zurück. »Dämonen?«

Die drei Nymphen schüttelten simultan die Köpfe. Die zwei jüngeren klammerten sich jetzt an die Arme der vorderen. Iska lief näher zu den Felsen, auf den die drei Kinder sich gewagt hatten. Doch bevor sie die Nymphen weiter ausfragen konnte, bemerkte sie tiefe Schrammen im Gestein. Jeweils zwei oder drei breite Kratzspuren nebeneinander. Der Stein glänzte an diesen Stellen metallisch grau. Als wäre er verwundet. Iska strich mit den Fingern darüber. Die Kälte jagte eine Gänsehaut ihren Arm herauf. Mit den Fingernägeln fuhr sie die Kratzer nach. Der ängstlichen Blicke bewusst ließ sie einen kleinen Teil ihrer Magie durch den Stein fließen.

Iska sah lediglich verschwommene Schatten, ihre Körper größer als Gorgonen oder Großaetris, mit Klauen länger als die Stacheln der Acqui. Statt einem klaren Bild vernahm sie einen stark hypnotischen Sog, der an ihrer Aufmerksamkeit zerrte und sie umzulenken versuchte. Selbst jetzt noch spürte Iska den Nachklang dieser Magie wie die schief-gestimmten Saiten eines Instrumentes. Eine zerrende Melodie, die in ihren Kopf einzudringen versuchte. Die Monster konnten andere kontrollieren. Die Ak'Amjen, die dreizehnte Dämonenart.

Vor wenigen Tagen hätte Iska diese Magie stärker als ihre eigene eingeschätzt.

Ihr Blick zuckte wieder hoch zu den Nymphenkindern, die sich über ihren Felsen beugten und jede von Iskas Bewegungen mit ängstlichen Augen beobachteten.

»Wo sind die anderen Nymphen und Sirenen?«

Die Älteste streckte die Hand aus und deutete auf das dunkle Wasser. »Die, die noch da sind«, sagte sie zaghaft. »Viele sind weg. Sind den Bestien gefolgt.«

»Weshalb seid ihr nicht bei ihnen?« Iska nickte zum Wasser.

»Wir haben uns versteckt.« Die beiden hinter ihr nickten zustimmend, obwohl sie sich hinter der Ältesten zu verstecken versuchten.

»Könnt ihr mich zu ihnen führen?«

Bevor sie antworten konnten, geriet das Wasser in Aufruhr. Selbst die Massen unter den Steinen zitterte. Iskas Herz setzte einen Schlag aus, als sich die Luft um sie herum veränderte. Sie lud sich mit Magie auf. Sie flimmerte und knisterte, jagte herum frisch entstandener Sturm. Die dunklen Tiefen wirbelten umher, schlangen sich in einem Strudel umeinander und bildeten eine trockene Stelle mitten im See. Gestalten tauchten darin auf, Iska meinte kurz etwas Goldenes aufblitzen zu sehen, dann fiel eine leblose Gestalt aus dem Strudel. Ihre Haut glich den Wassermassen, die eine Sekunde später über dem Körper wieder zusammenschlugen. Und mit klopfendem Herzen sah sie die zweite Gestalt darin: ein hagerer Körper mit massiven Ketten und halbabgerissenen Flügeln. Sofort wandte sie den Blick ab, sah wieder zu den Kratzspuren im Felsen, doch selbst im Augenwinkel nahm sie die leeren Augenhöhlen wahr, in denen sich einfach nur ein tiefes schwarzes Nichts befand. Und sie hätte schwören können, dass sie sich direkt auf sie richteten.

Iskas Herz setzte einen Schlag aus. Ki'Aja.

»Schaut nicht hin!«, rief sie den Nymphen zu, doch sie nahm ihre Stimme selbst kaum wahr. Sie zitterte. Dann brach der Strudel endgültig in sich zusammen und es kehrte wieder absolute, unheimliche Stille ein.

Zuerst weigerte sie sich, nach den Kindern zu sehen. Ihr Herzschlag beschleunigte sich alleine bei dem Gedanken, welches Szenario sie erwarten würde. Sie wusste nicht viel über Ki'Aja, doch ein paar wenige Legenden kannte sie und sie glaubte jedes einzelne, abergläubische Wort der Menschen, Dämonen und Wächter. Nicht, weil alles hätte stimmen können. Nein, sondern weil es nichts gab, was nicht stimmen konnte. Ki'Aja war ein Schöpfer. Es gab nichts, was er nicht sein konnte, nichts, was er nicht tun konnte. Hieß es zumindest. Sie konnte nur hoffen, dass es nicht stimmte.

Die drei Nymphen zappelten herum, kratzten sich gegenseitig die Augen aus und rissen sich die Haut von den Knochen. Ihre Iriden und Pupillen verschwommen ineinander zu einer verworrenen Mischung aus Farben. Sie gaben den Zustand ihres Geistes wieder, völlig zerstört und zunichtegemacht, ein reines Chaos aus Verwirrung und Wahn. Hellrotes Blut bespritzte den Felsen und lief über ihre dürren Körper, während sie sich gegenseitig das Fleisch von den Knochen rissen und dabei kicherten und lachten.

Iska kletterte die Steine hoch. Ihr schauderte es bei dem Anblick der Kleinen. Sie rekelten sich in ihrem eigenen Blut. Iska konnte die Magie, die auf ihnen lag, nicht aufheben. Sie konnte sie nur erlösen. Daher schickte sie sie in einen tiefen Schlaf, nahm ihnen ihre Besinnung und ihre Energie. Ihr Herz zog sich zusammen und sie musste kurz stehen bleiben und in Ruhe Luft holen, bevor sie sich hinhockte und die Geister, die Seelen der drei Kinder von ihren Körpern trennte. Gleichzeitig hörten die Körper auf zu arbeiten, der Blutfluss versiegte und ihre Herzen gaben auf zu schlagen. Vor ihr lagen nur noch drei leere, blutverschmierte Hüllen. Zitternd zeichnete Iska ein Pentagramm in den Sand und schickte die drei fröhlichen Seelen hindurch in die Totenwelt. Danach verwischte sie das Zeichen wieder.

Ihre Hand ballte sich zur Faust. Diese drei waren Kinder gewesen. Kinder, die keine Chance in dieser Welt bekommen hatten. Sie kannte die Totenrituale der Nymphen nicht, weshalb sie die Kinder nicht begraben konnte. Auch wenn es ihr schwerfiel und einen weiteren Stich versetzte, ließ sie sie in ihrem eigenen Blut liegen und sprang von der Anhöhe wieder herunter in den Sand. Erst da bemerkte sie, dass ihre Schuhe durchweicht und klebrig waren und Sand ansammelten. Als sie sie auszog, sah sie nicht auf ihre Hände und achtete nicht auf den metallischen Geruch. Schnell eilte sie ans Wasser und wusch sich das Blut von Händen und Füßen. Dann watete sie zu der Leiche. Iska erkannte die reglosen Gesichtszüge der Nymphe, obwohl sie nie miteinander gesprochen hatten. Tikla, eine der Zwölf.

Sie zog die Nymphe aus dem Wasser und die Eiseskälte ihrer blaugrünen Haut kroch Iskas Hände hinauf. Keuchend legte sie die Nymphe im Sand ab.

Lebte noch jemand vom Rat? Lebten Ask und Lynn noch? Skee und Derryk? Die Gedanken kamen so plötzlich und so schnell, dass Iska sie sich nicht abwehren konnte. Mit zittrigen Fingern rieb sie sich die Arme, hoffte damit etwas gegen das beklemmende Gefühl in ihrer Brust tun zu können.

Sie ließ sich in den Sand fallen, ihr Blick wanderte auf das Wasser hinaus. Donnernd hämmerte ihr Herz gegen ihre Brust. Ka'Ji hatte Ask und Lynn. Skee war entweder tot oder auf der Insel der beschworenen Dämonen. Sie hatte das Ritual nicht genau gesehen, doch es war der einzige Ort, an den Wächter Dämonen schicken konnten. Und Derryk befand sich im besetzten Ashari.

Und sie saß alleine mit vier Leichen vor den Kalten Quellen.

Das Wasser kräuselte sich und kleine Wellen breiteten sich darauf aus. Dann tauchten zwei Köpfe daraus hervor. Zwei Augenpaare richteten sich erst auf Iska, dann auf Tiklas Leiche, dann wieder auf Iska. Diesmal mit verengten Lidern. Elegant stiegen sie aus dem Wasser, ihre Kleider hingen nass an ihren wohlgeformten Körpern herunter und bedeckten lediglich die wichtigsten Stellen.

»Wer bist du?« Die Größere der beiden trat vor Iska, bläuliche Schuppen schimmerten an ihrem Körper. Iska stand auf und klopfte sich den Sand von der Kleidung. Falls diese glaubten, bedrohlich auszusehen, irrten sie sich.

»Iska A'Shyr.«

Beide Dämoninnen überragten sie um einen guten Kopf, die Rücken ein wenig überstreckt, und ihre Augen leuchteten vor Arroganz. Doch als sie ihren Namen hörten, verschwand jeder Funke Überheblichkeit aus ihnen. Die Nymphen ließen die Schultern sinken und wechselten unsichere Blicke.

»Wo ist euer Portal in die Oberwelt?«

»Unter den Kalten Quellen.«

Iska nickte. Doch bevor sie auch nur einen Schritt gehen konnte, hielt die Nymphe sie auf. »Was passiert in Neterya?«

Ungewollt blieb Iskas Blick zuerst an Tiklas Leiche hängen, dann an dem Felsvorsprung, an dem sie selbst aus der Ferne hellrotes Blut das Gestein hinunterfließen sah.

»Neterya ist verloren«, antwortete sie schlicht. Dämonen scherten sich nicht um Tote, sie sie galten lediglich als Kollateralschaden. Tikla, die Kinder. Ihre Tode waren schade, doch kein wirklicher Trauergrund.

»Neterya ist erst ohne den Rat verloren.«

Natürlich. Ohne Stärke, ohne Führung brach Chaos aus. Ein Machtkampf, ein sinnloser Akt zu diesen Zeiten.

»Wie ich sagte«, entgegnete Iska und schritt von den beiden Nymphen weg. »Neterya ist verloren.«

Das Portal der Nymphen lag bei einer Unterwasserklippe und entpuppte sich als ein bodenloser Wasserfall leuchtender Wassermassen. Eine feuchte Höhle führte für Nicht-Wasserwesen hinunter, deren kleiner Eingang zwischen dem Strandufer und einem schwarzen Felsen lag und steil nach unten führte. Sand klebte an den Wänden und bedeckte den Boden, wieder knirschte es bei Iskas Schritten. Nach einiger Zeit hörte es sich nach Schnee an und ihre Erinnerungen schweiften kurz zu den zahlreichen kalten Winternächten in irgendwelchen Baumstümpfen ab. Auch wenn die Temperatur unter so vielen Massen eiskaltem Wasser überraschend angenehm war, fröstelte sie jetzt, wo sich das dunkle Blau vor ihr erstreckte und sie ein schwarzer Abgrund erwartete. Die Höhle hatte sie hinter den Wasserfall geführt, hinter das Portal. Doch es würde schon von beiden Seiten funktionieren. Hoffentlich. Höchstwahrscheinlich würde das Portal sie zum Nuhjy führen und das konnte fast überall in Ashari, Elen Laar oder Sakkar sein. In dieser

Hinsicht faszinierte sie ihre Magie. Teleportationen konnte sie kontrollieren, doch Portale … So ganz hatte sie den Dreh mit den Dingern noch nicht raus. Und der einzige Weg in die Oberwelt führte nun mal durch Portale, Teleportationen wirkten nicht. Einzig Skees Neutralmagie besaß die Macht, Wesen aus eigener Kraft aus Neterya in die Oberwelt zu befördern. Iska biss sich auf die Lippe und verscheuchte den Gedanken. Oder Schwarze Magie. Doch so weit war sie noch nicht.

Sie blickte ins leuchtende Blau. Zuerst würde sie ihre Freunde und Familie wieder zusammensuchen. Skee, Derryk, Ask und Lynn. Danach brauchte sie Unterstützung, Hilfe in ihrem Kampf. Und dann würde sie einen Weg finden, Ki'Aja aufzuhalten. Und wenn sie ihn nicht davon abhalten konnte, ihre Welt zu vernichten, würde sie ihm seinen Weg so schwierig wie möglich gestalten.

Iska hielt eine Hand ins Wasser. Der Anblick erinnerte sie an die einer frischen Wasserleiche. Weiß und knöchrig. Der Sog in die Tiefe zerrte an ihr und ohne noch länger nachzudenken, trat sie hinein und Eiseskälte umschloss sie wie eine zweite, unangenehme Haut. Nymphen und Sirenen waren kälteunempfindlich und jetzt wusste sie auch, weshalb. Sie merkte fast schon ihre Gelenke und Knochen einfrieren und wie Müdigkeit sie einnahm, während Zitteranfälle ihren Körper erschütterten.

Sie sah nichts außer einem verschwommenen Leuchten. Der Wasserfall zog sie hinunter, immer weiter und weiter. Und mit jeder erstickenden Sekunde verblasste der Raum um sie herum mehr, bis er sich gänzlich veränderte.

Sie schnappte nach Luft. Eine angenehme Wärme strich ihre nasse Haut entlang, die Kleider klebten ihr am Körper.

Sie stand inmitten eines Waldes in einer kleinen Quelle, klares Wasser sprudelte aus einer kleinen Rinne zwischen Kieselsteinen hervor. Die Pfütze, die das Wasser ihrer Kleidung unter ihr bildete, war größer als das Rinnsal.

Doch auch hellgraue Nebel sammelten sich zwischen ihren Beinen, die ihr viel zu bekannt vorkamen. Die Nebel verdichteten sich von einer auf die andere Sekunde und hüllten Iska in Dunkelheit und Kälte.

»Iska A'Shyr. Wie interessant.«

Derryk

Für den Bruchteil einer Sekunde herrschte absolute Stille auf dem gesamten Marktplatz. Niemand wagte es, einen Laut von sich zu geben. Nicht mal die feindlichen Besatzer aus Elen Laar. Der Schock der Exekution ließ Derryk erstarren. Die Bedeutung dessen wollte ihm noch nicht so ganz klar werden.

Dann begannen die Elen mit ihren Speeren und Schwertern auf den Boden zu stampfen und das dröhnende Geräusch ihres Sieges erfüllte den Platz. Als sich die Stimme des militärischen Anführers ein weiteres Mal erhob, verzog Derryk angewidert das Gesicht.

»Euer König ist tot!«

Die Shareji sahen sich untereinander an, anscheinend unsicher, wie sie zu reagieren hatten, jedoch hielt es niemand für angemessen, sich dem Siegeszug der Elen anzuschließen. Der Marktplatz, das eigentlich größte Zeichen von Asharis Freiheit, verwandelte sich in ein Gefängnis. Die aus dickem Stein und massivem Holz gebauten Häuser um die kleinen Marktstände wirkten nun wie dicke Eisenstäbe, die die Menschen in einen Käfig zwängten.

Derryks Blick fiel auf die Statuen, die hinter dem enthaupteten Xerrej emporragten. Fünf Personen, zwei junge Frauen und drei ältere Männer, alle in eiserner Rüstung und mit Waffen im Anschlag. Die Statuen gehörten einer Legende an, der Legende der Teilung der drei Länder, doch es war eine Legende von Freiheit und Zusammenhalt. Jetzt jedoch wirkten die Gesichter wie zu grimmigen Grimassen verzogen, als wollten sie ihren Unmut über die Eindringlinge zeigen.

Bezahle deine Schuld an Ashari zurück. Befreie es, befreie dein Volk.

Xerrejs Befehl hallte durch seinen Kopf. Derryk schauderte. Ihm war, als würden auch die fünf Statuen ihn eindringlich ansehen. Als hätten sie die Worte gehört.

Derryk A'Shyr, bezahle deine Lebensschuld.

Es war das einzige, was ihm hier noch blieb – seine einzige und letzte Aufgabe. Aber wie? Bei den zwölf Erzengeln, wie sollte er alleine Ashari befreien?

Seine Kiefer mahlten, als er sich zwischen den unschlüssigen Shareji und den feiernden, feindlichen Elen umsah. Zu diesem Zeitpunkt konnte er nichts ausrichten. Er war machtlos. Er musste sich Verbündete suchen …

Sein Blick fiel auf eines der Plakate mit seinem Gesicht drauf und dem großen *Tot oder Lebendig* Schriftzug. Konnte er überhaupt Verbündete finden? Er war ein Verräter, ein Mörder. Wer würde ihm glauben, geschweige denn helfen?

Er schob sich zwischen den Menschen hindurch, das Gesicht noch immer unter der Kapuze verborgen. Niemand beachtete ihn oder beschwerte sich, wenn er jemanden anrempelte oder unsanft zur Seite schob.

Hinter ihm ertönte nun zum dritten Mal die Stimme des Anführers der Elen, doch Derryk schenkte ihm keine weitere Sekunde Aufmerksamkeit, zumal die arrogante Stimme sowieso nur gedämpft an seine Ohren drang. Vielleicht sollte er zuhören, vielleicht sollte er sich einen Überblick über die Situation machen. Doch er tat es nicht, er drängte sich weiter nach hinten. Die Menschenmasse war größer, als er angenommen hatte.

»Hey, du!« Er verlangsamte seinen Schritt und blieb schließlich stehen, als er das Scheppern von Rüstung zu nahe an sich hörte. Unter seiner Kapuze sah er nach hinten und erblickte das tödliche Glänzen einer sauberen Rüstung und unbenutzter Schwerter.

»Wo solls denn hingehen?«

Derryk schwieg, während sich eine schwere Stille über die nahestehenden Menschen legte. Ihre Blicke huschten von den feindlichen Soldaten und ihm hin und her.

»Ich habe dich etwas gefragt, Bursche. Wer glaubst du … Hey, bleib stehen!« Derryk stieß die Männer und Frauen beiseite und rannte durch die Menschenmenge. Manche Leute wichen ihm aus und er schlüpfte durch die schmalen Lücken. Schwere Schritte donnerten hinter ihm, auf die immer wieder empörte und ängstliche Aufschreie folgten. Ihre Rüstungen wogen zu schwer und waren zu unhandlich, damit sie ihn hätten einholen können, außerdem verrieten ihre aufgebrachten Stimmen, dass die Shareji ihnen die Wege versperrten.

Die Menschentraube spuckte ihn bei einem Stand aus, der Wolle und Mäntel verkaufte. Derryk fiel gegen einen Holzbalken, der das Dach des Standes trug, und verfing sich dann in mehreren Paaren weißer und hellbrauner Mäntel. Er war schon versucht, sich einen überzuwerfen, damit die Soldaten ihn vielleicht nicht mehr erkannten, doch da blitzte Metall in der Menge auf und Hände schoben die Menschen auseinander. Er befreite sich von der Wolle, warf dabei die Hälfte der Kleidung aus Versehen auf den dreckigen Boden und rannte in die Seitengasse, die sich zwischen zwei massiven Steinhäusern ergab. Er tauchte in die Schatten ein, presste sich mit dem Rücken an die Wand.

»Wo ist er hin?«

»Ach, lass ihn. Der kommt nich' aus der Stadt raus.«

Die Soldaten tauchten kurz vor der Seitengasse auf, sahen hinein und verschwanden auch schon wieder. Derryk hielt den Atem an und bewegte sich nicht. Mit lautstarken Beschwerden liefen sie den Rand der Menschenmenge entlang, verweilten jedoch glücklicherweise nicht lange in Derryks Nähe. Erleichtert atmete er auf. Da fiel ihm der steinerne Grauton seines Umhangs auf … Hatte er die Farbe verändert?! Derryk hob den Stoff an. Er fühlte sich noch gleich an, jedoch glich er nun den Schatten um ihn herum. Derryk schmunzelte. Iska hatte ihm einen Umhang geschenkt, der ihn perfekt tarnen konnte. Nicht schlecht. Wobei sie ihm das auch einfach hätte sagen können …

Der Weg hinter ihm führte in eine Sackgasse, die mit einer niedrigen Mauer endete, vor ihm füllte immer noch die versammelte Menschenmenge den Marktplatz. Die Häuser schienen keine Seiteneingänge zu haben wie die schäbigen Pubs und Bordelle am Außenrand der Stadt. Der glatte Stein bot auch nichts, an dem es sich gut klettern ließ, außerdem hatte sich seine kurze Ausbildung auch nicht auf so etwas konzentriert. Doch über die Mauer konnte er es schaffen, wenn er mit Anlauf die Mauer hochsprang und sich dann darauf zog. Beim zweiten Anlauf kniete er auf der schmalen Mauer, die viel gröber gebaut war als die Häuser drumherum. Da er sich immer noch in Schatten befand, lehnte sich Derryk an eine Hauswand an und sah hinunter. Die Straßen waren wie leer gefegt. Keine Menschenseele, kein Geräusch, nichts. Den Lärm rechts von ihm blendete er aus, die Menschen wurden lauter auf dem Marktplatz. Er schloss die Augen und genoss kurz das Gefühl, unbeobachtet und alleine zu sein.

Während er dort saß, kamen ihm wieder Xerrejs Worte in den Sinn. Es ergab keinen Sinn, dass er Hoffnungen in Derryk setzte, in den Mörder seiner Eltern. Hinter ihm standen keine Armeen, keine Verbündeten, die ihm helfen konnten. Die Garde würde ihm nicht helfen, er hätte schon Glück, wenn sie ihn nicht auf den Scheiterhaufen warfen, sobald sie ihn erwischten. Doch solange er hier war, gab es nur den einen Weg: die Garde finden und hoffen, dass sie ihn wenigstens anhören würden. Vielleicht verfolgten sie bereits einen Plan, dem er sich anschließen konnte. Oder er fand wenigstens etwas Ausrüstung, um aus Ashari zu fliehen und sich einen neuen Plan auszudenken. In seiner unmittelbaren Nähe befanden sich drei Wachthäuser, doch diese wären im Moment zu auffällig und zu nahe am Marktplatz. Er sprang von der Mauer hinunter und trat aus den Schatten der Häuser ins wolkengedämpfte Sonnenlicht. Er lief zwischen Wohnhäusern und Geschäften entlang, bis er vor einem Wachhaus stehen blieb. Der Stein bröckelte bereits und dicke Holzbalken stützten ein kleines Vordach mit einem Schild daran, dass das Zeichen der Königsfamilie Zer'Ah zeigte.

Nachdem Derryk sich auf der Straße umgesehen hatte, betrat er das Wachhaus. Überreste der hölzernen Einrichtung, zersplitterte Stühle und Tische lagen verstreut und von Schwertern gezeichnet am Boden. Ein metallischer Geruch stieg ihm in die Nase. Er ahnte, was ihn erwartete und war nicht überrascht, hingerichtete Wachmänner hinter einer angelehnten Tür zu finden. Jemand hatte sie aufeinandergestapelt. Manche blickten aus leeren Augen ins Nichts. Ohne die Miene zu verziehen, nahm er sich das Schwert, an dessen Klinge am wenigsten Blut klebte. Und ohne einen weiteren Blick schloss er die Tür und trat eine andere zugeschlossene auf, die letzte im kleinen Flur. Lediglich eine Treppe kam dahinter zum Vorschein, die Fackeln an den Wänden waren gelöscht. In dem Chaos würde er nichts finden, um sie wieder zu entzünden, daher orientierte er sich an der Wand, während er ins Dunkle hinabstieg. Ohne die Fackeln wusste er nicht, wohin der Gang führte, obwohl er auch ohne Ziel gehofft hatte, hier unten Mitglieder der Garde zu finden. Mit einer Hand an der Wand und in der anderen das Schwert kam er langsam voran, bis er rotes Licht in der Ferne flackern sah. Der Gang führte zu den Verliesen. Dort würde er niemanden antreffen. Er musste zu einem anderen Wachhaus, einem Archiv oder einem Lagerraum gelangen, um –

Er drehte bereits um, als seine Gedanken an einer Person hängen blieben. Sein Griff um das Schwert verkrampfte sich und sein Blick blieb am roten Licht weit hinten hängen. Das letzte Mal hatte er Lura nicht zuhören wollen. Nun wusste er, dass sie die Wahrheit gesagt hatte. Doch da sie recht behalten hatte, hieß das auch, dass sie aus Elen Laar stammte und ihre Leute sie eventuell suchten. Wiederum brauchte er Verbündete und das Mädchen hatte sich damals nicht angehört, als wäre sie gut auf Ejen Nuur zu sprechen. Sie könnte ihm helfen.

Verdammt.

Derryk schob sich vorwärts, diesmal schnelleren Schrittes und auf das rote Leuchten zu, dann folgte er den Fackeln. Der Weg sah nicht so aus, als wäre er in den letzten Stunden benutzt worden, zumindest hatte hier kein Kampf stattgefunden. Außerdem hörte er nichts außer dem rhythmischen Echo seiner schnellen Schritte. Der Gang führte tiefer in das Labyrinth hinein, bis Derryk irgendwann das schiefe Klirren von rostigen Ketten hörte, welches sich mit lauten Männerstimmen vermischte.

»Wir hatten gewettet, dass wir dich hier finden und nicht am Hof«, polterte eine Stimme irgendwo zwischen kalter Emotionslosigkeit und amüsiertem Gelächter.

»Ha, Ohrom wird sich freuen, er hat 'n ganzes Monatsgehalt gewettet.«

Kurz folgte Stille, dann lachten beide Männer auf.

»Kleine, du bist genau, wo du sein sollst.«

Vor Derryk erstreckte sich ein langer Gang mit Gefängniszellen auf beiden Seiten. Hier wurden die Fackeln noch nicht gelöscht. Vor einer Zelle standen zwei Männer in voller Rüstung, das rostige Metall glänzte praktisch im Gegensatz zu dem modrigen Gestein um sie herum. Die eiserne Tür stand einen Spalt breit offen. Dann musste das Luras Zelle sein. Auch wenn ihre Rüstungen aussahen, als würden sie keinen Schlag mehr aushalten, bezweifelte er, dass er gegen zwei solcher Berge eine Chance besaß. Außerdem bannten Schutzrunen dunkle Magie, sein Umhang würde ihm hier also auch nichts nützen.

Falls Lura antwortete, verstand er ihre Antwort nicht, aber die Körper der beiden Soldaten bebten vor Lachen.

»Deine Mission, wie du es nennst, hast du ausgeführt, das stimmt. Aber«, der Soldat, der gerade sprach, klopfte gegen das Eisen der Gitterstäbe vor Luras Zelle, »das hier ist dein Verschulden. So etwas ist kein Erfolg.«

Diesmal war die darauffolgende Stille, in der Lura wieder zu leise sprach, nahezu erdrückend. Doch die Soldaten machten keine Anstalten, eine Antwort zu geben, stattdessen trat einer von ihnen einen Schritt in die Zelle. Derryks Hand verkrampfte sich um den Griff seines Schwertes.

»Was ist mit meiner Familie?« Diesmal hallten Luras Worte eindeutig in den Tunneln wider. Bei dem Klang ihrer schwachen und schrillen Stimme stach Derryks Herz schuldbewusst.

»Du glaubst doch nicht ernsthaft, deine Familie hatte jemals eine Chance. Ihr seid Abschaum und erbärmlich, eine Schande …« Derryk setzte langsam einen Fuß vor den anderen, bedacht darauf, auf kein Steinchen zu treten und den Fuß jedes Mal abzurollen, um keine Geräusche zu machen.

»Eine Schande für unser Land, unser Volk. Ein Mix aus Mensch und Dämon sollte nicht existieren, Ejen Nuur weiß das. Ihr seid überflüssig, ungewollt …« Die Männer hatten ihm den Rücken zugedreht, einer von ihnen lehnte in Luras Zelle, der andere an den Gitterstäben mit verschränkten Armen. Die bemerkten Derryk nicht. Nicht mal, als ein Steinchen unter seinem Schuh knirschte.

»Nichts, was man am Leben lässt, wenn es seinen Zweck erfüllt hat. Nichts, um das man sich kümmert oder das man menschlich behandelt.«

Derryk hob das Schwert, grimmige Genugtuung flutete ihn bei dem Gedanken, dass sie nichts von seiner Anwesenheit wussten und auch nicht ahnten, dass er sie für ihre Worte bestrafen würde. Elen waren einmal zu viel auf den Kopf gefallen, wenn es um Dämonen ging. Ihr Hass auf sie überstieg den der anderen Völker bei weitem. Sie tolerierten keinen Tropfen Dämonenblut in ihrem Land, nicht einmal Heiler oder Alchemisten.

Doch da trat der Soldat wieder aus Luras Zelle und blickte direkt zu Derryk.

»Junge, was …?«

Derryk holte aus, doch sein Schwert streifte die Rüstung nur noch. Stattdessen schnitt es in die Lücke zwischen den Armplatten. Blut floss über sein

Schwert und die Rüstung und der Typ schrie auf. Derryk holte ein weiteres Mal aus, als der andere sich mit dem Schwert voran auf ihn stürzte. In einer geschmeidigen Bewegung ließ er sich auf ein Knie fallen, wich dem Schlag aus und erwischte dabei noch den Gegner vor sich am Unterschenkel. Dann machte er einen Satz zur Seite an die Wand, als Blut aus der Wunde hervorspritzte. Der Soldat ging zu Boden, unfähig weiterhin auf beiden Beinen zu stehen. Doch dieser kurze Moment der Unaufmerksamkeit kostete Derryk sein Schwert. Nur kurz blitzte Metall im Fackelschein auf, dann spritzte helles Blut über seine Handrücken. Plötzlicher Schmerz durchzuckte ihn und aus Schock ließ er sein Schwert fallen. Klirrend landete es vor seinen Füßen. Eine scharfe Schwertspitze legte sich drohend an seine Kehle, ehe er auch nur daran denken konnte, es aufzuheben.

»Nicht so schnell. Wer …?« Überrascht brach der zweite Soldat ab. Ein Nagel steckte tief in seinem Handrücken. Nach ein paar überforderten Herzschlägen brüllte er vor Schmerz auf und ließ das Schwert neben Derryks fallen. Derryk warf sich gegen ihn, sodass sie beide auf die harten Steine fielen. Schnell rappelte sich Derryk wieder auf und schlug mit den Fäusten auf den Soldaten ein, bis er bewusstlos liegen blieb. Dumpfer Schmerz pochte in seinen aufgerissenen Knöcheln. Erst jetzt entdeckte er die Frau, die sich schwächlich an den Gitterstäben aufrecht hielt. Er brauchte ein paar Augenblicke, bis er realisierte, dass es wirklich Lura war. Ihre Wangen waren eingefallen, ihre Haare mehr dunkelgrau als schwarz und sie sah aus wie ein wandelndes Skelett. Die dunkle Färbung unter ihren Augen hätte ebenso Schatten wie Veilchen sein können.

»Halt dich an mir fest«, sagte er nach dem ersten Schreck und sie schlang ihren Arm um seine Schulter.

»Ich hätte nicht gedacht, dich noch mal wieder zu sehen«, erwiderte sie mit der Andeutung eines Lächelns. Jetzt wunderte Derryk, wie sie eben so laut hatte reden können, ihre Stimme war kaum mehr als ein gebrochenes Flüstern.

Er wollte sich schon entschuldigen, als sich der erste Soldat wieder berappelte und schnaufend aufstand. Er schwankte etwas, hielt sich jedoch blutend auf beiden Beinen. Mit seinem Schwert in der Hand. Derryk stürzte zu den Schwertern am Boden, während sich der Soldat auf ihn stürzte. Doch bevor auch nur einer von ihnen sein Ziel erreichte, brach der Soldat zusammen. Ein Wurfmesser steckte in seinem Nacken.

Derryk blieb wie angewurzelt stehen und hob ruckartig den Blick. In den Schatten des Tunnels, von wo er selbst gekommen war, standen zwei Personen. Und auch wenn sie die Schatten zu ihrem Vorteil nutzten, erkannte Derryk sie dennoch sofort. Schließlich hatte er ein Jahr täglich mit ihnen trainiert.

Ayin und Luxj. Wortlos schritt Ayin auf sie zu, die Hälfte ihres Gesichtes hinter einem Tuch verborgen, zog das kleine Messer aus dem Hals des Soldaten und winkte ihnen ihr zu folgen.

»Angeberin«, murmelte Luxj und führte sie durch einen dunklen Tunnel bergauf. Er nahm eine Fackel von der Wand und entzündete sie. So konnten sie wenigstens darauf achten, nicht über irgendwelche losen Steine zu stolpern.

»Woher wusstet ihr, dass wir hier sind?«, fragte Derryk, als er die Stille nicht mehr aushielt. Er spürte keine Feindseligkeit von seinen ehemaligen Kameraden oder seinen ehemaligen Freunden, doch sicherlich auch keine Wiedersehensfreude.

Nachdem niemand für eine lange Zeit antwortete, fand Luxj knappe Worte: »Wir sollten dich finden.«

Derryk widerstand dem Drang, nachzufragen. Weder Ayin noch Luxj hatten Lust, mit ihm zu reden. Natürlich nicht. Sie schuldeten ihm nichts, keine Erklärungen, keine vielen Worte. Er ihnen allerdings schon, doch das musste warten.

Nach kurzer Zeit schlurfte Lura nur noch vor sich hin, ihr weniges Gewicht hängte sich immer mehr an Derryk. Er wollte sich nicht fragen, was die Garde dem Mädchen angetan hatte.

Sie trabten so lange durch den Gang, bis eine eiserne Tür vor ihnen auftauchte. Ayin öffnete sie vorsichtig, während Luxj die Fackel löschte und einfach ablegte. Durch die Türöffnung ergoss sich orangenes Licht, welches von mehreren Fackeln stammte, die in einem staubigen Raum an den Wänden hingen. Kisten und Papiere stapelten aufeinander. Sie standen in einem kleinen, geheimen Archiv der Garde.

Luxj stieg eine Holzleiter hoch, stieß die Luke auf und kletterte hinauf. Die Treppe führte in einen größeren Raum. Es herrschte ein chaotisches Durcheinander, doch alles hatte schon Staub angesetzt.

»Wir sind nicht mehr in Ashari«, erklärte Luxj kurz. »Nicht mehr direkt.«

»In der Mauer?«

»Darunter.«

Ayin reagierte nicht einmal auf seine Frage. Und auch wenn er es ihr nicht verübeln konnte, tat es ihm in der Brust weh.

Luxj und Ayin liefen schnellen Schrittes durch den Raum, schenkten weder dem Gerümpel Beachtung noch, ob Derryk und Lura ihnen folgten. In einer Ecke hing eine weitere Leiter an der Wand, die hinauf zu einer Luke führte.

Es brauchte sie ein paar Minuten, in denen sie durch das Innere der Mauer liefen, bis Luxj eine getarnte Tür aufstieß und sie frischer Wind empfing. Dichtes Gestrüpp und massive Bäume begrüßten sie, außerdem die hellen Strahlen der Mittagssonne, die sich durch die Baumkronen kämpften. Sie standen am Fuße einer der zwölf Hügel um Ashari.

Wortlos liefen sie den Hügel hinauf, tiefer in den Wald. Sie kamen wegen Lura noch langsamer voran als vorher, doch sie konnten es sich nicht leisten, eine Pause zu machen. Zuerst mussten sie ein wenig Abstand zwischen sich und Ashari mitsamt seinen Besatzern bringen. Dann konnten Luxj und Ayin hoffentlich sich dazu entscheiden, ihn in ihren Plan einzuweihen. Oder ihre Aufgabe, was auch immer. Derryk packte Lura etwas fester an der Hüfte, damit sie nicht abrutschte und fiel. Seine Finger verloren durch den Schweiß etwas an Grip.

Er hoffte zumindest, dass die beiden mehr im Kopf hatten als nur aus der Stadt zu fliehen.

Plötzlich begann der Boden unter ihnen zu leuchten und unbekannte Zeichen erschienen im erdigen Boden.

»Was zur …?!«, fluchte Ayin, brach mit einem erschrockenen Aufschrei jedoch ab, als sich ein dünner Ast um ihr Handgelenk schlang.

»Die Bäume!«, keuchte Luxj und drehte sich mehrmals um die eigene Achse. Von einer auf die andere Sekunde bewegten sich die Bäume, ihre Äste und Blätter streckten sich und griffen und schlugen nach ihnen.

»Eine Falle der Elen für Eindringlinge«, flüsterte Lura kraftlos und bevor Derryk nachfragen konnte, entriss ein Ast Lura aus seinem Arm. Sie verschwand hinter einem Vorhang aus Ranken und Blättern. Nun schlangen sich die starren Äste auch um Derryk. Es knarrte und raschelte, während sich Ranken und massive Äste um seinen Bauch, seine Beine und Arme wickelten. Sie rissen ihn von den Füßen. Er kämpfte gegen die Ranken an, die sich um seinen Hals schnüren wollten, doch gegen den Druck, den die Bäume auf seine Brust ausübten, konnte er nichts tun. Seine Bewegungen erlahmten, er rang nach Luft und keuchte, hustete, als er Dreck und Blätter auf der Zunge spürte. Schwarze Punkte tanzten vor seinen Augen und seine Lunge schrie nach Sauerstoff, brannte, als sie keinen bekam.

Sein Sichtfeld wurde schwarz und er erschlaffte.

Iska

Sie hätte nicht gedacht, sich zweimal hierhin zu verlaufen. Vier Dämoninnen hatten sich vor ihr aufgebaut und hinter ihnen, zwischen den Nebelschwaden ragte das trostlose Zirkuszelt. Die Halbterris stand keine Arm-
länge von ihr entfernt, wie das letzte Mal zeigten ihre tiefschwarzen Augen
keinerlei Emotion. Auch ihre Stimme klang monoton und verriet nichts von
ihren Gedanken. Hinter ihr tänzelte die Sirene aufgeregt auf der Stelle, während die Animeere die Arme verschränkt hielt und den Eindruck erweckte,
als wäre sie mit den Nerven am Ende.

Eine vierte Gestalt hielt sich im Hintergrund, eingehüllt in schwarze Gewänder.

Iska musterte die Halbterris mit ebenso wenig Regung.

»Wie aufregend!«, quietschte die Sirene. »Niemand ist bis jetzt zweimal
hergekommen!« Ihre grauen Haare fielen ihr wie ein Trauervorhang vor das
Gesicht und sie schob sie sich hinter die Ohren. Die fehlenden Farben stör-
ten Iska jetzt schon, diesmal fiel es ihr viel mehr auf. Diesmal fiel ihr einiges
mehr auf.

»Natürlich nicht. Niemand ist hier jemals rausgekommen«, entgegnete
die Animeere mit einem Augenrollen.

Die Sirene seufzte belustigt. »Das stimmt nicht.«

»Der ach so heilige Rat der Zwölf hat uns verbannt und vergessen, einmal
und – »

»Stimmt es?«, unterbrach die Halbterris das Schlangenmädchen. »Ist Neterya gefallen?«

»Ja.« Iska hatte nicht das Bedürfnis, die Situation weiter zu erklären. Stattdessen betrachtete sie ihre Gegenüber das erste Mal richtig. Keine von ihnen war älter als sie selbst. Keine von ihnen hatte sich in irgendeiner Weise verändert.

Der Zirkus war ganz der geblieben, der er das letzte Mal schon gewesen war.

»Neterya ist also gefallen.« Verächtlich schnaubend wendete die Animeere sich ab und verschwand hinter den dicken Baumstämmen, die die Umgebung vor dem Zirkus schmückten.

Iska sah ihr nach und bemerkte dabei aus dem Augenwinkel, wie sich Schatten um die Füße der Halbterris sammelten. In ihnen pulsierte eine verbotene Magie, die, wie Iska annahm, den Herzschlag der Terris nachahmte. Ruhig und stetig, unbeeindruckt von den Neuigkeiten. Ähnlich wie Iska sich fühlte.

»Die Frage ist nur, weshalb dich der Zirkus ein weiteres Mal gefunden hat.« Die Sirene stand hinter Iska. Freudig wiegte sie auf den Zehenspitzen vor und zurück, während sie wartete, dass die Terris ihr sagte, was sie tun sollte. Allerdings bedachte diese Iska nur mit einem seltsamen Blick. Ihre schwarzen Augen glitten prüfend über ihren Körper, doch Iska spürte, dass sie tatsächlich ihre Magie einschätzte.

»Nicht nur Neterya ist gefallen, nehme ich an.« Sie nickte in Richtung des Zirkus'. »Drinnen ist es noch immer ein wenig gemütlicher als hier draußen.«

»Vor allem wenn die Bäume das Zelt verdecken wollen«, knurrte die Sirene und schlug ein paar Äste weg, die den Weg versperren wollten. Von den spärlichen Blättern, die sich noch an den Bäumen hielten, war kaum mehr als Skelette übrig. Auch die Baumstämme wirkten morsch und brüchig, als könnte man sie mit Leichtigkeit auseinanderbrechen.

Immer mehr Bäume versuchten, ihren Weg zu versperren. Die löchrige Fahne vom Zirkuszelt flatterte im nicht existenten Wind, deren milchige Weiß vermischte sich mit den Grautönen des unnatürlichen Himmels.

Sie folgte den vier Dämonen in das Zirkuszelt. Die Lounge bildete immer noch den trostlosen, zerstörten Sammelpunkt im Eingang des Zirkus'. Schemen lungerten auf den hoch gelegenen Plattformen und leuchtende Augen verfolgten Iska auf Schritt und Tritt. Es waren mehr geworden. Vereinzelt entdeckte sie Schatten zwischen den Sitzen, die jedoch kaum als lebende Gestalt durchgehen konnten. Vor einem ausgerissenen Flügel blieb sie stehen. Vereinsamt lag er auf dem sandigen Boden.

»Einfach nicht beachten. Wer weiß, wem der gehört«, riet die Sirene schulterzuckend. Sie wedelte mit ihrer Hand jemandem zu, doch Iska konnte keine Zielperson ausfindig machen.

Sie stieg über das gespannte Leder und folgte der Terris, die vor einem torähnlichen Eingang wartete. Blutspritzer bedeckten den Boden. Bei ihrem letzten Besucht hatte sie zwar nicht auf den Boden geachtet, dennoch war sie überzeugt, dass die neu sein mussten. Neu und frisch.

Iska wusste immer noch nicht viel über diesen Ort, nur dass er als eine Art Bestrafung für Mischlinge oder Verbrecher unter den Dämonen diente, auch wenn sich solche Verbrechen nur schwer definieren ließen.

Doch dieser Ort bestand aus reiner Magie und nicht nur aus der Dunklen. Ein vertrautes Knistern umgab sie, wenn auch nicht so stark wie bei Ka'Ji oder Ki'Aja. Der Rat hatte diesen Ort mithilfe dunkler und schwarzer Magie erschaffen.

Iska folgte den vier Dämoninnen durch die langen, dunklen Gänge.

Theoretisch konnte dieser Ort nur existieren, wenn der Rat existierte. Magie verschwand, wenn ihr Beschwörer starb, außer es gab einen Nachfolger. Doch der komplette Rat war ausgelöscht worden.

Iska musterte ihre Umgebung. Alles wirkte dunkel, trostlos und … endlich. Die Gefühle von Zeitlosigkeit und Unendlichkeit waren verschwunden.

Viel zu schnell bog die Terris in einen Raum ein und schloss die Tür hinter Iska. Iskas Aufmerksamkeit wurde sofort von der Decke angezogen. Kleine, kaum erkennbare Risse hatten sich gebildet und dahinter leuchtete das schwarz-weiße Zelt hervor. Die Risse breiteten sich selbst in der Einrichtung des vermeintlichen Arbeitszimmers aus: den Regalen, Kisten, Stühlen und dem Tisch.

»Dir fällt es also auf. Der Zirkus löst sich auf. Der Rat ist gefallen«, bestätigte die Terris Iskas Gedanken.

»Ihr könnt diesen Ort nicht verlassen, selbst wenn er aufhört zu existieren. Wenn er sich auflöst, sterbt auch ihr.« Es war nicht mal mehr eine Frage.

»Na sieh mal an, du hast gelernt. Brav die Hausaufgaben gemacht?«

Iska hätte am liebsten den Kopf geschüttelt. Die sarkastische, alles hassende Fassade der Animeere konnte ihre Unsicherheit und Furcht nicht länger vor ihr verbergen. Sie sah durch ihre herablassenden Worte, sah die tief verborgene Angst.

»Jetzt sei nicht so. Viele hier haben es nicht mal bemerkt und Iska bemerkt es sofort. Das ist beeindruckend!«, hielt die Sirene dagegen. Sie baumelte kopfüber an einem Balken von der Decke, behielt sie alle dabei noch genau im Blick.

»Was ist in Neterya geschehen? Die Stärke des Rates hat zwar ihre Grenzen, aber es gibt nicht viele Lebewesen, die diese übertreffen.« Die Terris lehnte an einem Tisch, den Rücken einem zerbrochenen Spiegel zugewandt. In den Scherben erschienen die Umrisse von Flügeln auf ihrem Rücken, die in der Wirklichkeit nicht mehr existierten. Sie war also eine Mischung aus Terris und Acqui, höchstwahrscheinlich.

»Ki'Aja hat Neterya angegriffen und den Rat getötet.«

»Ki'Aja?« Endlich regte sich etwas an Gefühl in der Stimme der Terris.

Über ihnen knarzte der Holzbalken, als die Sirene sich regte. »Ich dachte, die Teufel hätten ihn weggesperrt?«

Die Animeere lachte. »Ka'Ji hat ihn also tatsächlich befreit. Das Miststück hat es wirklich geschafft, die Teufel zu hintergehen und ihre Magie außer Kraft zu setzen.«

»Wir werden sehen, ob das von Vorteil ist«, durchschnitt die Terris die aufgewühlte Stimmung mit scharfem Ton. Ihre Gelassenheit bekam Risse und verriet allmählich ihre Emotionen, die sie hinter ihrer Maske angestaut hatte.

»Von Vorteil?« Iska fing den eisigen Blick der Terris auf.

»Ki'Aja würde die Dämonen niemals so schäbig in der Unterwelt wohnen lassen. Dies war auch mal unsere Welt. Wir haben sie ebenso …« Dunkle Schwaden breiteten sich auf dem Boden aus. Die Kälte strich um Iskas Beine. Sie schauderte, ignorierte die Drohung jedoch.

»Wir haben es Ki'Aja zu verdanken, dass wir in die Unterwelt verbannt wurden. Seinem Verlangen, seiner Sucht nach mehr. Ich kenne seine Geschichte.«

Die Terris stieß sich vom Tisch ab, um Auge in Auge mit Iska zu stehen. »Sicher tust du das, wer nicht. Zumindest die Zusammenfassungen. Es gibt viele Versionen des Unheiligen Krieges. In einer heißt es, Ki'Aja sei besessen von Macht, in einer anderen labt er sich an der Lebensenergie der Menschen, in wiederum einer anderen wollte er den Dämonen ein besseres Leben ermöglichen, geriet in Streit mit den anderen Teufeln und wurde in Ketten gelegt. Der Rat ist nicht unschuldig, Iska. Er legt alles so aus, wie er es eben braucht, um im Recht und an der Macht zu bleiben.«

Ki'Aja … Der Retter? Mit den Ak'Amjen, die Lebewesen kontrollieren können?

Die Erinnerung an die absolute Macht Ki'Ajas und seine unendliche Präsenz kehrte in ihr Gedächtnis zurück. In den tiefschwarzen Löchern, wo seine Augen hätten sein sollen, war keine Spur einer guten Absicht gewesen. Vielmehr das Gegenteil. Die Dämonen waren Ki'Aja egal, wahrscheinlich auch Ka'Ji. Einzig und alleine Macht, die Sucht nach der Unendlichkeit, allem Existierenden und der Zukunft, das alleine trieb Ki'Aja an.

Iska musterte die drei Dämoninnen. Die Sirene, wie sie freudestrahlend, doch mit weniger Energie als letztes Mal an der Decke turnte. Die Animeere, voller Hass und Abscheu auf alles und jeden. Und die Terris, deren Maske langsam, aber sicher zerbrach. Sie hatten den Sinn für die Wirklichkeit verloren, sie waren zu lange eingesperrt gewesen. Vielleicht waren es auch sie, die sich alles zurechtlegten, wie sie es brauchten.

Da fiel ihr Blick auf die vierte Dämonin. Die Gewänder waren verrutscht und gaben nun ihr Aussehen preis. Ein kleines Mädchen, keine zehn Jahre alt. Ihre Augen waren zugenäht, an ihren Lippen hingen gelöste Fäden herunter und die schwarzen Haare fielen bis auf den Boden und verdeckten einen Großteil ihres Körpers. Sie sah nach einer Mischung aus NakTey und Mensch aus. Bis jetzt hatte sie kein Wort gesagt, nur mit versiegelten Augen vor sich hingestarrt und schwarze Tränen vergossen. Sie gab keinerlei Präsenz von sich – als existierte sie hier nur zur Hälfte. Iska hatte sie beinah vergessen. Was hatte es mit ihr auf sich?

»Mag sein, dass der Rat sich alles so zurechtlegt, wie er es braucht. Doch wer tut das nicht? Ihr hasst den Rat und das zurecht. Und er ist tot, jedes einzelne Mitglied. Auf ihn zu fluchen hat keinen Sinn mehr.«

»Mir egal, was Sinn macht. Der Rat bestraft uns auch nach dem Tod noch! Er reißt uns mit hinein. Du kannst hier vielleicht einfach so ein und aus gehen, wir können das nicht. Dein ach so heiliger Rat hat unser Leben auf dem Gewissen, Iska A'Shyr. Wir sterben nicht nur, wir werden aufhören zu existieren!« Die Animeere näherte sich ihr ebenfalls, ihr zorn-verzerrtes Gesicht tauchte hinter der Terris auf.

Jahrzehntelang angestaute Magie pulsierte in ihr, die sie nicht benutzen konnte. Weggesperrt, doch nie vergessen. Jedes Wesen im Zirkus war einmal unglaublich mächtig gewesen, egal wie kaputt manche erschienen. Der Rat hätte sie nicht weggesperrt, wenn sie nicht mächtig wären, wenn sie nicht stärker wären.

»Wenn sich Ki'Aja um euch scheren würde, würde er euch retten kommen und den Zirkus zerstören. Setzt ihr wirklich auf diese Hoffnung?« Iska sah, wie ihr Gegenüber die Hand nach ihr ausstreckte, noch bevor die Hand tatsächlich auf sie zuschoss. Dennoch wich sie nicht aus. Die Animeere packte Iska am Hals und drückte sie gegen die Wand.

»Sprich nicht von Hoffnung. Du weißt nicht, was es heißt, zu hoffen. Immer und immer und immer wieder und jedes einzelne Mal enttäuscht zu werden. Hoffnung ist ein verdammtes Kindermärchen. Sie existiert nicht.«

Langsam umschloss Iska die Hand der Animeere mit ihren Fingern, ihren Blick erwiderte sie noch viel kälter. »Ich weiß, wie sich aufgegebene Hoffnung anfühlt. Ich weiß, wie sich Einsamkeit anfühlt. Nicht in eurem Ausmaß. Aber maße dir nicht an, etwas über mich zu wissen, Animeere.« Damit ließ sie für einen kurzen Augenblick, einen Wimpernschlag lang, Magie durch ihre Fingerspitzen in die Hand der Animeere strömen. Diese zog wie vom Blitz getroffen ihre Hand zurück und starrte Iska ungläubig an. Dann wieder auf ihre Hand, auf der sich leichte Verbrennungen bildeten, dann wieder zu Iska.

»Du hast deine Magie noch?« Die Sirene brachte nicht mehr als ein stockendes Flüstern zustande und auch die Terris sah überrascht aus.

»Aber du kennst uns?«, knurrte die Schlange ihr gegenüber letztendlich nur zurück.

Iska griff auf ihre schwarze Magie zu und öffnete ihr Drittes Auge. Ein einzelner Blick genügte. »Ich kenne eure Vergangenheit. Eure Dörfer, eure Familien. Ich habe gesehen, wie ihr gemordet habt und verstoßen wurden, wie ihr geflohen seid, immer wieder und schließlich verbannt wurdet. Ich kenne nicht euch, ich kenne eure Geschichte.«

Jetzt brachte niemand mehr ein Wort hinaus. Iska konnte ihre unterdrückten, magischen Pulse deutlich spüren. Selbst die Sirene war wütend und verwirrt. Wenn sie ihre Magie hätten, könnten sie den Zirkus zerstören, diese vier allein. Es mochte sie viel Lebensenergie kosten, jedoch konnten sie es. Iskas Blick fiel wieder auf die vierte Dämonin. Sie strahlte am meisten Magie aus.

Iskas Herz machte einen Sprung.

Sie strahlte ungebändigte Magie aus. Keine Magie, die weggesperrt wurde. Die Magie des Mädchens weigerte sich, sich wegsperren zu lassen.

»Du kennst unsere Vergangenheit?«

Nachdenklich schüttelte Iska den Kopf. Wegen ihrer Vergangenheit mochten die Dämonen ihr leidtun, doch deswegen war sie sicherlich nicht hier. Sie brauchte Hilfe.

Skee. Ask. Lynn. Derryk. Sie musste sie retten. Sie hatte gar nicht mehr an den Zirkus gedacht, doch er scheinbar noch an sie. Dann musste sie dieses Glück wohl für sich nutzen.

»Wo ist der Seher?«

»Du verfluchte …«

»Du wirst ihn nicht finden«, unterbrach die Terris die Animeere scharf. »Er lässt sich nur finden, wenn er das will. Er kennt die Konstruktion des Zirkus' und er nutzt sie für sich.«

»Wo ist er?«

»Was willst du von ihm? Er hatte dir doch eine Heidenangst eingejagt.«

Iska schauderte leicht bei der Erinnerung. Oh ja, das hatte er. Doch das spielte jetzt keine Rolle.

»Ich brauche seine Hilfe. Ich muss … jemanden finden.« Die Dämonen mussten nicht wissen, wen sie finden musste. Oder dass es mehrere Personen waren. Dass sie herausfinden musste, ob Skee überlebt hatte und wie sie zu ihr kam. Wo sich Ask und Lynn aufhielten. Wie es um Derryk stand, wo er war. Außerdem … vielleicht konnte der Seher ihr ja einen Rat mit auf den Weg geben.

»Du bist eine Seherin. Finde sie selbst«, knurrte die Animeere. Iska knirschte mit den Zähnen. Skee würde sie auf der Insel nicht sehen, dafür reichte ihre Erfahrung mit der Kraft der Dritten Seher nicht. Die Insel war zu … besonders. Ask, Lynn und Derryk, aber … Verdammt, vermutlich wäre es die bessere Idee, zuerst Ask aufzusuchen. Doch das konnte sie nicht. Sie musste zuerst zu Skee, musste sichergehen, dass sie sicher war.

»Was hält dich auf? Beeinflusst dich der Zirkus doch? Bist du zu schwach für so einfache Magie? Oder -« Die Schlange lächelte. »Ist der Ort nicht zu erreichen?«

Iska blieb stumm und starrte nur stur zurück, während die Animeere sie zu bedrängen versuchte. Doch die Terris hielt sie auf.

»Was ist dein Ziel, Iska A'Shyr?«

Die Animeere zischte verärgert, zog sich jedoch zurück. Die Stimmung spannte sich an, auch wenn niemand Iska mehr bedrängte.

Ihr Ziel also? Träumereien und Hoffnungen. Dämliche, kindliche Hoffnungen in einem Konflikt, der so viel größer und älter war als sie.

»Ich werde diejenigen, die mir etwas bedeuten, wieder zusammenbringen. Ich werde retten und helfen, wo ich kann. Doch mein Ziel? Ki'Ajas richtigen Plan herausfinden und vereiteln. Ein neues Leben aufbauen. Was auch immer.«

Die Dämoninnen schwiegen. Ihre schwere, ungeteilte Aufmerksamkeit lag auf Iska.

»Ich vertraue weder den Erzengeln noch den Teufeln. Jedoch werden sie einen Grund gehabt haben, Ki'Aja wegzusperren. Und nach dem, was

Ki'Aja, Ka'Ji und die Ak'Amjen bis jetzt schon angerichtet haben, stimme ich ihnen zu. Und ob es mir gelingen wird, spielt keine Rolle.«

»Du stellst dich also gegen Ki'Aja. Dabei kennst du nicht mal seine Sicht einer perfekten Welt. Du weißt so wenig über ihn – und stellst dich doch direkt gegen ihn. Er würde dich akzeptieren, wie er Ka'Ji und die anderen Halbteufel akzeptiert hat. Er würde eine Welt mit euch erschaffen, die -«

»Würde er das?« Kühl unterbrach Iska die kurze Rede der Halbterris. »Etwas mit uns erschaffen, Wesen, die schwächer sind als er? Perfekt, was ein Schwachsinn. Ein König teilt nicht mit seinen Untertanen, er stiehlt und regiert nach seinen Vorstellungen. Und zufrieden ist die Minderheit. Eine perfekte Welt, in der Chaos herrscht? In der die Schwachen sterben und leiden – das klingt wie unsere eigene. Ki'Aja möchte mehr als nur herrschen. Er ist der Teufel der Schöpfung, nie wird etwas genug oder perfekt für ihn sein. Wieso sollte ich seine Marionette werden? Nur um zu überleben?«

»Ist dir dein eigenes Leben denn nichts wert?« Die Sirene sprang vom Holzbalken herunter. Leichtfüßig landete sie neben der Animeere, doch im Gegensatz zu dem Zorn des Schlangendämons wirkte die Sirene viel mehr besorgt. Und traurig.

»Überleben und Leben. Ihr solltet den Unterschied kennen. Ich habe jahrelang nur überlebt und ich werde keine Ewigkeit so weitermachen.«

Es dauerte eine ganze Weile, bis die Halbterris die bedrückende Stille unterbrach.

»Na schön, Iska A'Shyr. Wir helfen dir unter einer Bedingung.«

»Tun wir das?«, murmelte die Animeere, verstummte jedoch sofort wieder, als Iska erwartungsvoll eine Braue hob.

»Zerstöre den Zirkus. Du willst unsere Hilfe, wir wollen leben. Zerstöre den Zirkus und wir helfen dir.«

Iska seufzte. »Den Zirkus zerstören also.«

Natürlich besaß sie die Macht dazu. Doch ihr fehlte das Wissen. Schließlich konnte sie schlecht Schwarze Magie auf das Konstrukt loslassen und hoffen, dass es funktionierte, wie sie wollte.

»Der Zirkus muss noch instabiler werden, sonst zerstört sie euch mit.«

Vier Köpfe drehten sich gleichzeitig zu der kauernden Gestalt des Mädchens, das auf dem Boden hockte, die Beine an den Körper gezogen und blind die vier Dämonen anstarrte.

»Was meinst du?«

»Wenn sie den Zirkus jetzt zerstört, werdet ihr mit zerstört. Ihr seid an den Ort gebunden. Das Band muss noch viel dünner werden.«

»Und das weißt du woher?« Iska kniete sich neben die Dämonin.

»Weil Magie nun mal so funktioniert«, flüsterte sie. »Letztendlich existiert sie.«

Einmal angewendet, verschwindet sie nie wieder, ohne Spuren zu hinterlassen. Das hatte Iska schon oft gelesen, doch eine so einfache Zusammenfassung … Einfach und direkt.

»Willst du uns etwa sagen, dass wir entweder mit ihm existieren oder mit ihm zerstört werden?«

»Nein, das sagt sie nicht«, widersprach Iska der Animeere in ruhigem Ton. »Ein Fluch bindet euch an den Zirkus, bestehend aus Elementen dunkler und schwarzer Magie. Dieser Fluch ist gerade dabei, sich selbst zu zerstören, da die Quelle vernichtet wurde. Ab einem gewissen Punkt ist der Fluch so schwach, dass man ihn auseinanderbrechen kann. Ab diesem

Zeitpunkt könnte ich den Fluch in den Zirkus und euch Dämonen aufteilen und nur das Bruchstück des Zirkus' zerstören.«

Die Mimik der Animeere hellte sich kein bisschen auf.

»Und wann ist das?« Mit einem Sprung landete die Sirene direkt vor Iska. Ihre Pupillen füllten die gesamten Augen aus. Sie wirkte flehentlich, fast schon panisch.

Iska seufzte. »Ich weiß es nicht. Ich bin mit der Magie des Zirkus' nicht vertraut.«

»Ich werde dich rufen.« Alle Augen wanderten wieder zu dem Mädchen auf dem Boden. Sie hatte die Lider aufgeschlagen und sah Iska mit einer Farbe dunkler und tiefer als schwarz an. Wirr hingen die Fäden vor den Augen und an den Lidern herunter. Ein Schauder lief Iska über den Rücken.

»Ich kenne den Zirkus. Ich weiß, ab wann seine Magie schwach genug ist.«

»Ach ja?«, zischte die Animeere. »Wirst du dann auch wirklich kommen? Weshalb sollten wir dich nicht einfach hierbehalten, bis die Magie schwach genug ist?«

Kurz dachte Iska über die Formulierung ihrer nächsten Worte nach. »Aus zwei Gründen: Ihr könnt mich nicht hier halten, selbst wenn ihr es wolltet. Mit oder ohne Magie, ihr seid schwächer als ich.« Iska stand auf. Erwartungsvoll blickte sie zur Terris. »Zweitens, weil ich euch etwas schulde, wenn ihr mir helft. Ich schulde euch etwas und ihr kennt die dazugehörigen Regeln.«

Für wenige Herzschläge schien die Halbterris über Iskas Worte nachzudenken, bevor sie zur Tür ging und zur Hälfte öffnete.

Entgegen ihrer Erwartung kam dahinter nicht die Dunkelheit der endlosen Gänge zum Vorschein, sondern ein kalter Raum mit grau brennenden Kerzen und zwei Hängematten.

»Halte dein Wort, Iska A'Shyr. Das ist das Zimmer des Sehers. Dort kannst du auf ihn warten.«

Ein Zischen neben ihr verriet, dass sie die Animeere nicht überzeugen konnte.

»Was soll das?«, fuhr die Schlange die Terris an, doch mit einer einzigen Handbewegung brachte diese die vorlaute Dämonin zum Verstummen.

Iska durchquerte das Büro in wenigen Schritten. Magieverformung oder Magiekrümmung. Eine gewaltige Grauzone. Diese Technik erlaubte Wesen mit schwächerer oder beraubter Magie, bereits Vorhandene in gewissem Maße zu verformen und zu krümmen. Es gab jedoch nicht viele, die es anwenden konnten und noch weniger, die es sich selbst beigebracht hatten.

Ohne ein weiteres Wort trat Iska über die Schwelle. Als sie hinter sich blickte, befand sich dort nur noch eine in Schatten getauchte Wand. Sie stand mitten in einem kleinen Raum, ein anderer als jener mit dem Spiegelbecken bei ihrem letzten Besuch. Kisten stapelten sich in einer Ecke, abgebrannte und noch brennende Kerzen standen darauf. Das wenige Licht warf lange Schatten, sodass der Raum trotzdem größtenteils in Schatten lag. In der Mitte stand ein niedriger Holztisch mit einer Wasserschale. Eine Kristallkugel aus schwarz reflektierendem Gestein schwamm darin.

Iska kniete sich davor und sah in das Wasser. Doch die Oberfläche war zu undeutlich, um etwas Genaues zu erkennen. Die Schemen von drei oder vier Personen kräuselten sich darauf, sowie ein verschwommener Wald.

»Iska A'Shyr.«

Als sie sich umdrehte, stand der Seher wie aus dem Nichts hinter ihr und blickte auf sie herunter. Den Fakt ignorierend, dass dieser Raum keine Türen besaß, neigte sie den Kopf.

»Seher. Ich erbitte Eure Hilfe.«

»Was siehst du darin?«

Ihre Verwunderung verbergend wandte sie sich wieder dem Wasser zu. Diesmal waren die Bilder deutlich.

Derryk und drei weitere Personen erscheinen im Wasser. Sie waren an einen Baum gefesselt und wurden von drei Soldaten bewacht.

»Meinen Bruder mit drei Verbündeten. Sie sind gefesselt.«

»Und in der Kristallkugel?«

Nur die Bilder vom Wasser reflektierten sich zuerst im Innern der Kugel. Da fiel ihr eine hellbraune Katze inmitten des Waldes auf. Sie starrte Iska direkt an. Dann stieß sie sich vom Boden ab und sprang aus der Kugel auf Iska zu, doch sobald ihre Pfote den Rand des Wasserbeckens berührte, löste sich die Gestalt in Rauch auf.

Erst als sie den Seher anblickte, merkte Iska, dass sie zurückgeschreckt war und sich Tränen in ihren Augen gesammelt hatten.

»Für dich allein bleibt keine Zeit, beide zu retten.« Die Stimme des Sehers schmerzte in ihren Ohren, so tot und kratzig klang, doch in diesem Moment nahm sie lediglich die Worte wahr.

»Einem biete Unterstützung, aber keinen Retter. Euer Krieg ist gefährlich, Iska A'Shyr. Dämonen sind keine Retter. Wir kämpfen ums Überleben. Entscheide dich, Iska.«

»Natürlich bin ich keine Retterin. Ich bin eine Gejagte, so wie jeder andere auch. Doch rette ich nicht, wenn ich überleben will?«

Die Mundwinkel des Sehers verzogen sich zu einem leichten Lächeln. Sie umschloss die Kristallkugel mit beiden Händen und spürte den Riss, den die Katze in die glatte Oberfläche hineingerissen hatte.

»Schwarzer Diamant«, murmelte sie, als sie die Kugel mit Leichtigkeit in Scherben zerbrach, ohne auch nur einen Finger gerührt zu haben. Viel zu leicht ließ sich diese Magie einsetzen. Viel zu leicht ließ sich diese Magie kontrollieren.

Schwarze Magie, das Material des Schwarzen Diamanten. Woher auch immer der Seher diesen hatte.

Zwei Scherben fielen durch das Wasser. Derryk zuckte zusammen, als sich seine Hände darum schlossen.

Iska lächelte leicht und schloss die Augen, die verzerrte Scherbe in ihrer Hand formte sich langsam zu einem Schlüssel. Das Wasser versiegte in einem Riss, den die Scherben verursacht hatten.

»Sei nicht leichtsinnig damit.« Eine leichte Warnung schwang in der Stimme des Sehers mit.

Iska betrachtete den Schlüssel in ihrer Hand. »Sie ist einfach zu leicht hervorzurufen.«

Skee

Skees Hand berührte Iskas Schulter, doch anstatt wie geschehen Iska aus dem Kreis zu stoßen, krallte sie ihre Finger in die Schulter ihrer Freundin. Sie wusste nicht, woher die Worte kamen, die sie als nächstes sprach: »Lass mich nicht allein, Iska.«

Dann bewegte sich der Boden unter ihren Füßen, tat sich unter ihr auf und tote Hände griffen nach ihr, zogen sie nach unten. Sie fiel.

Skee wusste nicht, was um sie geschah. Sie hielt die Augen geschlossen, während sie durch helle Magie fiel, schier endlos. Bodenlos.

Und ein weiteres Mal spürte sie, wie etwas tief in ihr verschlossen wurde und unerreichbar weit weg verschwand.

Dann griffen vier Paar Hände nach ihren Armen.

Skee öffnete die Augen und schnappte nach Luft. Ihre Schläfen pochten wie verrückt, während sich die Welt leicht drehte. Die Stellen ihres Körpers, an denen die Hände sie berührt und auf das Gras der Insel gezogen hatten, brannten. Ihr Blick glitt gen Himmel. Oder besser gesagt, sie schaute in das helle Nichts über ihr. Leuchtende Schwaden, so grün wie die Natur um sie herum, zogen sich über die gesamte Insel. Sie versperrten den Blick auf die Sicht außerhalb, das giftige Grün verschluckte das Blau des Himmels dahinter. Helle Magie, die sie hier einsperrte. Magie, die diese Insel bildete und am Leben hielt. Nicht nur am Himmel, überall. Alles enthielt Spuren der hellen Magie. Sie überdeckte teilweise sogar die Formen und Farben der Natur – diese unnatürliche Gegend.

Sie setzte sich auf. Das Feuer von gestern Nacht knisterte noch leise vor sich hin, begleitet von dem sanften Glühen der Magie um sie herum. Hier wurde es nie dunkel, doch das machte Skee nichts. Es war die Enge in ihrer Brust und das Gefühl, ohne Boden unter den Füßen zu laufen, die ihr den Atem nahmen und ihr jegliche Ruhe raubten. Sie wollte nicht wieder ohne ihre Magie leben. Sie konnte es nicht mehr.

Ihre Hand glitt zum kalten Aquamarin auf ihrer Brust. Das Blut pulsierte ungeduldig darin. Sie spürte dessen Anspannung, Zorn und Verzweiflung. Auch ihr Amulett wollte nicht als schönes Schmuckstück auf einer staubigen Insel enden.

»Weshalb denkt ihr Frischlinge eigentlich immer, ihr bräuchtet keinen Schlaf?« Eine verschlafene Stimme riss Skee aus ihren Gedanken. Den Worten folgten ein herzhaftes Gähnen und Knurren. Eine Gestalt regte sich in der erhellten Dunkelheit und im nächsten Moment starrten Skee zwei farblose Augen genervt an.

»Entschuldige. Aber …« Skee sah sich um. Sie war am Vortag von zwei Dämonen aus ihrem Fall auf die Insel gezogen worden, doch keiner der beiden war noch hier. Stattdessen lagen fünf ihr unbekannte Dämonen um das Lagerfeuer, das bereits gebrannt hatte, als Skee diesen Platz erreicht hatte. »Wer seid ihr?«

»Dämonen.«

Skee blinzelte ein paar Mal. Dann musterte sie noch mal die vier schlafenden Dämonen und die Dämonin ihr gegenüber. Eine Asyx Nocxj. Jedoch hatte ihre Haut den typischen schwarzen Glanz ihrer Art verloren, der die

Magie des jeweiligen Dämons repräsentierte, und wirkte matt. Fast schon gräulich blass. Ein gelbweißer Eckzahn biss in die weiße Unterlippe der Asyx, als sie gehässig lächelte.

»Neugierig, hm?« Sie streckte sich und ließ ihre Knochen knacken, dass Skee leichte Angst bekam, sie hätte sich was gebrochen. Außerdem fiel ihr Blick auf ein eingebranntes Mal an ihrem Hals, was vorher unter ihren Haaren verborgen gewesen war. Eine Schlange, die sich um ein Pentagramm wickelte. Das Zeichen von Armenroths Clan, ein Sklavenmal.

»Darf ich das nicht sein, an einem neuen Ort?«

»Neugier tötet.«

Skee legte den Kopf schief. »Neugier tötet?«

Ihr Gegenüber seufzte und stand auf. »Wer stirbt eher: Der Neugierige, der seinen Kopf in jede Nische stecken muss, oder der Misstrauische, der nichts anfasst?« Mit diesen Worten lief sie einfach davon, tiefer in den Wald.

Skee stand ebenfalls auf und strich ihren Rock glatt. Sie trug immer noch die Menschenkleidung aus Asks Hütte. Ihre Kehle zog sich zusammen. Sie durfte im Moment nicht an den Alchemisten oder Lynn denken.

»Der Neugierige stirbt an seiner Neugierde, der Misstrauische an seinem Misstrauen. Das nimmt sich doch nichts«, antwortete sie schließlich, als sie zu der Asyx Nocxj aufgeschlossen hatte. Diese lief in eine kleine Waldlichtung, die mitten in dem wüsten Nirgendwo um sie herum fehl am Platz wirkte.

»Manchmal geht es um die Zeit, die du lebst, und nicht die Tatsache, dass du sterben wirst. Du lebst doch sicher auch lieber länger, als schnell zu sterben?«

»Natürlich, wer nicht.« Skee dachte kurz nach und beäugte die Dämonin. »Hast du deshalb das Gift des Gorgons und den Dolch der Asyx Nim mitgenommen? Misstrauen?« Waffen, die die Asyx Nocxj in der Nacht gestohlen hatte.

Die Dämonin blieb ruckartig stehen, ein überraschter Ausdruck im Gesicht, dann fing sie an zu lachen. »Wir sind alle Dämonen. Und als wäre das noch nicht schlimm genug, sind wir alle gefangen und wollen überleben. Einfach länger überleben als alle anderen. Hier würde dich jeder töten, um auch nur einen weiteren Tag zu leben.«

»Ich weiß, dass man niemanden trauen sollte …«

»Und doch lagst du schlafend alleine an einem Lagerfeuer, ohne jeglichen Schutz, kaum einen halben Tag hier. Du warst praktisch eine Einladung, dich zu töten oder auszurauben.«

Skee blieb stehen. Ihr Blick glitt an einem Baum auf und ab, letztendlich legte sie ihre Handfläche auf die raue Rinde. Das war also der Grund, weshalb die Asyx weglief. Angst vor den anderen Dämonen auf der Insel. »Darf ich dich was fragen?«

»Kann dich keiner von abhalten.« Jetzt blieb auch die Asyx Nocxj stehen.

»Weshalb bist du hier?«

Ihre Miene blieb fast komplett regungslos, lediglich ihr rechter Mundwinkel zuckte. »Falsche Zeit, falscher Ort.«

»Und wie siehst du diese Insel?«

Jetzt war es die Asyx, die den Kopf schief legte. Nach einem kurzen Moment der Stille zuckte sie die Schultern. »Wie soll ich die Insel sehen? Staub, Verwesung und viel Leere.«

»Ich meine ihr Aussehen. Du hast recht, ich bin kaum einen Tag hier. Jedoch weiß ich, dass ich die Insel anders sehe als ihr. Für euch ist sie eine Insel, für euch sind die Farben und Formen alle normal. Für mich ist hier alles durchsichtig. Nicht das Material, sondern durch die Magie. Ich sehe jede Spur heller Magie, ich sehe die Bäume natürlich in Farbe, jedoch gleichzeitig auch durchsichtig. Ich habe euch gesehen und gespürt, als ihr gekommen seid. Zuerst du und die Asyx Nim, dann der Gorgon, dann der Trickdämon und der zweite Asyx Nim. Ich war zu keiner Sekunde unvorsichtig.«

Skees Hand lag auf dem hell leuchtenden Inneren des Baumes, der hellen Magie, aus der er geschaffen wurde, während die Asyx Nocxj sie anstarrte. Ihre roten, ausdruckslosen Augen wechselten zwischen Überraschung und Erkenntnis.

»Du bist ein Mischling. Du hast Wächterblut in dir.«

Skee zuckte die Schulter und sah verlegen zur Seite. Es waren solche Augenblicke, weshalb sie nie über das Wächterblut in ihren Adern nachdachte. Wegen der Abscheu in den Augen der Dämonen, wegen der Distanz, die sie ihr gegenüber einnahmen und den undeutbaren Blicken, die sie einerseits bewunderten, andererseits fast verbrannten. Skees Haut brannte unter genau diesem Blick der Asyx Nocxj.

»Und die Wächter waren dumm genug, dich in ihr Gefängnis zu stecken? Kannst du die Magie hier dann nicht manipulieren?«

»Sicher.« Das Wort klang um einiges selbstsicherer, als Skee sich fühlte. Sie hatte schon oft gelesen und gehört, dass es die Form der Magiemanipulation gab, im Palast war ihr das jedoch nie gelungen. Doch auf dieser Insel war lediglich dunkle Magie gebannt, von daher …

Wenn sie helle Magie anwenden könnte, würde das sicher auch gehen. Doch sie konnte nur gerade so ihre eigene Neutralmagie nutzen, mit der Hilfe ihres Amuletts. Neutralmagie, jene, die herauskam, wenn dunkle und helle Magie verschmolz. Die ihr Teleportation und Seelenmagie erlaubte. Und die viele Dämonen für einen Mythos hielten.

Ob diese Magie hier wirkte? Nein, das spielte vorerst keine Rolle.

Magiemanipulation, die Kunst, vorhandene Magie nach dem eigenen Willen zu formen. Manipulation funktionierte nur mit geringen Mengen an Magie, viel könnte sie also nicht bewirken.

»Schlag dir den Gedanken, hier wegzukommen, gleich aus dem Kopf. Die Wächter lassen niemanden entkommen.«

Nicht, dass Skee das vorhatte. Was würde es schon bringen, hier wegzukommen? Draußen lauerten Ki'Aja, Ka'Ji und weitere Verbündete des Teufels. Iska, Ask und Lynn waren die Teufel wussten wo. Hier wusste Iska wenigstens, wo Skee war. Sie setzte darauf, dass Iska sie nicht allein ließ. Das würde sie nicht.

Skee löste ihre Hand von der Rinde und biss sich auf die Lippe. »Ich habe nicht die Hoffnung, mich zu befreien. Meine Hoffnung gilt wem anders.«

»Du denkst, du wirst gerettet? Naiv.«

Skee zuckte die Schulter und die Asyx lachte. »Nein.« Ihre Stimme war kaum mehr als ein Flüstern. Der Gedanke war nicht naiv.

Nach einem kurzen Moment des Schweigens lief die Asyx weiter. Weiter weg von ihrem alten Lager. Solange die Dämonin ihr nicht verbot, ihr zu folgen, würde sich Skee ihr erst mal anschließen. Letztendlich stellte die Asyx für sie keine richtige Gefahr dar. Und im Moment glaubte sie sowieso nicht, dass sie Skee loswerden wollte.

Auch wenn die Sonne hinter dem hellen Schleier am Himmel nicht zu sehen war, nahm Skee die leichten Veränderungen des Lichtes wahr. Mittlerweile musste es Mittag sein, vielleicht schon ein wenig später.

»Wenn du niemandem traust, weshalb hilfst du mir?« Ohne den Kopf zu drehen, spürte Skee, wie die Dämonin zu ihr schielte. Schließlich zuckte sie die Schultern.

»Du erinnerst mich an jemanden.« Dann beschleunigte sie ihre Schritte und schon standen beide vor einer Wüstenlandschaft. Hinter ihnen das Wäldchen, vor ihnen eine Wüste aus Staub und Stein. In der Ferne ragten Ruinen auf. Es sah aus wie ein ehemaliges Dorf. Der Gedanke war Skee schon gekommen, als sie das erste Mal die Augen auf der Insel aufgeschlagen hatte. Diese Insel war mal bewohnt gewesen. Die Frage war nur: Lediglich vor oder auch während ihrer Zeit als Gefängnis?

»An dich selbst?« Von einem Moment auf den nächsten blickte Skee in das schneeweiße Augenpaar der Dämonin. Hinter dem weißen Schleier loderten Zorn und eine stumme Warnung. Sie sollte nicht weiter nachhaken. Skee deutete auf die Brandmarkung an ihrem Hals, die sie versuchte, mit einem Stofffetzen und ihren Haaren zu verdecken.

»Ich mag dir zwar helfen«, knurrte sie zwischen ihren Zähnen, »doch sieh in mir keine Freundin oder gar eine Vertraute. Auch ich würde dir ohne zu zögern die Kehle durchschneiden, um einen Tag länger leben zu können.«

Skee senkte den Blick. »Entschuldige.« Und doch sah Skee sie als Freundin und Verbündete. Ob die Asyx sie ebenfalls für eine solche hielt, war unwichtig. Auch wenn es schön gewesen wäre. Doch sie zu töten? Skee schüttelte leicht den Kopf, dann folgte sie der Dämonin in die Wüste. Sie würde Skee nicht töten, das glaubte sie nicht. Die Asyx war wie sie eine

Sklavin gewesen und nun war sie auf der Insel. Wieder eingesperrt und machtlos. Skee kannte das Gefühl. Dieser verzweifelte Wunsch nach Freiheit.

Sie waren sich zu ähnlich.

»Was für eine Ruine ist das?«

»Irgendein uraltes Militärlager, denke ich. Die Zelte haben zwar mehr Löcher als Stoff und die Häuser mehr Löcher als Stein, aber als Unterschlupf reicht es. Kurzfristig zumindest.«

»Also war die Insel wirklich mal bewohnt?«

Als Antwort lachte die Asyx herzhaft und schielte nach oben. Skee folgte ihrem Blick - und schluckte. Zwei verrottete Skelette hingen an Stricken vom zerfallenen Torbogen. Ein Schauder lief ihr über den Rücken. Die Wächter hatten eine bewohnte Insel in ein Gefängnis für Dämonen verwandelt.

»Die herzensguten Wächter«, spottete die Asyx, die einfach unter den Toten durch den Bogen ging. »Welch Beschützer der Menschen.«

Während Skee durch den Torbogen schlich, ließ sie die vergilbten Knochen nicht aus den Augen. Stofffetzen hingen von den löchrigen Rippen, die Schädel schienen eingeschlagen. Ihr schauderte es, als sie sie hinter sich ließ.

Dann blieb sie stehen.

Hinter ihr war niemand mehr.

Sie holte Luft, um nach ihr zu rufen, als ein erstickter Laut erklang. Ihre Füße trugen sie von selbst in Richtung des Lärms, in eine offene Ruine und eine kalte Treppe hinunter in einen Raum mit eingefallener Decke. Eine Chameere drückte die Asyx mit ihren langen, knöchrigen Fingern gegen die

Wand. Eine Hand lag um ihren Hals, zwei weitere hielten ihre Arme fest. Ein Gorgon baute sich gerade vor ihr auf und schwarzer Nebel zuckte unruhig hin und her. Ein Trickdämon. Sie redeten etwas, doch zu leise, selbst für Skees gute Ohren.

Bevor Skee etwas sagen konnte, spürte sie ein geschlossenes Augenpaar auf sich, gleichzeitig überkam sie die Präsenz eines NakTey. Ein NakTey auf Körpersuche? Aber weshalb war er in einer Gruppe?

Aus dem Augenwinkel bemerkte sie, wie sich ein graues Etwas aus den Schatten löste und auf sie zukam. Die roten Augen des Dämons fixierten sie nun zielsicher. Sie wich einen Schritt zurück, zwar näher auf die drei Dämonen zu, doch weg von dem Seelenfresser. NakTey konnten jeden Körper übernehmen, sobald sie dessen Seele zerstört hatten. Selbst die anderer Dämonen und Wächter.

Die kalte, ledrige Hand des NakTey umschloss Skees Handgelenk und zerrte an ihr. Sie stolperte und starrte direkt in zwei leuchtende Augen.

Der NakTey riss die Naht über seinem ehemaligen Mund auf und beugte sich zu Skee hinab. Sie konnte nur wie in Trance in die roten Augen starren, die immer näherkamen.

Der Pfad am Rande des Abgrunds

41

Derryk

Ein scharfer Schmerz fuhr durch seine Hand. Etwas Hauchdünnes und zugleich absolut Hartes lag wie aus dem Nichts in seinen hinter dem Rücken gefesselten Händen. Dieses Etwas schnitt ihm tief in die Handflächen.

Ein Zischen entfuhr ihm. Sofort biss er sich auf die Lippe, doch eine der drei Wachen wandte ihm den Kopf zu.

»Schnauze!«

Nur mit Mühe konnte er ein Augenrollen unterdrücken. So eine verdammte Scheiße. Derryk schielte nach rechts, wo Luxj und Ayin neben ihm saßen. Dicke Seile fesselten sie an einen Baum, ebenso wie ihre Hände hinter ihren Rücken. Luxj saß seelenruhig neben ihm, gefasst wie eine verdammte Statue. Ebenso wie Ayin, die immer wieder an ihrer gemeinsamen Fessel zog, ließ auch Luxj die drei elener Wachen nicht aus den Augen. Lura lehnte noch immer zusammengesackt links neben ihm.

Derryk fühlte den Konturen des Steines, nein, der beiden Steine nach, doch allein diese kleinen Bewegungen reichten schon, um neue Schnitte zu verursachen.

Was bei allem Heiligen sollte das? Vor allem, was war das und woher kam es? Er hielt diese spitzen Steine, oder was auch immer nur in der Hand und sie schnitten ihm schon die Handflächen auf. Doch wenn sie ihm schon so einfach die Haut aufschlitzten, dürften sie auch die Seile mit Leichtigkeit durchschneiden. Derryks Blick fiel auf die drei Wachen, laut plaudernd an einem kleinen Lagerfeuer. Oder Kehlen. Wer auch immer über ihn wachte und ihm diese Steine geschenkt hatte, diese Person hatte sie gerettet.

»Helrom müsste doch bald mal zurückkommen«, beschwerte sich der schmächtigste der drei Männer. Gut sichtbar polierte er sein Schwert, mindestens, seit Derryk aufgewacht war. Was für eine lächerliche Darbietung.

»Ich hab's doch gleich gesagt. Töten wir sie einfach, wie alle anderen auch.« Der Mittlere war der Einzige, der ihnen die ganze Zeit den Rücken zuwandte. Er stellte außerdem die einzige Bedrohung in Derryks Augen dar. Was möglicherweise daran lag, dass er schon die ganze Zeit lautstark kundtat, sie einfach umbringen zu wollen. Zum Glück war er nicht der Anführer der Patrouille. Dieser saß rechts am Lagerfeuer und lieferte sich Blickduelle mit Luxj und Ayin. Was eine seltsame Truppe.

»Wir warten auf unsere Befehle«, stellte er nach kurzem Überlegen klar. Der Soldat in der Mitte spannte sich an, widersprach aber nicht weiter. Derryk nahm ein paar unausgesprochene Worte wahr, konnte sich allerdings keinen Reim daraus machen.

Er wusste nicht, wie lange die schon auf ihren Kameraden warteten, und das machte ihn nervös. Trotz der leichten Schmerzen in seinen Händen fuhr er mit den Daumen immer wieder über die Kanten der Steine. Er wollte die Befehle der Elen definitiv nicht herausfinden. Nachdem sie von den Bäumen überwältigt wurden, was nun wirklich kein Ereignis darstellte, mit dem man sich rühmen konnte, waren sie hier aufgewacht: Unweit von der Falle entfernt, die sie außer Gefecht gesetzt hatte, gefesselt und ihrer Umhänge und Waffen entledigt. Und er wusste nicht, wie lange sie bewusstlos gewesen waren. Der vierte Soldat konnte jederzeit zurückkommen.

Mit den Steinen allerdings konnten sie keinen Fernkampf führen. Sie konnten sich befreien, sicher, doch dann ständen sie drei ausgebildeten Soldaten mit Schwertern gegenüber. Sie würden sie zu sich locken müssen, so nah, dass ihnen ihre Schwerter im ersten Moment nichts nutzten. Und dann sie würden schnell sein müssen.

Derryk knirschte mit den Zähnen. Am liebsten würde er Ayin einen der Steine geben, da sie auch an Nahkampfwaffen ausgebildet wurde. Doch der Anführer beobachtete sie zu aufmerksam, um so einen Austausch zu übersehen. Mit etwas Glück, Geschick und Gedankenübertragung könnte er Luxj eine überreichen …

Derryk schüttelte den Kopf. Luxj war kein Anfänger, er würde Derryks Plan herausfinden. Sein Geschick würde dafür wohl reichen und Glück … Na ja, davon besaß er sowieso zu wenig. Konnte also nichts schiefgehen.

Er nahm einen Stein je in eine Hand und stemmte sich dann mit dem Oberkörper gegen das Seil, um seine Sitzposition anzupassen. Für die Soldaten sollte es aussehen, als würde er eine gemütlichere Position suchen. Ihnen sollte nicht auffallen, dass er nun tatsächlich Schulter an Schulter mit Luxj saß und die Lücke zwischen ihnen gefüllt hatte. Seine Bewegung schien Lura geweckt zu haben. Sie hob den Kopf an und blinzelte Derryk durch einen Vorhang aus schwarzem Haar an.

Luxj spannte sich an, ignorierte Derryks seltsame Aktion jedoch. Derryk versuchte, seine Aufmerksamkeit auf ihre Hände zu lenken, doch Luxj gab sich ganze Mühe, ihn nicht zu beachten.

Ach, verdammt. Das ist jetzt nicht die Zeit für -

Im nächsten Moment raschelten Blätter ganz in der Nähe. Die Soldaten zogen sofort ihre Schwerter, blieben jedoch noch angespannt sitzen. Ein

Mann kämpfte sich durch hochgewachsene Büsche und Sträucher. Er trug die gleiche Rüstung wie die Soldaten aus Elen Laar.

Oh, das kann jetzt nicht wahr sein.

»Helrom, du hast dir Zeit gelassen«, beschwerte sich der linke Soldat. Sie verstauten ihre Schwerter wieder und die Anspannung löste sich. Zumindest bei den Soldaten. Ayin murmelte Flüche in die Richtung der Elen. Und jetzt, wo die Aufmerksamkeit des Anführers nicht mehr auf ihnen lag, warf Luxj Derryk einen fragenden Blick zu. Derryk stieß ihn nur mit der Schulter an, um ihn auf den Stein in seiner Hand aufmerksam zu machen.

»Wie lauten die Befehle?«, fragte der mittlere Soldat einen Deut zu erfreut. Unwillkürlich hielt Derryk die Luft an, auch wenn er sich das Ergebnis schon denken konnte. Luxj stieß ihm ebenfalls gegen die Schulter.

»Sie werden für das Vorhaben nicht gebraucht. Wir sollen sie töten und Posten in der Stadt beziehen.«

Derryk übergab Luxj den Stein. Der Junge neben ihm zischte und fluchte leise, setzte jedoch sofort wieder einen neutralen Ausdruck auf, als sich die vier Wachen ihnen zuwandten. Derryk kniff die Augen zusammen. Vorhaben in Ashari?

»Ich hab's doch gleich gesagt.« Der Soldat, der eben in der Mitte gesessen hatte, zog erneut sein Schwert. »Es hätte sowieso niemand bemerkt, wenn es vier weniger gewesen wären.«

Derryk schnitt sich die Fesseln um seine Hände durch und verlagerte sein Gewicht auf seine Fußballen. Luxj veränderte ebenso kaum merklich seine Position. Das würde ein verdammt ungleicher Kampf werden. Nicht nur, dass Lura nicht in der Verfassung zu kämpfen war, sie besaßen auch nur zwei Steine als Waffen. Zumindest waren es viel zu scharfe Steine. Aber gegen Schwerter?

»Macht kein Spiel draus und legt sie um. Wir sollen so schnell wie möglich zurückkommen.«

Der linke Soldat, der ihnen nun am nächsten stand, zog sein Schwert und lief zu ihnen. In Derryks Augen geschah es wie in Zeitlupe. Er packte den Stein fester, spürte warmes Blut über seine Finger laufen, ignorierte aber jeglichen Schmerz. Sein Herz hämmerte gegen seine Brust. Diese Sekunden des Wartens, bis die Soldaten in Reichweite für sie waren, zogen sich zu einer reinen Folter.

Noch zwei Schritte.

Einer.

Derryk schnitt durch die dicken Seile, die sie an den Baum fesselten. Gleichzeitig stießen er, Luxj und Ayin sich ab, überwanden die wenigen Schritte zu ihren Angreifern. Glücklicherweise stand der Neuankömmling noch etwas abseits, sodass sie sich im ersten Moment nur drei Gegnern gegenübersahen.

Derryks Gegner reagierte zu spät. Derryk prallte seitwärts in ihn herein, das Schwert fiel ihm in halber Höhe aus der Hand. Den Stein rammte Derryk mit voller Kraft zwischen zwei Lederplatten der Rüstung. Blut sprudelte aus der Bauchwunde hervor, als er den Stein wieder herauszog. Schreie zerrissen die Luft um ihn herum. Eine Faust schlug seinen Kopf zur Seite, die jedoch schnell an Wucht verlor. Blindlings schwang er den Stein erneut. Er traf etwas, doch kleine Sternchen tanzten kurzzeitig vor seinen Augen. Er taumelte zurück, hielt sich den Kopf und schüttelte die Benommenheit ab.

Der Soldat brach zusammen, Blut spritzte aus seinem Bauch und seiner Kehle.

Derryk riskierte einen schnellen Blick zur Seite. Irgendwann hatte Luxj Ayin den Stein gegeben, denn er kämpfte nur mit seinen Fäusten gegen einen Soldaten mit Schwert. Und der Stein steckte in der Kehle des dritten Soldaten, der zu Ayins Füßen lag und noch vor sich hin röchelte. Doch sie wurde gerade von dem Vierten zurückgedrängt.

Derryk schnappte sich das Schwert, rief Luxj und warf es ihm zu. Er sprang über die Leiche und rannte zu Ayin. Im Rennen bückte er sich nach dem Schwert des zweiten Toten. Ein Stiefel traf ihn mitten in der Brust, presste ihm die Luft aus den Lungen und stieß ihn zu Boden. Der Stein fiel ihm aus der Hand.

»Vergiss es, kleiner Königsmörder.«

Derryk zuckte zusammen. Sein Körper gefror für den Bruchteil einer Sekunde. Er konnte nur zuschauen, wie die Spitze des Schwertes auf ihn zu raste.

Da knickte das Bein des Soldaten weg und er fiel auf die Knie. Noch im Fallen stieß Ayin ihm den Stein in den Hals und zog sie ihm einmal quer über die Kehle. Augenblicklich brach der Soldat zusammen. Die Kampfgeräusche hinter ihm hatten ebenfalls aufgehört.

»Geht es euch gut?« Schwer atmend lief Luxj zu ihnen. Von seinem Schwert tropfte Blut zu Boden.

Ayin nickte. »Verfickte Elen.« Sie kniete sich neben die Leiche direkt vor ihnen und zog den Stein aus seiner Kehle. Dunkelrotes Blut tropfte von dessen tiefschwarzem Körper. Derryk tastete neben sich. Ein spitzer Schmerz fuhr durch seinen Handballen und er hob die kleine Waffe auf. Ihr Körper war dünn, in etwa wie das Blatt eines Baumes, und fühlte sich glatt und stabil an.

»Was ist das?« Ayin betrachtete ebenso den Stein - oder was auch immer - in ihrer Hand. Sie drehte es um die eigene Achse, als betrachte sie etwas darin.

Luxj kniete sich neben Derryk. Er blickte von dem Stein zu Derryk. »Und woher hast du das?«

Derryk zuckte die Schulter. »Ich weiß es nicht. Sie sind einfach in meinen Händen aufgetaucht.«

Ayin warf ihm einen kritischen Blick zu. »Einfach aufgetaucht?«

Hilflos zuckte Derryk erneut die Schultern. Doch wenn er die Steine so betrachtete, sahen sie gar nicht aus wie solche. Und fühlten sich auch anders an. Viel mehr wie … Glas? Glasscherben?

Schleppende Schritte näherten sich ihnen. Mit dem Schwert im Anschlag fuhr Luxj herum, entspannte sich jedoch sofort wieder.

»Du bist wach.« Er stieß das Schwert in den Boden und stützte sich daran ab.

»Ja. Entschuldigt, dass ich nicht beim Kämpfen helfen konnte«, sagte Lura mit schwächelnder Stimme.

»Ich bin überhaupt verwundert, dass du laufen kannst«, entgegnete Luxj.

Lura setzte sich ebenfalls neben Derryk. Nach kurzem Überlegen berührte sie die stumpfe Seite der Scherbe und zog scharf die Luft ein.

»Was ist?« Ayin hockte sich nun ebenfalls zu ihnen. »Wir haben hier nicht viel Zeit. Wenn du etwas darüber weißt, raus mit der Sprache.«

Die Scherbe in Derryks Hand fühlte sich kalt an. Und sie strahlte eine ferne Aura aus … so seltsam vertraut. Doch er konnte nicht sagen, woran es ihn erinnerte.

»Ein Schwarzer Diamant. Also Scherben davon.«

Drei Augenpaare richteten sich auf Lura.

»Er ist ein Produkt Schwarzer Magie. Entweder von ihr erschaffen oder ein Überbleibsel ihres Wirkens. Und eigentlich unzerstörbar«, erklärte sie kurz.

»Schwarze Magie?! Woher weißt du das?« Ayin Gesichtsausdruck wandelte sich von interessiert zu misstrauisch. Trotzdem behielt sie die Scherbe in der Hand.

»Ich weiß es einfach. Raska-Wissen.«

»Und woher zum Teufel hast du Scherben eines Schwarzen Diamanten?« Luxj wandte sich zu Derryk, ein anklagender Unterton in der Stimme.

Zerknirscht kaute Derryk auf seiner Lippe. Sie konnten nur von einer Person kommen. Einerseits erleichterte ihn, dass es Iska scheinbar gut ging, doch andererseits … wie sollte er den anderen erklären, dass seine Schwester eine Halbteufelin war? Sollte er es überhaupt erzählen? Oder einfach auf unwissend tun?

Derryk atmete einmal tief durch. Nein. Er durfte seine Kameraden nicht anlügen. Er schuldete ihnen die Wahrheit. Außerdem konnte er ihr Misstrauen ihm gegenüber wohl kaum noch schlimmer machen.

»Vermutlich von meiner Schwester.« Eine kurze, angespannte Stille folgte auf seine Worte.

Ayins Augen verengten sich zu Schlitzen, was ihr eine gefährliche Ähnlichkeit mit Katzenaugen verlieh. Luxj wirkte lediglich überrascht.

»Deine Schwester?«, fragte er nach, ein neugieriger Unterton in der Stimme.

»Iska, ja. Sie ist eine Halbteufelin.« Es fühlte sich seltsam an, über Iska zu reden und ihn selbst nicht einzubeziehen. Doch so war das bei Teufeln. Sie verliehen ihre Magie nur an ihr Geschlecht weiter, wie Ask ihm einmal auf Nachfrage erzählt hatte.

»Du stammst von den Teufeln ab?« Luxj schien fasziniert von dieser Enthüllung, auch wenn sich noch immer Misstrauen in seinen Augen spiegelte.

Ayin jedoch betrachtete ihn, als würde sie eine potenzielle Gefahr einschätzen.

»Deine Schwester ist eine Halbteufelin? Bei den Engeln«, fluchte sie. Ihre Bernsteinaugen fokussierten ihn.

Derryk zuckte die Schultern. Sein Bedauern, es ihnen nicht früher gesagt zu haben, schluckte er hinunter.

»Scheint so.«

»Nachdem die Engel dich aufgegeben hatten, schaut sie jetzt nach dir?« Ayin verschränkte die Arme.

Derryk stieß fluchend die Luft aus. Ein Seitenhieb wegen seines Fluches und seiner Taten musste früher oder später ja kommen. »Die Engel haben nie auch nur einen Seitenblick auf uns geworfen, als Waisen mit Teufelsblut«, gab er kalt zurück. Ayin hatte sich nie um die Engel geschert, sie hatte kaum ein Wort über sie verloren. »Sie könnten sich nicht weniger für uns interessieren.«

Ayins Kiefermuskeln spannten sich an, als ein leicht schuldbewusster Blick in ihre Augen trat.

»Entschuldige«, murmelte sie zerknirscht. Ihre Finger krampften um die Scherbe in ihrer Hand.

Derryk schüttelte den Kopf. »Mach dir keine Gedanken drüber.«

»Das alles spielt im Moment keine Rolle«, unterbrach Lura sie mit erstaunlich fester Stimme, »wir sollten nicht hierbleiben. Wir müssen weg.«

Luxj nickte, sein Blick huschte zu den Leichen am Boden. »Helrom hatte von irgendeinem Vorhaben in Ashari geredet.«

»Das ist nicht das weg, was ich meinte …«

»Du willst zurück nach Ashari?« Ayin unterbrach Luras Gemurmel. Sie stand auf und sah sich im Lager um. Es brauchte Derryk ein paar Sekunden, um zu verstehen, dass sie ihre Sachen suchte.

»Ich will wissen, was für ein Vorhaben sie meinen.« Luxj erhob sich ebenfalls. Er suchte mit Ayin das kleine Lager ab. Derryk schnappte sich das Schwert des toten Soldaten und half Lura dann auf die Füße. Sie schwankte leicht, konnte sich aber auf den Beinen halten.

»Meinst du nicht, sie wollen die Bewohner einfach versklaven?«, fragte er.

Weiter hinten im Lager schüttelte Luxj den Kopf. Ayin und er warfen sich einen kurzen Blick zu.

»Das ist unwahrscheinlich. Elen Laar verhält sich seltsam. Sie haben Sakkar innerhalb weniger Tage komplett eingenommen. Das …«

»Sollte unmöglich sein. Zumindest mit allgemeinen Kriegsmitteln«, beendete Ayin Luxj' Satz. Sie kramte ihre wenigen Habseligkeiten hervor: zwei Taschen mit Proviant, drei Umhänge und ein Schwert sowie ihre eigenen Waffen.

»Was willst du damit sagen?« Derryk lief langsam zu Ayin und Luxj, während er das Schwert an seinem Gürtel befestigte. Er besaß keine Scheide dafür. Hoffentlich würde es seinen Umhang nicht zerreißen.

»Irgendwas stimmt mit Elen Laar nicht. Vielleicht können wir ja herausfinden, was.« Ayin warf Derryk seinen Umhang zu. Er fing ihn ungeschickt auf und legte ihn sich über die Schultern.

Unwillkürlich wanderten Derryks Gedanken zu der Falle, in die sie gelaufen waren und die sie außer Gefecht gesetzt hatte. Wenn er so darüber nachdachte, … diese Art Magie sah Ejen Nuur nicht ähnlich.

»Also zurück nach Ashari?«, fragte Derryk noch mal nach, um sicherzugehen.

Ayin lief an ihm vorbei und schlug den Weg den Hügel hinunter nach Ashari ein. »Wir bleiben erst mal am Rand der Stadt. Wenn sie wirklich -«

Der Boden begann zu beben. Die Bäume zitterten und Blätter rieselten auf sie herab. Lura taumelte in Derryk und warf sie beide zu Boden.

»Was geschieht hier?«, schrie Luxj über den Lärm. Er und Ayin hielten sich an Bäumen fest. Das Zittern des Bodens verstärkte sich, Äste brachen unter ohrenbetäubendem Knacken ab.

Eine schwere Präsenz legte sich über sie und ließ ihre Knochen schwer werden. Derryk hob den Blick und stemmte sich auf die Arme.

Es kam von Ashari. Das Beben, diese Präsenz … alles wurde stärker in Richtung der Stadt.

»Verdammt, was geschieht dort?«

42

Iska

Iska ließ den Blick noch mal durch den Raum schweifen.

»Wie hast du ihn verformt?«

Jetzt fixierte sie den Seher. Zum ersten Mal stellte er ihr eine Frage. Sonst wusste er immer alles, doch jetzt sah er trotz seiner bedrohlichen Gestalt etwas verloren aus. Iska drehte sich um, drückte den Rücken durch und hob das Kinn. Der Raum hatte sich verändert.

Ketten verliefen kreuz und quer, ein so intensives Schwarz, dass sie fast schon unsichtbar waren. Lediglich ihre dunkelviolette Aura hob sie vom Hintergrund ab. Sie hatte sie vorher nicht wahrgenommen. Zwei dieser massiven Ketten spannten zwischen Iska und dem Seher. Eine auf der Höhe ihrer Beine und eine zweite direkt zwischen ihren Augen.

Iska streckte die Hand danach aus, die Frage ließ sie unbeantwortet im Raum stehen. Die dunkle Aura stieß sie ab. Umso länger ihre Finger an der pulsierenden Magie verharrten, desto wärmer und wärmer wurde sie. Sie suchte die genaue Magieform. Die Art der Magie war offensichtlich, pechschwarz. Doch die Form passte zu keiner ihr bekannten. Es hätte physische Magie sein können, eine Manifestation aus dunkler und Schwarzer Magie, doch so fühlte es sich nicht an. Die Ketten erinnerten nur an reale Metallketten. Sie waren keine. Sie fühlten sich fantastischer an. Nicht real. Nicht wie ein Teil der physischen Welt. Physische Magie kreierte etwas aus Magie, sie ließ etwas real werden. Damit fiel diese also weg.

»Du kannst die Ketten endlich sehen. Hat dich Zeit gekostet«, sagte der Seher nach einer langen Stille, nachdem er ihre Experimente an den Ketten verfolgt hatte.

»Was ist das für eine Magie? Unmöglich, dass physische Magie so etwas anrichtet.«

Der Seher schüttelte den Kopf. »Welche Magieformen kennst du?«

»Die normalen Fünf. Psychische und physische Magie, Ritualmagie, elementare Magie und Seelenmagie. Doch keine kann so etwas erschaffen. Das ist …« Iska starrte auf die vermischte Magie, die zu einer neuen Art mutiert war. Die Ketten an sich bestanden aus Schwarzer Magie, zweifellos; die Auren waren nur dunkle Magie. Doch auch diese befand sich stark an der Grenze zu Schwarzer Magie. Die Ketten glänzten wie echtes Metall, doch sie wollten nachgeben wie das Echo des einstigen Eisens. Die mutierte dunkle Magie verhinderte, dass man die Ketten berühren konnte. Doch sie konnte sich vorstellen, wie sie sich anfühlten. Nicht wie Eisen oder Stahl. Nein. Vermutlich viel mehr wie ein Diamant.

»Ist das der Fluch?«, riet Iska und berührte die Aura erneut. Diesmal legte sie in ihre Berührung sowohl dunkle als auch Schwarze Magie. Die Aura gab ein wenig nach, doch ihre Finger kamen nicht bis zu den Ketten durch.

»Diese Ketten halten den Fluch des Zirkus' zusammen. Werden sie zerstört, fällt der Zirkus endgültig auseinander und die Dämonen sind frei.«

»Es gilt also die Ketten zu zerstören.« Iska fühlte das leichte Gewicht des Schlüssels in ihrer Hand.

»Du hast den Dämonen etwas Unmögliches versprochen. Die Auren der Ketten verschwinden langsam und wenn sie gänzlich weg sind, wird das Gewicht der Ketten alles Leben hier drin zerquetschen. Ifres persönlich hat die Ketten aus seinem Feuer erschaffen, die Zwölf legten ihren Fluch darüber. Sobald die Ketten bersten, verbrennen sie alles hier.«

»Ifres kann nichts aus dem Nichts erschaffen, das können nur Ki'Aja, Thannas, Terra und Gaia. Ifres muss einen Ursprung benutzt haben.« Sie sah dem Seher direkt in die blutigen Augenhöhlen. Iska war sich sicher, dass er sie ganz genau ansah. »Und du kennst ihn. Der Schwarze Diamant entstand damals aus dem Schmiedevorgang der Ketten.« Es machte Sinn. Er war ein Überbleibsel der damals verwendeten Magie.

Der Seher grunzte. Tatsächlich. Er lachte. »Verflucht seid ihr Töchter Suruhs. Eure Intelligenz übersteigt doch noch die der anderen Halbteufel. Das Wissen fliegt euch nur so zu.«

»Ich bin eine Dritte Seherin. Ich ziehe Wissen aus meiner Umgebung, wie meine Magie es mir zulässt. Und ich stehe unter Zeitdruck. Ich habe nicht die Zeit, mir alles nacheinander beizubringen. Außerdem ist eine gute Auffassungsgabe nicht zu unterschätzen, vor allem nicht mit übermenschlicher Intelligenz gepaart.«

»Zeitdruck, hm? Ich kannte den Ursprung mal, aber das ist lange her.«

»Er bewegt sich also so wie jeder andere Raum hier.«

»Ihn zur richtigen Zeit zu finden, wäre ein reiner Glücksgriff.«

Iska spielte kurz mit dem Schlüssel in ihrer Hand. Er hatte einen geschwungenen Kopf, der vage an die Form eines menschlichen Herzens gemischt mit den Formen leerer Wolken erinnerte. Drei dünne Diamantfäden bildeten den Hals, an dem sich das Herz des Schlüssels durch schwarze Anhängsel formte. Im Großen und Ganzen ähnelte es einer Wirbelsäule, die mit dem Herz begann. Einer abstrakten oder zerstörten Wirbelsäule.

»Wir werden sehen, mit wie viel Glück das verbunden ist.«

Sie hielt einen weiteren Schwarzen Diamanten in der Hand, einen bereits verformten. Einen mit einer Funktion. Und da die Schwarzen Diamanten am Ursprung des Zirkus' entstanden waren, waren sie mit diesem Ort verbunden. Sie würde ihn also mithilfe des Schlüssels finden können. Zumindest außerhalb des Zirkus und eventuell mit etwas Hilfe. Ist die Insel der beschworenen Dämonen ähnlich aufgebaut?«

»Sie gleicht einem Käfig und folgt den physikalischen Gesetzen.«

Sie kannte diese Gesetze nicht. Menschen hatten diese Vermutungen aufgestellt und Dämonen interessierten die Theorien der Menschen herzlich wenig. Doch sie vermutete, dass sie den Funktionen der elementaren Magie ähnelten, einer Theorie der Dämonen, wie die Welt aufgebaut ist. Doch sie bezweifelte, dass diese Gesetze ihr in den Weg kommen würden.

»Man muss also den Käfig aufbrechen?«

»Die Insel wurde durch weiße Magie geschaffen, der Käfig durch Helle. Du wirst da wenig ausrichten können.«

Iska biss sich auf die Lippe, unruhig verschränkte sie die Arme. Die Insel würde sie also nicht einfach zerstören können und ob ihre Magie für den Käfig reichen würde, war fraglich. Die Konzentration an Weißer Magie würde ihre eigene blocken. Sie würde mit viel Mühe und Not nur Schwarze Magie anwenden können, jedoch kannte sie keine Rituale der Schwarzen Magie, mit denen sie Skee befreien konnte. Sie brauchte Informationen über Schwarze und Weiße Magie. In das Archiv unter Neterya konnte sie nicht gehen, auch in der Oberwelt musste sie sich in Acht nehmen. Aber vielleicht waren Bücher auch diesmal nicht der richtige Weg. Vielleicht brauchte sie die Antworten aus erster Hand.

»Wir werden sehen«, gab Iska schließlich zurück. Sie wandte sich von ihm ab, wich den Ketten aus und lief auf die nicht existente Tür zu. Als sie die Hand nach der Wand ausstreckte, umfasste sie den rostigen Türknopf. Die Tür öffnete sich quietschend, ohne dass Iska diese aufdrücken musste. Ka'Ji hatte es in erster Linie auf sie abgesehen, doch sie hatte Akyma und Ifrat sicher nicht einfach ignoriert. Entweder waren sie also auch auf der Flucht oder Ka'Ji hatte sie geschnappt. Leider kannte sie den Kraftunterschied zwischen Akyma und Ifrat zu Ka'Ji nicht, doch da Ka'Ji so gesucht und gefürchtet war, würde sie vermutlich stärker sein, auch wenn beide Halbteufel zu zweit waren.

Bevor Iska den Raum verließ, drehte sie sich noch mal um »Danke für die Hilfe. Ich werde mich erkenntlich zeigen.«

Die blutigen Augenhöhlen des Sehers starrten sie kalt an, seine Mimik blieb so steinern wie das letzte Mal. Er wirkte alt, unglaublich alt, auch wenn er eine starke und gesunde Statur hatte. Doch solch ein Wissen und solch eine Sprache ließen sich nur über Jahrzehnte, wenn nicht sogar über Jahrhunderte erlernen.

»Ich werde dir keinen Strick aus deiner Verzweiflung drehen, wenn du dein Versprechen nicht einhalten kannst. Damit wäre ich jedoch allein.«

Iska lächelte geistesabwesend, ihre Finger verkrampften sich um den Schlüssel. Er sandte die gleiche Schwarze Magie aus wie die Ketten. Sie verzweifelte doch schon längst, doch dieser Zirkus war nicht Teil dieser Liste. Das Rätsel um dessen Zerstörung hatte sich ihr bereits entschlüsselt. Mehr Sorgen bereitete ihr so ziemlich alles andere. Skee. Derryk. Ask und Lynn. Ka'Ji und Ki'Aja. Die Insel der beschworenen Dämonen. Akyma und

Ifrat. Neterya und Ashari. Den Zirkus würde sie am liebsten ganz hinten an diese Sorgenliste anstellen, doch sie hatte versprochen zurückzukommen.

»Ich verzweifle bereits mein ganzes Leben. Hätte man mir daraus einen Strick drehen können, wären wir jetzt nicht hier«, entgegnete sie daher leichtherzig und zuckte die Schultern.

Sie setzte ein weiteres Mal zum Gehen an, hielt dann aber ein zweites Mal inne. »Habt Ihr einen Namen?«

Er blieb stumm, nur ein Schnauben verriet überhaupt, dass er ihre Frage verstanden hatte.

Iska vermutete, dass die Dämonen hier ihren Namen mit der Zeit vergessen hatten und sie letztendlich als überflüssig empfanden. Dieser Zirkus war Chaos und der Seher war viel zu geordnet dafür. Sein Schnauben deutete sie als ein Ja und sein Schweigen, dass sie ihn diesmal wohl nicht erfahren würde.

Sie traf weder auf die Halbterris noch auf die Animeere oder das Mädchen. Jedoch fand sie diesmal den Weg in den schattenhaften Wald. Immer, wenn sie durch diesen lief, spürte sie unendlich viele Augenpaare auf sich.

Hier wirkten die Bäume selbst wie Kreaturen. Die dürren Äste streckten und reckten sich nach ihr, das unheimliche Echo des knarzenden Holzes durchbrach die unheimliche Stille. Das Licht strahlte von überall und nirgends, doch sie schien auf dessen Quelle zuzulaufen.

Blinzelnde Augen verfolgten sie, als es allmählich immer heller wurde. Langsam erblickte sie Braun- und dunkle Grüntöne zwischen dem trostlosen Grau und Schwarz.

Diesmal führte der endlose Wald einfach nur in sich selbst hinein.

43

Derryk

Eine Gänsehaut schlich Derryks gesamten Körper hinauf und sein Herzschlag klang in seinen Knochen nach. Weder seine Arme noch seine Beine gehorchten ihm, er wollte aufstehen und blieb doch nutzlos auf dem Boden liegen.

»Was geschieht in Ashari, dass wir es selbst hier mitbekommen?«

Die dreizehn Hügel bildeten zwar einen Kreis ziemlich dicht an der Hauptstadt, dennoch … Derryk blickte zu Lura, die quer über ihm lag. Niemand antwortete auf ihre Frage. Sie waren wie paralysiert. Niemand wagte, einen Schritt in Richtung Ashari zu gehen.

»Was ist das für eine Aura?«, flüsterte Ayin. Sie glitt am Baumstamm herab, bis sie auf dessen Wurzeln saß, die Augen aufgerissen. Wieder folgte Schweigen.

Panische Schreie wurden von den Bäumen zurückgeworfen. Sie schwellten zu einem Chor aus Panik und Pein an, der immer lauter wurde. Derryk schauderte. Sein Blick klebte förmlich an den Bäumen, hinter denen sich irgendwo die Stadtmauer verbarg. Aus dem Augenwinkel blitzte ein kleiner Gegenstand schwarz auf. Die Scherbe des Schwarzen Diamanten. Reflexartig streckte er die Hand aus und schloss die Finger um das hauchdünne Glas. Kleine Blutstropfen fielen auf den Boden, doch die eiskalte Oberfläche betäubte seine Hand. War die Scherbe schwerer geworden?

Oder –

Er hob den Blick wieder Richtung Hauptstadt. »Ist das …«

»Schwarze Magie«, flüsterte Lura gleichzeitig.

»Aber das würde ja bedeuten …« Luxj brauchte den Satz nicht zu beenden. Es war klar, was Schwarze Magie bedeutete. Halbteufel, oder gar Teufel. Welches von beiden spielte keine besondere Rolle mehr, sie hatten gegen keinen von ihnen eine Chance.

»Was wollen Halbteufel in Ashari?« Ayin schüttelte den Schock ab und stemmte sich trotz des Bebens wieder auf die Beine. Auch Derryk kam wieder zu Sinnen. Er tippte Lura an, die sofort von ihm runter rollte und auf die Beine sprang. Adrenalin pumpte durch Derryks Körper. Endlich gehorchten ihm seine Arme und Beine wieder. Er stand ebenfalls auf und lief zu Ayin, Luxj und Lura.

»Wenn wirklich Halbteufel hier sind, müssen wir weg. Wir haben nicht die geringste Chance, uns unentdeckt in Ashari zu bewegen.« Luxj spannte sich an. Er trat einen Schritt zurück und verlor durch das Beben beinah das Gleichgewicht.

»Aber sollten wir nicht zumindest versuchen, herauszufinden, was dort vor sich geht?« Trotz ihrer Worte klang Ayin verunsichert. Die Elen oder selbst Dämonen waren eine Sache, Halbteufel eine ganz andere.

»Wir werden sterben, wenn wir einen Fuß in Ashari setzen.«

»Und was dann? Einfach abhauen und beten, dass es schon nicht so schlimm ist?«

Bezahle deine Schuld an Ashari zurück. Befreie es, befreie dein Volk.

Derryk zuckte zusammen. Seine Hand ballte sich zur Faust. Die Scherbe schnitt tief in seinen Handballen, doch er spürte lediglich das warme Blut als Kontrast zu ihrer stechenden Kälte.

Er durfte nicht einfach abhauen. Er durfte Ashari nicht einfach aus Angst oder einem Fluchtreflex zurücklassen. Und selbst wenn er nichts ausrichten konnte, musste er herausfinden, was dort vor sich ging. Das war seine Schuld. Sein Versprechen.

»Spielt es denn wirklich noch eine Rolle, wie schlimm es ist?«, flüsterte Luxj so leise, dass Derryk ihn beinah überhört hätte. Ayin fand keine Antwort darauf, sie starrte Luxj nur aus aufgerissenen Augen an. Derryk sah darin, dass sie ernsthaft über die Frage nachdachte. Er schüttelte den Kopf.

»Spielt es. Ihr müsst nicht mitkommen, aber ich werde nachsehen, was in Ashari vorgeht.«

»Das ist Selbstmord. Was willst du gegen einen Halbteufel tun?«

Derryk sah Luxj direkt in die Augen. »Vermutlich gar nichts. Ich muss trotzdem herausfinden, was die Halbteufel in Ashari wollen.«

»In einen Heldentod zu rennen, wird deine Schuld nicht erleichtern.« Ayins Worte trafen Derryk direkt ins Herz. Er zuckte zurück.

Ein Heldentod? Ein verdammter Heldentod? Mal ganz davon abgesehen, dass er niemals als Herd sterben konnte, wollte er es auch gar nicht. Er hatte einen Schwur einzuhalten, keine Heldentat zu begehen.

Die Blätter raschelten heftig um sie herum, Holz knackte und knarzte. Durch diesen Lärm hing eine angespannte Stille in der Luft. Derryk biss die Zähne aufeinander und drängte sich an seinen Kameraden vorbei.

»Ich werde keinen Heldentod sterben. Vielleicht töten sie mich, sobald ich Fuß in Ashari setzte. Doch schlimmer wäre es, zu leben, ohne wenigstens herausgefunden zu haben, was die Halbteufel vorhaben. Ich kann meinen Schwur nicht einfach brechen.«

Ashari zu erreichen, stellte eine reine Qual dar. Nicht körperlich, außer von herabfallenden Ästen und Blättern wurden sie von nichts angegriffen. Nicht im Wald, nicht an der Mauer, nicht einmal in den leeren Straßen Asharis.

Nein, das Schlimme war die Aura, die sich in der Stadt konzentrierte. Mit jedem Schritt vorwärts wäre er am liebsten wieder zwei zurückgegangen. Die Luft umhüllte sie in kalten Zügen, sodass Derryk fröstelte.

»Wie lange waren wir bewusstlos?«, flüsterte Ayin in die zum Reißen gespannte Stille. Das Beben hatte aufgehört, als sie die Schwelle in die Stadt übertreten hatten.

Lura wandte den Kopf gen Himmel und dachte kurz nach. »Nicht länger als drei Stunden.«

Ayin, Lura und Luxj hatten sich trotz ihrer Vorbehalte entschieden, ihm zu folgen. Derryk wusste, dass vor allem Luxj es noch immer für eine schlechte Idee hielt. Womit er vermutlich recht hatte.

»Niemand ist mehr hier. Wie können drei Stunden so viel verändern?«

Derryk wusste nichts auf Ayins Frage zu antworten. Drei Stunden konnten eine Menge verändern, Sekunden reichten manchmal schon aus. Und ein Kampf, in dem Halbteufel involviert wären, würde keine Stunden dauern. Vermutlich nicht einmal Sekunden. Jedoch liefen sie auf völlig leeren Straßen, zurückgelassene Karren und Körbe standen herrenlos umher. Keine Menschenseele zeigte sich. Nirgendwo ein Zeichen auf einen Kampf.

»Weshalb ist es hier so still?« Derryk schauderte. Er hatte ungewollt die Stimme gesenkt.

»Was auch immer geschehen ist, vielleicht sind wir zu spät«, murmelte Luxj, eine Hand krampfte um den Griff seines Schwertes. Derryk schluckte. Das war möglich, nein, sogar wahrscheinlich.

Ein Klirren riss sie aus ihrem Gespräch und sie alle zuckten zurück. Das Geräusch verklang unweit von ihnen, ein Schatten huschte von einem verlassenen Karren mit Kochware weg. Auf allen vieren. Derryk erhaschte noch einen Blick auf graue Haut, bevor es aus seinem Blickfeld verschwand.

»Was war das?!« Ayin eilte mit leisen Schritten zu dem Karren.

Ein Wolf? Er wusste nichts von Wölfen im Wald um Ashari. Außerdem sollte sich kein Tier in die Nähe der Stadt wagen im Moment.

Derryk folgte ihr langsamer, die Aufmerksamkeit auf seine Umgebung gerichtet. Wer wusste schon, ob hier noch andere Wesen umhertrieben.

»Sind das … Kratzspuren?« Luxj und Lura standen schon bei Ayin, wobei Ersterer zusammen mit ihr den Karren untersuchte.

»Keine Ahnung. Ich erkenne die Spuren nicht.«

Lura fuhr mit den Fingern über etwas auf dem Boden. »Chameen?«

Derryk hockte sich neben sie. Spitze Einkerbungen sammelten sich in den Steinen rund um den Karren und bildeten eine Spur in die Richtung, in die der Schatten verschwunden war.

»Warum sollten sich Chameen hier aufhalten?«

Lura zuckte die Schultern und warf ihm einen kurzen Blick zu. »Ich weiß nur, dass diese Kratzspuren zu ihnen passen würden.«

»Aber Chameen sind von Natur aus aggressiv. Hätte sie uns dann eben nicht angegriffen?«, warf Ayin zweifelnd ein.

»Wir sollten zum Marktplatz gehen.« Derryk stand auf und zog seinen Umhang enger um sich. »Vielleicht finden wir dort Hinweise darauf, was passiert ist.«

Derryk wollte sich umdrehen, doch sein Körper bewegte sich nicht. Er konnte sich nicht bewegen, nicht einmal mehr den Mund öffnen, um etwas zu sagen. Seine Kameraden hockten ebenfalls wie versteinert da, die Augen weit aufgerissen und in die Ferne gerichtet. Sein Herz setzte einen Schlag aus. Sie sahen so … so tot aus.

Leises, regelmäßiges Klacken ertönte hinter ihm. Sein Herz begann zu rasen. Verdammt, was geschah hier?

Ein Schatten fiel über ihn, eine verzerrte und ihm unbekannte Form.

»D-du widersetzt dich.« Die verzerrte Stimme stach wie tausende kleine Messer in seinen Ohren. Der Schmerz zog sich bis hinauf in seinen Kopf. Er biss die Zähne zusammen. Ein glühend weißes Augenpaar starrte ihn durch den Schatten hindurch an.

»Wie kannst du dich widersetzen??«

Derryks Kopf fühlte sich an, als würde er gleich explodieren. Was bei den Teufeln war das? Ein Halbteufel? Nein, nein, dafür stimmte –

»WIE KANNST DU DICH WIDERSETZEN?«

Derryks Körper zitterte. Warmes Blut lief über seine Lippen und tropfte zu Boden. Diese verzerrte Stimme legte einen zerschmetternden Druck auf seine Brust.

E-es gab aber doch auch keine Dämonenart, die so etwas – nein –

Eine langgliedrige Hand griff aus dem Schatten und grub die Finger in seine Schulter. Seine Gedanken überschlugen sich und verschwanden, sobald er zu denken versuchte. Es war, als würde er fallen, nein, als würde er in einen Abgrund gezogen. Und alles, was er tun konnte, war, sich fallen zu lassen.

»Dein Wille ist mein!«

Eine zweite Hand griff nach ihm und zog ihn auf den Schatten zu. Er konnte den Blick nicht von den glühenden Augen abwenden, konnte sich nur fallen lassen. In den Schatten –

Da blitzte hinter dem Schatten eine zweite Gestalt auf, viel menschlicher, aber verschwommener als das Wesen vor ihm. Er hörte eine Stimme, konnte jedoch keine Worte verstehen. Etwas wurde gesagt, doch er verstand nichts.

Die zweite Gestalt, langsam in ihren Bewegungen und mit durchscheinender Silhouette, als würde sie kaum existieren, zersplitterte den Schatten mit einer einzigen Handbewegung.

Ein schriller, ohrenbetäubender Schrei zerbarst die Trance. Derryk schnappte nach Luft und fiel auf die Knie. Er hielt sich die Ohren zu, doch der Schrei ließ ihn zittern.

Der Schatten vor ihm war verschwunden. Eine Illusion?

Derryk fuhr herum, eine Hand suchend nach der Scherbe des Schwarzen Diamanten ausgestreckt, und sah sich Auge in Auge mit einem riesigen Wesen. Weiße Augen starrten direkt in seine. Seine Hand streifte die kalte Oberfläche der Scherbe und ohne zu zögern, stieß er sie blind nach vorne in den Körper des Dämons.

Diesmal folgte kein Schrei, keine Stimme, die seinen Kopf explodieren ließ. Schwarzes Blut lief über seinen Arm. Derryk keuchte, er fand nicht die Kraft, die Scherbe wieder herauszuziehen.

90

Der Dämon brach zu einer unförmigen Masse aus schwarzer Haut und langen Beinen zusammen.

Derryk drehte sich der Magen um.

»Was ist passiert?« Als er Luras Stimme hörte, zuckte er zusammen. Sein Kopf pochte wie verrückt. Er taumelte und drehte sich um. Die Welt drehte sich leicht.

»Was ist das?« Ayin starrte an Derryk vorbei auf das Wesen. Er konnte nur die Schulter zucken. Es war kein ihnen bekannter Dämon, doch auch kein Halbteufel. Er hatte eine andere Magie wie der Schwarze Diamant ausgestrahlt.

Aber nicht nur der Dämon, wer war die zweite Gestalt gewesen? Dessen Stimme er nicht hatte hören können und … Derryk fasste sich ans Herz. Hatte es ihn beschützt?

»Wirklich faszinierend. Du hast ihn tatsächlich getötet.«

Lura schlug sich die Hand vor den Mund, als eine neue Gestalt auf sie zukam. Auf ihrer roten Haut blitzten immer wieder Spuren von Gold auf, glänzend wie das flüssige Gold ihrer Haare. Mit locker vor der Brust verschränkten Armen blieb sie unweit vor ihnen stehen.

Derryk hob den Blick. Goldene Augen ignorierten seine Kameraden und bohrten sich direkt in seinen Kopf. Er biss die Zähne zusammen.

Das war eine Halbteufelin. Die Scherbe in seiner Hand reagierte auf die Magie, die von dem Wesen ausging. Kälte schoss seinen Arm hinauf.

»Wie konntest du dem Bann des Ak'Amjen widerstehen?«

Derryk konnte nicht anders, als zu der Halbteufelin aufzuschauen. Das Gold bewegte sich in ruhigen Kreisen in ihren Augen, als läge es geschmolzen in einem Käfig.

Oh, nicht schon wieder.

Die Halbteufelin beugte sich runter zu ihm und nahm sein Kinn zwischen zwei Finger. »Was hat meine kleine Schwester nur mit dir angestellt …«

Kleine … Schwester? Derryk riss die Augen auf. »Schwester?«

»Hat sie denn gar nichts über mich erzählt? Was eine Schande.«

Magie knisterte an Derryks Haut, eisig und tiefschwarz. Sie verbrannte die dunkle Magie des Umhangs an seinem Rücken und wanderte über seinen Körper, hüllte ihn in einen neuen Umhang ein. Er fröstelte. Doch. Diese Magie war ihr ähnlich. Doch sie war so viel älter und mächtiger als Iska.

»Wer bist du?«

Doch die Halbteufelin lächelte ihn nur an.

»Ka'Ji verdammt, wo bei den sieben Teufeln bleibst du?«

Das Lächeln fiel von ihren goldenen Lippen und Zorn loderte in ihren Augen auf. Sie wandte sich ruckartig von Derryk ab, ohne dabei sein Kinn loszulassen.

»Was willst du?«

Derryk folgte dem Blick der Halbteufelin zu einem … oh. Einem jungen Mann mit einem Flügel, dessen Gestalt von ebenso viel Magie umgeben war wie Ka'Ji.

Zwei Halbteufel … in Ashari befanden sich zwei Halbteufel.

»… Wer ist das?«

»Scher dich ins Ness, Asstyx.«

»Ich habe keine Lust, deine kleinen Projekte zu betreuen, Ka'Ji. Beaufsichtige die Rituale selbst. Ich habe besseres zu tun.«

Derryk wagte kaum zu atmen. Rituale? Die kleine Gestalt von vorhin kam ihm wieder in den Sinn, von der Lura behauptete, es wäre eine Chameere.

Aus Derryks Gesicht wich jegliche Farbe. Rituale … Die Chameere und zwei Halbteufel. Dazu die Schreie von vorhin und die intensive Magiekonzentration. Konnte es sein, … war es überhaupt möglich? War es möglich, Menschen in Dämonen zu verwandeln?

»Tu, was auch immer du magst. Die Ak'Amjen beaufsichtigen die Rituale. Hier, in Elen Laar und Sakkar. Lass mich da raus.«

Asstyx' Blick fiel auf den toten Dämon vor Derryk und Ka'Ji. »Die haben scheinbar alles unter Kontrolle.«

Ka'Ji zischte irgendeine Antwort zurück, doch Derryk verstand sie nicht mehr. Sein Kopf schwirrte. Sakkar auch? Und Elen Laar? Aber ging von ihnen nicht die Belagerung aus? Haben sie nicht diesen Krieg angefangen?

Ka'Jis Fingernägel bohrten sich schmerzhaft in Derryks Haut. Er starrte die Halbteufelin an.

Es war nie ein einfacher Krieg gewesen. Es ging nie um Territorium oder Belagerung. Das alles war so viel größer, so viel gefährlicher.

»Ki'Aja wird bald einen Bericht von dir wollen. Halte dich also nicht zu lange auf, Tochter des Goldes.«

Neben ihm schnappte Lura hörbar nach Luft. Sofort drehte sich Ka'Ji zu dem Mädchen um, die instinktiv zurückwich.

»Dir sagt dieser Name also etwas, Mensch?«

Lura wurde schneeweiß im Gesicht. »Der siebte Teufel«, flüsterte sie. »Ihr habt ihn befreit.«

»Du kennst tatsächlich die Mythen. Wie interessant. Dennoch - » Ka'Ji wischte einmal mit ihrer Hand durch die Luft. Eine heftige Druckwelle zerrte an Derryk, doch Ka'Jis Hand hielt ihn feste. Er spürte Blut sein Kinn herunterlaufen.

Neben ihm explodiere das Gebäude. Ein überraschter Aufschrei wurde von den zusammenfallenden Steinen übertönt. Die Druckwelle warf Lura, Ayin und Luxj gegen die Wand.

»Nein!« Derryk konnte nur zusehen, wie das Gebäude über ihnen einstürzte. Ka'Ji hielt ihn bestimmend an Ort und Stelle. Sein Herz hämmerte gegen die Brust, während er den schwarzen Flammen mit den Augen folgte, die sich über den Trümmern ausbreiteten.

»Wir brauchen keine Menschen. Doch du -« Ka'Jis Worte erstickten und sie starrte überrascht auf die dünne Scherbe, die tief in ihrem Unterarm steckte. Derryk keuchte heftig, als er sein Kinn aus ihrem Griff riss und ihre kurze Unaufmerksamkeit nutzte, um Distanz zwischen sie zu bringen. Doch kaum war er zwei Schritte zurückgewichen, schleuderte ihn ein plötzlicher Druck von den Füßen. Mit dem Rücken prallte er gegen einen noch stehenden Teil der Hauswand und fiel in die schwarzen Flammen. Sie brannten eiskalt.

Helles Lachen klang in seinen Ohren wieder, ohne wirkliche Freude. Und trotzdem amüsiert. Benommen öffnete Derryk die Augen. Er fühlte nichts in diesem Moment, noch keine Schmerzen oder die Flammen um ihn herum.

»Du hast mich überrascht, Derryk A'Shyr. Doch menschlicher Mut kommt Dummheit gleich.«

44

Ka'Ji

Sie tippte gegen die Scherbe in ihrem Unterarm und verflüssigte den Schwarzen Diamanten. Dann sah sie zu Asstyx.

»Ich wollte ihn nicht töten.« Ka'Ji ließ das flüssige Glas um ihre Finger schweben und genoss die angenehme Kühle auf ihrer Haut.

»Weshalb solltest du ihn am Leben lassen?« Asstyx ließ eine schwarze Wolke Magie über die Trümmer schweben und sie zerfielen zu weniger als Asche. Darunter lagen nun vier Personen. Bewusstlos und in Blut getränkt, Flammen tanzten auf ihren Körpern.

Ka'Ji sah, wie sich Derryks Brust leicht hob und senkte, immer wieder und wieder. Ärger, doch auch eine gewisse Genugtuung breiteten sich in ihrer Brust aus.

»Weil ich noch etwas mit ihm vor- » Sie brach ab, als sich rote Fäden um den bewusstlosen Körper der Menschenkinder zogen. Sie bildeten einen perfekten Kreis, ihr Leuchten formte ein sich um die eigene Achse drehendes Kreuz. Gegen den Uhrzeigersinn. Asstyx schnaubte beleidigt und wollte durch das Kreuz fassen, zog jedoch fluchend die Hand zurück. Ka'Ji kniff die Augen zusammen, als es auf dem Kopf stehen blieb. Dann verschwand der Junge mitsamt seinen drei Freunden.

»Du hättest ihn einfach töten sollen. Dann wäre er nicht entkommen«, kommentierte Asstyx gleichgültig.

Ka'Ji verschränkte die Arme. Das war keine einfache Dämonenmagie mehr gewesen. So stark war kein Dämon. Solche, die zu so etwas fähig waren, hatten ihr Leben vor wenigen Tagen verwirkt. Unter die Dämonenmagie musste sich noch eine dunklere gemischt haben.

Der andere Halbteufel betrachtete überrascht seine Hand: Sie schien verbrannt.

»Ein Königsmörder mit Freunden?«, gab Ka'Ji letztendlich fasziniert zurück.

Asstyx zuckte nur die Schultern.

»Wem er in Neterya wohl begegnet ist …« Ka'Ji schwang den Schwarzen Diamanten einmal um ihr Handgelenk und verfestigte ihn als Armreif.

»Wen interessiert's. Du solltest aufhören, deine Schwester auf unsere Seite ziehen zu wollen. Dann wäre ihr Bruder jetzt auch nicht wissen-die-Teufel-wo.«

Ka'Ji fuhr blitzschnell zu ihm herum, ihre goldene Kralle gefährlich nah an seiner Kehle. Er zuckte nicht mal.

»Ein Halbteufel mit nur einem Flügel sollte nicht so große Reden schwingen«, entgegnete Ka'Ji zischend. »Halte dich aus meinen Angelegenheiten raus. Und du solltest aufpassen, dass dir nicht wieder Menschen entwischen, verehrter Asstyx.«

Mit einem Mal entwich ein raues Lachen der Kehle des Halbteufels und er stemmte eine Hand in die Hüfte. Ein Grinsen zierte seine dünnen Lippen, sodass scharfe Fangzähne zum Vorschein kamen.

»Du bist tatsächlich solch ein Biest, wie die AkMey-Söhne gesagt haben.«

»Die?« Gelangweilt spielte Ka'Ji mit dem Armreif. »Akyma und Ifrat, hm? Lang nichts mehr von denen gehört. Aber es erfreut mich doch immer wieder, wenn man sich meinen Namen merkt.«

»Namen? Sie kennen dein Gesicht. Wie haben sie gesagt? Gold macht süchtig, solange es man nicht in deinen Augen sieht.«

Der Schwarze Diamant knackte gefährlich und Risse bildeten sich darin.

»Gold macht süchtig. Nur nicht immer nach mehr; die Sucht zur Flucht, die Sucht zum Vergessen. Darin verliert man sich doch viel mehr.«

»Du musst es wissen, Tochter des Goldes. Zumindest freuen sich die beiden, dich wiederzusehen. Sie waren beleidigt, dass nur ich ihnen entgegenstand.«

»Da bin ich mir sicher. Doch zuerst erwartet mich eine gewisse Insel.«

Die Kunst des Wiedersehens

-45-

Skee

»Du bist gestorben, obwohl du nie existiert hast.« Diese Worte, die ihr Vater zu ihr gesprochen hatte, kurz bevor er ihr den Dolch in die Brust rammte, brannten sich erneut in ihr Gedächtnis. Sie fühlte noch immer das Messer auf ihrer Brust. Sie spürte noch immer die Metallscherben, die in ihre Haut schnitten, als das Messer auf ihrer Haut zerbrach. Sie sah noch immer die Spitze des Dolches, die sich in das Auge ihres Vaters bohrte.

Dieser Moment brandmarkte sie, die Worte ihres Vaters hatten eine tiefe Narbe auf ihrer Seele hinterlassen. Nichts würde sie jemals mehr so mitnehmen oder paralysieren. Nicht einmal der hypnotisierende Blick eines NakTey.

Sie hatte nicht gedacht, dass es ein schlimmeres Gefühl gab als das Wegsperren ihrer Magie. Doch die Zerstörung der Seele war um ein Vielfaches schlimmer. Ihr Inneres brannte. Wie Gift fraßen sich die weißen Augen durch ihren Körper, direkt zu ihrer Seele und hinterließen ätzende Wunden auf seinem Weg. Tränen rannen aus ihren Augen und fielen auf ihre Hand.

Da verschwamm die Gestalt vor ihren Augen, verlor etwas an seiner Körperlichkeit. Als würde er sich auflösen.

Sie hob ihre andere Hand und fuhr ihre Krallen aus. Ihre Magie war weggeschlossen, nicht jedoch ihr Wesen. Geistesverloren bewegte sie ihre Finger in der Luft, ihre Hände zitterten durch die brennenden Schmerzen. Fäden, leicht wie Federn, tanzten um ihre Fingerspitzen und legten sich um ihre Krallen.

Mit zusammengebissenen Zähnen berührte sie die ledrige Haut des NakTey. Ohne hinzusehen, ritzte sie ein dünnes Kreuz in seine Haut. Irgendwo in der Ferne ertönte ein schmerzerfüllter Aufschrei, unterdrückt und gequält. Um das Kreuz zeichnete sie ein Pentagramm.

Dann einen Strich hindurch.

Der hypnotisierende Blick wurde matt, dann milchig und schließlich leer. Die Hand löste sich von ihrem Handgelenk.

Das Brennen in ihrem Innern ließ nach. Der Schrei verebbte und eiserne Stille umfing sie, als sie aus der Trance erwachte.

Skee sah auf die Leiche des Dämons hinab. Die aschfahle Haut färbte sich im Tod bereits schwarz, das rote Leuchten verließ als dunkles Blut das Innere seiner Augen.

Skee fühlte nichts.

Vier Augenpaare richteten sich auf sie. Totenstille füllte die Luft. Die anderen drei Dämonen wichen an die Wand zurück, neben die Asyx. Diese trat im Gegensatz zu den drei anderen vor, ihre Flügel dicht an ihren Rücken angelegt.

Skee legte den Kopf schief. »Geht es dir gut?«

Die Asyx zuckte kaum merklich zurück. Dann schob sie die Leiche des NakTey mit dem Fuß beiseite und stellte sich Skee Auge in Auge. »Was hast du getan? Wie hast du die Magie manipuliert?«

Skee schüttelte langsam den Kopf.

»Ssssie hat nichtss manipuliert.« Hinter der Asyx schlängelte der Gorgon in Skees Sichtfeld. Die Arme hielt er schützend verschränkt. »Sssolche Magie exisstiert hier nicht.«

»Es ist hier nicht möglich, eigene Magie zu wirken, abgesehen von heller. Aber diese war …«

»Neutralmagie«, erklärte Skee leichthin und betrachtete ihre Hände. Die dünnen Fäden um ihre Krallen verschwanden in blauem Rauch. »Die Helle Magie der Wächter bannt nur Dunkle Magie und die Weiße Magie der Engel bannt schwarze. Helle und Weiße Magie kann man wirken, um Neutralmagie kümmert sich sowieso nie jemand.«

»Nur Mischlinge können Neutralmagie wirken!«, warf der Trickdämon verärgert ein. Im Gegensatz zu den anderen wirkte er nicht verängstigt.

»Ist sie, du wahnwitzige Nebelfigur. Die Frage ist nur, weshalb sie auf die Insel verbannt wurde. Normalerweise nimmt sich der Rat solcher an.«

Skee blendete die streitenden Stimmen der Dämonen aus. Sie wusste nicht, wie sie diese Magie eben gewirkt hatte oder was sie getan hatte. Die blauen Schwaden der Magie passten sich nicht den grünen um sie herum an, sondern blieben an ihr kleben wie winzige Spinnennetze.

Zumindest verflog die Feindseligkeit der anderen Dämonen zueinander und sie bedachten Skee mit distanzierten Blicken und misstrauischen Worten.

Skee ließ die Spekulationen und das Gestreifte einfach an sich vorbeiziehen. Stattdessen schenkte sie ihre Aufmerksamkeit der Ruine, in der sie sich noch immer befanden. Die Decke war vor einiger Zeit mal eingestürzt, die Steine lagen verstreut in dem tiefgelegten Raum, in dessen Mitte sie standen. Moos wuchs an den brüchigen Steinen der Wände und aus den Fugen am Boden wuchs Gras hervor.

Müdigkeit legte sich schwer über ihren gesamten Körper. Sie hatte noch nie so richtig Neutralmagie gewirkt und sie musste feststellen, dass es das

Anstrengendste war, was sie bisher getan hatte. Ihre Beine und ihr gesamter Körper zitterten. Die Erschöpfung setzte sich tief in ihre Knochen.

Noch immer spürte sie die misstrauischen Blicke der vier anderen Dämonen auf sich. Wenn sie hier vor Erschöpfung zusammenbrach, standen die Chancen viel zu gut, dass sie nicht mehr aufwachte. Wie die Asyx gesagt hatte: Hier würde jeder töten, um einen Tag länger leben zu können. Und die vier Dämonen sahen nicht so aus, als bräuchten sie einen Grund, ihr Leben zu nehmen. Skee hatte einen von ihnen, wie es ausgesehen haben musste, mit Leichtigkeit getötet. Natürlich betrachteten sie sie als Gefahr.

Vor ihren Augen flimmerte die Luft.

»Esss spielt keine Rolle. Geht ess dir gut, Missschling? Willsst du dich aussruhen?«

Skee taumelte leicht zurück. Es fiel ihr zunehmend schwerer, sich auf den Beinen zu halten.

»Was bei den Teufeln hast du vor?«, knurrte die Asyx warnend. Sie stellte sich zu Skee und hielt die anderen Dämonen auf Abstand, wandte Skee jedoch auch nicht komplett den Rücken zu. Aus dem Augenwinkel sah Skee, wie die Chameere zum Sprung ansetzte, völlig auf die Asyx fixiert. Skee wollte sie warnen, sie streckte die Hand aus, um den knochigen Körper vom Sprung abzuhalten, doch eine schuppige Hand legte sich um ihr Handgelenk. Als ihr Arm zur Seite gerissen wurde und ein schmerzvolles Knacken durch ihre Schulter fuhr, zerriss ein zorniger Schrei die Stille, gefolgt von einem dumpfen Schlag. Skee sah gerade noch, wie sich die Krallen der Chameere in den Händen, Füßen und Flügeln der Asyx verfingen. Dann knallte Skee hart mit dem Rücken auf den Boden und der Aufprall presste ihr die Luft aus den Lungen. Vor ihren Augen wurde es kurz schwarz und sie spürte, wie sich ein schweres Gewicht auf sie legte. Sie konnte sich nicht mehr bewegen.

Als sich ihr Blickfeld klärte, sah sie in die triumphierenden Augen des Gorgons. Ein taubes Gefühl breitete sich schleichend in ihrem Arm aus, ihre linke Schulter schmerzte, als steckte ein Messer darin.

»Was im Namen der Sechs hast du vor? Hast du deinen Verstand nun gänzlich verloren?«, kreischte die Asyx. Ihre Flügel raschelten laut, was von ihrem Kampf mit der Chameere verriet.

»Der Misschling hat sssich nicht unter Kontrolle! Du bist wahnssinnig, wenn du sssie dazu benutzen willsst, uns hier rausss zu holen.«

»Verdammt, Arreyn! Hör auf, sie töten zu wollen!«

Zwei kalte Hände legten sich um Skees Kehle. Sie musste zugeben, sie hatte noch nie einen Gorgon gesehen, der sich die eigenen Hände schmutzig gemacht hatte.

»Arreyn!«, fluchte die Asyx.

Das Amulett auf Skees Herzen begann warm zu glühen. Mit dem Rhythmus eines Herzschlages pulsierte es. Vor ihren Augen tanzten kleine Sternchen, zu denen sich nun blaue Magieschwaden gesellten. Sie legten sich über Skees Augen und hüllten ihren gesamten Körper ein. Ihr Blick klärte sich.

»Zaryn, halte dich rausss! Verlogene Diebin!«, zischte Arreyn zurück. Für einen kurzen Moment verlor er Skee aus den Augen. Sie atmete tief ein und aus. Es ging erstaunlich leicht, wenn man die Finger um ihre Kehle bedachte. Erst da fiel ihr auf, dass ihre Neutralmagie verhinderte, dass er ihren Hals berührte. Sie schenkte ihr Kraft und die Leichtigkeit des Atmens, doch sie nahm ihre Erschöpfung nicht. Am liebsten hätte Skee die Augen geschlossen.

»Lass mich los, du verstandsloser Fehler der Magie!« Die Stimme der Asyx wurde immer zorniger und zorniger.

Die blauen Schwaden passten sich an den Herzschlag des Amuletts an und pulsierten um sie herum. Auch ihr Herz pochte in diesem Rhythmus und sie spürte neue Kraft in sich. Sie bewegte ihre Finger unter dem Gewicht des Gorgons, ignorierte dabei den Schmerz in ihrem linken Arm. Dann befreite sie ihre Hände ruckartig und stieß den mächtigen Körper mit Leichtigkeit von sich. An den Stellen, an denen Arreyns Schuppen sie berührt hatten, traten Brandmarkungen zum Vorschein. Ein gellender Schrei zerriss die Luft und ließ die anderen Dämonen innehalten.

Skee stand auf. Die Luft um sie herum schimmerte in Azur. Die Farbe ihrer Augen. Früher hatte sie es geliebt, ihre blauen Augen im klaren Seewasser zu betrachten. Nun umgab diese Farbe alles um sie herum.

Der Gorgon kauerte vor ihr, die Augen weit aufgerissen und die gespaltene Zunge zwischen seinen Zähnen hervorschauend.

Skees Finger fanden das pulsierende Amulett von selbst. Unzählige blaue Seelen jeglicher Wildkatzen sprangen daraus hervor und versammelten sich vor ihr.

»Bei den Teufeln«, flüsterte eine ehrfürchtige, undeutliche Stimme. Der Trickdämon wich vor ihr zurück, die feurigen Augen auf die Seelenkreaturen gerichtet.

»Helft uns«, flüsterte Skee ihnen zu. Ohne zu zögern, sprangen die Wildkatzen auf die drei Dämonen. Panisch flüchtete die Asyx zu Skee. Die anderen drei Dämonen wurden unter blauer Magie begraben, selbst die manifestierte Seele des Trickdämons wurde von den Wildkatzen zu Boden gezerrt.

»Eine neutrale Art der Seelenmagie. Wie bei den sechs Teufeln ...«, flüsterte Zaryn.

Grelle Schreie vermischten sich mit leisem Fauchen und Knurren. Skee wendete sich von ihren Katzen ab und sah zu den zerfallenden Steinen. Sie erkannte die weißen Magiefäden in den Steinen wie ein hauchdünnes Garn, aus welchem sie gewebt wurden. Skee berührte diese Fäden, vorsichtig bogen sie sich unter ihrer leichten Berührung. Sie fühlten sich ebenso brüchig an wie die Abbildungen der Steine. Umso stärker sie unter ihren Fingern nachgaben, desto mehr Risse entstanden in den Steinen.

Skee fuhr die Krallen aus. Sofort legten sich die blauen Schwaden wieder darum. Mit ihren Krallen zog sie an den weißen Fäden und ohne großen Widerstand rissen sie. Skee riss mehr Fäden entzwei und der Stein zerbrach komplett.

Mittlerweile war es still geworden in dem kleinen Raum. Die blauen Seelen saßen geduldig zu Skees Füßen, beobachteten die Umgebung aufmerksam und ließen die Asyx nicht aus den Augen. Diese verharrte erstarrt, doch Skee konnte nicht sagen, ob vor Angst oder vor Freude. Vielleicht eine Mischung aus beidem? Doch von Ersterem definitiv mehr. Auf jeden Fall zuckte ihr Blick ab und zu auf die blutigen Leichen der anderen Dämonen.

Skee wickelte sich die losen Fäden um die Krallen und begann, sie neu zu verweben. Zuerst etwas ganz Unspektakuläres, ein langes Kleid ohne Farbe, doch aus den seidigen Stoffen des Palastes, welche sie gewohnt war. Die graue Farbe konnte sie nicht ändern, doch schließlich hielt sie ein schlichtes, bodenlanges Kleid mit kurzen Ärmeln in den Händen.

So fühlte es sich also an, Magie zu manipulieren. Die dünnen Fäden fühlten sich an, als hätte sie eine Feder oder einen Tropfen Wasser zwischen den Fingern.

»Wie leichthändig du die Magie manipulierst«, murmelte Zaryn. Angst schwang in ihrer Stimme mit.

Skee legte sich das Kleid über den linken Arm, der Schmerz verblieb nur noch ein dumpfes Echo, als sie sich zur Asyx umdrehte. Statt auf deren Worte einzugehen, zuckte sie nur die Schultern. Die Seelenkatzen wuselten um ihre Füße herum und schmiegten sich an ihre Beine.

»Weiße Magie manipulieren, Seelenmagie neutral ausüben. Das ist beachtlich.«

Skee nickte geistesabwesend. Sie kniete sich zu den Wildkatzen. Sie spielten mit Skees Kleid. Vielleicht mochten diese Kräfte beachtlich sein, doch für sie fühlte es sich normal an. Diese Art von Magie. Dass sich keine Magie fremd anfühlte, dass sie sie zu jeder Zeit benutzen konnte. Sie würde sie sich ganz sicher nicht wieder nehmen lassen.

Die Berührungen der Seelen glichen kaltem Wasser unter ihren Fingern. Jede Maserung des Fells und jede Mimik war klar im blauen Leuchten zu erkennen. Skee tippte an den pulsierenden Aquamarin und die Wildkatzen sprangen zurück hinein. Bevor sie aufstand, fasste sie sich an ihr ruhig schlagendes Herz und genoss das Gefühl der Wärme, welches sich in ihr ausbreitete.

Als sie aufstehen wollte, gaben ihre Beine kurz nach und sie taumelte gegen die kalten Steine. Das Kleid fiel zu Boden.

»Geht es dir gut?«

Skees Augen wurden schwer. Auch das Atmen wurde anstrengend. »Ich dachte, du bist nicht meine Freundin. Nur Freunde fragen sowas.«

Die Asyx stutzte, antwortete jedoch unverwandt: »Ich habe dich lieber zur Freundin als zur Feindin.« Dabei fiel ihr Blick auf die ausgebluteten Dämonenleichen.

»Das is' keine Freundin«, murmelte Skee. Ihre Lider fielen zu und wurden zu schwer, um sie wieder zu öffnen.

»Keine Sorge …« Mehr verstand sie von Zaryns Worten nicht mehr.

Der Boden unter ihr sandte eine wohlige Wärme aus. Skee zog die Beine enger an den Bauch. Ein Lächeln kräuselte ihre Lippen, als sie das Knistern des Feuers hörte.

»Du hast dich im Schlaf schon eingerollt. Ist dir noch immer kalt?«

Skee schüttelte träge den Kopf. »Mir ist nicht kalt. Ist nur gemütlicher so«, nuschelte sie verschlafen.

»Gemütlich? Na, wenn du keine anderen Sorgen hast«, kam es von irgendwo hinter dem Knistern.

Als Rauch in ihre Richtung flog, legte sie schützend die Hände über ihre Nase, doch schließlich öffnete sie die Augen und setzte sich schlapp auf.

Vor ihr brannte ein kleines Lagerfeuer mit verkohlten Stöcken und hinter den orangenen Flammen lehnte die Asyx an einem massiven Baumstamm. Ihre Flügel benutzte sie als Decke.

»Wo sind die Ruinen?«

»Einen kurzen Fußweg entfernt.« Nadelbäume und hohe Büsche umgaben sie. Der Boden war mit Blättern, Nadeln und weichem Gras bedeckt.

»Wenn uns jemand bei den Leichen gesehen hätte, wären wir jetzt wahrscheinlich tot.« Die befiederten Flügel der Asyx raschelten leise, als sie sich Skee zuwandte.

Skee streckte sich, sodass ihre Knochen knackten. Dann schüttelte sie den Kopf, um die Erschöpfung zu verscheuchen. »Wir? Weshalb hast du mir geholfen?«

Während Zaryn nach Worten suchte, pflückte Skee sich Blätter und Äste aus der blonden Mähne.

»Wie schon gesagt. Ich habe dich lieber zur Freundin als zur Feindin. Außerdem …« Sie biss sich auf die Lippe. »Danke. Du hast mir geholfen. Ich habe die Hilfe erwidert.«

»Ist doch selbstverständlich.« Skee wollte eigentlich noch ein »Weil du meine Freundin bist anhängen« doch sie wollte nicht wieder einen Vortrag gehalten bekommen.

Die Asyx betrachtete sie aus scharlachroten Augen, die keinerlei Emotionen oder Gedanken verrieten. »Du solltest froh sein …«

Etwas anderes nahm Skees Aufmerksamkeit ein. Die Magiefäden ihrer Umgebung flimmerten und begannen sich zu dehnen und zu reißen. Sie sah sich um.

Die weißen Fäden rissen und rissen, webten sich jedoch nicht wieder neu.

»Was bei allen …«

Dann bemerkte sie eine ganz bestimmte Präsenz, die sich mit dem Echo einer viel, viel stärkeren Aura mischte, bei der ihr Herz zu rasen begann.

46

Iska

Der Wald erschien ihr endlos. In jeder Richtung empfingen sie die gleichen grünen Blätterdächer. Die hellen Farben blendeten sie nach dem tristen Grau des Zirkus'. Iska warf einen Blick hinter sich, doch die Nebelschwaden waren verschwunden. Dort standen nur noch mehr Bäume, noch mehr Blätter, noch mehr Ungewissheit.

Wenn sie so recht darüber nachdachte, hatte sich nichts verändert. Skee befand sich noch auf der Insel, Ask und Lynn blieben verschollen. Nur Derryk hatte sie die Möglichkeit gegeben, sich zu befreien. Ob das letztendlich erfolgreich endete oder ihn in den Tod führte, blieb eine unbeantwortete Frage. Über die sie lieber nicht rätselte. Bis sie einen Beweis für das Gegenteil hatte, würde sie davon ausgehen, dass Derryk sich befreien konnte und am Leben war. Sie würde später nach ihm suchen. Zuerst musste sie zu Skee. Sie brauchte Leute auf ihrer Seite, allen voran Skee. Danach waren Derryk, Ask und Lynn an der Reihe. Der alte Alchemist hatte sicherlich einen Rat für sie auf Lager, was genau sie gegen Ki'Aja unternehmen konnten. Doch zuerst Skee.

Irgendwie musste sie Akyma und Ifrat finden. Auf die Insel der beschworenen Dämonen zu gelangen, war überaus schwierig. Sicher, es gab das Ritual der Wächter … Iska schüttelte den Kopf. Definitiv nicht. Und sie wusste nur wenig über das Gefängnis und noch weniger über jenes Ritual. Also brauchte sie Informationsquellen. Hilfe, wenn die beiden Halbteufel bereit dazu waren. Irgendwas.

Sie betrachtete den Schlüssel in ihrer Hand. L'Annin dämon–raskyje. Er würde ihr auf der Insel nicht helfen können. Sie konnte nicht riskieren, seine Form zu verändern und ihn als Waffe gegen die Insel zu benutzen. Allerdings bestand er aus kristalliner Schwarzer Magie. Vielleicht konnte sie mit seiner Hilfe ihre Schwarze Magie sammeln und besser konzentrieren, im Notfall. Iska steckte den Schlüssel erst mal weg. Akyma und Ifrat. Ohne sie kam sie erst gar nicht auf die Insel. Nur wie sollte sie die beiden erreichen? Sie würden sich sicher vor dem Einfluss eines Sehers schützen, aus Vorsicht vor Ka'Ji.

Iska musterte ihre Umgebung. Bäume, überall standen Bäume. Totes Blätterdach lag zu ihren Füßen, ein staubiges Graugrün statt verwelktem Braun. Die Farben spielten ähnlich verrückt wie im Zirkus. Sie war in Shabaan gelandet. Interessant. Schattige Nebel zogen durch die Ferne, wandelten die Bäume in ferne Schemen. Magie sammelte sich in Shabaan zu dichten Nebeln, um jeglichen Orientierungssinn zu zerstören. Dadurch wurde verhindert, dass sich die Toten wieder ins Land der Lebenden verliefen. Außerdem stellte das den Grund dar, weshalb Halbteufel und andere Wesen mit stärkerer Magie als diese Nebel nach dem Tod nicht hierher verbannt wurden. Das besagten jedenfalls dämonische Lehren. Shabaan versiegelte also weder ihre Magie, noch würde es sie gefangen halten.

Iska setzte sich zwischen die dicken Wurzeln eines Baumes und lehnte sich an die raue Rinde. Sie könnte mit ihrem Dritten Auge nach den Zwillingen suchen, doch das würde zu lange dauern. Bis sie die ganze Welt abgesucht hatte – nein. Sie würde nach Schwarzer Magie suchen. Jeder Halbteufel trug ihr Potenzial in sich, auch wenn sie es nicht anwandten.

Sie nahm den Rock ihres Kleides in die Hand und riss ein Stück davon ab. Die Farbe war durch den Schmutz daran kaum noch zu erkennen. Seher verstärkten ihre Fähigkeiten mit Tenbra-Fäden. Und da sie keinen bei sich hatte, musste sie sich einen selbst machen. Die Magiegegenstände ließen sich einfach herstellen, besaßen dadurch jedoch auch keine große Macht oder Reichweite. Doch da Iska nach Schwarzer Magie suchte, musste sie die eigentliche Herstellungsweise sowieso abändern.

Sie holte den Schlüssel wieder aus der Tasche in ihrem Kleid und schnitt sich mit der scharfen Kante in den Handballen. Kleine Blutstropfen fielen langsam auf das Band. Sobald der erste Tropfen es in schmutziges Rot färbte, flüsterte Iska Worte der Alten Sprache; Worte, die das Blut im Einklang mit ihrer Stimme schrieb. Sie rezitierte eine alte Schrift, eine Theorie der elementaren Magie zu Entfernung und Raum. Danach änderte sie den Text zu ihren Wünschen ab, fügte mit ihrem Halbteufelblut einen neuen Paragrafen an zu Schwarzer Magie. Die Worte folgten ihrer Stimme in zittrigen Linien, sie verblassten zum Ende hin.

Mit schwerem Atem starrte Iska auf das Tenbra-Band. Es strahlte eine bedrückende Aura aus, als es sich um ihr Handgelenk legte. Sie nahm sich ein paar Sekunden, um die bleierne Schwere in ihren Knochen abzuschütteln, bevor sie mit ihrer Magie nach dem Tenbra-Band griff. Hoffentlich würden die Brüder ihr helfen. Auch wenn sie ihnen danach einen Gefallen schuldete, es spielte keine Rolle. Sie hatte keine andere Wahl.

Da hielt Iska inne, ihre Finger stoppten. Der Gefallen, den sie den Zwölf schuldete – was war mit diesem? Die Zwölf waren tot, ermordet von Ki'Aja. Sie konnte nur inständig hoffen, dass dieser nicht auf den Teufel überging oder der Gefallen verfiel, auch wenn dieser Gedanke fast schon kindisch war. Magie verfiel nicht. Eine solche Schwurmagie noch weniger.

Sie schloss die Augen und öffnete ihr Drittes. Das waren keine Sorgen, über die sie sich jetzt Gedanken machen sollte. Sie konnte daran sowieso nichts ändern.

Zuerst färbte sich ihr magisches Sichtfeld komplett schwarz. Sie sah nichts und spürte nichts. Das Band um ihren Arm brannte kalt und immer kälter, während Iska wartete. Sie hielt die Augen geschlossen, konzentrierte sich auf die Weite, die sie umgeben sollte. Konzentrierte sich auf die Kälte der Schwarzen Magie, die in ihr brodelte.

Dann, zuerst ganz leise, kaum mehr als ein Wispern im Wind, vernahm sie zwei Herzschläge. Ruhig und kräftig schwoll der stetige Ton an. Sie fühlten sich nah an, umgeben von dem Mysterium an Magie, was Shabaan war. Ein dritter Herzschlag gesellte sich dazu, überall und nirgendwo, nahe und fern. Und ein vierter, fünfter und sechster Schlag, beisammen, geheim und laut. Irgendwo, verdeckt und geschlagen, als existiere er überhaupt nicht, klang noch ein siebter nach. Ihr wurde schwindelig. Die sieben verschiedenen Töne dröhnten in ihren Ohren, hämmerten gegen ihren Schädel. Bis sich ein Achter dazu gesellte, kraftvoll und dunkel, so abgrundtief schwarz.

Iska schreckte hoch, ihr Herz raste so schnell, dass es schon schmerzte. Kalter Schweiß lief über ihre Schläfen und den Rücken hinunter. Das Tenbra-Band um ihr Handgelenk war verbrannt.

Es war eine dumme Idee gewesen, verdammt dumm. Sie hatte nicht mit Ki'Aja gerechnet. War er gerade in der Oberwelt? Oder streckte seine Macht sich einfach so weit, dass sie ihn von Neterya aus gespürt hatte?

Iska keuchte, die Welt drehte sich. Ihre Arme zitterten. Hatte – hatte sie die anderen Halbteufel auf sich aufmerksam gemacht? Hatte sie ihre Präsenz mit ihren geteilt?

Da zerrte eine dunkle, nein, pechschwarze Magie an ihr und zog sie in einen schlaflosen Traum.

Verschwommen sah Iska Skee durch hohes Gras und sterbende Bäume hetzen. Eine dunklere Gestalt folgte der Animeere. Iska konnte die schemenhaften Flügel nur erahnen, aber sie riet, dass es sich um eine Asyx Nocxj handelte.

Vor ihrem Dritten Auge pulsierte die Welt und wurde mit jedem Schlag undeutlicher. Sie sah immer weniger, doch nicht nur wegen ihrer Kraftlosigkeit. Die Welt, auf der Skee sich befand, verschwand. Sie löste sich auf.

Jemand packte ihren Arm. »Gefällt dir mein Werk?«

Iska konnte ihren Körper nicht bewegen, nicht mal ihren geistigen vor ihrem Dritten Auge. Die Schwärze füllte sich mit funkelndem Gold.

»Ka'Ji.«

»Ich bin beeindruckt, Iska. Das war gute Magie. Doch nun siehst so schwach aus. Ich könnte dich unterrichten, Iska. Ich kann dir zeigen, wie du die Schwarze Magie anwendest, ohne zusammenzubrechen. Mein Angebot steht noch.« Ein Lachen erfüllte Iskas Ohren. »Du siehst ja, was passieren wird, wenn du es ausschlägst.«

»Was würde passieren, wenn ich es annehme?«

Ka'Ji kicherte. Tiefes Schwarz erfüllte das grelle Gold. »Halte mich nicht für blöd, Iska. Aber netter Versuch.«

Iska glaubte, sie würde fallen. Ka'Jis Gestalt erschien über ihr, ihre scharfen Krallen berührten zärtlich Iskas Kinn und zwangen sie, ihre Halbschwester anzuschauen. »Du bist eine schreckliche Lügnerin. Aber um deine Frage zu beantworten: Ich hätte wahrscheinlich einen Dolch im Rücken.« Ein Lächeln umspielte ihre Lippen. Eine Klinge strich Iskas Kehle entlang. Sie zuckte weder zurück, noch rührte sie einen Muskel.

»Wobei, bis auf Suruhs Dolch gibt es kaum Waffen, die uns tatsächlich töten können. Und du beherrschst eine solche Magie leider auch nicht.«

Der Dolch. Daran hatte sie gar nicht mehr gedacht.

»Man kann es dir nicht mal übel nehmen, dass du den Dolch vergessen hast. Bei all dem Trubel die letzten Tage.«

»Ka'Ji, lass den Scheiß! Finger weg.« Eine Hand aus dem Nichts packte Ka'Jis Arm und schleuderte die Halbteufelin nach hinten. Im selben Moment wurde Iska von zwei Armen hochgezogen. Jetzt hatte sie nicht mehr das Gefühl zu fallen, sondern in der Luft zu schweben.

Akyma stellte sich vor sie, Ifrat neben sie. Sein linker Flügel berührte ihren Rücken.

»Ihr stört«, gab Ka'Ji unbeeindruckt zurück. Ihre gold-rötliche Figur tauchte wieder auf. »Seit wann macht ihr euch Sorgen um andere?«

»Seit du dich am Weltuntergang beteiligst.«

»Untergang? Sei nicht so dramatisch, Ifrat. Die Welt wird neu geschrieben, nicht mehr. Es werden lediglich Fehler berichtigt.«

»Es gibt zurzeit drei existierende Fehler. Sollen wir helfen, euch zu beheben?«, gab Ifrat kalt zurück.

Ka'Jis Lippen kräuselten sich zu einem Grinsen. »Ach kommt schon. Habt ihr wirklich etwas dagegen, wenn wir die Teufel auslöschen? Liegt AkMey euch etwa so am Herzen?«

Ifrat zischte zornig und Akymas Muskeln spannten sich an.

»Dachte ich mir. Asstyx hat es verstanden, nur ihr stellt euch quer. Auch wenn mir die Logik dabei leider entgeht.«

»Dir entweicht jegliche Logik zurzeit. Die Sechs sind keine Lösung, Ki'Aja jedoch noch weniger. Er ist der gefallene Gott, unsterblich und allmächtig. Die Sechs sind wenigstens besiegbar.«

»Teufel besiegt man mit Teufeln. Mir ist gleich, wie die Welt aussehen wird, solang diese aufhört zu existieren. Diese Welt hat uns trotz allem verstoßen. In einer Welt voller Stärke kann man uns nicht verstoßen.«

»Es ist gleich, ob man verstoßen wird, wenn man tot ist. Ki'Aja kümmert sich doch einen Dreck um dich.« Iska schielte zu Ifrat. Er hielt die Hand leicht vor sie gestreckt, wie um sie zu schützen.

»Und ich mich um ihn. Solang er nach Stärke sucht, werde ich nicht verstoßen. Und wenn die Welt untergeht, gehe ich zumindest nicht allein. Mir ist das Leben gleich, mein Tod jedoch nicht.«

Iska verstand langsam, worum es hier ging. Ka'Ji ging es nicht gänzlich um Rache. In einer grotesken Weise schien es ihr vor allem um ihren Frieden zu gehen. Dass sie dafür über tausende Leichen ging, kümmerte sie herzlich wenig.

Akyma und Ifrat erwiderten nichts.

»Wir sehen uns früh genug in Fleisch und Blut. Heben wir uns unsere Worte doch für dann auf. Habt einen schönen Aufenthalt in Shabaan.«

Iska spürte Ka'Jis Präsenz direkt neben sich. »Falls du mich suchen solltest … Ich statte deiner Freundin einen Besuch ab.«

Damit war sie mit Akyma und Ifrat allein. Es fühlte sich an wie die Teufelsdimension, also hatte Ka'Ji sie wohl mit ihrer Magie an den Rand dieser Dimension geführt. Die Magie klang hier lediglich nach, dennoch war dieser Nachhall stärker als alles, was sie kannte. Bis auf jene Präsenz.

»Eine tolle Familie hast du da.«

»Ich dachte, Halbteufel geben nicht viel auf Familie?«, gab Iska an Akyma zurück, der sich zu ihr umgedreht hatte.

Amüsiert zog er eine Braue in die Höhe. Ifrat schnaubte und drehte sich zu Iska um. »Was genau hast du dir bei deinem kleinen Kunststück gedacht!?«

»Ich habe euch gesucht.« Ihre Magie wurde also doch von den anderen Halbteufeln entdeckt. Zumindest von dreien. Verdammt.

Akyma legte Ifrat beschwichtigend die Hand auf die Schulter. »Wir sollten aus dieser Dimension raus. Bleib, wo du bist, wir kommen zu dir. Und hör auf, deine Magie einzusetzen.«

Iska sah auf ihre zittrigen Hände. Wenn sie nicht ihren Herzschlag spüren würde, würde sie sich für tot halten. Ihre Magie entglitt ihr langsam. Der Rand ihres Sichtfeldes färbte sich schwarz.

Ihr Körper schmerzte und sie fühlte sich erschöpft. Ihre Augen fielen zu.

Sie wusste nicht, wie lange sie schlief. Oder bewusstlos war. Irgendwo am Rande ihres Bewusstseins spürte sie Magie, dunkle Magie am Rande zur Schwarzen. Sie konnte sich ihr Bewusstsein jedoch nicht wieder erkämpfen. Stattdessen fiel sie tiefer in den Schlaf.

Ihr Körper schmerzte vor Erschöpfung. Ihre Muskeln protestierten, als sie sich rekelte. Sie schlug die Augen auf.

Über ihr erstreckte sich ein grauer Himmel mit fast schon schwarzen Wolken auf. Von der Sonne fehlte jede Spur, sie wurde von einem dunklen Ball ersetzt. Die erdrückende Atmosphäre lastete jetzt schon schwer auf ihr.

»Na endlich. Willkommen zurück in der Welt der lebenden Toten.«

Iska richtete sich auf. Der Staub vom Boden blieb in ihren zausigen Haaren hängen. Der Wald wirkte tot und vertrocknet, trotz der spärlichen Blätterdächer der Bäume. Die Erde war so trocken, dass Iska sie im ersten Moment mit Staub verwechselte. Shabaan, das Land der Toten. Scheinbar war alles einst Lebendige tot, sowohl Menschen als auch Pflanzen.

»Ich hätte nicht gedacht, dass du auf uns hörst.« Akyma und Ifrat lungerten in einem provisorischen Lager aus zwei Hängematten weiter oben in den verwitterten Baumkronen und einem erloschenen Lagerfeuer.

»Wenn du schlauer bist, als du aussiehst, nimm dir noch einen Rat zu Herzen: Vergiss deine Magie für die nächsten Tage. Gib deinem Körper erst mal Kraft zum Regenerieren.«

Iska stand auf und klopfte sich den Staub von den Klamotten. »Wie komme ich auf die L'Annin dämon-hexje? Und …«

»Wenn du sterben willst, bleib hier. Hier zählst du bereits als tot.«

»Und wieder zurück. Und wie kann man den Bann der Insel lösen?«

Verärgert raschelte Ifrat mit seinen Flügeln. »Dir ist bewusst, dass du tot niemanden helfen oder besiegen kannst?«

»Ich kann mich zu jeder Zeit erholen. Andere jedoch …«

»Auch du als Suruhs Tochter hast deine Grenzen. Und du bist nicht Ka'Ji. Deine sind um einiges früher erreicht als ihre.«

»Für dich ist keins deiner Ziele möglich«, fügte Akyma hinzu. Während Ifrat etwas Unverständliches murmelte, lehnte Akyma noch immer an einem der Skelettbäume und fixierte Iska mit seinem Blick. Das tiefe Schwarz seiner Augen musterte sie matt und ausdruckslos.

»Du kannst weder deine Mischlingsfreundin von der Insel holen noch die Zerstörung der Insel verhindern oder Ka'Ji in diesem Kampf besiegen. Die Insel wird mit Weißer Magie beschützt, dagegen bist du ohne Schwarze Magie machtlos. Sie ist das einzige, was den Bann aus heller Magie brechen könnte. Und Ka'Ji beherrscht Schwarze Magie so, wie wir dunkle Magie beherrschen. Sie ist mit Abstand die Stärkste der Halbteufel, sie kommt selbst an die Teufel heran.«

»Wenn Ka'Ji so stark ist und Ki'Ajas Kommandantin, weshalb seid ihr dann nicht auf ihrer Seite? Ihr habt scheinbar auch Angst davor, gegen sie zu kämpfen.«

Die beiden Halbteufel schwiegen, Akyma wich ihrem Blick sogar aus.

»Du bist auf einem falschen Gedankengang, Iska. Wir wollen niemanden schützen oder gar retten. Die Teufel, Engel, Menschen und Dämonen sind uns egal. Ka'Ji erliegt jedoch ihrer Hoffnung, Ki'Aja würde sie in irgendeiner Weise brauchen. Das tut er jedoch nur solange, bis er sein Ziel erreicht hat, wenn überhaupt. Sie wird seine Welt nicht erleben, niemand wird das«, sagte Akyma nach einer Weile.

»Es gibt zwei ewige Bereiche in dieser Welt, die immer existieren müssen. Eins davon ist Shabaan, oder eigentlich das, was es symbolisiert: ein

Ort für Tote. Solange dieser Ort existiert, existiert auch alles, was in ihm lebt.«

»Ihr lauft also nur weg und sichert euer Überleben«, fasste Iska aus Ifrats Erklärung.

»Ja«, bestätigte Ifrat unverwandt.

»Für wen sollten wir denn kämpfen?« Akyma lief ein paar Schritte auf Iska zu und starrte auf sie herab. Sie hatte das seltsame Gefühl, als wollte er mit seinem bloßen Blick etwas herausfinden.

Iska schwieg. Sie wusste nichts zu antworten. Sie kannte die beiden Brüder kaum und ihre Vergangenheit noch weniger. Es würde sich jedoch lohnen, diese herauszufinden. Zu einem späteren Zeitpunkt.

»Exakt. Wir haben keinen Grund, etwas anderes zu tun, als unser Überleben zu sichern«, gab Ifrat irgendwo hinter Iska wieder dazu.

»Weshalb bist du so versessen darauf, diesen Mischling zu retten?« Akyma stand nun direkt vor Iska und verschränkte die Arme.

Iska starrte unverwandt zurück. »Ich tue, was ich für richtig halte«, erwiderte sie nach kurzem Zögern. Was hätte sie sonst sagen sollen? Wegen Freundschaft? Selbst ihr kam ein wenig kindisch für ihre Situation vor. Außerdem brauchte sie Skee nicht nur als Freundin, denn wenn sie so stark war, wie alle sagten, bräuchte Iska sie auch im Kampf.

»Du willst also Heldin spielen.«

»Helden sind Mythen.«

Ifrat lachte, doch sein Bruder runzelte die Stirn. »Was ist dann dein Ziel?«

Iska brauchte einen Moment, bis sie antwortete. »Mein Ziel war es nie, eine Heldin vorzuspielen. Ich kenne eure Motive und Gründe nicht, weshalb ihr tut, was ihr tut. Mir bleibt nur übrig zu tun, was ich für mich am besten halte.« Iska sah wieder zu Akyma. »Nicht anders als ihr.«

»Unser Handeln ist begründet. Deins scheint eher einer Laune zu entspringen«, brummte Akyma. »Was hat der Mischling dir gegeben, damit du dein Leben für sie riskierst? Wir hatten dir geholfen, weil der alte Alchemist es von uns verlangt hat. Wir hatten keine Wahl. Aber du …«

»Skee hat mir geholfen, diese Welt besser zu verstehen und hineinzufinden.« *Außerdem erinnert sie mich an mich selbst, ein wenig. Und so lächerlich es auch klingen mag, ich mag ihre Freundschaft.* Iska wollte es nicht laut sagen, da für die beiden Halbteufel Freundschaft nichts bedeutete. Doch Akyma erriet ihren Gedankengang.

»Du bist alleine, Iska. Niemand wird dir etwas zurückgeben. Suche dir selbst einen Weg, Ki'Aja zu überleben.«

»Nichts anderes tue ich.«

»Nein, nein, tust du nicht. Du kennst weder Ka'Ji noch Ki'Aja oder die Ak'Amjen. Dein Weg führt unweigerlich in den Tod.«

Iska knirschte mit den Zähnen. »Ihr müsst mir ja nicht helfen. Sagt mir doch einfach, wie ich auf die Insel und wieder zurückkomme.«

Akyma schüttelte den Kopf, seine Finger trommelten auf seinem Oberarm.

»Bei allem, was mir unheilig ist«, fluchte Ifrat. Totes Gras knirschte hinter Iska und der Halbteufel erschien neben ihr. »Der Bann um die Insel mag nur helle Magie sein, doch die Insel an sich wurde aus reiner Weißer Magie erschaffen. Und diese verstärkt den Bann noch zusätzlich. Dir wird die helle Magie der Insel schon im Weg stehen, aber gegen die weiße Magie kommen selbst wir nicht an! Es gibt keinen Weg von der Insel!«

»Reine Schwarze Magie ist stärker als reine Weiße Magie. Deshalb gibt es auch sechs Teufel und zwölf Erzengel –«

»Und deshalb ist Ki'Aja auch so ein großes Problem. Nicht mal die zwölf Erzengel und die sechs Teufel kamen zu früheren Zeiten gegen ihn an. Ich weiß, was du sagen willst, Iska.« Akyma drängte Iska zurück, sodass ihr Rücken gegen den Baumstamm drückte. Der Riese von einem Halbteufel stemmte eine Hand über ihrem Kopf gegen die Rinde und starrte finster auf sie herab. Die beiden Söhne AkMeys strahlten eine verdammt finstere Aura ab. Sie waren wirklich zornig.

»Ka'Ji hat die Macht, die Insel zu betreten und zu verlassen, Ki'Aja gibt sie ihr. Reine Schwarze Magie kann nur sie von uns Halbteufel anwenden, selbst Asstyx lässt die Hände davon. Doch auch ihr wird es nicht leichtfallen, von der Insel zurückzukehren. Die Erzengel persönlich haben den Wächtern den Bann geschenkt und Ka'Ji ist auch nur eine Halb –«

»Also ist es möglich.«

Seine Faust schlug in den Stamm wenige Zentimeter neben ihrem Kopf ein. Tote Blätter und Geäst rieselten auf Iska herab. Akyma wandte sich ab, seine Hände zu Fäusten verkrampft.

»Verdammt, Iska!«

»Wovor habt ihr solche Angst? Wenn Ki'Aja so stark ist, wie ihr sagt, dann lässt er auch das Totenreich nicht in Ruhe. Selbst wenn er es nicht zerstören kann, so wird er es nach seinem Willen formen und sobald er euch entdeckt, sterbt ihr. Wie ihr gesagt habt, keiner hat eine Chance, ihn zu überleben.«

Die Anspannung brannte wie Flammen auf ihrer Haut. Sie ignorierte ihr wild schlagendes Herz und schob den Gedanken beiseite, dass Akyma und

Ifrat um einiges stärker waren als sie. Keiner der beiden sagte etwas. Wahrscheinlich hatte Iska ins Schwarze getroffen, den Zweifel gefunden, den die Brüder einfach immer ignoriert hatten. Denn es stimmte zwar, es musste immer einen Ort für Tote geben, doch dieser musste nicht die gleiche Form behalten. Ki'Aja könnte diesen Ort zu seinem persönlichen Gefängnis machen oder ihn ganz von der Oberwelt entfernen und eine eigene Dimension oder Welt erschaffen. Schließlich war Ki'Aja der Teufel der Schöpfung.

Ironisch, dass es einen Teufel der Schöpfung gibt, aber keinen für Zerstörung. Und das genau dieser dennoch alles zerstören will ...

»Auf die Insel kommst du mit einem einfachen Ritual, das solltest selbst du hinbekommen –«

»Ifrat.«

»Doch du kommst nicht hinunter. Natürlich gibt es Wege, aber die sind dir und uns versperrt. Ka'Ji kennt sie, wissen die Teufel, warum. Deine einzige Möglichkeit besteht also darin, auf sie zu hoffen. Weißt du denn, was sie vorhat?«

»Ifrat!«

»Halt die Klappe, Akyma, die Kleine hat recht. Shabaan ist ein Ort für Tote, doch hier sind nur Menschen, Dämonen und Wächter – und wir. Ki'Aja wird ihn zerstören und einen neuen erschaffen.«

Akyma schüttelte den Kopf und seufzte tief.

»Ka'Ji hasst die Insel. Die Dämonen darauf werden ihr egal sein, doch die Insel ist ein Zeichen der Erzengel und ein Symbol der Sicherheit für Menschen. Ich schätze, sie wird sie zerstören wollen.«

»Wenn Ka'Ji die Insel also zerstört«, schloss Iska und ein Gefühl der Zufriedenheit breitete sich in ihr aus, »kann ich ihr entkommen.«

»Oder du stirbst mit der Insel. Du brauchst einen Weg hinunter.«

»Skee kann teleportieren. Sobald der Bann der Erzengel zerstört ist, erhält sie ihre Magie.«

Akyma und Ifrat schwiegen. Iska wusste, dass beide es immer noch für eine dämliche Idee hielten. Doch sie wussten genauso gut, dass sie sich von dem Plan nicht mehr abbringen lassen würde. Auch wenn die beiden Halbteufel immer beteuerten, Dämonen schufen keine Freundschaften, ließen sie Iska dennoch nicht ins offene Messer laufen.

»Der Mischling hat mehr drauf, als ich dachte. Teleportation ist weder helle noch dunkle Magie. Wenn sie Neutralmagie anwenden kann, ist ihre Magie nur zum Teil gebannt.«

Iska zuckte die Schulter. Skee kannte die volle Tragweite ihrer Magie nicht. Es war also unwahrscheinlich, dass sie groß etwas ausrichten konnte auf der Insel.

»Wenn Ka'Ji die Insel zerstören will, müssen wir uns beeilen. Und du, Iska, bist uns was schuldig.«

47

Derryk

Schwarz war schon immer seine Lieblingsfarbe gewesen. Das Schwarz des Nachthimmels. Die Schwärze am Boden des Blutsees, wenn er mal abgetaucht war.

Und seit dem Angriff des NakTey auch das tiefe schwarze Nichts in sich. Doch er wusste, dass dieses Nichts bewohnt war. Er spürte es. Er hörte das Lachen, die Schreie und das unaufhörliche Geplapper über den Vollmond und Blut. Jede Nacht, sobald sich auch nur das kleinste Bisschen des grellen Mondes zeigte.

Doch diese Schwärze war anders, sie war endgültig. Die Dunkelheit wog schwer und schmeckte nach Schwefel, gemischt mit einer Note von Honig. Und sie überdeckte fast völlig seinen Geist, die Wahrnehmung seines eigenen Seins und die Präsenz seiner Freunde.

Derryk öffnete die Augen. Oder - hatte er sie schon offen? Er blinzelte mehrmals, doch das Bild vor seinen Augen änderte sich nicht. Schwarz, Dunkelheit und ein gigantisches Nichts.

War er tot? War dies hier tatsächlich das Jenseits?

Ein Stich der Enttäuschung durchfuhr ihn. Er hatte sich das alles viel … Spektakulärer vorgestellt.

»Hallo, Derryk.«

Schlagartig gehorchte sein vorher unbeweglicher Körper und schneller, als die weibliche Stimme überhaupt zu Ende gesprochen hatte, saß Derryk kerzengerade. Vor ihm stand ein großes Wesen, welches sich allein durch dessen Präsenz von der Dunkelheit abhob. Ein Umhang aus manifestierter Schwärze umhüllte es und ein weit verästeltes Hirschgeweih zierte seinen Kopf. Ein dunkler Schleier, den Derryk für so etwas wie Haare hielt, versteckte das Gesicht des Wesens. Dennoch bildete er sich ein, zu einem warmen Lächeln verzogene schwarze Lippen zu sehen und Augenhöhlen, aus denen ihn etwas mütterlich ansah.

»W-was?« Er konnte den Blick nicht von ihr abwenden.

»Willkommen zurück. Ich denke nicht, dass du dich an diesen Ort erinnerst.«

Erinnern? Woran sollte er sich erinnern? »W-wo bin ich hier?«

»Im Westen, so wie wir es nennen. Du wirst es jedoch als Jenseits kennen, nehme ich an.«

»Also bin ich …« Erinnerungen von Ashari stiegen in ihm hoch, von Ka'Ji und diesem anderen Halbteufel. Er suchte seine Umgebung ab, doch da befand sich immer noch nichts außer Dunkelheit.

»Nein, noch nicht. Der Westen ist ein Raum vor eurem Shabaan.«

»Aber –« Kamen nicht nur Dämonen nach Shabaan? Das Land der Toten, verfluchter Boden. Ein Ort, der ewig ist. Ein ewiges Gefängnis.

Doch für das, was er getan hatte, war das wohl eine angemessene Strafe.

»Hast du etwa schon vergessen, Derryk? Du hast einen Schwur geleistet. Unter euch Dämonen gleicht ein Gefallen einem Schwur und ein Versprechen ist keine Kleinigkeit wie unter Menschen. Dein Schwur an den Seher Xerrej fesselt dich an diese Welt. Du –«

Zwei fremde Stimmen unterbrachen die Worte des Wesens.

»Suruh.«

»Was habt Ihr mit den Kindern vor, Teufelin des Todes?«

Derryk musste die Augen zusammenkneifen, als das Nichts mit einem Schlag von gleisendhellem Licht gefüllt wurde, das solch reinem Weiß entsprach, dass er es selbst noch mit geschlossenen Augen exakt vor sich sah. Eine völlig neue Präsenz, etwas, das er noch nie in seinem Leben gespürt hatte, gesellte sich zu der gewaltigen Präsenz Suruhs. Als würden Schwarz und Weiß direkt aufeinandertreffen. Ein perfekter Ausgleich zweier gegenseitiger Präsenzen.

Als er die Augen wieder öffnete, kamen zwei weitere Wesen auf Suruh zu. Derryk hätte gesagt, dass sie schwebten, doch das wurde nicht im Ansatz ihrer Anmut und der majestätischen Aura gerecht.

Erneut kniff Derryk die Augen zusammen und legte den Kopf schief. Doch die Gesichter der Wesen blieben verschwommen und goldenes Licht umkreiste die Stelle, an denen wohl die Augen wären.

Heiligenscheine? Waren das … Waren das die Erzengel?

Sie wollen dein Schicksal besiegeln. Und das deiner … Freunde.

Derryk schaute sich ruckartig um, doch da war niemand außer die Erzengel und der Teufel. Wer hatte das gesagt?

Fließendes Licht bedeckte die Körper der Engel, welches sich wie Wellen um sie herum ausbreitete und die Schwärze verdrängte.

Jeder Teufel hatte zwei Erzengel als Äquivalent. So war ein Gleichgewicht zwischen ihren Magien gewährleistet. Als Äquivalente für Suruh, der Teufelin des Todes, galten Santos und Bliva; Santos, der Erzengel des Westens, und Bliva, der Erzengel des Todes.

In Geschichten hieß es, Bliva eskortierte tote Menschenseelen zu Santos, der sie in seinem Westen aufnahm: dem Todesreich. Unter den Menschen als Jenseits bekannt. Und Suruh sandte tote Dämonen nach Shabaan.

128

»… zum Leben.« Derryk riss sich von seinen Gedanken los, zurück in die Wirklichkeit. Die Stimmen der Erzengel ertönten von überall, während Suruhs Stimme aus dem Nichts zu kommen schien. Er hatte nicht mitbekommen, worüber die Wesen redeten. Er sah ihnen nicht die kleine Reaktion oder Regung an, keinerlei Gefühle.

»Ihre Aufgaben sind noch nicht erfüllt.«

»Dann werden sie unerfüllt bleiben. Die zwei Kinder werde ich mit mir nehmen. Ihr könnt mit den Dämonen tun, was auch immer Euch gefällt.«

Derryks Blick wanderte langsam neben sich. Die Schwärze hat sich gewandelt, es sah aus wie eine Szene aus einem Theaterstück. Überall lagen Trümmer, Steine und Holz. Staub bedeckte einen Boden und ließ somit endlich einen realistischen Raum erkennen. Unter den Trümmern lagen Ayin, Lura und Luxj. Luxj mit dem Gesicht nach unten, eigentlich lugten nur seine Haare und linker Arm unter den Steinen hervor. Ayins kompletter Unterkörper war begraben und Holzsplitter steckten in ihrem Rücken und den Armen. Lura lag mit eingequetschter Hüfte und Beinen und einem verdrehten Oberkörper auf einem Holzbalken. Ein Splitter ragte aus ihrem Arm hervor.

Brauchst du Hilfe, A'Shyr? Derryk zuckte zusammen. Hilfe?

»Diese Kinder sind in meinem Reich. Ihr habt sie verfehlt.«

Waren sie wirklich alle tot?

Tod ist ein starkes Wort …

Sei still, halt die Klappe! Der Alchemist hatte doch gesagt, es sei an Vollmond gebunden …

»Es ist gerade zur rechten Zeit.«

Ein hämisches Lachen erklang in seinen Ohren. Derryk hielt sich den Kopf. *Jetzt sei endlich still!*

Du bist zu schwach, A'Shyr. Du machst es hier nicht.

Die Welt vor Derryks Augen flackerte und die Dunkelheit und das Licht verwandelten sich in dichte Schwaden aus schwarzer und weißer Magie. Dort, wo sie aufeinandertrafen, brannte die Luft. Sanftes Mondlicht streifte mit beruhigender Kälte seine Haut. In der Menschenwelt musste es Nacht sein. Seine Hände zitterten unkontrolliert und seine Lippen verzogen sich zu einem verzerrten Lächeln. Der Schwindel legte sich, als sich das Wissen ganzer Zivilisationen und Welten aus seinem Unterbewusstsein vorkämpfte. Wissen, welches er nicht greifen konnte.

Doch nicht nur das. Derryk meinte, eine vage Gestalt vor seinem inneren Auge zu sehen, bevor sein Bewusstsein in ein tiefes Loch fiel.

Die Dunkelheit und die Leere, die der NakTey hinterlassen hatte, waren von der Halbteufelin gefüllt worden. Unbewusst und tollpatschig, doch sie hatte ihn hergeholt. Und natürlich wusste der Menschenjunge da nicht.

Er wusste so wenig. War so schwach. So typisch Mensch.

»Das Recht, über Leben und Tod zu entscheiden, liegt bei den Starken«, flüsterte er. Abrupt wandte er sich den drei überirdischen Wesen zu. Sein Herz fand einen ruhigen, kalten Takt.

»Deine Stimme ist hier –«

»Und ihr seid nicht stark. Nicht die Stärksten.«

»Was nimmst du dir heraus, als menschliches –«

»Ihr habt nicht mehr das Recht, über den Tod zu entscheiden!«, unterbrach er Santos. Was sollten sie denn tun? Ihren Vertrag mit den Teufeln brechen und ihn nach Shabaan verbannen? Dann bräche der zweite Krieg unter den Teufeln aus, der mehr als nur die menschliche Welt zerstören würde.

Er grinste und blickte direkt in die verdeckten Augen des Erzengels. Die Illusion eines Heiligenscheines, der Schutz ihrer Weißen Magie. Die angeblich nicht dazu fähig war, Schlimmes anzurichten. Wer's glaubt.

»Ihr ignoriert euren einstigen Stärksten, den Wiedergeborenen! Den befreiten Ki'Aja, der alles vernichten wird. Ihr könnt nichts gegen ihn ausrichten. Ihr baut auf jämmerliche Menschen und Dämonen, auf Halbteufel, die schon Ka'Ji und Asstyx unterlegen sind! Wie verdammt jämmerlich.«

Seine zornige Stimme durchschnitt die Stille wie ein Messer. Es ließ eine zerbrechliche Gewissheit zurück, das Salz in der Wunde: Er sprach die Wahrheit.

Er, ein zusammengesetzter Hybrid aus menschlicher Schwäche und ihm, zusammengeführt durch einen einfachen Fluch, hatte die mächtigsten Wesen der bekannten Welt zum Schweigen gebracht.

»Ihr setzt auf ein paar kleine Kreaturen auf der Welt, um eure Arbeit zu übernehmen, weil ihr keine Schwäche zeigen wollt. Und jetzt diskutiert ihr darüber mich, einen der wenigen Bereitwilligen und Berufenen, der diesen verlorenen Kampf für euch auszufechten versucht, und meine Begleitung ins Totenreich zu schicken. In euere Kontrollgebiete, Shabaan und den Westen.«

»Du solltest deine verdammte Zunge hüten. Der Tod ist nicht dein Gebiet.«

»Dann nur zu. Habt euren Spaß, bis Ki'Aja zurück in die Dimension der Teufel und den Palast in Eden kommt.«

»Ihr Teufel solltet Eure Kinder besser erziehen.«

»Und Ihr Eure nicht so verhätscheln. Die Wächter haben von Ki'Aja noch gar nichts bemerkt, Santos. Und der Junge hat recht. Derryk ist bereit, sein Versprechen einzuhalten und etwas gegen Ki'Aja zu unternehmen.«

»Das hat mit den anderen beiden Menschenkindern jedoch nichts zu tun.«

Ihr habt euch nicht verändert. Euer Spiel ist noch immer so lächerlich. Ihr baut darauf, den Teufel der Schöpfung wieder einsperren zu können. Solche armseligen Hoffnungen gehören zu den Gedanken und Gefühlen der Menschen, nicht überirdischen Wesen.

Er erhob sich aus den Trümmern, eine eisige Ruhe breitete sich in seiner Brust aus. Mit gestrafften Schultern und einem erhobenen Kopf, als thronte eine goldene Krone auf seinem Haupt, starrte er direkt zu den übermenschlichen Wesen hinauf.

»In meinen Augen schon. Doch ich überlasse Euch die Wahl, Erzengel Santos und Bliva.«

Die beiden Erzengel rafften sich dazu auf, zu ihm hinabzublicken, als würden sie Suruhs Worte tatsächlich in Erwägung ziehen.

Er grinste noch breiter. »Ihr seid so viel verzweifelter, als ihr es jemals zugeben würdet. Ihr steht mit dem Rücken zur Wand. Vor Euch liegt Existenzlosigkeit, der Tod, die Vernichtung. Hättet Ihr es aufhalten können, wäre die Bedrohung schon längst gebannt. Dann wäre Ki'Aja längst tot. Ihr habt überhaupt keine andere Wahl, als uns zurückzuschicken.«

Ki'Aja, die einzige Bedrohung, bei der Teufel und Erzengel einst zusammenarbeiten mussten. Damals hatte es einen Ausweg gegeben: die Verbannung in eine extra angefertigte Dimension noch unterhalb des Ness, einem Ort im Mittelpunkt der Erde. Es hätte ihm seine gesamte Magie nehmen sollen. Doch wie soll es möglich sein, eine Unendlichkeit vollständig zu verändern? Oder gar auszulöschen?

Nein, es hätte funktioniert. Es hätte funktionieren können, wenn nur–

»Dann lasse deinen Worten Taten folgen. Zeig uns, dass deine Arroganz nicht bloßer Schein ist und du uns übertrumpfen kannst. Besiegt die Halbteufel, die Ki'Aja unterstützen und findet ihn.«

Ohne ein weiteres Wort wandten die Erzengel und Suruh sich ab. Er sah den drei Wesen nach, wie sie einfach im Licht und in der Dunkelheit verschwanden. Interessant, wie sie seine Worte gegen ihn gewandt haben. Und wie sie sich aus der Schussbahn brachten. Sie mussten wirklich verzweifelt sein. Wesen, die diese Welt nicht ohne weiteres betreten durften. Ein ewiges Ritual, welches ein Ende fand.

Langsam löste sich die Umgebung auf. In der Ferne tanzten die grauen Strahlen der aufgehenden Sonne, deren Farbe in Shabaan verblich.

Wenn du doch nur Zugriff auf mein Wissen hättest, nicht? Vielleicht hättet ihr dann den Hauch einer Chance in eurem aussichtslosen Kampf.

Bevor Derryk auch nur daran denken konnte, die Augen aufzuschlagen, bohrten sich tausende Messerstiche in seine Schläfe und Stirn. Die Schmerzen zogen in seinen Nacken und sogar seine Schultern. Und mit jeder Minute, die er um sein Bewusstsein kämpfte, meldeten sich neue Schmerzen, gegen die sein Kopf nur ein angenehmes Pochen war.

Er hob die Arme und biss sofort die Zähne zusammen, schmeckte Blut im Mund. Er unterließ es, seine Finger einzeln zu bewegen, da die Schmerzen in seinen Armen ihn genug Beherrschung kosteten. Langsam tastete er seinen Körper ab, doch anstatt wie erwartet Blut oder Knochen zu spüren, fühlte er Bandagen und kühle Flüssigkeiten. Da siegte letztendlich doch seine Neugier über die Schmerzen und er öffnete stöhnend die Augen.

Über ihm hingen vereinzelte tote Äste, die den Blick auf einen grauen, eintönigen Himmel zuließen. Der Boden unter ihm war trocken und hart, an den Verbänden an seinen Händen hingen Dreck und kleine Äste, die auf seinen Körper rieselten. Er versuchte, an sich herunterzusehen, ohne sich dabei aufsetzen zu müssen. Sein rasselnder Atem allein tat ihm schon in Lunge, Rippen und Brust weh, da versuchte er so eine Aktion gar nicht erst.

»Wurde ich mumifiziert oder was?« Fast sein kompletter Körper war von Bandagen eingewickelt, die teilweise mit kühlen Salben vollgesaugt waren.

»Das nicht. Aber verschüttet«, erwiderte Lura trocken.

Derryk drehte vorsichtig den Kopf nach links und aus Übereifer auch seinen halben Oberkörper. Er zog scharf die Luft ein, als seine Rippen ihn daran erinnerten, weshalb er das nicht machen wollte. Ein stechender Schmerz wanderte von seinen Rippen in seine Brust und Lunge.

»Sei vorsichtig. Dein Brustkorb inklusive Rippen ist kaputt.«

»Ist mir aufgefallen«, knurrte Derryk atemlos zurück. »Was ist passiert? Wo sind wir?«

Er lag auf dem kahlen Boden, neben Luxj und Ayin. Lura saß gegenüber einem alten Mann an einem Baumstumpf gelehnt. Sie kaute an ihren Fingernägeln, auch ihr Körper war bandagiert worden.

»Die Begegnung mit Ka'Ji und Asstyx in Ashari und unser Beinahtod. Andrahey hat uns nach Shabaan geholt, bevor die beiden es beenden konnten.« Lura deutete auf ihr Gegenüber. Mit zusammengebissenen Zähnen setzte Derryk sich nun doch auf und musterte den alten Mann, die faltige Haut und seine ruhigen Augen, die wissend auf ihm lagen.

Andrahey … Irgendwoher …

»Aber weshalb nach Shabaan? Hier können doch nur –«

»Tote hin, ja. Zumindest auf natürlichen Weg. Ich habe noch nie gehört, dass jemand hergerufen wurde.«

»Ich hatte die Hilfe einer alten Freundin. Ihr könnt den Ort wieder verlassen, sobald ihr bereit dazu seid.«

»Ihr seid der Seher vom Wald! Weshalb seid Ihr hier?«

»Dies ist meine Zukunft.«

Ach ja. Da war ja was. Die Rätsel-Antworten. Lura zuckte lediglich die Schultern, als Derryk ihr einen Blick zuwarf.

»Aber weshalb haben Sie uns hergeholt? Sie hatten Iska und mich schon mal gerettet.« Derryk sah auf seine bandagierten Hände, die kühlen Salben darunter beruhigten den Schmerz, der langsam abebbte.

Dann glitt sein Blick zu Luxj und Ayin. Über Ayins Augen lag ein vollgesogenes Tuch, das sich exakt an die Form ihres Gesichtes angepasst hatte. Und Luxj hätte Derryk fast gar nicht erkannt, sein gesamtes Gesicht war mit Bandagen eingewickelt, nur seine Haare schauten darunter hervor.

»Ich hatte die ganze Zeit ein Auge auf euch, nachdem ich euch gefunden hatte.«

Derryk bemerkte Luras neugierigen Blick auf ihm. Scheinbar wusste sie etwas mehr über die verwirrenden Worte des Sehers.

»Was?«

»Seit Seharya am Blutsee erwacht ist, habe ich euch beobachtet.«

»Seharya am Blutsee – was? Damals am Blutsee ist Iska –« Mit einem Schlag kehrte die Erinnerung zu ihm zurück. Das kleine Taschenbuch, welches er in der Hütte gelassen hatte. Mit den beiden Namen darunter: Seharya und Rehej.

»Es tut mir leid, dass ich nicht mehr für euch getan hatte. Aber ihr kamt klar zu zweit. Ich habe nur eingegriffen, als ihr ernsthaft in Gefahr wart. Verzeih mir, Rehej.«

-48-

Iska

»Meinen Dank vielleicht, aber keinen Gefallen. Ihr helft mir freiwillig.«
Ifrat lachte und verschränkte beeindruckt die Arme. »Du lernst doch tatsächlich dazu.«

»Darüber lässt sich streiten«, murrte Akyma, während er lauter kleine
Symbole an die umstehenden Bäume zeichnete. Er brummte irgendwelche
Flüche und Selbstgespräche vor sich her. Diesmal war es Ifrat, der locker
und gelassen arbeitete und keine sarkastischen Kommentare abließ oder sich
beschwerte. Er schien viel mehr begeistert und vorfreudig auf ihren bevorstehenden Besuch. Obwohl beide die Meinung teilten, dass sie auf der Insel
wenig Chancen gegen Ka'Ji hatten. Und das, obwohl sie zu dritt waren.

Iska beobachtete die Brüder, merkte sich das Muster, in welchem sie die
Symbole und Zeichen in die Baumrinden ritzten. Es schien kein komplett
neues Prinzip zu sein, sondern lediglich eine Abwandlung der allgemeinen
Portale. Sich dem Muster anpassend zeichnete sie das letzte Zeichen, eines,
das entfernt an ein A mit Kreuz erinnerte, an einen Baum. Mit Krallen, wie
Ka'Ji sie besaß, hätte sie es in die Rinde ritzen können, statt sich den halben
Daumen aufzukratzen und mit ihrem Blut zu malen.

Die Symbole entstammten allesamt hellmagischer Natur. Nur Wächter
und die Erzengel benutzten sie, größtenteils uralte Buchstaben aus der aller-
ersten ihrer hunderten Sprachen. Doch das Ritual bestand nur aus insgesamt
vier Buchstaben: dem seltsamen A, einer pfeilähnlichen Anordnung an Strichen, einer geschwungenen Linie mit Punkt und einer gezackten Linie mit

vier Punkten. Soweit Iska wusste, besaß dieses Alphabet nicht mal eine Aussprache, zumindest keine, die Menschen oder Dämonen jemals beherrschen konnten.

Akyma und Ifrat kannten jedoch das Ritual, vermutlich waren sie schon öfter damit in Berührung gekommen. Drei der vier benötigten Buchstaben bildeten ein Dreieck, während der vierte in der Mitte ruhte. Ifrat zeichnete ihn, oder besser gesagt: Er kratzte ihn mit seinem Stiefel in die Erde.

»Die Buchstaben sind das Einzige, was man für das Ritual braucht?«

»Natürlich. Es ist einfach gehalten, sodass es überall ausgeführt werden kann. Eigentlich besteht es auch nur aus drei Buchstaben: dem übersetzten A, C und Z. Durch das Y, also den pfeilähnlichen Buchstaben, können wir einen Ort auf der Insel bestimmen.« Akyma zeigte auf das Strichgewirr am Baum. »Das Ysch ist der führende Weg.«

»Auch eine Person?«

»Finden wir es raus.«

Akyma winkte Iska aus dem Kreis. »Die Rituale funktionieren einfach: Sobald du eintrittst, fängt es an und du kommst nicht mehr heraus. Mit heller Magie kannst du dich in das Ysch einklinken und den Weg lenken. Mit schwarzer Magie müsste es auch gehen, doch dafür musst du es während des Rituals ersetzen. Entweder du überschreibst das Ysch oder du manipulierst es.«

Iska nickte langsam. Manipulieren kam für sie nicht infrage, da sie weder mit der Funktionsweise des Rituals vertraut war noch mit heller Magie. Also würde sie es ersetzen müssen.

»Ka'Ji kann die weiße Magie außer Kraft setzen. Könnt ihr sie denn aufhalten?«

Als Iska von der Rune am Boden aufsah, blickten sie zwei beleidigte Augenpaare an.

»Ka'Ji mag die Stärkste von uns sein, aber unterschätze uns mal nicht«, brummte Ifrat lediglich. Iska bedachte Ifrat mit einem prüfenden Blick. Die zwei Hörner, oder besser die eineinhalb Hörner, die Muskeln, die Flügel. Allein vom Aussehen sahen beide Brüder um einiges stärker und furchteinflößender aus als Ka'Ji. Doch ihnen fehlte die Ausstrahlung. Ka'Jis Präsenz war überwältigend, zwar um einiges schwächer als Ki'Ajas, doch auch um einiges stärker als Ifrats oder Akymas. Ka'Ji wurde von der Macht Schwarzer Magie begleitet, die Brüder lediglich von der Idee jener.

Doch Iska hatte die beiden noch nie kämpfen gesehen oder auch nur Magie anwenden. Sie wusste nicht, wie sich ihre Magie zeigte oder wie sie sie einsetzten.

Langsam nickte Iska und ihre Mundwinkel verzogen sich leicht nach oben. Eine Hand legte sich auf ihre Schulter und ein Horn stieß leicht gegen ihren Kopf.

»Arroganz ist gerade fehl am Platz, Iska. Wir sind sehr viel älter als du, auch als Ka'Ji. Wir helfen dir, weil wir Lust darauf haben, nicht weil wir hinter dir stehen.« Akyma ließ Iska wieder los und lief ein paar Schritte um das Ritual herum.

Iska legte den Kopf schief und fuhr mit dem Finger über die Rune neben ihr. »Ihr helft mir, weil ihr überleben wollt.«

Akyma blieb stehen, ein amüsiertes Lächeln lag auf seinen Lippen. »Vielleicht besteht die Chance ja doch.«

»Habt ihr's? Das Ritual ist fertig.«

Iska nickte. Ihr Herz schlug auf einmal heftig gegen ihren Brustkorb und sie knirschte mit den Zähnen.

Das war eine dumme Idee, ohne Frage. Aber es gab keine einfachen oder schlauen Wege mehr. Sie wusste nicht, wie viele Dämonen sich auf der Insel befanden. Oder wie sie drauf waren. Oder was auf der Insel abging. Und wenn was schiefliefe, saßen sie dort fest, umgeben von weißer Magie.

Iska trat als Erste in den Kreis und auf das Ysch in der Mitte. Augenblicklich spürte sie, wie die helle Magie an ihr zog und sich wie Schlingen an sie legte. Im Gegensatz zu ihrer eigenen oder gar Ka'Jis Magie fühlte sich diese helle Magie leicht und schwach an. Mit Leichtigkeit hätte sie ihre eigene Magie darüberlegen können und die Schlingen zerreißen, doch sie ließ die Magie passieren. Stattdessen leitete sie einen Tropfen schwarzer Magie in ihre Fingerspitzen und ließ ihn auf das Ysch tropfen. Er verdampfte, als er die Linien traf, doch die Rauchschwaden lösten das Zeichen auf.

Als Akyma und Ifrat neben sie traten, zeichnete Iska mit den Schwaden das Sath. Es war der dämonische Kompass, ein Doppelkreis mit Pentagramm. Iska ließ ihn in den Boden fließen und vernetzte ihn mithilfe ihrer Magie mit dem restlichen Ritual. Er löste sich auf und die Linien formten sich nach Iskas Willen neu. Mit ihrem Dritten Auge suchte sie nach Skees Neutralmagie.

Sobald Iska ihre Freundin vor sich sah, wie diese durch einen sich auflösenden Wald hetzte, setzten sich die Linien zu einem Wirrwarr aus Pfeilen und Punkten fest.

Dann verschluckte sie der Boden.

Iska blinzelte gegen das weiße Sonnenlicht an. Es stach in ihren Augen und der Lichtwechsel brachte sie kurz aus dem Gleichgewicht. Neben ihr zischte es und das Etwas, an dem sie sich festgehalten hatte, verwandelte sich in einen scharfen Schmerz.

»Sicher, dass du die Magie berühren willst?« Iska drehte den Kopf zu ihrer Hand. Der erste Schock über die Helligkeit verschwand und sie sah feine Fäden aus purem Weiß.

»Die Insel löst sich auf?« Iska sah sich um. Die gesamte Umgebung, die Bäume, das Gras, die Luft, alles durchzog die filigranen Fäden. Der Fluss der Magie lief ruhig vor sich hin, an ihnen vorbei und verschwand in noch mehr Weiß.

Die Magie entwich. Iska blickte der seichten Strömung nach.

»Allem Anschein nach. Und wo ist jetzt deine Mischlingsfreundin?«

»In der Nähe.« Sie hatte ihr Drittes Auge noch immer geöffnet, in der Ferne sah sie eindeutig leuchtendes Blau zwischen all dem Weiß. Und Schwarz. Der Wald, den Iska angepeilt hatte, existierte nur noch zu weniger als zur Hälfte. Skee befand sich außerhalb des Waldes auf einer großen, steinigen Fläche. Sie musste Ka'Ji früh bemerkt haben, denn in diese Richtung flossen die Fäden. Und damit befand sich auch die Halbteufelin ganz in der Nähe.

Das war das eine Problem. Das andere waren die Dämonen auf der Insel.

Iska folgte der Weißen Magie auf die große Fläche, Akyma und Ifrat hinter sich.

Sie erblickte ihre Halbschwester sofort. Sie saß elegant, aber auch absolut gelassen auf einer Art Thron aus schwarzen Fäden. Sie strömten aus einem dunkelblauen Riss im weißen Himmel. Als würde der Nachthimmel auf die Insel fließen.

Nur, dass es nicht der Nachthimmel war, sondern pure Schwarze Magie, die den Bann zerrissen hatte. Ka'Ji thronte auf der Magie wie die Sonne am Himmel. Ihre rote Haut stach wie loderndes Feuer hervor, die goldenen Hörner und Augen glänzten und leuchteten. Und sogar noch ein bisschen stärker, als sie Iska, Akyma und Ifrat erblickte.

Iska kniff die Augen zusammen, als Ka'Jis Lippen sich zu einem Lächeln kräuselten. Die Dämonen der Insel versammelten sich vor ihr und starrten wie gebannt zu der Halbteufelin auf.

»Sie haben sich ihr angeschlossen«, murmelte Iska. Ein ungutes Gefühl legte sich schwer über ihre Brust.

»Die Dämonen sind kein Problem«, gab Ifrat locker zurück und streckte die Arme.

»Du bist spät, liebe Schwester. Ich habe gewartet.« Iskas Blick ruckte zurück zu Ka'Jis goldenen Augen. »Dabei habe ich es dir doch einfach gemacht.« Sie deutete auf den Riss hinter sich.

»Dieses kleine Biest«, knurrte Akyma, das Rascheln seiner Flügel übertönte das monotone Summen der weißen Magie.

»Komm von deinem hohen Ross runter, Ka'Ji«, entgegnete Ifrat mit kühler Stimme.

Ka'Jis Lächeln verschwand und das Gold in ihren Augen bekamen einen frostigen Schleier. Sie erhob sich aus den schwarzen Fäden und die Magie um sie herum erbebte.

»Es ist schade. Ich hätte niemals gedacht, ihr würdet euch auf die Seite des Zirkels schlagen.«

»Aber nicht doch, Tochter des Goldes. Der Zirkel hat hiermit nichts zu tun. Wir können nur keinem größenwahnsinnigen Teufel mit Schöpferkomplex —«

Iska sprang rechtzeitig zur Seite, um nicht von der gebündelten schwarzen Magie getroffen zu werden. Akyma und Ifrat riss es von den Beinen, als die Fäden durch ihre Körper schnitten. Die Magie hinterließ einen frostigen Schleier, die Kälte brannte in Iskas Kehle. Ihr Herz hämmerte. Verdammt, Ka'Ji war ihr meilenweit überlegen.

Bevor Iska auch nur einen weiteren Gedanken fassen konnte, legte sich ein Arm freundschaftlich um ihre Schultern. Ihr Körper gefror. Ka'Ji zog ihr Kinn sanft zu sich.

»Ich finde es wirklich bedauernswert, Iska. Deinen Bruder hast du doch gerettet, weshalb ist dir Familie in diesem Falle also gleichgültig?«

Iska schlug Ka'Jis Hand weg, benommen von dem hypnotischen Gold. »Du verstehst die Bedeutung hinter Familie nicht. Für dich ist sie nur Blut, nichts weiter.«

Ihre Halbschwester grinste und leckte sich über die Vorderzähne. »Da hast du recht. Blut ist eine Bedeutung für sich.«

Mit einer ausladenden Bewegung zeigte sie auf die versammelten Wesen, die nun eine Gasse zu zwei Dämonen bildeten. Einer kniete auf dem Boden, die andere stand mit gespreizten, kahlen Flügeln über ihm. Ein Schwert zeigte auf den am Boden knienden Dämon.

Iskas Herz stoppte, als sie die Dämonin am Boden erkannte.

»Die Frage ist, wie viel Bedeutung hat Wasser für dich, Schwesterherz?«

»Skee«, flüsterte Iska. Ihre Hand ballte sich zur Faust und sie wirbelte zu Ka'Ji um.

»Was bringt dir das hier? Wasser wird ebenso fürs Überleben benötigt wie Blut. Die Insel zu zerstören bringt dir keinen Vorteil!«

Ka'Ji schmunzelte, ihre Krallen zerrissen die sie umgebenden Magiefäden und setzten sie zu neuen Formationen zusammen.

»Du verstehst das falsch. Es geht nicht darum, was mir einen Vorteil bringt. Diese Insel ist ein Gefängnis, Iska. Erschaffen von den Erzengeln. Ein Schandfleck, den ich für Ki'Aja beseitigen soll. Und weshalb nicht zwei Dinge verbinden?« Ka'Ji packte Iskas Arm und drehte sie zu der kleinen Menge an Dämonen herum, die vor ihnen gespannt warteten. Es waren weniger, als Iska erwartet hatte. »Ich tue, was mir befohlen wird. Wenn du mehr erfahren willst, dann lerne. Wisse es, Iska. Der Tod weiß alles, er war von Anfang an dabei.«

Iska blickte auf Ka'Jis Hand hinab, mit der sie sie festhielt. Der zarte, schwarze Reif an ihrem Arm spielte für Iska eine größere Rolle als die herablassenden Worte. Er verströmte eine andere Art der Reinheit. Die Kugel des seltsamen Sehers … Iska biss sich auf die Innenseite ihrer Wange.

Doch Ka'Jis nächste Worte ließen sie innehalten. »Ich gebe dir noch diese eine Chance. Wenn du mein Angebot noch einmal ausschlägst, werde ich zuerst das Mädchen, dann dich töten.«

Alle Farbe wich aus Iskas Gesicht. Ka'Ji spielte nicht länger mit ihr. In Ka'Jis Worten vernahm Iska keinerlei falscher Freundlichkeit. Sie meinte jedes Wort, wie sie es sagte. Alles, was sie und Skee von ihrem Todesurteil trennte, war Iskas Antwort. Und es war nicht jene, die Ka'Ji wollte.

Sie sah wieder zu Skee zurück und begegnete dem Blick ihrer Freundin. Durch erschöpfte Augen lächelte Skee ihr zu. Ihr Körper zitterte, ihre Kleidung an vielen Stellen gerissen und blutig. Da sich der Riss direkt über ihnen befand, stellte sich ihrer Magie nichts mehr in den Weg. Der Nachklang ihrer blau leuchtenden Magie umspielte Skees Körper und sammelte sich an der Schwertspitze an ihrem Hals. Sie bildete einen Schutz. Die Asyx stellte also keinerlei Gefahr für Skee dar.

Iska packte Ka'Jis Hand und löste sie bestimmt von ihrem Arm. Unter ihrer kalten Haut spürte Iska Ka'Jis eigene Magie sowie die eisige, zerstörerische Magie, welche Ki'Aja ihr geliehen hatte.

»Ich habe meine Seite gewählt, Ka'Ji. Ich stehe nicht hinter einem Teufel, der absolute Kontrolle will und unsere Welten zerstören will.« Iska glaubte, einen flüchtigen Anflug von Schmerz in Ka'Jis Augen zu sehen. Oder vielleicht bildete sie es sich auch nur ein, denn im nächsten Moment verschloss sich Ka'Jis Miene komplett.

»Er hatte recht. Du hast wirklich zu lange als Mensch gelebt.«

Sofort ließ Iska Ka'Jis Hand los, ihre Finger streiften den dunklen Armreif. Der Schwarze Diamant löste sich von Ka'Jis Handgelenk und folgte Iskas Bewegung. Ihre Halbschwester packte ihre Hand erneut, diesmal fester. Der Kristall schwankte kurz, befolgte dann jedoch Iskas Befehl und legte sich um Skees Krallen. Er befestigte sich als Verstärkung, eine Waffe, gegen die ein Schwert nicht ausrichten konnte.

Schmerz schoss Iskas Arm hinauf, zog bis in ihre Brust und lähmte ihre Bewegungen.

»Ich habe dich gewarnt, Iska.« Schwarze Äderchen breiteten sich auf Iskas Unterarm aus, krochen unter ihre Haut und in ihre Adern. Es brannte wie kaltes Feuer, eisiges, gefräßiges Feuer. Ein Schrei entrang sich ihrer Kehle, ihre eigene Magie wurde von Ka'Jis verätzt. Sie kam gegen ihre Halbschwester nicht an.

Da packte sie eine Hand an der Schulter und entriss sie dem Griff. »Du meinst es wirklich ernst.« Akyma brachte sie außerhalb Ka'Jis Reichweite, während Ifrat sich auf die Halbteufelin stürzte, gehüllt in ein Farbenspiel aus Rot und Schwarz. Die Wucht seines Schlages zertrümmerte den Boden unter ihren Füßen. Risse breiteten sich unter ihren Füßen aus, dunkle und Schwarze Magie fraß sich durch helle und Weiße.

Akyma ließ Iska stehen und kam seinem Bruder zur Hilfe. Iska spürte ihren Arm nicht mehr, auch ihr gesamter Körper wurde langsam taub. War das – war das Ki'Ajas Schwarze Magie gewesen? Ein metallischer Geschmack breitete sich auf ihrer Zunge aus. Sie hustete. Kleine, schwarz-rote Blutstropfen fielen auf den Boden, mit keuchendem Atem krümmte sie sich. Die Äderchen auf ihrem Arm breiteten sich aus.

»Iska!« Sie hob den Kopf, taumelte, blieb jedoch auf den Beinen. Skee rannte zu ihr, von ihren Krallen tropfte Blut. Der Schwarze Diamant schmiegte sich an ihre Finger und vermischte sich mit der beschützenden Neutralmagie.

Skee stützte Iska. Sie packte ihren Arm und betrachtete mit steigender Panik die wachsenden Adern. »Bei allen – ist das Ki'Ajas Magie?«

Iska lächelte leicht. »Ich glaube schon. Ich hatte nicht gedacht, dass sie Ki'Ajas Magie wirklich kontrollieren kann.«

»Sie vergiftet deinen Körper«, murmelte Skee vor sich her, während sie Iskas Arm weiter untersuchte. »Du kannst seiner Magie nicht standhalten.« Mit der Spitze des Schwarzen Diamanten fuhr Skee vorsichtig die Adern entlang. Iska zuckte zusammen. Die Magie in ihrem Arm pulsierte und streckte sich zu dem Kristall. Skee wollte gerade wieder etwas sagen, als ein schreckliches Krachen ertönte und die Erde bebte. Schneidender Schmerz breitete sich auf ihrem gesunden Arm auf. Hunderte kleine Schnitte erschienen und färbten sich in helles Rot. Keine Sekunde später tat sich der winzige Platz zwischen ihr und Skee auf. Ruckartig riss die Erde auseinander, entzweite die beiden. Der Krater teilte die Insel. Fluten an tiefschwarzem Nebel flutete ihn, er ließ alles verrotten, was an Weißer Magie einmal den Boden geformt hatte.

Iska fiel nach hinten, sprang jedoch sofort wieder auf die Beine, als der Krater auf sie zu raste.

Zwischen Tod und Ewigkeit

49

Skee

Schneidender Wind hatte sie erfasst und sperrte sie ein, während der Boden unter ihren Füßen weg bröckelte. Hastig sprang sie einen Schritt zurück, berührte dabei jedoch mit dem Rücken die Windmauer. Die Böen rissen ihre Haut auf und stießen sie ab. *Ka'Ji.* War das ihre Art, Skee töten zu wollen? Entweder sie fiel in den klaffenden Abgrund oder wurde von den Winden in Stücke zerrissen?

Ein Gefühl bahnte sich seinen Weg durch ihre jahrelang antrainierte, kontrollierte Maske. Wut. Ka'Ji dachte wirklich, sie könne sie so leicht töten, so leicht *wieder* einsperren.

Der Boden unter ihren Füßen verschwand und die Winde zogen sie in die Tiefe. Sollten sie zumindest.

Skee sammelte die helle Magie aus der Umgebung unter ihren Füßen und brach sie, verdunkelte sie, bis sie tiefblau leuchtete. Sie kreierte eine kleine rettende Insel, die von der Schwarzen Magie nicht wahrgenommen wurde. Dann richtete sie ihren Blick zuerst auf die Krallen aus Schwarzem Diamant, dann die tödliche Mauer aus Wind. Ihr Amulett strahlte eine angenehme Wärme aus, die gegen die Kälte von Ka'Jis Magie ankämpfte.

Mit einer schnellen, gezielten Bewegung riss sie ein Loch in die Mauer, der Diamant schnitt mühelos durch die Winde. Sofort brach die komplette Mauer zusammen.

Sie stand mitten über einem sich ausbreitenden Abgrund, unter ihr ragten scharfe Gesteinsbrocken und ein aufgebrachtes Meer. Von der Insel war kaum noch etwas übrig, und was noch stand, zerfiel. Von den Dämonen gab es keine Spur mehr. Die AkMey-Zwillinge kämpften in der Luft gegen Ka'Ji, mit ihren Flügeln sahen sie wild und kampflustig aus. Ka'Ji stand ebenso wie sie selbst auf konzentrierter Magie, elegant und rachsüchtig. So, wie sich Skee einen vollblütigen Teufel vorstellte.

Doch sie suchte eigentlich keinen von ihnen. Ihr Blick schweifte noch ein, zwei weitere Male über die Reste der Insel und selbst in die Tiefen, doch sie konnte Iska nicht finden.

Seicht und kräftig vibrierte ihr Amulett als zweiter Herzschlag auf ihrer Brust. Sie weitete den Einflussbereich aus, ließ ihre Magie frei. Sie spürte viele schwache Seelen unter sich, allesamt verwirrt und frei. Gelöst von ihren fleischlichen Hüllen. Angst packte sie, doch sie konnte Iskas vertraute Gestalt darunter nicht wahrnehmen. Weder diese noch ihre Magie.

Skee atmete auf. Sie war also nicht in die Tiefe gestürzt, das hieß auch, das Gift hatte sie noch nicht vollständig gelähmt.

Ein zorniger Schrei ließ sie zusammenzucken. Sie fuhr herum, gerade rechtzeitig, um die beiden Brüder straucheln zu sehen. Seltsame Bälle aus Schwarzer Magie hielten sie in Schach und jagten sie, fraßen sich durch ihre Körper. Instinktiv rief Skee ihre Magie wieder zu sich. Diesmal griff sie ebenfalls auf die verlorenen Seelen in den Trümmern der Insel zu. Sie sammelte sie ein und steckte sie in ihre treuen Weggefährten: die Seelenkatzen aus ihrem Heimatdorf. Die leuchtenden Wesen aus ihrer Neutralmagie schmiegten sich an ihre Beine, bevor sie sie zu den Brüdern schickte, um die wirbelnden Massen Schwarzer Magie abzufangen.

»Skee!« Abermals wirbelte sie herum. Iska humpelte auf sie zu, ihre Schritte wankten, fanden jedoch auf ihrer ebenfalls konzentrierten Magie

Halt. Sofort sprang sie an Iskas Seite und schlang einen Arm um Iska, um sie auf den Beinen zu halten.

»Ich hatte schon Angst, dass du gefallen bist!«, rief Skee über das Tosen des Meeres und Windes hinweg.

»Hatte ich bei dir auch«, flüsterte Iska zurück. Ihre Augen verzogen sich zu einem müden Lächeln. »Kannst du uns wegteleportieren?«

Sie biss die Zähne zusammen und schüttelte den Kopf. »Ich muss zuerst das Gift aus deinem Körper holen. Mit Ki'Ajas Magie im Blut kann ich dich nicht mitnehmen.«

»Kannst du es denn?«

Inzwischen erreichten die Adern Iskas Oberarm und beinahe schon ihre Schultern. Skee ließ Iska los und drehte ihren gesamten Körper zu sich. Dann nahm sie ihren angeschlagenen Arm in die Hand und legte ihren Daumen mittig auf Iskas Handgelenk, an die Stelle, an der auch Ka'Ji Iska gepackt hatte. Mit den Krallen ihrer anderen Hand schnitt sie schnell und ohne Erklärung in Iskas Schulter, knapp oberhalb der schwarzen Adern. Iska zuckte heftig zusammen und zog zischen die Luft ein. Ihr Arm krampfte, als die Adern sich in Richtung von Skees Krallen und dem Schwarzen Diamanten ausbreiteten. Skee ließ ihre Neutralmagie in Iskas Körper fließen und ihren Arm hinauf. Sie verdrängte die Schwarze Magie, die durch den Schnitt Iskas Körper verließ und sich an Skees Krallen sammelte.

Schweißperlen standen auf Iskas Stirn, ihre Arme zitterten und sie atmete schwer. Ihre Zähne bissen fest aufeinander, doch Skee sah ebenfalls, wie sie aufatmete, als die letzte Ader verschwand.

»Woher wusstest du, wie man so was macht?«

Skee zuckte die Schultern. »Gift saugt man normalerweise aus dem Körper und das Gift hat sich schon vorhin Richtung des Schwarzen Diamanten bewegt. Und meine Magie war … Absicherung.«

»Danke.« Iska drückte ihre Hand. Das Zittern in ihrem Körper ließ nach. »Kannst du uns jetzt wegbringen?«

Skee musterte Iska, bevor sie antwortete. Ausgelaugt, mit schwarzen Schatten unter den Augen und eingefallenen Wangen. Dafür kreiste ihre Magie kräftig in ihren Adern.

»Sollen wir ohne sie verschwinden?«

Iska blickte nachdenklich zu den Kämpfenden. »Nein. Wir holen sie.«

Skee nickte, ihre Augen verfolgten die drei Gestalten in etwas Entfernung. Die Brüder konnten sich dank ihrer Seelentiere wieder voll auf Ka'Ji konzentrieren. »Wir müssen Ka'Ji für einen Moment auf Abstand halten, wenn ich uns teleportieren soll.«

Die vielen kleinen Schnitte auf ihrem Rücken sandten immer wieder Schmerzimpulse durch ihren Körper und als sie sich jetzt umdrehte, zuckte sie zusammen.

»Du bist verletzt. Kannst du dich hier darauf vorbereiten, uns wegzuschaffen und ich hole Akyma und Ifrat?« Iska betrachtete ihren Rücken. Sorge schwang in ihrer Stimme mit.

Skee deutete auf ihren Arm. »Du bist ebenso verletzt.«

»Aber du hast das Gift entfernt.«

»Es hat deine Magie trotzdem durcheinandergebracht. Ich helfe euch.«

Iska seufzte, gab ihre Argumentation jedoch auf. Stattdessen setzte sie sich in Bewegung und rannte sicheren Schrittes auf die Kämpfenden zu. Sie ummantelte sich mit einem Schleier Schwarzer Magie, als sie in den Radius von Ka'Jis Magie und ihren seltsamen Magiegeschöpfen trat. Skee blieb etwas auf Abstand. Nahe genug, um ihre Magie ordentlich wirken und eingreifen zu können, weit genug entfernt, um nicht mit der in der Luft schwirrenden Schwarzen Magie in Berührung zu kommen. Ihre Neutralmagie schützte sie nur vor minderem Einfluss der Magie, nicht vor einer solch hohen Konzentration.

Iska warf sich ebenfalls nicht direkt in den Kampf, sondern wandte sich zuerst den schattigen Geschöpfen zu, die um Skees Seelen herumschwirrten und sie attackierten. Die Halbteufelin folgte den Bewegungen der Geschöpfe und streckte schließlich eine Hand nach ihnen aus. Skee wollte Iska schon vor ihnen warnen, da entdeckte sie die bekannte, rötliche Aura von Iskas Drittem Auge. Skee atmete durch. Iska analysierte die Geschöpfe.

Mit beruhigtem Gewissen befal sie vier ihrer Seelentiere zu Akyma und Ifrat. Ka'Ji hielt die beiden mit Leichtigkeit auf Abstand, ihre reine Schwarze Magie brannte sich immer mehr durch die Magie der Brüder.

Mit einem leichten Stich im Herzen löste Skee die Seelenformationen auf und bot deren Energie als Kräfteschub für die Brüder an. Die ehemaligen Seelen verschmolzen mit ihrer Magie. Keine Sekunde später krachten erneut Ka'Jis Geschöpfe auf die Magie der beiden, doch diesmal prallten sie ab. Akyma spannte sich angesichts der kurzzeitig neuen Magie an. Skees Seelen verwandelten ihre dunkel-schwarze Magie in pure Schwarze Magie, wenn auch nur für wenige Sekunden. Wenige Sekunden, in denen ihre Magie ebenbürtig war und sich einen reinen Willenskampf lieferten.

Skees Amulett glühte auf, feurige Hitze brannte sich durch den Stoff ihres Kleides hindurch. Sie keuchte, schluckte den Schmerzensschrei jedoch hinunter.

Als Akymas und Ifrats Magie schwankte, prallte etwas anderes gegen Ka'Jis Wesen. Ein Geschöpf wie ihr eigenes, ein schwarzer Nebel aus konzentrierter Magie.

Hunger. Skee konnte es beinah schreien hören. Es waren hungrige Geschöpfe.

Ein zweites und drittes gesellten sich dazu, unterstützten das erste Geschöpf. Doch anstatt zornig oder frustriert zu sein, lachte Ka'Ji. Das Geräusch sandte Schauder über Skees Körper und für einen kurzen Moment wurde ihr eiskalt. Dann krümmte sich Skee, ihr Amulett brannte viel zu heiß im Kontrast.

Ka'Ji rief etwas, doch ihre Worte erreichten Skees Ohren nicht. Sie sprang ein, zwei, drei Schritte zurück, als sich Ka'Jis Magie ruckartig ausbreitete. Mit hämmerndem Herzen wurde ihr bewusst, dass die Halbteufelin nur mit ihrer eigenen Magie gekämpft hatte. Nicht mit dem Teil, den Ki'Aja ihr geliehen hatte.

Außerdem brannten ihre Seelen aus, die die Magie der Brüder stärkten. Ihre Energien verschwanden, vollständig aufgebraucht. Sofort verschluckte Ka'Jis Magie Iska, Akyma und Ifrat. Skees Herz setzte einen Schlag aus. Aus der vernichtenden Dunkelheit vor ihr blickte ein goldenes Augenpaar auf sie herab.

Im nächsten Moment flogen drei Körper auf sie zu, die sie mitrissen. Der Schwung presste Skee die Luft aus der Kehle. Sie verlor den Boden unter den Füßen. Skee packte Iskas zitternden Arm und kämpfte sich unter ihrem Körper hervor. Sie blickte sich um, dann nach unten. Die spitzen Überreste der Insel kamen rasant näher. So schnell es ihr möglich war, kreierte sie erneut einen festen Boden unter ihren Füßen, diesmal jedoch einen größeren. Ihr Fall stoppte abrupt.

Iska fiel auf sie, die Brüder landeten neben ihr. Alle drei keuchten, ihre Haut schneeweiß.

»Kannst du uns jetzt teleportieren?«

Aus dem Augenwinkel nahm Skee die vierte Gestalt wahr, was ihr keine Zeit ließ, auf Iskas Frage zu antworten. Ka'Jis Schatten schossen auf sie zu.

Skee griff tief in die Trümmer unter sich. Mit ihrer Magie zog sie die Überreste der hellen und Weißen Magie aus der Insel. Sie bekam nur die Helle zu fassen, doch da sie zusammenhingen, folgte die Weiße Magie den Bewegungen der Hellen. Sie bildete einen provisorischen Schild um sich herum, ein blendendes Licht, gegen welches die Schatten krachten und vorerst abprallten. Unter der Wucht der verschiedenen Magien zersprangen Skees Krallen aus dem Schwarzen Diamanten.

Skee hüllte sie alle mit ihrer Magie ein. Die geschundenen Körper mit den zerfetzten Flügeln der Brüder, Iskas kraftlose Gestalt und sich selbst. Und gerade als sie das Licht durchbrachen, löste sie ihre Körper, Seelen und letztendlich ihre Magie auf.

Teleportation konnte ein gruseliges Unterfangen sein. Die komplette Existenz auflösen. Jegliche Essenz dessen, aus dem man geschaffen wurde. Und dann brachte man jene Essenzen an den gewünschten Ort und setzte sie wieder zusammen. Stück für Stück, ohne Fehler. Eine Essenz ohne Körper war unvollständig und dauerhaft auf der Suche, sie wanderte unruhig auf Erden hin und her, bis sie sich entweder vollständig verlor oder ihren Körper wiederfand. Am Zielort wartete kein fertiger Körper. Dieser musste zuerst mit exakt dem gleichen Aufbau neu erschaffen werden.

Skee leitete sie unbewusst ihrer Umgebung zu einem Ort, an dem sie ihrem Gefühl nach am leichtesten neue Körper erschaffen konnte. Es dauerte, bis sie jenen Ort erreicht hatten. Und es dauerte noch länger, bis sie ihre Körper wieder zusammengesetzt hatte.

Das Gefühl von weichem Gras unter den Füßen und frischer Luft in der Nase verschwand sehr schnell. Skee griff danach und wollte weiter träumen, doch ihre Sinne nahmen schon wieder raue Erde unter den Fingern wahr. Sie wollte sich auf die Seite drehen und zusammenrollen wie in ihrem improvisierten Schlafeck im Palast, doch ihr Körper protestierte, als sie nur einen Muskel bewegte. Ihre Muskeln brannten, als ständen sie in Flammen und ihre Haut spannte unangenehm.

Kalte Hände berührten ihre Schulter und schüttelten sie leicht. »Skee?«

Stöhnend öffnete Skee die Augen und starrte in einen grauen, wolkenlosen Himmel. Sie brauchte einige Sekunden, um zu realisieren, wo sie war. Wo sie sie hingeleitet hatte.

»Ist das Shabaan?«

Iska, die über ihr beugte, nickte. »Du hast uns hergeleitet. Aber niemand ist gestorben.«

»Ja, ich weiß.« Skee stöhnte und schloss die Augen. Natürlich hatte ihr Gefühl sie hierhergeschickt. In Shabaan lebten Seelen und damit fielen die natürlichen Widerstände gegen unnatürliche Magie weg. Unnatürliche Magie, wie neue Körper zu erschaffen.

»Wie fühlst du dich?«

»Wie auseinandergerissen und neu zusammengesetzt.« Als Skee die Augen wieder öffnete, lächelte Iska leicht.

»Wenigstens leben wir.«

»Ich muss zugeben, das war beeindruckend.«

Skee streckte den Kopf nach hinten. Die Zwillingssöhne standen nicht weit entfernt von ihnen. Skee betrachtete die schwachen schwarzen Magiefäden, die die beiden umgaben und sie zuckte die Schultern. »Ich habe es ewig nicht mehr gemacht. Aber das Gefühl habe ich vermisst.«

»Bist du sicher?«, fragte Akyma mit einem amüsierten Unterton und seine Augen musterten ihren angeschlagenen Körper.

Skee richtete sich auf und nickte, während sie den Blick zwischen die Bäume streifen ließ. »Ja.«

Weit konnte sie nicht sehen, denn dichte Nebel versperrten den Blick. In ihnen bildeten die Bäume dunkle Silhouetten und scheinbar sich bewegende Schemen. Der Anblick der zitternden Äste und langsam fließenden Nebel jagte Skee Schauer durch den Körper, doch andererseits schlug ihr Herz bei dem Anblick höher. Nicht selten hatte sie früher in Nebeln und bei Nacht gespielt, während die Kinder in ihrem Dorf sich gegenseitig gejagt und versteckt hatten.

»Wir haben dir geholfen, bist du jetzt zufrieden?«, fragte Ifrat an Iska gewandt, ohne den Blick von Skee abzuwenden. Sie begegnete seinen dunklen Augen und konnte nicht entscheiden, ob sich Argwohn oder Vorsicht unter eine gewisse Bewunderung mischten. Die Brüder sahen ähnlich mitgenommen aus wie Iska. Dunkle, halb offene Hemden bedeckten nur teilweise ihre zerschnittenen und verbrannten Oberkörper, ihre Flügel hingen mit vielen neuen Rissen an ihren Körpern herunter. Ein tiefer Riss zierte

Ifrats rechtes Horn. Bei Iska entdeckte Skee ebenfalls kleine Schnitte und Verbrennungen, doch nicht so schlimm wie bei den Brüdern. Sie war völlig erschöpft und ratlos, aber auch erfreut. Wenn man hinter die sorgfältig einstudierte Maske sehen konnte.

»Zum Teil. Was ist jetzt euer Plan, wo ihr doch gegen eure goldenen Überlebensüberzeugungen verstoßen habt?«

»Weiterhin überleben. Das solltest du auch zu deinen Zielen hinzufügen, Iska. Hilf dir selbst statt deinen Freunden.«

Iskas Kiefer verkrampften sich.

Skees Ohren zuckten verwundert. »Wieso habt ihr überhaupt geholfen? Ich dachte, euch interessiert die Dämonenzivilisation nicht.« Sie winkelte die Beine an und setzte sich zu den Brüdern gedreht, in den Schneidersitz.

»Tut sie auch nicht«, brummte Ifrat.

»Uns sind die Argumente ausgegangen. Außerdem gehört hier niemand zu den Dämonen. Und von denen auf der Insel hat keiner überlebt.«

Skee schauderte kurz, als ihre Gedanken zu der zerstörten Insel wanderten. Sie wandte sich an Iska. »Und was ist unser Plan?«

»Ich muss …«, Iska warf einen kurzen Seitenblick auf die Brüder, ihre Kiefermuskeln spannten sich an, »etwas finden.«

»Nur keine falsche Scheu. Wir hatten nicht vor, zu bleiben.« Akyma faltete seine Flügel auseinander und betrachtete den Schaden. Rote Spritzer befleckten die spärlichen Federn, doch die Wunden bluteten nicht mehr und fingen bereits zu heilen an.

»Und wenn du noch ein bisschen gesunden Verstand besitzt, suchst du dir auch einen Platz, um wieder zu Kräften zu kommen«, fügte Ifrat hinzu. Rotschwarzes Leuchten breitete sich unter seinen Füßen aus und sprang auf Akyma über.

Skee konnte ihnen nur zustimmen. Ihre Muskeln schmerzten vor Anstrengung und auch die Schnitte auf ihrem Rücken meldeten sich immer wieder. Die Begegnung mit Ka'Ji war an keinem von ihnen spurlos vorbeigegangen. Doch ein Blick auf Iska genügte, und ihr wurde bewusst, dass sie sich nicht ausruhen würden. Ihre Freundin wandte sich unter drei musternden Blicken unbehaglich.

»Wir kommen schon klar«, entgegnete Skee schließlich. »Vielen Dank für eure Hilfe.«

Ifrat schnaubte. »Viel Glück bei eurer Weltrettungsmission.«

»Überleben zu wollen ist eine Sache der Definition«, erwiderte Iska abwesend. »Viel Glück bei eurer Definition.«

Akyma lachte. »Ik Ahji.«

Damit verschwanden sie zwischen den Bäumen. Skee legte den Kopf schief. Die beiden verhielten sich anders, als die Dämonen im Palast sie beschrieben hatten. Sie waren um einiges hilfsbereiter, auch wenn sie es abstreiten würden.

»Du veränderst etwas.« Skee musste lachen, als Iskas Fassade in sich zusammenbrach und sie die Augen in Überraschung aufriss.

»Was?«

»Du bist dir dessen nicht bewusst, aber deine Einstellung überträgt sich auch auf andere. Akyma und Ifrat haben sich nie für andere interessiert und jetzt haben sie dir geholfen, mich zu befreien. Damit haben sie sich nicht nur mit Ka'Ji angelegt, sondern auch mit Ki'Aja. Sie haben sich offiziell gegen sie gestellt. Das hat nichts mehr mit Überlebenswillen zu tun.«

»Meine Einstellung? Ich handle nicht aus gutem Willen oder einem Heldengefühl. Das ist einzig der Weg, den ich zum Überleben sehe.«

»Das spielt doch keine Rolle. Akyma und Ifrat beobachten dich und deine Ziele. Sie wollen wissen, ob du wirklich überleben kannst auf diese Weise. Deshalb helfen sie dir. Logischerweise haben sie kaum Interesse daran, in einer von Ki'Aja geformten Welt zu leben. Er hegt einen tiefen Hass gegen alles, was mit den Teufeln und Erzengeln zu tun hat. Und ab jetzt zielt auch Ka'Ji auf deinen Tod.«

»Sei's drum. Wir werden uns eine eigene Gruppe zusammenstellen, um gegen Ki'Aja, Ka'Ji und Asstyx zu bestehen. Wir ...« Iska brach ab und legte die Hand ans Kinn. Nachdenklich starrte die einen Punkt in der Ferne an. »Wir werden Ask und Lynn suchen und meinen Bruder finden. Zusammen legen wir uns einen Plan zurecht, wie wir unsere Welt schützen können. Ki'Aja wurde schon einmal aufgehalten, wir werden es auch ein zweites Mal schaffen.«

Kalte Nebel krochen hinter den Bäumen hervor und wandten sich um ihre Beine. Das schmutzige Grau verschluckte den Boden.

»Was bei den ...?« Skee stolperte einen Schritt zurück, doch der Nebel folgte ihr.

Iska seufzte. »Zuerst muss ich ein anderes Versprechen einlösen.«

50

Derryk

Mit leerem Blick sah er in die weiten Schatten des Waldes hinaus. Hinter seinem Rücken hörte er leises Rascheln und Hantieren. Wahrscheinlich wechselte der Seher Ayins und Luxj' Bandagen.

Jemand legte die Hand auf seine Schulter. »Sei nicht so niedergeschlagen. Ist es nicht etwas Gutes, Andrahey wiederzusehen?«

»In Shabaan?«

Lura seufzte und setzte sich neben ihn. Sie legte Bandagen und eine Schüssel mit einer grauen, dickflüssigen Salbe darin vor sich ab.

»Außerdem«, fuhr Derryk fort und starrte in die Flüssigkeit, »weshalb sollte ich mich freuen? Darüber, dass ich doch einen Vater habe, der sich nie die Mühe gemacht hat, nach uns zu schauen? Oder uns beim Überleben zu helfen?« Er spürte einen Stich im Herzen. Diese Worte waren falsch.

»Das hat er. Er durfte euch nur nicht zu sich holen. Die Teufel dürfen sich laut ihrem Vertrag mit den Erzengeln nicht um ihre Kinder kümmern. So, wie Andrahey es mir gesagt hat, hatte er von Suruh über eure Existenz erfahren. Hätte er sich also um euch gekümmert, wäre es indirekt Suruh zu verdanken.« Lura streckte eine Hand nach Derryks Arm aus und machte sich daran, seine Bandagen zu wechseln.

Derryk seufzte. Er verfolgte Luras geschickte Handgriffe, als sie vorsichtig die alten Verbände abnahm und eine neue Schicht Salbe auftrug. In der Flüssigkeit spiegelte sich schwach seine Figur wider. Er sah sich selbst in die Augen. Eines in dunklem Grün, das andere blutrot.

»Ich weiß doch. Das macht es nicht weniger frustrierend.«

Lura drückte aufmunternd seine Hand und wickelte frische Verbände um seinen Arm. Sie hätte wohl auch nicht mehr sagen können, als ihm zustimmen. Dann verlangte sie seinen anderen Arm.

Derryk schüttelte die Gedanken an das Thema ab. »Wie geht es Ayin und Luxj?«

Bedauern huschte für eine Sekunde über ihr Gesicht und sie warf einen kurzen Blick neben sich. Derryk biss sich auf die Lippe, bis er Blut schmeckte. Die beiden sahen übel aus, mehr wie Leichen als Verletzte. Im Gegensatz zu Luxj atmete Ayin jedoch kräftig, sie war nur noch nicht bei Bewusstsein.

Lura seufzte betrübt. »Andrahey sagt, Ayin wird immer kräftiger und ihre Verletzungen heilen gut. Keine ist mehr lebensgefährlich. Er belächelt immer meine Frage, wo er die Salben herhat, aber sie wirken extrem gut.« Sie machte eine Pause und beendete ihre Arbeit an seinen Verletzungen. »Aber sie ist erblindet, auch wenn ich nicht weiß, woran. Ich schätze, die Trümmer haben sie an den Augen erwischt. Oder die Schwarze Magie hat ihre Augen angegriffen.«

Derryk brauchte einen Moment, bis er die Worte verarbeitet hatte. Ayin war … erblindet? Der Kampf hatte sie nicht nur fast das Leben, sondern auch ihr Augenlicht gekostet? Sie war verrückt nach ihrer Ausbildung als Assassine gewesen. Wie würde sie darauf wohl reagieren? Angst stieg in ihm auf. Angst um Ayin, um Luxj und um Lura. Angst davor, wie Ayin damit umgehen würde, ob sie ohne Augenlicht zu leben wusste. Angst, dass Luxj noch sterben könnte. Selbst Angst, Lura könnte verschwinden. Ja, verdammt, selbst Angst um Iska! War sie noch am Leben oder hatte Ki'Aja sie erwischt? Wie ging es ihr? Auf welcher Seite stand sie?

»Hör auf damit, Derryk. Dir Sorgen zu machen, bringt nichts. Du musst versuchen, diese Sorgen zu verhindern, statt nur darüber nachzudenken und dir Panik zu machen.« Lura wandte sich ihm wieder zu und ihre hellen Augen glänzten im grauen Licht besorgt. Ihre Hand ruhte wieder auf seiner Schulter.

Derryk ließ den Kopf hängen. »Wie denn? Wir sind in Shabaan, ohne irgendwas. Um ein Haar sogar ohne unsere Leben.«

»Aber wir atmen alle noch. Luxj geht es zwar schlecht, aber auch er lebt. Wir stehen nicht mit nichts da. Und sobald alle wieder bei Bewusstsein sind, überlegen wir uns einen Plan.« Ihre Stimme versiegte in einem Flüstern.

Langsam nickte Derryk. Noch war keine Hoffnung verloren. Sie lebten, befanden sich weit weg von den Halbteufeln in Shabaan und soweit in Sicherheit, wie es ihnen möglich war. Das war dennoch erstaunlich wenig.

Die Hand verschwand von seiner Schulter. »Mach dir nicht so viele Gedanken. Irgendwie geht es weiter.« Luras Stimme erinnerte an ein Flüstern, die Kraft von vorhin war verschwunden. Sie kauerte neben ihm, die Arme um ihren Körper geschlungen und starrte mit glasigen Augen ins Nichts.

Derryk streckte den Arm nach ihr aus und drückte sie an sich. Lura legte den Kopf auf seine Schulter und atmete zittrig aus. Er konnte ihr leider nicht zustimmen, dafür fand er keine Worte.

»Dir geht es wieder besser. Du hast dich gut erholt.«

»Das täuscht«, flüsterte sie. »Ihr habt lang geschlafen. Außerdem war ich die letzten Jahre nicht mehr bei voller Kraft.« Sie zog die Beine an den Körper. »Aber ja. Ich fühle mich langsam besser.«

Schuldgefühle erfüllten Derryk und er fuhr sich durch die Haare. »Es tut mir leid, Lura. Ich —«

»Hör auf damit. An meinem Zustand trägst du keine Schuld.«

»Aber die Ritter haben —«

»Die haben ganz natürlich reagiert. Einer Spionin begegnet man nicht mit Freundlichkeit.«

»Sie haben überreagiert.«

»Sei nicht lächerlich. Das hattest du damals doch auch nicht gedacht. Es ist egal, wie etwas gekommen wäre. Ashari oder Elen Laar, ich wäre immer gleich geendet.«

»Würdest du mich mal ausreden lassen? Hätten wir nur damals schon gewusst, —«

»Nein, nicht, solange du so einen Schwachsinn redest. Den König Ejen Nuur gab es nicht, nur die Schachfigur. Ich war ein Mittel mit dem Zweck, dich nach Ashari zu führen, zur Garde. Der Angriff des NakTey war auch schon von Anfang an geplant gewesen. Da Ka'Ji und Asstyx hinter allem stecken, stand auch die Befreiung Ki'Aja schon lange fest. Es gab nur einen anderen Ausgang als diesen hier. Es gibt nichts, was ihr gegen die Halbteufel hättet tun können. Und so bin ich wenigstens noch am Leben, in Elen Laar hätten sie mich wahrscheinlich getötet. Hör auf, dir alles in die Schuhe zu schieben. Du hast den König und die Königin getötet, nicht mehr und nicht weniger. Du hast damit nicht den Untergang deines Landes eingeläutet, der stand schon Jahre fest. Hättest du es nicht getan, hätte es ein anderer.«

Derryk schwieg. Er wusste darauf nichts zu sagen. Er wollte widersprechen, doch hatte absolut keine Argumente mehr. Es fühlte sich nach so viel mehr an als der Tod zweier Menschen. In den letzten Tagen war alles zusammengebrochen. Sein Leben, die Zukunft Asharis und aller anderen Länder. Vermutlich sogar der ganzen Welt. Diese Tage fühlten sich so surreal an! Wie konnte so was passieren? Ein Teufel mit dem Ziel, ach die Erzengel wissen welches, und dessen Anhänger alles und jeden opferten?! Drei Länder waren innerhalb dieser Tage zusammengebrochen! Ashari, Sakkar und Elen Laar gab es nicht mehr, dafür hatten die Halbteufel gesorgt.

Derryk raufte sich die Haare und kniff die Augen zusammen.

Und Iska schien von all dem viel mehr Ahnung zu haben als er. Iska hatte ihn gezielt gerettet, sie …

Iska.

Er schlug die Augen wieder auf und hielt inne. Dunkle Schatten streiften als Schemen durch die Bäume.

»Wir wissen doch kaum was über diesen Krieg«, flüsterte er und lachte leise. Im Augenwinkel bemerkte er Luras gelbe Augen, die ihn besorgt musterten. »Du hast Recht. Wir können nichts ausrichten. Wir sind schon nach einer sekundenlangen Begebung mit den Halbteufeln am Ende.«

»Derryk, geht es dir gut? Es ist doch gar kein Vollmond …«

»Nein, nein, du hast Recht. Wir sind machtlos gegen sie. Ein Bauer schafft es nicht alleine auf den Thron. Du hast Recht, Menschen können gegen Teufel nichts ausrichten. Aber Iska ist kein Mensch. Wir müssen sie finden.«

Es dauerte zwei weitere Tage, sofern Derryk die Lichtschwankungen richtig einschätzte und es tatsächlich Tage waren, bis Ayin sich regte und aufwachte.

Zu diesem Zeitpunkt waren er und Lura schon wieder fast genesen. Die Salben, die der Seher wo-auch-immer auftrieb, wirkten Wunder. Lura war aktiver geworden, sie kümmerte sich zusammen mit Andrahey um Ayin und Luxj und lief dauernd auf und ab. Sie nahm sich seine Worte sehr zu Herzen. Dass sie mit Iska eine Chance hatten, oder zumindest einen Plan.

Obschon sie keine Ahnung hatten, wo Iska war oder ob sie noch lebte.

Schon seit Stunden schlief Ayin unruhig und zappelte, sodass sie es kaum noch beachteten. Da rüttelte Lura an Derryks Arm und sprang auf. Derryk folgte ihrem Blick und kam ebenso hektisch auf die Füße.

Ayin stützte sich mit einem Arm ab und versuchte sich aufzusetzen. »Was ist hier los?«

»Vorsichtig.« Lura hielt Ayin am Oberarm fest. »Du bist noch verletzt.«

Kräftiger, als Derryk sie eingeschätzt hätte, entriss sie dem Mädchen ihren Arm.

»Mir gehts gut«, murmelte sie. Ihre Arme zitterten von der Anstrengung, sich aufrecht zu halten. Derryk seufzte lautlos.

»Sicher?« Lura hielt sich bereit, Ayin im Notfall aufzufangen. Derryk setzte sich zu ihnen.

»Wo sind wir?« Ayin berührte die Bandagen über ihren Augen. Derryk streckte die Hand aus, um sie abzuhalten, doch sie riss sich die Verbände herunter. Ayin erstarrte.

»Wir sind in Shabaan. Jemand hat uns gerettet und hergeholt.« Derryks Hand ruhte noch auf ihrem Handgelenk, doch sein Blick blieb an ihren milchigen Augen hängen. Quer über ihr Gesicht führten zwei tiefe hellrosa Schnitte. Sie spalteten ihre Augäpfel in drei Teile. Dunkle Blutergüsse färbten die Haut unter ihren Augen und Wangen violett.

»In Ashari wurden wir von Ka'Ji und Asstyx angegriffen«, erklärte Lura flüsternd. »Deine Augen wurden dabei stark verletzt.«

Mit zittriger Hand fühlte Ayin nach den Schnitten über ihren Augen. »W-was?«

»Kannst du dich an die Geschehnisse in Ashari erinnern?«

Erneut riss Ayin ihr Handgelenk los und Derryk zuckte zurück. Sie wollte aufstehen, doch ihre Beine gaben augenblicklich nach. Sie stürzte zu Boden und prallte mit dem Rücken gegen einen Baum.

Derryk blickte zu Lura. Sie wusste genauso wenig, was sie tun sollte, wie er.

»Das kann nicht sein«, flüsterte Ayin. »Das kann nicht sein.« Ihre Hände tasteten ihre Augen ab und sie zuckte zusammen, als ihre Finger die Schnitte berührten.

»Hört mit euren mitleidigen Blicken auf. Ich brauche euer Mitleid nicht!«, schrie sie mit einem Mal. Lura zuckte zurück, Derryk biss die Zähne zusammen.

Was sollte er tun? Sie wollte keine mitleidigen Worte oder falsche Hoffnungen. Die würde sie von niemandem annehmen, doch vor allem nicht von ihm und Lura.

»Luxj geht es immer besser. Er wird auch bald aufwachen.«

»Was meinst du mit ‚immer besser‘»

Luras Blick wanderte zu Luxj. »Ihn hat es am schlimmsten erwischt. Die Trümmer haben seinen Schädel eingeschlagen. Ich weiß nicht, wie er überhaupt überlebt hat.«

Ayin biss sich auf die Lippe. »Was war überhaupt geschehen?« Derryk sah, dass es ihr schwerfiel, diese Frage zu stellen. Die Hände hatte sie zu Fäusten geballt.

Lura erzählte von dem Kampf, wenn man es so nennen konnte, und von Andrahey, der sie versorgte. Ayin sagte nicht dazu, hörte einfach nur schweigend zu und schwieg auch noch, als Lura geendet hatte. Auf ihrem Gesicht spiegelten sich Überforderung und Panik.

»Jetzt seid mal nicht so negativ. Wenigstens leben wir noch alle.«

Ayins Kopf zuckte nach rechts, ihre milchigen Augen suchten hektisch nach der Quelle der Stimme.

Lura sprang auf und rannte zu Luxj.

»L-Luxj?« Ayin konnte sich nicht orientieren, ihre Hände tasteten suchend in der Luft herum. Derryk fasste vorsichtig nach ihrer ausgestreckten Hand und zog sie auf die Beine.

»Seit wann bist du denn so positiv, Luxj?«, fragte er erzwungen locker, während er Ayin langsam zu ihm führte. Wie auch immer sie das anstellte, sie stolperte nicht einmal und setzte ziemlich sicher einen Fuß vor den anderen.

»Irgendjemand muss das ja übernehmen.« Luxj klang erschöpft und gedämpft, die Stimme ganz rau und dünn.

»Rede nicht so viel«, wies Lura ihn zurecht. Sie kniete neben ihm und nahm langsam die alten Bandagen ab, die seine untere Gesichtshälfte bedeckten.

»Wie geht es dir?« Ayins sank neben Luxj nieder. Derryk kam es beinahe so vor, als verfolgte sie Luras Bewegungen.

»Als wäre ich unter 'nem Gebäude begraben worden.«

»Du kannst dich also erinnern?«

Luxj' Geste erinnerte entfernt an den Versuch zu nicken.

»Nicht so viel bewegen.«

»Mir tut aber nichts weh.«

»Das freut mich. Die Frage ist nur, ob das von Andraheys Medikamenten kommt oder tatsächlich davon, dass deine Wunden schon verheilt sind.«

»Andrahey?«

»Er hat uns hergeholt, bevor Ka'Ji und Asstyx uns töten konnten. Und er hat uns behandelt.«

»Weshalb hat er das eigentlich getan?«, fragte Ayin. »Weshalb hat er vier Fremde gerettet? Und woher wusste er von dem Ganzen?«

Derryk schwieg. Ja, wie sollte er ihnen das erklären, ohne die Blutsverwandtschaft zu erwähnen? Ayin verhielt sich sehr ruhig und schien bereit, ihn wieder zu akzeptieren. Wenn da jetzt noch kam, von wegen Dämon als Vater …

Derryk sah hilfesuchend zu Lura.

Sie seufzte. »Andrahey hatte sich mir als Seher vorgestellt. Er scheint Tricks zu kennen, seine Magie hier begrenzt einsetzen zu können. Außerdem«, fügte sie leiser hinzu, »ist er Derryks Vater.«

Derryk atmete scharf ein und biss sich auf die Zunge. Gar nicht also. Nervös betrachtete er Ayin. Sie blickte ihn direkt an. Wie bei den …

»Deine Familie ist faszinierend, Derryk«, kommentierte Luxj nur.

»So kann man es auch nennen …«

»Wie schön, ihr seid aufgewacht.« Sie schraken alle zusammen. Andrahey stand hinter ihnen, in den Händen hielt er Stängel und Blätter grauer Kräuter.

»Wie fühlt ihr euch?«

»Wir leben«, gab Ayin tonlos zurück.

Andrahey kniete sich zu ihnen auf den staubigen Boden. Ohne ein Wort zu sagen, sprang Lura auf, eilte ein paar Meter davon und holte eine kleine Schale und einen Mörser.

»Ich habe Kräuter dabei, durch die werdet ihr wieder zu Kräften kommen.« Er nahm Lura beides ab und legte die Stängel mitsamt den Blättern rein.

»Wie bekommen Sie Kräuter hier in Shabaan?« Luxj richtete sich jetzt doch unter Ächzen auf. Derryk stand schnell auf und stützte Luxj.

Lura zermahlte unterdessen die Kräuter.

»Gewisse Kontakte erleichtern das Nicht-Leben hier«, antwortete Andrahey mit einem Lächeln.

Lura sah von ihren Kräutern hoch. »Kontakte in oder außerhalb Shabaans?«

Innerhalb würde nichts bringen, sie hätten ja zu den gleichen Materialien Zugang … Doch wie sollte eine Kommunikation in die lebende Welt funktionieren? Waren dafür nicht diese Schatten da, um genau das zu unterbinden?

Andrahey seufzte. »Nun innerhalb. Sobald ihr stark genug seid, werde ich euch zu ihnen bringen. Sie können euch sicherlich weiterhelfen.«

-51-

Iska

»Hast du uns etwa vergessen, Halbteufelin?«

Wie könnte sie? Der Schlüssel lag schwer in ihrer Tasche. Verärgert schnalzte Iska die Zunge und sah auf den Punkt in den Nebeln, aus dem die Stimme kam. Skee schlich hinter Iska, ihr Blick zuckte von einem Punkt zum andern.

»Wie könnte ich?«, gab Iska schließlich einfach zurück.

»Du bist wirklich wiedergekommen! Wie toll!« Iska bemerkte, wie Skee bei der hohen, fröhlichen Stimme die Krallen ausfuhr. Wahrscheinlich kannte sie diese Maske von sich selbst.

»Ja, natürlich.« Wie hätte sie auch nicht.

»Also?«

Iska hob die Hand und berührte einen Ring der Kette, die genau vor ihr verlief. Diesmal konnte sie sie direkt sehen.

»I-Iska?«

Sie drehte den Kopf. Skee starrte direkt auf ihre Hände, oder wohl eher die Ketten darunter.

»Oh, jemand Neues! Wie aufregend!«

Skee sprang zurück, als die Sirene mit einem Satz neben ihr stand und sie interessiert betrachtete. Iska seufzte. »Mach dir keine Sorgen, Skee. Ich war hier schon.«

»Ja, das habe ich mitbekommen«, murmelte die Animeere und wich den Blicken der vier Dämonen aus, indem sie sich hinter Iska versteckte. »Aber das ist erst recht ein Grund, mir Sorgen zu machen.«

»Was soll das denn heißen?« Die Sirene schmollte und lief zu den ihren zurück.

»Wie gedenkst du, den Fluch zu zerstören, Iska A'Shyr?«

»Zu zerstören?« Skee zog an ihrem Ärmel. »Weshalb willst du die Insel der verbannten Dämonen zerstören?«

»Eine Gegenleistung für ihre Hilfe.«

Iska lief voran, dicht gefolgt von Skee und mit größerem Abstand den vier Dämonen.

»Also, wie zerstörst du den Fluch?«

»Indem ich erst einmal den Ursprung aufsuche.« Iska fischte den Schlüssel aus der Tasche in ihrem Kleid. Hoffentlich fand sie nach dem Einlösen ihres Versprechens die Zeit, sich etwas Ordentliches zum Anziehen zu besorgen.

Der Schlüssel reagierte sofort auf den Ort, es war, als erwachte er zum Leben. Die Magie formte einen Herzschlag, aufgeregt und stetig. Die Ketten zitterten immer stärker, umso näher sie einer kam. Würde Iska sie berühren, würden sie zerbrechen. Sie hielt den Schlüssel so nahe an eine Kette, wie sie konnte, ohne sie dabei zu zerstören. Dann öffnete sie ihr Drittes Auge, verstärkte dessen Kraft mit der Schwarzen Magie des Schlüssels. Ein Weg tat sich vor ihr auf, ein Weg durch das Nichts und Alles des Zirkus'. Irgendwo in unbekannter Ferner lauerte der Ursprung, uralte Schwarze Magie, die auf den Schwarzen Diamanten reagierte. Als würde sie aus ihrem langen Schlaf erwachen.

Iska setzte sich in Bewegung und lief voran. Sie spürte die misstrauischen Blicke in ihrem Rücken, während die vier Dämonen ihr und Skee folgten. Nur die kleine Dämonin, das Mädchen mit den verschlossenen Augen, strahlte keinerlei Misstrauen oder Feindseligkeit aus. Auch ohne Augen verfolgte sie Iskas Bewegungen, wahrscheinlich sogar noch genauer als ihre Begleiter. Es fühlte sich ähnlich an wie bei dem Dritten Seher, nur noch … unheimlicher. Das Mädchen war einerseits unscheinbar, doch genau das machte Iska misstrauisch. Nichts hier drinnen war unscheinbar.

»Auch wenn du durch ein Versprechen gebunden bist, ist das dennoch eine schlechte Idee«, flüsterte Skee.

Iska schüttelte den Kopf. »Es spielt keine Rolle, ob dieser Ort existiert oder nicht. Nicht mehr.«

»Nein, die Katze hat Recht.«

Iska zuckte zusammen, auch Skee rempelte vor Schreck Iska an. Das Mädchen lief direkt neben ihnen. »Es ist eine schlechte Idee.« Hinter den Fäden öffnete sich ihr Mund leicht, bewegte sich jedoch nicht zu ihren Worten. »Ich glaube, du unterschätzt die Wesen hier drin.«

Iska sah wieder zu Skee. »Ihr braucht euch nicht zu verbünden. Ich weiß, dass es eine schlechte Idee ist. Aber mir bleibt keine andere Wahl.«

»Verschwindet in der Sekunde, in der du den Fluch löst. Widmet euch wieder eurer Aufgabe.«

»Ich mag den Ort nicht.« Iska hätte Skees Geflüster beinah überhört. In ihren Ohren schwoll der Herzschlag des Schlüssels immer weiter an. Die Ketten verdichteten sich mit jedem Schritt.

»Wohin führst du uns?«, fauchte die Schlangenanimeere, als sie kaum noch durch die Ketten kamen, ohne die Schwarze Magie zu berühren.

»Zum Ursprung.« Iska deutete vor sie. Die massiven Kettenglieder versperrten ihnen den Weg. Hier, wo sich die Magie konzentrierte, materialisierten sich die Ketten vollständig. Pechschwarz verschluckten sie ihren weiteren Weg.

»Da kommen wir nicht durch!« Die Schlangenanimeere fuhr zu Iska herum. »Was hast du getan?«

Iska antwortete nicht. Sie konzentrierte sich auf den Schlüssel in ihrer Hand, die Magie unter der glatten Oberfläche. Und sie ließ sie immer schneller und schneller fließen, bis winzige Risse im Diamanten erschienen. Dunkle Schwaden stiegen von den Rissen auf, strichen um Iskas Finger und verteilten sich. Die Ketten um sie herum summten, sie spannten sich und zitterten. Die Schwaden, die vom Schlüssel ausströmten, legten sich an die Ketten. Flüsternd breitete sich das Geräusch von klirrendem Metall aus, leise und melodisch.

»Was geschieht hier?« Das Geflüster der Sirene ging in den gewaltigen Auren unter.

Die erste Kette zerriss geräuschlos, der Boden unter ihren Füßen erzitterte. Skee packte Iskas Arm und flüsterte »das ist eine schlechte Idee« immer wieder vor sich hin.

Weitere Ketten zersprangen, jede ohne den leisesten Laut. Die Magie spannte ein Netz um sie herum, nahm den Platz der Luft ein. Die Ringe der einzelnen Ketten lösten sich voneinander und blieben in grotesken Positionen einfach in der Luft hängen. Mit Skee, die sich an sie klammerte, lief Iska auf die geballte Wand an Ketten zu, die ihnen den Weg versperrte. Sobald ein Ring dem Schlüssel zu nahekam, schmolz er und verbrannte die Erde unter ihren Füßen.

»Keine Sorge«, raunte Iska zu Skee, den Blick kurzzeitig nach hinten gewandt. Drei der vier Dämonen standen zusammengepfercht beieinander und wichen dem brennenden Boden sowie den Ketten aus.

»Das ist Ifres' Feuer, das ist dir schon bewusst?«, bemerkte Skee beunruhigt und drängte sich näher an Iskas heran.

»Ja.«

Von einer auf die andere Sekunde, die Ketten stoppten. Die Magie stoppte. Alles stoppte. Vor ihnen erschien der *Ursprung*, ein erstaunlich kleines Loch im Boden, aus welchem alle Ketten entsprangen. Als würden sie aus dem Nichts emporsteigen.

Und versiegelt waren Loch und Ketten mit einem massiven, altmodischen Schloss. Iska musste fast lachen über diese einfache, verspottende Methode. Sie würde sich dem Ursprung nicht nähern. Sie wusste nicht, wie stark die Magie noch nachklang oder was genau geschehen würde, wenn sie das Schloss aufschloss.

Mit ihrer Magie sandte sie den Schlüssel zu dem Schloss. Viel Anstrengung war gar nicht nötig, sie zogen sich an, als hätten sie sich nach Jahrtausenden endlich wiedergefunden. Mit einem lauten Klacken rastete der Schlüssel in das Schloss.

Für eine Sekunde herrschte absolute Ruhe. Niemand wagte ein Wort zu sagen oder auch nur zu atmen.

Dann ertönte ein lautes, klares Knacken. Schlüssel und Schloss zerbrachen. Und gaben damit den Ursprung frei. Risse breiteten sich von dem Loch in alle Richtungen aus. Die Ketten rissen und flogen unkontrolliert, als hätten sie unter massiver Spannung gestanden. Doch ohne den Ursprung hatten sie keine feste Existenz mehr. Sie verbrannten mit schwarzem Feuer.

Die unkontrollierten Ketten schnitten gnadenlose Schneisen, auch zwischen die Zirkusdämonen und Iska und Skee. Ihre Gegenüber stoben panisch auseinander. Ihre zornigen Worte wurden vom Klirren und Knistern der verbrennenden Ketten verschluckt. Zwischen ihnen breitete sich schwarzes Feuer aus, es nahm den gesamten Boden ein und griff nach ihnen. Iska wehrte es ab, doch die Zirkusdämonen mussten zurückweichen.

»War das dein Plan, uns mit dem Zirkus zu töten?«, hörte Iska die Stimme der Terris über dem hungrigen Knurren der Flammen.

Iska sah zu den dreien. »Plan? Weshalb sollte ich das vorgehabt haben? Ich habe euch nie gebeten, mir zu folgen. Ihr habt das aus Misstrauen getan. Außerdem weiß ich nicht, ob es euch umbringt.«

Iska griff nach Skee und zog sie aus der Gefahrenzone, bevor sich die Flammen in ein Inferno ausbrachen. Sie fraßen sich durch alles, Funken stoben durch die verrauchte Luft. Ohne die Ketten und durch den Rauch erschienen nun auch wieder Bäume. Sie befanden sich noch immer mitten im Wald. Skee hustete und hielt sich die Hand vor den Mund. Die Luft leuchtete in Orange- und Rottönen, doch der Wald brannte in tiefem Schwarz.

»So einfach zerstörst du diese Insel?«, keuchte Skee zwischen Hustenanfällen.

Iska schüttelte den Kopf und räusperte sich, um den eingeatmeten Rauch aus der eigenen Kehle loszuwerden. »Wir sollten hier we –« Iskas Kehle zog sich zusammen und schnitt ihr die Luft ab. Sie röchelte und tastete nach ihrem Hals. Kalte Magie sammelte sich um ihre Kehle.

»Iska!« Skee sprang auf sie zu, doch aus dem dichten Rauch ergriff eine schuppige Hand sie und warf sie zurück. Das Mädchen wurde vom Rauch verschluckt.

Iskas Blick glitt zu der Stelle, an der drei Figuren aus dem Rauch traten. Ihre verzogenen Schatten streckten sich von den Füßen in Iskas Richtung.

»Verdammt, du hast dein Versprechen wirklich gehalten. Dummes Mädchen.«

Die Terris konnte Schatten verzerren? War das die einzige Veränderung in ihrer Magie?

Ihre eigene Magie strömte durch ihre Fingerspitzen, so viel eisiger als die Schatten um ihren Hals. Diese Kälte, die ihr früher fast die Finger abgefroren hatte und die nicht mal Decken und Lagerfeuer vertreiben konnten. Diese Kälte, die man nur aushielt, wenn man schon nichts mehr in den Fingern spürte.

Iska seufzte. Mit goldenen Fingernägeln riss sie sich ohne weitere Anstrengung die Schatten vom Hals und leckte sich mit der Zunge über ihre Schneidezähne. Sie hatte diese Magie schon lange nicht mehr angewandt, nicht in dieser Weise. Sie spürte die Endgültigkeit auf ihren Fingerspitzen; die Macht, den Tod zu ihrem Diener zu machen. »Ich habe keine Zeit für euch. Ihr wolltet Freiheit, hier habt ihr sie. Eure Spielchen könnt ihr euch sparen, ich kann sie inzwischen mitspielen.«

»Na dann.« Noch bevor die Terris ihren Satz beendet hatte, wurde die Welt in Schatten getaucht. Iska blinzelte und wich nach rechts aus. Der Luftzug von etwas Scharfes streifte ihren Hals und ein hohes Pfeifen klang in ihren Ohren nach. Die Halbterris bewegte sich in den Schatten, verschwamm mit ihnen und tauchte wieder daraus hervor. Es waren solch fließende Bewegungen, dass Iska nie ihren ganzen Körper sah. Nur einen Schemen im Schwarz.

Innerlich fluchte sie genervt. In den Schatten konnte sie schlecht kämpfen. Sie musste ihre Gegner berühren, um sie zu töten. Und die Schattengestalten, welche sie von Ka'Ji erlernt hatte, konnte sie nicht einsetzen, da sie nicht wusste, wo Skee sich genau befand.

Die Schlangenanimeere dagegen bemühte sich nicht mal, sich vor ihr zu verstecken. Sie schlängelte geradewegs auf sie zu.

Iska wich den vergifteten Angriffen der Animeere aus und streckte die Hand nach ihr aus. Ihre Finger schlossen sich um das schuppige Handgelenk. Die Schuppen brachen unter Iskas tödlichem Griff. Die Schlange konnte nicht einmal mehr einen Laut von sich geben, bevor sie auf dem Boden aufkam. Ohne Herzschlag.

Iska hustete. Sie hielt sich die zitternde Hand vor den Mund und suchte die Terris. Die Schatten waren verschwunden, ebenso wie die–

»Gehts dir gut?«

Skee stand hinter ihr. Blut tropfte von ihren Krallen. Iska erspähte die Halbterris zusammengebrochen hinter ihr.

Sie nickte und zog den Tod aus ihren Fingern wieder zurück. Skee lächelte. »Dann sollten wir hier weg.«

Um sie herum zerbrach die Welt. Aus einem brennenden Busch blickte ein totes Augenpaar aus einem verbrannten Gesicht an ihnen vorbei. In den Himmel. Iska wandte sich ab. Sie hatte nicht vor, die Sirene ebenfalls zu töten. Schließlich hatte diese sie auch nicht angegriffen.

»Kannst du uns noch mal –«

Eiskalter Wind wehte zu ihnen, löschte die Flammen und jagte ihr einen Schauder über den Rücken. Die verkohlten Äste und Blätter wehten vom Boden in die Luft, gewannen ihre Farbe zurück und regenerierten sich.

»W-was passiert hier?«, flüsterte Skee. Sie streckte die Hand nach einem Blatt aus, doch sie zuckte sofort wieder zurück. Eis bildete sich auf Skees Fingerspitzen.

Iska packte den Arm ihrer Freundin und zog sie zu sich. Ihre eigene Aura hielt die Blätter und Äste fern. »Schwarze Magie«, warnte sie in gedämpften Ton.

»Was ist das für eine Aura?«, wisperte Skee.

Iska schwieg. Sie kannte die Aura nicht. Das war nicht Ka'Ji, auch nicht Ifrat oder Akyma. Diese Aura war anmutig und leicht, doch schärfer und schwerer als alles, was sie kannte.

Fast alles.

Es gab ja noch einen weiteren Halbteufel auf Ki'Ajas Seite. War das seine Magie? Wobei, das fühlte sich zu … ja, zu was? Zu fern an? Zu schwer?

Skee nickte in die Richtung links von ihnen. »Die Aura kommt von da.«

Langsam nickte Iska. »Wir müssen vorsichtig sein. Und bleib bei mir, damit du von den Blättern nicht berührt wirst.«

Mit dem leisen Knirschen von Gras unter ihren Füßen schlichen sie vorwärts. In der Ferne, hinter kleinen Baumwipfeln, brannte die Spitze des Zirkuszelts nieder. Während sich die Bäume in kräftigen Farben um sie herum regenerierten, zerfiel der Zirkus immer weiter.

Iska blieb stehen. »Shabaan ist doch gar nicht so grün.«

Skee zuckte die Schultern. »Weiß ich nicht. In Erzählungen wurde es als trostlos und grau beschrieben. Aber wie es in Wirklichkeit aussieht, weiß niemand so genau.«

Eine Stimme drang an ihr Ohr, eine leise und gebrechliche Mädchenstimme.

»So sollte es auch sein«, flüsterte Iska. Langsamer als zuvor schlichen sie auf die Stimme zu. Stimmen. Es waren mehrere.

Als sich jemand anderes mit einer grässlich kratzigen Stimme zu Wort meldete, verzog Skee das Gesicht und massierte sich die Ohren. »Was ist das für ein Ton?«

Iska knirschte die Zähne. »Die eines alten Dritten Sehers.«

Und die des Dämonenmädchens. Sie hatte ihre Kameraden im Stich gelassen, um hierher zu kommen und sich mit dem Seher zu treffen?

Iska fuhr mit den Fingern durch die magiegeladene Luft. Die schwere Magie umspielte ihre Finger, sie schmiegte sich weich an sie und wurde angenehm kühl.

»Willkommen zurück. Du hast dir Zeit gelassen.«

Skee zuckte zusammen. Iska packte ihren Arm und zog sie etwas näher zum Gebüsch vor ihnen, erst dann lugte sie zwischen den Ästen hindurch.

Das Dämonenmädchen und der Dritte Seher standen ein paar Meter von ihnen entfernt. Wobei standen … Das Mädchen schwebte im Schneidersitz auf grünen Blättern, um auf Augenhöhe mit dem Berg eines Sehers zu sein. Ihnen gegenüber schlenderte Ka'Ji auf sie zu.

»Was macht Ka'Ji hier?«, wisperte Skee mit angehaltenem Atem.

Iska zuckte die Schultern. Nichts Gutes. Jedoch … sie schienen sich zu kennen.

»Alles geschieht zu seiner vorhergesehenen Zeit«, erwiderte der Dritte Seher. Skee legte die Ohren an und biss die Zähne aufeinander. Iska ignorierte das raue Stechen in ihren Ohren.

»Diese einfältige Lehrphilosophie der Seher«, fluchte Ka'Ji. »So ein Schwachsinn. Du hättest durchaus früher kommen können. Aber du hast stattdessen neue Bekanntschaften geknüpft, wie ich sehe.« Ka'Ji sah zum Mädchen. Diese spielte mit den herabhängenden Fäden an ihrem Mund herum. Iska dachte schon, sie würde Ka'Ji ignorieren, doch schließlich antwortete sie kichernd: »Es ist mir eine Ehre.«

Etwas glitt aus ihrer Hand und schwebte zu Boden. Ein hauchdünner schwarzer Faden. Das Mädchen wischte sich die Haare hinters Ohr und leckte sich mit der Zunge über die Lippen.

»Er ist nicht erfreut.« Ka'Ji wandte sich wieder an den Dritten Seher und verschränkte die Arme.

Das Mädchen murmelte eine Antwort hin, die Iska aus der Entfernung jedoch nicht verstand. Ka'Jis aufbrausender Zorn verriet ihr, dass es keine höfliche Antwort gewesen war.

»Wo residiert Ki'Aja im Moment?«, fragte der Seher.

Iska rieb sich über die Ohren. Diese Stimme war schlimmer jedes Geräusch, welches sie bisher gehört hatte.

Ka'Ji schnaubte. »Also *ich* habe mich im Palast niedergelassen, Asstyx in der Cas'ja Reixe. Ki'Aja weilt dort, wo es ihm beliebt. Oft in einer eigenen Dimension.«

»Er sucht also sichere Orte?«

Ka'Ji fuhr ruckartig zu dem Mädchen herum, die ihr mit einem ruhigen Lächeln entgegenblickte. »Pass auf, was du sagst. Er ist noch lange nicht schwach.«

Doch das Mädchen zuckte nicht mal auf Ka'Jis gefährlich leise Stimme. Stattdessen wurde ihr Lächeln etwas breiter. »Natürlich nicht.« Sie schwebte elegant zu Boden. Ka'Ji bedachte sie mit einem kalten Blick.

»Weshalb auch immer Ki'Aja dich sehen will.« Damit drehte sie sich um. Das Mädchen lachte und ein eiskalter Schauer jagte Iska über den Rücken. Dann setzten sich die drei in Bewegung und liefen sehr nahe an ihrem Versteck vorbei. Viel zu nahe.

Iska wollte Skees schon wieder bedeuten, dass sie sich zurückzogen, da gefror ihr Körper. Ihr Blut rann kalt in ihren Adern, ihre Muskeln zitterten.

Das Mädchen sah sie direkt an. Ein ruhiges Lächeln umspielte ihre blassen Lippen und scharfe Zähne lugten aus ihrem leicht geöffneten Mund. Ihre Augen trafen direkt Iskas. Pures, dunkelstes Schwarz. Sie lächelte sie aus geöffneten Augen und hinter dünnen, zerrissenen Fäden an.

So schwarz, als existierten sie gar nicht. So schwarz, als befände sich hinter den Fäden nur ein tiefes schwarzes Nichts. Nur, dass dieses Nichts Emotionen zeigte.

Jemand zog an ihrem Arm und schüttelte sie. Skees Stimme war kaum mehr als ein Flüstern. »Iska! Iska!«

Langsam blinzelte sie. Sie zitterte, doch Ka'Ji, das Mädchen und der Seher waren verschwunden.

»Ich bringe uns hier erst mal weg. Ist alles gut?«

»K-keine Sorge.« Sie sah den verschwundenen Gestalten nach. Was bei den Teufeln war gerade geschehen? »Wie weit kannst du uns bringen?«

Skee berührte ihr Amulett, welches sanft zu leuchten begann. Warmes Blau tanzte um ihre Fingerspitzen. »Ich muss uns gar nicht weit bringen.« In ihrer Stimme schwang ein seltsamer Unterton mit. »Ich kann sie spüren.«

Damit packte Skee ihre Hand und die Überreste des Zirkus' verschwanden vor ihnen.

-52-

Derryk

Andraheys Kräuter heilten auch Luxj' Verletzungen schnell, nur nicht Ayins Augen. Jedoch kamen sie schnell wieder zu Kräften.

Wobei schnell relativ war. Derryk hatte keine Ahnung, wie lange sie sich bereits in Shabaan aufhielten. Hier fühlte es sich an, als verginge keine Zeit und die Tage waren schwer zu verfolgen. Vielleicht verging die Zeit ja sogar anders als in Ashari? Schließlich war der Ort abgesondert, nicht verbunden zu den Ländern der Lebenden.

Außerdem hatten sie sich auf einen Plan geeinigt, der nicht nur Iska beinhaltete. Ayin und Luxj hatten offenbart, dass Solon Fre, die alleinige Herrscherin Sakkars, noch lebte. Nach dem Angriff auf das kleine Land und einem aussichtslosen Kampf ist die Königin nach Annin-eR geflüchtet.

Andrahey hatte ihnen Hilfe bei der Suche nach Iska angeboten, auf die sie nun warteten. Und danach würden sie Solon Fre aufsuchen. Sofern die Königin tatsächlich noch lebte, würden sie sich ihr vorerst anschließen und Informationen austauschen. Wenn seine Schwester auch bei dem ganzen mitspielte. Das waren allen sehr viele ‚wenns' und ‚soferns'.

Derryk ließ den Blick zwischen den Bäumen umherwandern. Wann immer er in die Schatten dazwischen sah, schauderte es ihm. Es war, als zogen sich die Schatten ins Unendliche. Als gäbe es kein Ende vom Weg, kein Licht am Ende des Tunnels. Möglicherweise stimmte es ja. Ein Ort für Tote brauchte viel Platz.

Lura tigerte unruhig hin und her, Ayin saß mit angezogenen Beinen neben Luxj. Sie hielt die Augen geschlossen und fast sah es so aus, als wäre sie eingeschlafen. Wenn sich ihre Finger nicht immer wieder verkrampfen würden und ihr Kopf minimal zuckte, sobald von irgendwoher auch nur das leiseste Geräusch kam.

Sie warteten auf Andrahey, der vor einiger Zeit verschwunden war. Lura und Ayin versuchten seit sicherlich Tagen, den Seher zu überreden, sie zu seinen Kontakten zu bringen. Ayin war körperlich wieder fit und ihre Wunden geheilt. Krampfhaft versuchte sie, ihre vorlaute und selbstsichere Art aufrechtzuerhalten. Sie diskutierte unablässig mit Andrahey, sofern er bei ihnen saß, oder mit Lura. Doch Derryk entgingen nicht ihre defensive Haltung und oftmals auch ihre zitternden Hände. In ihrer Stimme fand sich nie diese Unsicherheit wieder.

Und Luxj saß die meiste Zeit nur da, beobachtete wie Derryk die Diskussionen und schwieg. Noch immer waren die dicken Bandagen um seinen Kopf gewickelt, den Hals und seinen Oberkörper. Von seinem Gesicht schaute nur sein linkes Auge heraus.

»Du machst mich wahnsinnig«, knurrte Ayin und ihre milchigen Augen suchten die Verursacherin der knirschenden Schritte.

Lura blieb stehen. Sie murmelte etwas, das sich entfernt wie ein »entschuldige« anhörte, und lief weiter ihre Kreise. Diesmal jedoch geräuschlos.

»Ich weiß, dass du weiterläufst. Kannst du nicht für eine Minute stillhalten?«

Lura knirschte die Zähne, fluchte noch leiser und undeutlicher und setzte sich an einen Baum. Ihre Beine wippten auf und ab und sie kaute auf ihren Nägeln herum. Derryk schmunzelte. Lura wurde mit jeder Minute, die sie nichts tuend in Shabaan verbrachten, nervöser. Verständlich. Ihm fiel es selbst schwer, nur hier zu sitzen und die Zeit vergehen zu lassen. Doch er konnte nicht anders, als es ein wenig zu genießen. Dieses Land der Toten fühlte sich friedlicher an als Ashari. Auch wenn er kaum ein Wort mit ihm gewechselt hatte, lebte er im Moment mit seinem Vater zusammen! Er konnte sich mit seinen Freunden unterhalten und spürte jedes Mal mehr Erleichterung, da Ayin wieder mit ihm redete und so wie Luxj nicht mehr nur einen Königsmörder in ihm sah. Auch wenn er diese Schuld niemals loswerden würde. Aber vielleicht war es, wie Lura es sagte: Es gab keinen Schuldigen. Dieser ganze Ablauf war ein sorgfältiger Plan von Jahrhunderten alten, hyperintelligenten Teufeln gewesen. Den Schachfiguren darin konnte man keine vollwertige Schuld zuweisen.

Dennoch hatte er seinen Schwur zu halten.

Lura und Ayin drehten sich zeitgleich nach hinten um. In der gleichen Sekunde trat Andrahey aus den Schatten hervor.

»Da seid Ihr ja endlich wieder«, sagte Ayin ungeduldig.

Der Seher lächelte ruhig. »Ich habe mir etwas Zeit gelassen, das stimmt. Entschuldigt.«

»Wo seid Ihr, ähm …« Derryk stockte und biss sich auf die Lippe. Noch immer wusste er nicht, wie er sich ihm gegenüber verhalten sollte. Seinem eigenen Vater. Für ein Vater-Sohn-Verhältnis war es lange zu spät, außerdem legten die Dämonen ohnehin keinen Wert darauf. Derryk rieb sich die Augen.

»Ich habe einen Pfad gesteckt für unseren Weg.«

»Einen Pfad?«

»Welchen Weg?« Luxj und Luras Stimmen vermischten sich, dann verfielen beide in Schweigen und starrten sich kurz an.

Derryk schüttelte den Kopf, bemüht, ein belustigtes Lächeln zu unterdrücken. Auch wenn Ayin und Luxj Lura akzeptierten, wussten auch sie nicht so richtig, wie sie miteinander umgehen sollten. Außerdem, vermutete Derryk, hingen ihnen die Vergangenheit und die unterschiedliche Herkunft nach.

»Einen einfachen Weg zu den Freunden, von welchen ich euch erzählt habe.«

»Weshalb gesteckt? Gibt es keinen bestehenden Weg?« Derryk tat sich schwer, eine Anrede zu vermeiden, doch bevor er wieder etwas vor sich hin stammelte, lieber so.

»Ich kenne einen Weg zu ihnen, sicher. Jedoch würde dieser Weg für Verletzte beschwerlich zu passieren sein, deshalb habe ich nach einem einfacheren gesucht.«

Ayin zuckte leicht zusammen und wandte den Blick ab. Nervös spielte sie an ihren Fingernägeln herum.

»Fühlt ihr euch sicher genug, den Weg zurückzulegen?«

Luxj stand demonstrativ auf. »Aber sicher. Eure Kräuter haben sehr geholfen.«

Ayin nickte nur. Lura ging zu ihr und tippte auf ihre Schulter, doch Ayin schlug die Hand weg. Eigenständig stand sie auf und tastete sich vorsichtig voran in Richtung des Sehers.

Derryk beobachtete die beiden.

»Sie hat ihr Selbstvertrauen verloren«, murmelte Luxj kaum hörbar.

Derryk nickte. »Ich weiß.«

»Hör auf mir hinterherzulaufen!«, knurrte Ayin und fuchtelte mit der Hand. Lura blickte dieser besorgt nach, dann folgte sie ihr mit genügend Abstand.

»Und Lura versucht, ihre Schuldgefühle zu unterdrücken«, fügte Derryk an und stand auf.

Abwesend nickte Luxj. »Wenn du das sagst.«

»Der Weg ist nicht lang«, versicherte ihnen Andrahey, dann drehte er sich um und watete durch die Schatten.

Shabaan sah überall gleich aus. Andrahey lief zielstrebig voran, jeden Schritt setzte er mit Bedacht. Derryk erkannte nichts von dem Weg, den der Seher angeblich gesteckt hatte. Wie verlief man sich hier nicht? Die Schatten verschluckten den Boden und in der Ferne thronten nur schemenhafte Bäume, die sie zu verfolgen schienen. Es fühlte sich so an, als würden sie nicht vom Fleck kommen.

Ayin hielt sich mit einer Hand an Luxj fest. Sie kniff die Augen zu, so wie immer, wenn sie herumlief. Vermutlich, um sich auf ihre Schritte zu konzentrieren. Diesmal hörte er auch Lura neben ihm laufen.

»Lauf nicht so weit weg, Junge«, brummte eine tiefe Stimme aus den Schatten vor ihnen.

Derryks Herz setzte einen Schlag aus.

»Ich bin doch hier«, antwortete eine viel zu bemüht fröhliche Stimme.

Die Gesichtszüge entgleisten ihm. Derryk hatte die Stimmen noch nicht oft gehört, nur über wenige Tage hinweg in Neterya. Trotzdem erkannte er sie sofort. Auch wenn er sich an die Namen nicht mehr erinnern konnte.

»Dann ist gut.«

»Hier sind wir«, sagte Andrahey und blieb stehen. Etwas weiter vor ihnen lief eine kleine Gestalt umher, eine zerfledderte Robe wehte um seine Beine. Er. Sie hatte ihnen den Rücken zugewandt. Eine Größere stand etwas entfernt in ähnlichen Gewändern, ein grimmiger Ausdruck auf dem viel zu blassen Gesicht.

Der Alchemist wandte sich ihnen zu. »Andrahey? Schon zurück?«

»Wir haben den kurzen Weg genommen.«

»So etwas ist möglich?«, fragte die helle Stimme. Der Mann brummte etwas Unverständliches.

Andrahey lächelte. »Derryk, du kennst Ask und Lynn habe ich gehört.«

Ayin, Luxj und Lura ihn an. Derryk nickte nur. Mit dem Fuß trat er ein paar tote Äste in den wabernden Schatten platt.

»Ask ist ein alter Freund, ein Alchemist, der in Neterya gelebt hat. Lynn, sein Schüler, ein Heilerlehrling. Sie hatten viel Kontakt mit Iska A'Shyr vor dem Vorfall. Ich bin sicher, sie können euch bei eurer Suche helfen.«

»Jetzt kommt endlich näher!«, unterbrach Ask. Der Seher trat zur Seite und deutete ihnen, zu dem Alchemisten zu gehen.

Die Blicke seiner Freunde lagen noch immer auf ihm. Er knirschte die Zähne und lief voran. Ask und Lynns Unterschlupf bestand aus zusammengebastelten Hängematten und Baumstümpfen, auf denen allerlei Sachen lagen. Ask stand mittendrin, Lynn sortierte die Sachen auf den Stümpfen.

Als der Junge irgendwelche Bündel fertig sortiert hatte, lief er zu ihnen.

»Hallo, Derryk!«, grüßte er lächelnd, hielt jedoch Abstand. Seine Augen musterten die drei hinter ihm.

»Hallo, Lynn.«

Der Junge drängte sich an ihm vorbei und zu Ayin und Luxj. Ayin wendete den Kopf dorthin, wo sie ihn vermutete. Luxj sah überrumpelt aus.

»Jetzt kommt her.« Ask winkte sie zu sich.

Derryk stand wie angewurzelt da. Was war geschehen? Weshalb waren sie hier? Was war mit Iska? Sie war doch bei ihnen gewesen, mit diesem Mädchen! Wenn die beiden gestorben waren, was war dann –

»Mach dir keine Sorgen um deine Schwester und komm jetzt her!«

Von hinten stupste ihn jemand an. Lura schob ihn vorwärts. Endlich fing er sich wieder so weit, dass seine Beine Luras Druck nachgaben und er selbstständig zu Ask lief. »Was ist geschehen?«

Jemand räusperte sich hinter ihnen. Lynn versperrte Luxj und Ayin den Weg und beäugte die Verbände der beiden.

»Lass die beiden herkommen, Junge!« Augenblicklich ging Lynn beiseite.

Ask seufzte. »Mach dir keine Sorgen um Iska. Ihr wird es gut gehen. Schließlich hat sie den einen oder anderen Kontakt geknüpft.«

»Das heißt, sie ist nicht …« Derryk stockte, als Lynn den Kopf wegdrehte. Er biss sich auf die Zunge.

»Sie lebt noch. Die Frage ist, was ihr hier so lange tut.«

Wir wurden vor dem Tod bewahrt und sind hier aufgewacht, jetzt erholen wir uns von Verletzungen und schmieden Pläne, klang wie keine gute Antwort. Vor allem hörte sich das völlig wahnsinnig an.

»Wir, ähm –«

»Wir versuchen uns einen Plan zurechtzulegen, wie wir in unserer Welt etwas ausrichten können«, übernahm Lura mit eleganterer Wortwahl.

»Etwas ausrichten, so? Ihr wisst also von dem Chaos in der Ober- und Unterwelt?«

»So grob.«

»So, so. Und ihr glaubt, etwas ausrichten zu können?« Asks Blick ruhte auf Derryk. Er fühlte sich seltsam unter Asks musternden Augen.

»Wir glauben gar nichts. Wir können es nur versuchen.«

»Zumindest habt ihr keine wahnwitzigen Vorstellungen.«

»Setzt euch«, unterbrach Lynn ihren kurzen Wortwechsel. Er sprach eigentlich nur zu Ayin und Luxj und deutete einfach auf dem Boden. Ayin verzog missmutig die Mundwinkel.

»Keine Sorge. Lynn ist zwar jung, aber ein guter Heiler.«

»Hat er die Salben hergestellt?«

»Und die Kräuter besorgt!«, antwortete Lynn.

Luxj setzte sich im Schneidersitz vor den Heilerjungen, Ayin kniete sich daneben. Es sah so aus, als ließe sie ihn nicht aus den Augen. Genauso wie Ask.

Lynn entfernte den Verband von Luxj' Kopf. Derryk sog scharf die Luft ein und Lura blickte weg.

Sein halbes Gesicht war geschmolzen, die Haut hatte sich an einigen Stellen in Tröpfchenform wieder verhärtet. Die Hälfte seines Kiefers lag offen, auch seine Zähne, und nur wenige dünne Hautfäden verbanden noch seine Kiefer.

Kaum merklich schüttelte Lynn den Kopf. »Hast du in beiden Augen Sicht?«

»Ja.«

»Und spürst du dein gesamtes Gesicht?«

»Die linke Hälfte ja, die rechte Seite nur dumpf.«

Lynn griff ein paar Stängeln Kräuter, die auf dem Baumstumpf lagen und brach kleine Teile von diesen ab. »Du kamst mit Schwarzer Magie in Berührung. Solche Schäden sind irreversibel. Ich kann die Wunden nicht heilen, aber ich kann dein Gefühl wiederherstellen und deine verbleibende Gesichtsform stärken.«

Die übrig gebliebenen Stängel verschmolz er mit den Hautfetzen an Luxj' Wange.

»Wie kannst du –«

»Gleich«, unterbrach Lynn. »Nicht reden jetzt.«

Nachdem er alle Stängel verbraucht hatte, zerrieb er Blätter in seinen Fingern und trug den Saft auf Luxj' Gesicht auf.

»Deine obere Gesichtshälfte ist nur leicht vernarbt, die Wunden sind dort schon abgeheilt. Ich könnte dir eine Maske herstellen, die aufkommende Schmerzen lindert und den Zweck deiner eigentlichen Haut erfüllt. Sofern du magst. Es würde einen Moment dauern.«

Luxj betastete vorsichtig sein Gesicht. »Ich fühle tatsächlich wieder«, flüsterte er.

»Du musst vorsichtig sein. Gefühl ist nicht immer positiv.«

Wie in Gedanken nickte Luxj und reagierte gar nicht auf Lynns Aussage. »Das wäre nett, danke.« Der Heilerjunge wickelte sein Gesicht wieder in Bandagen.

»Bei dir«, sagte Lynn zu Ayin und suchte währenddessen Kräuter auf seinem notdürftigen Tisch zusammen. »Deine Wunden wurden nicht durch Schwarze Magie verursacht.« Mit einem Töpfchen kniete er sich vor Ayin. »Die Schnitte in deinen Augen sind tief, haben sich aber weder entzündet noch weiteren Schaden im Innern angerichtet.« Mit dem Daumen nahm er eine kleine Menge der Salbe auf und fuhr damit über Ayins Augen. »Es braucht vielleicht einen Moment, bis es wirkt.«

Sie wollte nach ihren Augen tasten, doch Lynn hielt ihr Handgelenk fest.

»Nicht anfassen.«

»Wie kannst du deine Magie hier anwenden? Ich dachte, das ist nicht möglich in Shabaan?«, fragte Ayin und entzog Lynn ihr Handgelenk.

»Na ja, –«

Neben ihnen knackte und raschelte es laut, dann standen, oder vielmehr fielen, zwei Gestalten aus den Schatten. Eine landete auf den Knien, die andere hielt sich gerade noch auf den Beinen.

Ein Mädchen.

»Iska?« Derryk sprang auf und packte sie am Arm. Der Kopf Schwester ruckte zu ihm herum und ihr Gesicht durchlief alle Formen von Verwirrung, Schock und Überraschung. Sie sah müde aus.

»Derryk? Was –« Sie sah sich um, bemerkte die anderen Personen, die sie anstarrten.

»Was ist denn hier los?«, keuchte das am Boden kniende Mädchen. Auch ihre Stimme kam ihm vertraut vor. Angestrengt kniff sie die Augen zusammen, ihre Schultern hoben und senkten sich im Takt ihres Brustkorbes.

»Skee? Iska!« Auch Lynn wirbelte herum und sprang auf die Beine. Ask hielt den aufgedrehten Jungen zurück.

Doch Iska sah wieder zu Derryk. »Warum bist du hier?«, fragte sie leise, ein besorgter Glanz stahl sich in ihre haselnussbraunen Augen. Ihr Körper versteifte sich.

Derryk schüttelte energisch den Kopf. »Ich, also wir wurden aus Ashari hierher gerettet. Andrahey, er ähm …« Sein Kopf pochte und ein unangenehmer Druck breitete sich in seiner Schläfe aus.

»Du bist also nicht tot?«

Mit zusammengekniffenen Augen schüttelte er den Kopf. »Was ist mit dir? Also mit euch?« Für einen kurzen Moment hatte er Skee vergessen.

»Nein, keine Sorge. Dieser Ort könnte uns sowieso nicht halten. Skee hat uns her teleportiert.«

Dieser Ort könnte uns sowieso nicht halten? Was meinte … Natürlich. Shabaan war für Menschen, Dämonen und Wächter. Nicht für Halbteufel.

»Ich habe etwas angepeilt, wo ich was Vertrautes gespürt habe«, sagte Skee. Sie saß noch immer am Boden und versuchte, zu Atem zu kommen.

Derryks rechtes Knie gab nach und er taumelte zur Seite. Eine Hand packte ihn und hielt ihn fest.

Hast du mich schon wieder vergessen?

Derryk schüttelte den Kopf. Iskas Gestalt verschwamm vor seinen Augen. Die Welt pochte.

Nicht schwächeln, Junge. Es kostet mich Kraft, dich wiederaufzubauen.

Was bei den …

»Was?«, murmelte er.

»Iska, es ist Vollmond.« Skees Stimme klang plötzlich weit weg.

»Verdammt!«

»Was bedeutet das?« Luras Flüstern mischte sich zu Iska und Skee.

»Ich konnte ihn nicht gänzlich heil–«

Du bist zu schwach für mich. Wie schade.

Der Dämon im Zeichen des Mondes

53

Derryk?

Er lächelte mit völliger Ruhe. Es lebte sich nett, ohne Zeitdruck, ohne Stress.

Iska A'Shyr, die jüngste der sieben Halbteufel, kniete vor ihm. Hinter ihrem tiefen und verschlossenen Blick sah er Sorge.

»Kein Grund zur Sorge«, sagte er. Gelangweilt und genervt. »Ich bleibe nicht lange.«

In der Zeit, in der niemand etwas sagte, ordnete er seine Gedanken. Er sortierte das Wissen, das auf ihn einprasselte, gewissenhaft in jede dafür vorgesehene Ecke seines Geistes. Leider würde es so kurz bleiben wie er selbst.

Was tust du?

Ich tue gar nichts.

»Was bist du?« Er blickte zur Halbteufelin. Sie kniete noch immer vor ihm, ging jedoch etwas auf Abstand. Ihre distanzierten Augen musterten seinen fremden Körper.

Er verzog den Mund zu einem spöttischen Lächeln. Ihr war wirklich nicht klar, was sie getan hatte?

»Das eine und das andere. Ich war mal die Vergangenheit, scheinbar bin ich jetzt wieder die Gegenwart. Oder doch die Zukunft?«

»Wie kann das sein?« Er ließ den Blick über die alte Gestalt des Alchemisten gleiten. Irgendwie kam er ihm bekannt vor.

Warum antwortest du nicht? Bei den Erzengeln …

Sei still, Junge. Ich kann mich nicht konzentrieren.

Dann verschwinde aus meinem Körper.

Sein Blick trübte sich. »Wie kann was sein? Ich? Dass dieser Körper nicht verrückt wird? Dass sich gerade sechs lebende Organismen im Totenreich aufhalten? So viele Fragen …« Entspannt lehnte er sich gegen einen Baumstamm.

»Stell dich nicht dümmer, als du bist.« Der alte Alchemist trat wenige Schritte an ihn heran. Als wolle er die anderen im Notfall schützen.

»Das würde mir niemals einfallen.«

»Dann antworte.«

»Spielt es denn eine Rolle?« Er machte eine ausladende Handbewegung. »Wollt ihr nicht lieber etwas Wichtigeres hören?« Seine Worte ernteten skeptische Blicke. Mit der Zunge fuhr er sich über die Zähne. Sie fühlten sich nicht mehr spitz an. »Ihr werdet scheitern.«

Unsicheres Schweigen erfüllte die Luft. Ihre Gedanken waren beinah greifbar, doch er scherte sich nicht drum. Die Enttäuschung über diesen neuen Körper dämpfte seine Stimmung.

Schließlich fing sich die Halbteufelin als erste. »Was?«

»Ihr werdet scheitern«, wiederholte er ebenso ruhig wie seine vorherigen Worte. Und wieder empfing ihn kurzes, angespanntes Schweigen.

Was soll das heißen?

»Was soll das heißen?«

Er verdrehte die Augen. Sie wollten so unbedingt verbergen, dass sie eigentlich gar keinen Plan hatten. Keine Strategie, nichts. Eine Idee war das Einzige, was sie verfolgten. Eine kurzfristige, dumme Lösung. »Gegen wen denkt ihr, tretet ihr da an?«

»Gegen das mächtigste Wesen, das jemals gelebt hat. Wir brauchen keine wahnsinnige Persönlichkeit, die uns das sagt.«

Er tippte der Halbteufelin aufs Herz und drängte sie zurück. Doch das Mädchen wich gerade mal zwei Schritte zurück. »Ich stehe mehr in der Realität als ihr. Und dabei bin ich es nicht mal! Eure schwachen Figuren sind keine Gegner, eure Hoffnungen doch nicht mehr als verschwendete Gedanken.«

»Wie kannst du dir so sicher sein, dass Ki'Aja nicht aufzuhalten ist?« Etwas in der Stimme des Alchemisten ließ ihn innehalten. Er sprach noch immer gefasst, doch es schwang kein wirkliches Interesse in der Frage mit. Als wolle er etwas bestätigen.

»Das mächtigste Wesen, das je existiert hat? Nur so eine Vermutung.« Seine Stimme klang einen Deut zu aggressiv.

»Aber er wurde schon mal aufgehalten.«

Er biss sich in die Innenseite seiner Wange und starrte den Alchemisten aus zusammen gekniffenen Augen an. Verdammt. Das verlief in eine ganz schlechte Richtung.

»Hat gut gehalten.« Das hatte es jedoch tatsächlich. Dafür, dass die verdammten Teufel und Erzengel, diese verdammten höheren Wesen, damals alles falsch gemacht hatten.

Dieser Alchemist … woher nahm er seine Selbstsicherheit? Das damals vor tausenden Jahren, niemand kannte es heutzutage noch! Niemand. Dafür hatten sie gesorgt.

Niemand kannte die eine Hoffnung gegen Ki'Aja.

»Ihr werdet scheitern«, wiederholte er weniger überzeugend als gewollt.

Doch was diesmal auf seine Worte folgte, kam viel mehr misstrauischem Schweigen nahe als betretener Stille. Niemand von ihnen konnte wissen, worauf er hinauswollte. Oder? Wusste der Alchemist etwas, was er nicht wissen konnte?

Seine Sicht flackerte und er fühlte die Realität entrinnen. Er seufzte. »Gegen Ki'Aja, hm?«

Mit aller Konzentration versuchte er, seine zusammenbrechenden Erinnerungen beiseitezuschieben und das Wissen zu ignorieren, welches zu ihm zurückkehrte. Zur Abwechslung war auch der ursprüngliche Geist des Körpers ruhig.

»Gegen Ki'Aja habt ihr keine Chance. Solange ihr alleine seid und so wenig wisst.« Seine Seele wurde leicht und er fiel.

Die Welt empfing ihn als schwarze Leere. Bedrückend eng und unendlich weit. Seine Kraft hatte nicht einmal gereicht, um den gesamten Vollmond durchzuhalten. Er war wirklich schwächer als gedacht.

Das Wissen, die Fakten und Theorien, die Geschichte, Sprachen und Geheimnisse, ja sogar die Magie, spielten im perfekten Einklang miteinander ein stummes Lied. Es umspielte seine Seele und fiel mit ihm.

Selbst wenn er wollte, könnte er es dem Jungen nicht überlassen. Menschliche Körper waren so schwach …

Ich verstehe nicht.

Die Augen zu öffnen, war unmöglich. Der Versuch war unnötig, also entglitt den Lippen lediglich ein Seufzer.

Nicht?

Was bist du?

Vergangen.

Und warum bist du hier?

Weil sich das Schicksal vermutlich einen Scherz erlaubt hat. Oder es *hoffte,* ich würde euch helfen. Oder es räumt mir eine zweite Chance ein. Wer weiß das schon.

Die Gedanken des Jungen rasten, versuchten, dieses Geheimnis zu entschlüsseln. Er war nicht freiwillig hier. Ob er sich irgendwann bei der Halbteufelin bedanken sollte, dass sie in ihrem Versuch, den

Fluch zu lösen, ein Tor für ihn geöffnet hatte? Zumindest sollte er ihnen sagen, dass sie ihn nicht mehr als Fluch betiteln sollten.

Hätte der Junge doch nicht nur gefragt, was er war, …, sondern wer. Vielleicht hätte er es ihm gesagt.

Er konnte die Präsenz der Seele des Menschen spüren. Sie befanden sich beide tief n der seelischen Ebene des Körpers, welcher vermutlich bewusstlos geworden war.

Mit Mühe war es ihm schließlich doch möglich, einen Blick auf den Menschenjungen zu werfen. Zwei verschiedene Augen, eines in dunklem Grün und eines tiefrot wie frisches Blut auf dem Waldesboden.

Ein Grinsen schmuggelte sich auf seine Lippen.

Wobei ich zugeben muss, dass ich euch interessant finde. Vielleicht möchte ich ja doch wissen, wozu ihr in der Lage seid.

Der Dämon im Lichte der Sonne

54

Derryk

Dumpfer Schmerz pochte im Innern seines Schädels und als er die Lider aufschlagen wollte, breitete sich ein seltsames Ziehen um seine Augen aus. Das Pochen hallte in seinen Ohren wider, doch er meinte, dazwischen ferne Worte zu hören. Er stöhnte.

Sein Körper fühlte sich seltsam an. Leer? War das Leere?

Nein. Die fühlte sich anders an.

Einsamkeit?

Nein. Die war endgültiger.

Es war … wie ein Schatten. Etwas, das da war und eben auch nicht.

Das Gefühl seines Körpers kehrte zurück. Von den Fingerspitzen bis zu den Zehen. Jemand schüttelte ihn an den Schultern.

Er kniff die Augen zusammen und das Ziehen zuckte durch seine Schläfen.

Es war auch keine Trauer. Keine Verwirrung. Kein Nichts.

Viel mehr, … viel mehr war da etwas. Etwas, was vorher nicht da gewesen war.

Er konnte dieses Etwas nur nicht fassen. Es entglitt immer wieder seinen Fingern, seinem Geist. Er wusste nur, dass es alt war. Alt und mächtig. Er spürte es tief in seinem Körper. Keine Eiseskälte. Feuer. Feuer so heiß, als könne es alles verbrennen.

Doch umso mehr er um sein Bewusstsein kämpfte, desto mehr entglitt ihm das Gefühl.

Von einem Rot so fern wie der Sonnenaufgang

55

Skee

Während Iska ihren Bruder an den Schultern packte und gegen einen Baumstumpf lehnte, hielt Skee sich im Hintergrund, um Iska so viel Privatsphäre wie möglich zu geben. Wobei das, wenn man ihre Zuschauer betrachtete, sowieso nicht möglich war.

Lynn starrte sie noch immer mit riesigen Augen an, während er vor einem jungen Mädchen kniete. Ask legte die Finger ans Kinn und schien in Gedanken zu sein. Und Derryks Begleiter sahen sie mit einer Mischung aus Verwirrung und Überforderung an. Seit der Fluch von Derryk Besitz ergriffen hatte, hatten kein Wort gesprochen.

Skees eigene Gedanken fühlten sich wie in Watte gepackt an, weshalb sie sich nicht erlaubte, sich auch über Lynn und Ask Gedanken zu machen. Sie versuchte mit aller Kraft, ihr hämmerndes Herz und ihre brennenden Augen zu kontrollieren. Doch das Wissen, dass sie nur vier lebendige Seelen gespürt hatte, überlagerte ihre Gedanken mit eisernem Griff. Ihr Geist gaukelte ihr zusätzlich noch vor, noch unvollständig von der Teleportation zu sein, obwohl sie und Iska gesund und vollständig hier angekommen waren. Sie bewegte die Finger und drehte die Handgelenke. Dann schüttelte sie den Kopf. An so etwas durfte sie jetzt nicht hängen bleiben.

Sie kniete sich neben Iska und drückte ihren Handrücken auf Derryks Stirn.

Er war heiß und kalt zugleich.

Sie legte den Kopf schief.

»Ist alles okay?«, flüsterte sie Iska zu.

Diese schien sie zuerst gar nicht wahrzunehmen, so sehr fokussierte sie sich auf Derryk. Schließlich nickte sie langsam. Sie löste die Hände von seinen Schultern und der Junge sank in sich zusammen. Seine Lider und Wimpern zuckten, als kämpfte er um sein Bewusstsein. Doch die Belastung für seinen Körper war zu groß gewesen, weshalb er bewusstlos blieb. Zumindest nahm er gleichmäßige Atemzüge.

Aus dem Nichts schüttelte Iska den Kopf, dann erhob sie sich. »Ich verstehe das nicht.«

Skee blieb sitzen. Ihr Herz hämmerte noch immer gegen ihre Brust und raubte ihren Atem. Sie rieb sich erschöpft die Schläfe.

»Welches der ganzen Mysterien meinst du?«, murmelte sie, während ihre Gedanken zu den Geschehnissen in der Insel und dem Zirkus abschweiften.

Zeitgleich meinte sie ein ebenso leises und sarkastisches »Nicht?« zu hören.

Iska ignorierte beides und wandte sich stattdessen an Ask. »Habt Ihr eine Erklärung dafür?«

Ask ließ sich Zeit mit seiner Antwort. Doch anhand seines angestrengten Blickes und der angespannten Haltung vermutete Skee, dass er bereits Theorien hatte, wenn auch keine erfreulichen.

»Ich habe Vermutungen«, bestätigte Ask ihre Gedanken.

Sie seufzte, streckte die Arme aus und ließ ihre Gelenke knacken. Dann stand auch sie auf. Ihr verdrecktes Kleid bauschte sich in einem Wall aus toten Blättern und Dreck um ihre Beine, sodass sie fast wieder das Gleichgewicht verlor.

»Vermutungen?«, hakte Iska nach, doch Ask wandte sich von ihnen ab und einer Person zu, die Skee bisher noch nicht bemerkt hatte. Er stand abseits von ihnen und beobachtete sie nur.

»Lasst einem alten Mann Zeit zum Nachdenken.«

Die anderen drei Personen schwiegen vor Verwirrung noch immer. Das Mädchen sah Iska an, als würde sie Geister sehen und doch wirkte sie gleichzeitig erleichtert. Die zotteligen schwarzen Haare fielen über ihr Gesicht, zwischen Strähnen blitzten katzengelbe Augen hervor.

Während ihrer kurzen Jahre in der Oberwelt hatte sie die ein oder andere Raska gesehen. Regelmäßig waren diese in ihrem Dorf ein und aus gegangen. Ihre Augen hatten sich immer vertraut angefühlt.

Doch dieses Mädchen sah krank aus, abgemagert und erschöpft. Sie schien zu wissen, wer Iska war. Zumindest ließ sie sie keine Sekunde aus den Augen.

Vor dem zweiten Mädchen standen Lynn und ein Junge in Bandagen. Der Junge musterte Iska ebenfalls, ruhig und fasziniert. Das Mädchen schien auf etwas anderes fokussiert. Langsam, als könnten sie zerbrechen, drehte sie ihre Hände vor den leicht geöffneten Augen. Zwei tiefe Schnitte führten über ihr Gesicht. Lynn hatte sie wahrscheinlich geheilt, ebenso wie den Jungen.

Die Stille drückte immer unangenehmer auf sie herab. Niemand wusste etwas zu sagen.

Wenn dies Derryks Begleiter waren, hatten auch sie zu dieser Garde gehört. Bis auf das Raskamädchen, vermutlich. Damit wäre es eine ihrer Aufgaben gewesen, Dämonen zu fangen oder zu töten.

Dann endlich räusperte sich eine zarte Stimme. »Seid Ihr – Ihr seid Derryks Schwester, nicht wahr?«, fragte die Raska. Ihr Blick war dabei auf Iska gerichtet. Derryk seufzte und setzte sich neben das Mädchen. Er rieb sich die Schläfen.

Iska nickte. »Mein Name lautet Iska und das ist Skee.«

Skee neigte freundschaftlich den Kopf.

Das Mädchen lächelte und nickte zurück. Sie hielt sich eine Hand aufs Herz. »Lura.«

Überrascht zuckten Skees Ohren. Raska verrieten nicht einfach ihre Namen. Es stimmte zwar nicht direkt, dass jene, die ihre Namen kannten, sie kontrollieren konnten, doch sie konnten ihre dämonischen Fähigkeiten enttarnen. Wenn man wusste, wie.

Ihr Blick huschte zu Iska. Nachdenklich legte diese den Kopf schief. Skee erkannte lediglich Zurückhaltung und … Misstrauen in ihrer Haltung. Irgendwas schwirrte ihrer Freundin im Kopf herum. Skee konzentrierte sich auf Iska, legte eine dünne Magieschicht über ihre eigenen Augen und offenbarte durch den Magieschleier Iskas Aura. Dickes Schwarz tanzte mit sanften rötlichen Schwaden um ihren Körper herum. Darunter mischten sich hauchdünne Fäden aus glitzerndem Gold. Die roten Schwaden, die denen in Neterya glichen, verdichteten sich. Misstrauen, ganz eindeutig.

Oder? Misstrauen war doch triefend rot und nicht so … so friedlich und hell. Dass sie Lura nicht glaubte, lag nicht an Misstrauen?

Goldene Fäden schwirrten um Iskas Kopf und sammelten sich vor ihrer Stirn. Sie bildeten die Form des Dritten Auges. Skees Augen weiteten sich leicht, als die Fäden eine Verbindung zu der Gegenwart woben.

Leider konnte Skee nicht erraten, was Iska sah. Also scheuchte Skee ihre eigene Magie weg und wandte den Blick von Iska ab. Irgendwo in ihrem Hinterkopf meldete sich ihr Gewissen zu Wort, das ihre Aktion schlecht redete. Skee ignorierte es geflissentlich. Auch wenn es nicht nett sein mochte, war dies die beste Möglichkeit, Informationen zu sammeln und auf der sicheren Seite zu bleiben. Vor allem, um sich einen Überblick über sämtliche Situationen zu schaffen, egal wie gefährlich oder banal sie sein mochten. Außerdem war es schön einfach.

Der Junge neben Lynn räusperte sich, ein Lächeln zeichnete sich als Fältchen unter seinem freien Auge ab. Gedämpft drang seine Stimme zwischen den Bandagen hervor. »Ich bin Luxj. Und das hier«, er legte die Hand auf die Schulter des Mädchens neben ihm, »ist Ayin. Wir waren ebenfalls … Rekruten.«

»Wie hast du das gemacht?«, flüsterte das Mädchen, Ayin, zu niemand Bestimmtes. Noch immer drehte sie ihre Hände vor den Augen. Rote Schnitte zeichneten sich auf ihrem Gesicht ab und die Haut darum war angeschwollen. Doch dort, wo es ihre Augäpfel hätte erwischen müssen, waren nur zwei gesunde Augen zu sehen. Keine Schnitte, Kratzer oder sonstige Wunden. Nur ein dunkler Schatten, vielleicht auch der Nachklang eines blauen Fleckens auf ihren Wangenknochen.

»Ich habe deine Augen geheilt. Die Kratzer auf deinem Gesicht werden noch ausbleichen«, antwortete Lynn.

»Aber wie? Ich dachte, Magie kann in Shabaan nicht –«

»Genug mit den Fragen und Aktionen fürs Erste.« Bei dem Wort Aktionen warf Ask einen vielsagenden Blick zu Skee und Iska. Die Halbteufelin bekam das jedoch nicht mit, denn sie betrachtete noch immer Lura.

Skee lächelte schwach als Antwort. Was für Aktionen? Es war doch alles gut gegangen. Halbwegs.

Da waren Iskas Taten hinter dem Rücken der Zwölf in Neterya törichter gewesen als ihre Begegnungen im Zirkus und die Teleportation. Wobei …

»Ruht euch aus und plant danach schnell. Es ist nicht gut für euch, lange an diesem Ort zu bleiben.« Mit diesen Worten warf er einen besonders langen Blick auf sie und Iska. Sie fuhr sich durch die Haare und seufzte. Ein Gähnen rang sich ihre Kehle hoch, doch sie unterdrückte es. Ask hatte verdammt recht. Iska und sie mussten schnell wieder zu Kräften kommen.

»Ausruhen klingt gut«, murmelte sie. Sie wollte sich an einen Baum lehnen, doch sobald ihr Rücken die Rinde berührte, schossen Schmerzen ihren gesamten Rücken entlang und sie zuckte zurück. Ah. Die Wunden hatte sie schon wieder vergessen.

Im nächsten Moment eilte Lynn an ihre Seite. »Bist du verletzt? Seid ihr verletzt?« Er blickte zwischen ihr und Iska hin und her. Iska winkte ab und deutete auf Skee.

»Sind nur ein paar Kratzer …« Lynn beachtete ihre Worte gar nicht, sondern zog leicht an ihrem Arm und forderte sie auf, sich von ihm untersuchen zu lassen. Mit einem Seufzen folgte sie dem Jungen zu seinem kleinen Lager an Kräutern und Salben, die auf einem Baumstamm und auf dem Boden drum herum lagen. Ordentlich sortiert. Natürlich konnte Ask dem Jungen auch im Reich der Toten alles besorgen, was er brauchte.

Lynns Hände zitterten, als er sachte über ihren Rücken strich und den zerfetzten Stoff von den Wunden entfernte. Skees Herz zog sich schmerzhaft zusammen. Sie ahnte, woran er dachte, denn sie musste die gleichen

Gedanken aus ihrem Kopf verbannen. Die vielen Male, die sie ihn in die Bibliothek Neteryas begleitet hatte, um sich neue Bücher auszuleihen. Wie oft er sich über Asks Lehrmethoden beschwert hatte. Wenn er ihr mal wieder ganz aufgeregt von neuen Erkenntnissen und seiner Heilmagie erzählte. Ihre Augen brannten. Weder sie noch Lynn sprachen miteinander, während er Salben auf ihren Rücken auftrug und damit ihre Wunden in Sekundenschnelle heilte.

Skee lehnte sich gegen den niedrigen Baumstamm, ihr aufgerissenes Kleid interessierte sie nicht. Sie würde sich später darum kümmern. Noch immer schweigend setzte Lynn sich neben sie und legte den Kopf an ihre Schulter.

Sie konnte nicht glauben, dass er tatsächlich tot war. Sie wollte es nicht glauben. Mit der Hand streichelte sie ihm über die Haare, ließ ihn in Ruhe seine und ihre Situation verkraften und bei ihr neue Stärke sammeln.

Stattdessen wandte sie ihren Blick zu Iskas Bruder und zwang ihre Gedanken weg von der Vergangenheit. Derryk lehnte zusammengesackt an einem Baumstamm, Iska saß mit nachdenklichem Blick im Schneidersitz in seiner Nähe. Körperlich sah Derryk gesund aus, doch wie es wirklich um ihn stand … Das hatte nicht nach einem Fluch oder einer zweiten Persönlichkeit für sie ausgesehen. Das, was vorhin zu ihnen durch Derryk gesprochen hatte, war alt, uralt. Höchstwahrscheinlich älter noch als Ask. Und dessen Alter reichte mindestens in die Ära des vorherigen Rates zurück.

Ayin und Luxj hatten sich zu zweit zurückgezogen und flüsterten miteinander. Skee konnte sie vorstellen, dass es für sie viele Überraschungen gegeben hatte. Lura saß in ihrer Nähe, band sich in ihre Diskussion jedoch nicht ein.

Ask und der andere Dämon waren verschwunden, vermutlich besprachen sie sich ebenfalls.

Skee schloss die Augen, um sich etwas auszuruhen.

Schatten tanzten vor ihren geschlossenen Augen und sie schlug sie auf. Es waren sicherlich einige Stunden vergangen, seit sie und Iska nach Shabaan gestolpert waren. Eine seltsame, undichte Dunkelheit umgab sie. Als hätte die Decke der Dunkelheit Löcher und Risse. Zeigte sich so die Nacht?

»Skee?«

Sie blickte auf, doch vor ihr stand niemand. Iskas Stimme klang jedoch nah. Jemand lief auf und ab.

Iska saß neben ihr, die Beine angewinkelt und die Arme um den Körper geschlungen. Lynn schlief noch immer an Skee gelehnt.

»Oh, du läufst ja gar nicht rum.«

Tatsächlich war es Ask, der auf und ab lief und mit sich selbst redete. Dabei hatte sie die Fußschritte zuerst Iska zugeordnet.

»Macht er das schon die ganze Zeit?«, flüsterte Skee. Mit schiefgelegtem Kopf sah sie Ask nach, wie er seine Kreise auf der Lichtung zog.

Iska nickte. »Wobei mich die Geräusche mal ruhig haben schlafen lassen.«

»Das überrascht mich nicht. So hatte deine Magie keine Ruhe, um sich selbstständig zu machen.«

Iska knetete ihre Hände. »Weißt du, wie Lynn Magie hier anwenden kann? In Shabaan ist Magie doch gebannt.«

Ein Lächeln huschte über Skees Gesicht. Ask hatte den Jungen sich nicht erklären lassen. Der alte Alchemist hielt stur an den Geheimnissen aus seiner Vergangenheit eisern fest.

Skee nickte. »Ich vermute es. Ask hat sehr gute und komplexe Beziehungen in Neterya – und darüber hinaus. Schließlich hatte er einen Gefallen bei den Ak'Mey-Zwillingen gut und ich weiß, dass das nicht sein einziger war. Ich bin mir sicher, dass er auch die eine oder andere Verbindung zu den Teufeln hatte, zu Thannas. Und er selbst ist um einiges mächtiger, als er sich gibt. Vermutlich hätte er sogar gegen Ka'Ji etwas ausrichten können.«

Iska schwieg. So lange, dass Skee zu ihr sah, um sicherzugehen, dass sie nicht eingeschlafen war.

»Gegen Ka'Ji? Und Thannas, die Teufelin des Lebens?«

»Ask redet eigentlich sehr gerne, zumindest wenn weniger als vier Leute in seiner Nähe sind und von den übrigen zwei einer Lynn ist und der andere ich oder du.« Skee kicherte leise und das Lächeln blieb auf ihren Lippen, als sie weiterredete. »Seine Magie braucht jedoch Vorbereitungszeit und Platz, was wir beides nicht hatten, denn bei einem Gegner wie Ka'Ji hätte es eine große Fläche eingenommen. Sprich, es hätte mindestens Lynn erwischt. Ich glaube ja, dass er nichts gemacht hat, damit Lynn nicht alleine … stirbt.« Ein Schaudern durchlief sie und ihre Kehle war mit einem Mal staubtrocken. Das Lächeln verschwand von ihren Lippen.

Ja, stimmt. Sie waren wirklich tot.

»Dann hat er also etwas erschaffen, womit sie hier Magie wirken können?«

Skee zuckte die Schultern. »Ich vermute es. Ask ist sehr berechnend und ein schneller Denker. Schon möglich, dass er so gedacht hatte.«

Skee blickte zu Ask, der ihr Gespräch noch nicht bemerkt zu haben schien. Eine Vermutung schwirrte in ihrem Kopf. Seine dauernden Blicke zu Lynn und die leisen Selbstgespräche. Außerdem seine Verbindung zu Thannas. Ein einziges Mal hatte er sich da wirklich verquatscht. Die Ziele seiner Reisen waren nicht immer die Oberwelt oder entfernte Enden Neteryas gewesen. Doch wie er überhaupt Kontakt zu Thannas aufgebaut hatte, blieb eines der größten Mysterien um ihn. Generell die Art, wie er in Verbindung zu den verschiedensten Wesen kam und diese ihm dann meistens einen Gefallen schuldeten –

»Wenn ihr zwei Fragen habt, könnt ihr die gerne an mich richten.«

Skee zuckte zusammen. Ask starrte sie und Iska an. Auch Iska war scheinbar in Gedanken vertieft gewesen, denn sie zuckte ebenfalls zusammen. Zögerlich nickte Iska. »Und Ihr weicht den Fragen nicht aus?«

Ask nickte abwesend. Skee fragte sich unwillkürlich, ob Shabaan ihn wirklich halten konnte. Seine Magie verbarg sich in mehreren sorgfältig verpackten Schichten hinter absoluter Kontrolle und Geduld.

»Solange eure Fragen wichtig sind. Zuerst muss ich jedoch eine Bitte an euch richten.«

Skees Ohr zuckte und sie lächelte sanft. Sie wusste schon, worum er bitten würde.

»Würdet ihr Lynn mit euch aus Shabaan mitnehmen?«

56

Iska

Ihr Blick fiel auf Lynns schlafende Gestalt. Die blonden Haare versteckten sein Gesicht und in der Art, wie er sich an Skee klammerte, sah er sehr jung aus.

Was er ja auch noch war. Iska verstand zwar nicht ganz, wie, doch ab einem bestimmten Punkt im Leben von Dämonen alterten sie nicht mehr, oder nur ganz langsam. Dieser Punkt war bei Lynn jedoch lange noch nicht erreicht.

»Wie sollen wir Lynn über die Grenze bringen?«, fragte Skee, einen Hauch von Hoffnung in der Stimme.

»Dir ist es möglich, über den Tod zu entscheiden«, sagte Ask zu Iska.

Sie nickte langsam. »Ja, in gewisser Weise. Ich kann jedoch keine Toten wiederbeleben.« Sie konnte zwar über den Tod von Menschen entscheiden, aber nicht über deren Leben. Vermutlich könnte sie Lynns Geist aus Shabaans herausführen, doch sein Körper war an Shabaan gebunden. Und selbst bei Ersterem wusste sie nicht, wie.

Ask griff in die Innentasche seiner Robe und holte eine kleine, längliche Phiole hervor. Darin schwappte eine dunkle Flüssigkeit und Rauch hatte sich darüber gebildet.

»Was ist das?«, fragte Skee und reckte den Hals vor.

Iska wurde mulmig zumute, je näher Ask kam. Aus der Nähe erkannte sie, dass die dickflüssige Flüssigkeit an sich tiefschwarz war, doch in Shabaans Licht glänzte sie am Rande violett. War das etwa …

»Thannas' Blut.« Demonstrativ schwenkte Ask die Phiole.

Skee schnappte hörbar nach Luft.

Iska blieben die Worte im Halse stecken. Blut eines Teufels? Blut eines …?

»Teufel können bluten?« Die Frage rutschte ihr über die atemlosen Lippen.

Ask seufzte. »Natürlich. Schließlich leben sie. Alles kann bluten.«

»Woher habt Ihr so was?«

»Ich habe die Teufelin einmal getroffen zu Zeiten, wo sie hin und wieder auf Erden wandelten. Die genauen Umstände tun jedoch nichts zur Sache.«

Iska konnte den Blick nicht von der Phiole lassen. Die Tatsache, dass sich darin Blut eines Teufels befand, faszinierte sie.

Blut bezeugte eine so simple Tatsache: Es stand für Leben und Tod gleichzeitig, bildete einen Grundstein für den Lebenskreislauf. Es schien so einfach! So verdammt logisch! Wer bluten konnte, konnte auch sterben. Und wer lebte, blutete auch.

Sie zwang sich, die aufkeimende Hoffnung zu unterdrücken. Solche Hoffnungen konnte sie sich für später aufheben. Da fiel ihr etwas ein. »Ist das die reinste Form Schwarzer Magie? In einem Buch wurde sie mal umschrieben, jedoch stand dort nichts Genaues.«

»So heißt es. Das Blut der Teufel ist die reinste Form der Schwarzen Magie, das Blut der Erzengel die reinste Form der Weißen. Damit seien jedoch keine Grenzen von Gut und Böse gesetzt. Nur in sehr alten Texten wird das noch gelehrt.« Ask hielt Iska die Phiole hin. Erstarrt blickte sie auf das gläserne Gefäß.

»Außerdem können nur Nutzer der Schwarzen Magie mit dem Blut umgehen«, fuhr Ask fort. Er drückte Iska die Phiole in die Hand.

Iska spürte eine alte Magie an der Phiole, Wärme, die gegen das kalte Blut darin ankämpfte.

»Blut der Teufel«, flüsterte sie fasziniert. Die Phiole glühte vor Kälte am oberen Rand, wo sich die Dämpfe stauten. Sobald das Blut zu ihren Fingern schwappte, versengte es ihr fast die Haut. Wie hatte Ask – wie hielt die Phiole überhaupt das Blut? Hatte Ask es etwa extra – nein, unwahrscheinlich. Vielleicht hatte Thannas es erschaffen? Wobei, wenn überhaupt müsste es von Ifres erschaffen worden sein. Oder es war einfach so, wie Skee sagte: Ask war um einiges mächtiger, als sie bisher dachte.

Der alte Alchemist rieb sich die Nasenwurzel und atmete hörbar aus. »Entschuldigt. Ich wollte euch damit nicht überfallen.«

»Das hast du nicht!«, erwiderte Skee schnell, etwas zu schnell. Die Dämonin blickte zu Lynn hinab mit einer Sanftheit im Blick, als würde sie ihren jüngeren Bruder betrachten. Iska war sich der Hoffnung bewusst, die sowohl Ask als auch Skee in sie setzten. Die Phiole wurde immer schwerer in ihrer Hand, die Verantwortung immer realer. Sie hatte nur ein Jahr mit Ask und Lynn verbracht und dennoch spürte sie, wie sich ihre Brust zusammenzog bei der Angst, sie könnte Thannas' Blut nicht kontrollieren.

»Thannas' Blut ist Leben.« Asks Stimme holte Iska aus ihren Zweifeln. Erst als sie nickte, fuhr er fort. »Mit ihm kannst du Leben erschaffen, auch als Tochter des Todes.«

»Und wie? Forme ich damit einen neuen Körper?«

»Nein. Du fügst es Lynns Körper hinzu.«

»Ist er denn stark genug, um der Schwarzen Magie standzuhalten?«

»Es ist möglich, dass sich seine Magie verändern wird. Aber Thannas‘ Magie wird ihn nicht angreifen. Sie verschafft Leben und kann sich dementsprechend anpassen, sobald sie in Form gebracht wurde.«

Iska atmete tief durch und nickte. »Wir werden Lynn mitnehmen. Auch wenn es draußen nicht ungefährlicher sein wird als hier.«

»Überall ist es gefährlich. Bald wird es keinen sicheren Ort mehr geben.« Das gleiche hatte sie bereits mit den AkMey-Söhnen besprochen, nur dass es da ihr Argument gewesen war. »Der Junge ist zu jung für diese Welt, zu jung für den Tod.«

»Keine Sorge«, flüsterte Skee und fuhr dem schlafenden Lynn sanft über die Haare, »wir kümmern uns um ihn.«

So gut wir können, fügte Iska in Gedanken hinzu und war sich selbst dann nicht sicher, wie viel sie tatsächlich für ihn sorgen konnten. Sie stellten sich gegen Ki'Aja. Es war ungewiss, wer von ihnen überlebte, ob sie ihn überhaupt stoppen konnten.

Iska stand auf und klopfte sich frischen Dreck von ihrem Kleid. Ask hielt inne, beobachtete sie aus dem Augenwinkel und schien abzuwarten, was sie ihn nun fragen würde. Viele Fragen lagen auf ihrer Zunge, doch nur zwei waren wirklich wichtig.

»Was ist Eure Vermutung zu meinem Bruder?«

Ask seufzte und bedeutete ihr, ihm zu folgen. Iska drehte sich zu Skee um, doch die Katzendämonin legte Lynn bereits behutsam ab und stand ebenfalls auf.

»Weshalb gehen wir von den anderen weg?«, fragte Skee im Flüsterton.

Mit hinter dem Rücken verschränkten Armen lief Ask zwei Schritte vor ihnen. »Weil es nur Vermutungen sind. Unwissenheit kann immer gefährlich werden, doch in diesem Fall noch mehr.« Mit weiteren Erklärungen wartete der Alchemist noch einen Moment, während sie sie sich vom Lager entfernten. Nicht weit, höchstens zwanzig Schritte, doch Iska wurde es trotzdem mulmig zumute. Es konnte schnell ungut enden, in Shabaan etwas zurückzulassen.

»Was ist deine Einschätzung, Iska?« Ask verlangsamte seine Schritte, hielt jedoch nicht an. Als würde er einem Pfad folgen, führte er sie in einem Bogen durch den Wald und die dichten Nebel.

Iska biss sich auf die Lippe und spielte Derryks kurze Mondphase noch mal im Kopf ab. Es war eindeutig, dass das nicht er gewesen war, doch sie hatte sich seine wahnsinnige Persönlichkeit ebenfalls anders vorgestellt. »Ich bin mir nicht sicher. Es war definitiv nicht der Fluch, der bei Vollmond zum Vorschein kommen soll. Dafür war es zu …« Sie überlegte, doch ihr fehlten die Worte, um es zu beschreiben.

»Zu alt«, beendete Skee ihren Satz. Ihr Gesicht zeigte nicht länger das sanfte Lächeln, mit dem sie Lynn bedacht hatte, sondern harten Ernst und Überlegung.

»Alt also. Genau das war auch meine Befürchtung. Deshalb hatte ich mich zuerst mit Andrahey unterhalten und er ist der gleichen Meinung. Unsere Theorie lautet, dass du durch das Ritual ein altes Wesen in Derryks Körper gesperrt hast, welches den Fluch absorbiert hat und jetzt an die gleichen Beschränkungen gebunden ist. Zumindest noch.«

Iska riss die Augen auf und blieb wie angewurzelt stehen. Sie hatte womöglich was getan?

»Ein anderes Wesen? Wie ist das möglich?«

»Rituale sind äußerst tückisch und können viele Nebenwirkungen haben. Und der Fluch war Ka'Jis Werk. Vermutlich haben sie anders miteinander reagiert, als du erwartet hast.«

Die vertrockneten Blätter knisterten unter ihren Schritten, als Iska wieder zu Ask aufholte.

»Ist das gefährlich?«

»Das kommt auf vieles an. Im Moment noch nicht. Je nachdem, welches Wesen in seiner Seele steckt und ob es stärker als dein Bruder ist oder nicht – oder stärker werden kann.«

»Was für ein Wesen vermutet ihr?« Diesmal stellte Skee die Frage. Sie wirkte nicht halb so erschüttert wie Iska.

»Nun, das ist die Frage. Er sprach jedoch in vertrautem Ton von Ki'Aja und dem Kampf, den ihr gegen ihn führt. Meine persönliche Vermutung ist, dass er ein Wesen aus dieser Zeit ist. Ein Dämon oder Mächtiger, der für oder gegen ihn gekämpft hat.«

»Mächtiger?«, flüsterte Skee erschrocken.

»Dann können wir erst mal nur hoffen, dass er gegen Ki'Aja gekämpft hat«, sagte Iska gleichzeitig.

Skee nickte. »Er könnte versuchen, uns zu täuschen oder Fallen zu stellen.«

Iska zögerte einen Moment. »Was für Wesen kommen für Euch infrage?«

»Es gibt viele Geheimnisse und Fragen zu dieser Zeit. Und auch wenn ich alt bin, dieser Kampf lag vor meiner Zeit.« Ask tippte sich in Gedanken gegen das Kinn. »Meines Wissens nach kämpften fünf Halbteufel auf Ki'Ajas Seite. Lakyll, ein Sohn des AkMey. Ibkis, der zur damaligen Zeit älteste Halbteufel und Ilyjah, der Verräter, als Söhne Ifres'. Und Kamyn und Kiryll, Zwillinge des OTeih. Es könnte jedoch auch die Seele eines unbekannten Wesens sein, dessen Name und Aufzeichnungen verloren gegangen sind.«

»Ein Verräter?«, fragte Skee nach, ihre Ohren zuckten.

»Es heißt, er habe zuerst gegen Ki'Aja gehandelt und sich ihm erst später angeschlossen. Weshalb ist unbekannt.«

»Nur Männer«, murmelte Skee und schielte zu Iska.

Diese zuckte die Schultern. »Eine Tochter Thannas' ist nicht bekannt. Und Suruhs erste Tochter ist Ka'Ji, richtig?«

Ask nickte. »Seid vorsichtig, was ihr mit euren Gefährten teilt. Mit Derryks Taten in der Vergangenheit –«

»Wir werden erst mal gar nichts sagen«, unterbrach Iska ihn bestimmt. »Nicht, solange wir uns nicht sicher sind, welcher Geist aus der Vergangenheit sich in seine Seele genistet hat. Entschuldigt, dass ich Euch unterbrochen habe.«

Skee legte Iska eine Hand auf die Schultern. »Vielleicht entpuppt es sich auch als etwas Gutes.«

»Hauptsache, ihr bleibt vorsichtig«, warnte Ask und blieb stehen. Er blickte in den tiefen Wald hinein, weit in die dunklen Nebel. In der Ferne, zwischen denselben Umrissen, an denen sie schon die ganze Zeit vorbeiliefen, sammelten sich Gestalten. Schatten von Wesen, die sie früher einmal gewesen waren.

»Hybriden«, hauchte Skee, ihre Stimme bekam einen traurigen Unterton. Hybriden. Wesen zwischen Tod und Endlich. Untote, wenn man so wollte.

Eine Frage brannte Iska noch im Gedächtnis, etwas, vor dessen Antwort sie sich fürchtete. »Was geschieht mit einem Schwur, wenn der Dämon stirbt, dem man ihm schuldet?«

Skee zuckte neben ihr zusammen. Auch sie schien es vergessen zu haben. Ohne sofort zu antworten, setzte Ask seinen Weg fort. Doch diesmal liefen sie wieder Richtung Lager. Zwischen den Bäumen konnte sie bereits die Lichtung sehen.

»Er verschwindet nicht.« Asks Worte waren wie ein Schuldspruch für Iska. Übelkeit und kalte Angst breiteten sich in ihrem Magen aus. »Entweder vererben sie sich, falls der Dämon aus natürlichen Gründen stirbt. Oder er geht auf seinen Mörder über.«

57

Derryk

Er saß neben Iska und suchte nach Worten. Er hatte mit ihr reden wollen, doch Asks Worte, als die drei das Lager betraten, spukten in seinem Kopf.

Seine Schwester seufzte. »Du kannst ruhig fragen.«

»Das war aber nicht – darüber wollte ich eigentlich nicht reden.«

»Und dennoch willst du wissen, worum es bei dem Schwur geht.«

Derryk biss sich auf die Lippe. Er konnte es schwer leugnen. »Ask klang so ernst.«

Ein trockenes Lachen entfuhr Iska und sie richtete ihren Blick in die Ferne. Oder die Vergangenheit. »Ich habe Skees Freiheit bei dem Rat gegen einen Gefallen eingetauscht. Und Ki'Aja hat den kompletten Rat getötet.«

Derryk fuhr zu seiner Schwester herum, der Schock musste ihm deutlich im Gesicht stehen. Doch auf seine aufgerissenen Augen und den halbgeöffneten Mund lächelte Iska nur hilflos.

»Und jetzt …«

»Scheint Ki'Aja diesen Gefallen zu haben. Sofern er davon weiß.«

Seine Gedanken verarbeiteten diese Informationen etwas langsam, nur ein leises »oh« kam über seine Lippen.

»Ja, das kann man auch sagen.« Iska lehnte den Kopf an den Baumstamm und schloss die Augen. Sie sah aus, als würde sie in Sorge ertrinken mit den tiefen Schatten unter den Augen. Das war doch absurd. Als würde

Ki'Aja ihnen nicht schon überlegen genug sein. Als bräuchte er ihre Hilfe mit irgendetwas.

»Na ja … Die Chance besteht also, dass er nichts davon weiß?« Iskas Mundwinkel zuckten auf seinen Versuch, die Stimmung aufzuheitern. Jetzt kam ihm sein Gesprächsthema ziemlich klein vor. Dennoch wollte er derjenige sein, der es ihr sagte, statt dass sie es so herausfand.

»Kannst du dich an den alten Seher am See erinnern? Bevor … alles passiert ist?« Eigentlich war zu diesem Zeitpunkt schon das Wichtigste geschehen, zwei Jahre zuvor. Wie lange all das in der Vergangenheit zu liegen schien.

»Der uns gerettet hat?«

Derryk nickte. »Sein Name lautet Andrahey. Er ist …« Er kam sich so dumm vor, es auszusprechen. Als würde es eine Rolle spielen.

»Er ist was?«

»Er ist unser Vater. Seiner Aussage nach. Das Notizbuch von damals, welches er an seine Kinder gewidmet hat. Er hat es für uns geschrieben.« Warum auch immer er die letzten beiden Sätze noch anhängte. Es war komplett irrelevant. Doch es einfach so dastehen zu lassen, dass sie ihren Vater gefunden hatten, fühlte sich falsch an.

»Unser Vater?« Iska lehnte sich nach vorne und suchte sein Gesicht nach Lügen ab. Derryk zuckte die Schultern.

»Scheint so. Aber leider ist er auch hier.«

Blässe überzog Iskas Gesicht, ihre Lippen bildeten ein stummes »oh«.

Die darauffolgenden Minuten schwiegen sie. Iska war in Gedanken versunken, eine alte Traurigkeit trübte ihre Augen, die sich in ihrer maskierten Mimik jedoch nicht wieder spiegelte. Derryk knetete die Hände und schielte immer wieder zu seiner Schwester. Doch die Worte blieben ihm im Hals stecken. Verdammt, es konnte doch nicht so schwer sein. Ein kleines Wort, das seinen Gefühlen niemals Ausdruck verleihen konnte. *Danke.* Dabei würde dieses Wort niemals ausreichen. Er zählte innerlich bis drei und holte tief Luft. »Außerdem –«

»Kommt ihr zwei?« Beide zuckten zusammen. Derryk blickte auf. Luxj, Ayin, Lura und Skee saßen auf dem Boden beisammen. Sie sahen etwas unbeholfen aus, jeder von ihnen wirkte fehl am Platz. Luxj rief nach ihnen und winkte, um ihre Aufmerksamkeit zu bekommen. »Wir wollen unser weiteres Vorgehen besprechen.«

Derryk seufzte und stemmte sich auf. Iska folgte ihm, doch bevor sie bei den anderen ankamen, zupfte sie leicht an seinem Hemd. »Du wolltest noch etwas sagen.«

Er schüttelte den Kopf. »Später.« Sie setzten sich zu den anderen in den schiefen Kreis. Lura hielt einen kurzen Stock in der Hand und zeichnete eine grobe Skizze ihres Kontinents. Drei Länder, Elen Laar, Sakkar und Ashari, markierte sie mit einem Totenkreuz, während sie Annin-eR einkreiste.

»Bisher sah unser Plan vor, Solon Fre in Annin-eR zu suchen«, erklärte sie für Iska und Skee. »Wir wollen uns ihrem Kampf anschließen.«

Skees Ohren zuckten. »Die Königin lebt?«

»Nach unseren Informationen«, sagte Luxj vorsichtig und wechselte einen Blick mit Ayin. Sie konnten sich nicht sicher sein, ob die Königin noch am Leben war. Sie befanden sich im Krieg gegen Dämonen und Teufel. Es war gut möglich, dass ihre Informationen bereits nicht mehr stimmten.

»Und was, wenn nicht?«

Ayin knirschte die Zähne auf Iskas Einwurf und ballte die Hände zu Fäusten. »Dann kämpfen wir alleine.«

Iska schüttelte den Kopf. Sie betrachtete noch immer die provisorische Karte. »Tragen wir erst mal alles zusammen, was wir haben und schauen dann, wie wir weitermachen.«

»Dann fangt ihr doch an. Ihr wisst vermutlich mehr über diesen Krieg als wir«, verlangte Ayin murmelnd.

»Letztes Mal war es Ki'Ajas Ziel, eine neue Welt zu schaffen. Er wollte unsere Welt komplett zerstören und aus dessen Trümmern eine neue erschaffen, nach seinen Vorstellungen. Ohne sie mit den anderen Teufeln und Erzengeln teilen zu müssen, vermute ich. Es gibt keinen Grund zu denken, dass er diesmal etwas anderen plant. Er hat den Rat der Zwölf ausgelöscht und die Dämonenwelt Ka'Ji überlassen, während er sich gerade im Thronsaal befindet.« Iska wechselte einen kurzen Blick mit Skee und die Dämonin nickte. »Damals wurde er weggesperrt, aber nicht besiegt. Ich bin mir nicht sicher, ob es überhaupt möglich ist, ihn vollends zu besiegen, zumindest für uns. Ich weiß nicht, weshalb er nicht direkt angreift und sich momentan noch im Hintergrund hält. Außerdem weiß ich nicht, wie er zu seiner Zeit weggesperrt wurde. Meine Priorität wäre es, mich mit Akyma und Ifrat in Verbindung zu setzen und herauszufinden, was die beiden wissen. Und schließlich die Methode zu finden, mit der wir ihn wieder wegsperren können.«

»Akyma und Ifrat? Die Söhne des AkMey? Würden sie denn helfen?«, fragte Lura überrascht nach.

»Sie haben mir schon mal geholfen und sind vermutlich bereit, sich auf unsere Seite zu schlagen.«

»Das klingt vernünftig. Und ist vermutlich mehr, als wir tun können«, murmelte Ayin. Ihre Finger spielten am Saum ihres Umhangs, der wie eine Decke ihren Rücken bedeckte.

»Wir haben leider kaum Informationen. Ayin und mir wurde aufgetragen, Derryk zu finden und Ashari zurückzulassen, um einen Weg zu finden, wie wir diesen Krieg gewinnen können. Und wie Lura schon erwähnte, hatten wir uns überlegt, Solon Fre aufzusuchen und uns ihr anzuschließen, sofern sie noch lebt. Wir können nicht viel gegen die Teufel oder Halbteufel anrichten. Wie man sieht.« Luxj machte eine ausladende Bewegung mit dem Arm auf ihre Umgebung.

»Warte, was meinst du mit ‚wie man sieht'?«, fragte Skee alarmiert nach.

Derryk seufzte. »Wir hatten eine Begegnung mit Ka'Ji und Asstyx in Ashari.« Beinah brachten ihn Skees und Iskas entsetzte Gesichter zum Lachen, wenn ihre Situation nur nicht so verdammt kritisch wäre. »In Ashari ging irgendwas Seltsames vor, als wir auf einem der Hügel waren und eigentlich abhauen wollten. Der Boden hat angefangen zu beben und es haben tausende Menschen geschrien, sodass wir es selbst außerhalb der Stadtmauern gehört haben. Und als wir näherkamen, war es, als …«

Er verstummte. Wie sollte er dieses Gefühl erklären, die Kälte und die bedrückende Aura? Er wusste nicht einmal, was es war.

»Magie«, ergänzte Lura leise seine fehlenden Worte, »eiskalte, dunkle Magie.«

Er nickte. »Vermutlich. Die komplette Stadt war leer und wurde auf einen Schlag wieder leise. Wir sind einer Chameere begegnet, bevor uns beinah ein Dämon erwischt hätte, den ich noch nie zuvor gesehen habe. Er hatte versucht, uns zu kontrollieren. Dann tauchten Ka'Ji und Asstyx auf und – na ja. Wir sind hier wieder aufgewacht.«

Skee starrte ihn völlig entgeistert und mit hochgezogenen Augenbrauen an, doch Iskas Gesicht verlor jegliche Farbe. Sie war schneeweiß. »Seid ihr sicher, dass es eine Chameere war?«

Ein mulmiges Gefühl breitete sich in Derryk aus. Zu gerne würde er einfach das Thema wechseln. »Ja, ganz sicher. Aber sie hat uns nicht angegriffen. Und Asstyx hatte von irgendeinem Projekt zu Ka'Ji gesprochen, glaube ich …«

»Oh, nein, nein, nein. Verdammt.« Iska sprang auf und begann, hin und her zu laufen. »Ich hatte vor einiger Zeit in Antamohra ein Ritual beobachtet, in welchem Gorgonen einen Menschen in eine Chameere verwandelten. Das ist – verdammt!«

Derryk wurde schlecht. Das konnte nicht, nein, niemals. Das konnte nicht passiert sein. Lura schlug sich die Hand vor den Mund und Ayin wandte den Blick ab. Luxj schien ebenso fassungslos wie Derryk. Wie konnte so etwas überhaupt möglich sein?!

»Aber wieso sollte er so was nötig haben?«, flüsterte Skee. Sie umklammerte ihr Amulett, als würde sie Halt daran suchen.

»Ich weiß es nicht. Aber wir müssen es herausfinden.«

»Also bleibt unser Plan, wie er war? Zuerst nachschauen, ob Solon Fre noch lebt und uns ihr anschließen. Und falls nicht …?« Luras Worte verloren sich in Unwissenheit. Derryk kaute auf der Innenseite seiner Wange, wusste aber auch nichts zu sagen. Das war kein Kampf, in dem sie alleine etwas ausrichten konnten. Falls Solon Fre nicht mehr lebte, würden sie Iska folgen müssen und hoffen, dass sie ihr nicht im Weg waren oder bei der ersten Begegnung mit Asstyx oder Ka'Ji starben.

Iska blieb stehen, atmete durch und setzte sich wieder, diesmal in einem ordentlichen Schneidersitz. »Ich kann herausfinden, ob Solon Fre noch lebt. Gebt mir einfach einen Moment.«

Auf Iskas Stirn öffnete sich ein aufgemaltes, rot-leuchtendes Auge, während sie ihre richtigen Augen schloss. Ayin, Luxj und Lura redeten im Flüsterton, Derryk nahm vage wahr, dass sie ihre Informationen zu Solon Fre durchgingen. Doch ihrer aller Stimmung blieb angespannt. Das sanfte, rote Leuchten gab ihnen noch eine passende Atmosphäre.

Es dauerte einige Minuten, bis das Leuchten versiegte und Iska die Augen öffnete. Ihr Gesicht blieb ausdruckslos, als sie sich die Schläfen rieb. »Sie lebt und befindet sich tatsächlich in Annin-eR. Außerdem scheint sie eine kleine Armee um sich geschart zu haben.«

Ayin und Luxj atmeten erleichtert aus.

»Ausnahmsweise mal gute Neuigkeiten.« Lura lehnte sich auf ihren Händen zurück und starrte einige Sekunden lang in den grauen Himmel.

»Das ist gut. Solon Fre hat sicherlich einen Plan, um wenigstens die Dämonen in der Oberwelt zu bekämpfen.« Skee blickte fragend zu Iska. »Um den Rest versuchen wir uns zu kümmern?«

Iska nickte. »Ich würde vorschlagen, dass Skee, Lynn und ich euch erst mal nach Annin-eR begleiten. Dort kann ich in Sicherheit nach Akyma und Ifrat suchen und Informationen sammeln. Außerdem können wir euch sicherlich auch dort helfen.«

»Lynn? Ich dachte, der Junge ist tot?« Misstrauisch legte Ayin den Kopf schief, ihre Katzenaugen verengte sie zu Schlitzen. Mit einem Mal kehrte die Anspannung wieder zurück.

»Ja, ist er. Doch Ask hat Iska einen Weg mitgeteilt, wie wir ihn sozusagen wiederbeleben können.« Skee reckte herausfordernd das Kinn nach vorne. »Ihr habt damit doch kein Problem?«

»Ist so was denn sicher?«

»So sicher, wie eine noch nie angewendete Wiederbelebung sein kann. Ich weiß, wie ich es machen muss. Ihr geratet dabei nicht in Gefahr.«

Nach einem kurzen Moment zuckte Ayin die Schultern und sah zu Luxj, der ebenfalls nickte. »Mir solls egal sein. Solange du weißt, was du tust, ist das deine Sache.«

Tote Büsche raschelten und ihre kleine Gruppe fuhr simultan zu dem Geräusch herum. Ask und Andrahey traten zurück auf die Lichtung, mit ihnen schwappte eine Wolke dunklen Nebels auf den Boden. Derryk konnte den Blick erst nach mehreren Sekunden von den Schwaden reißen, nur um noch mal an den selbigen hängen zu bleiben. Schwarze Nebel sammelten sich ganz in der Nähe ihres Lagers, tief aus dem Wald krabbelten sie auf sie zu.

»Wir können nicht mehr lange hierbleiben. Die Nebel bringen Hybriden mit sich«, murmelte Iska, ihre Stimme unterbrach beunruhigt die entstandene Stille.

»Hybriden?«

»Die Wesen zwischen Tod und Endlich?«, flüsterte Lura erstickt.

»Tod und Endlich? Was heißt das?« Derryk starrte konzentriert in die entfernten Nebel.

»Die Wesen zwischen Tod und Endlich waren einmal Dämonen, Wächter und Menschen, die nach ihrem Tod nach Shabaan kamen. Dieser Ort entzieht den Toten ihre verbliebene Lebensenergie, bis sie endgültig sterben. Er wandelt sie in Magie für die Welt um. Doch ab einem gewissen Punkt, wenn ein Wesen nur noch ganz wenig Lebensenergie besitzt, doch noch gerade noch so existiert, verliert es sich und wird zu einem Hybrid zwischen Tod und Endlich. Und diese Hybriden verbringen ihre verbliebene kurze Existenz in den Nebeln und jagen Quellen des Lebens«, erklärte Ask und trat näher an sie heran.

»Als Endlich wird der endgültige Tod bezeichnet«, fügte Andrahey hinzu. Die Arme hielt er verschränkt auf dem Rücken. Er lächelte Derryk und Iska sanft zu.

»Und vermutlich jagen sie jene, die noch am meisten Lebensenergie besitzen?«, vermutete Iska und wandte den Blick von Andrahey ab.

»Die Nebel sind seit eurer Ankunft langsam, aber stetig auf dem Weg zu euch. Wir beobachten sie, seit ich eure erste Gruppe hergeholt habe.«

»Also müssen wir weg, raus aus Shabaan.«

»Und das ziemlich bald«, ergänzte Lura Ayins Worte.

»Wir kommen wir denn hier raus?« Von seinen Freunden konnte niemand Derryks Frage beantworten. Das war ... weniger gut. Wie kam man wieder aus dem Land der Toten heraus? Einem Land, was einzig dazu da war, niemanden herauszulassen?

»Shabaan ist keine harte Grenze zwischen Leben und Tod. Wir können das Leben von außerhalb spüren. Zumindest Iska und ich können es. Bei euch beiden«, Skee drehte sich zu Ayin und Lura um, »bin ich mir unsicher.«

Ayin schüttelte den Kopf. »Ich bin nur zur Hälfte Raska.«

»Ich kann es, aber ich könnte uns nicht führen. Ich kann die Richtung nicht genau bestimmen.«

Skee nickte, stand auf und klopfte sich die Skelettblätter vom Kleid. »Das ist nicht schlimm. Es reicht, wenn wir zwei uns führen.«

»Wir suchen die Stelle, an der die Nebel abnehmen?«, fragte Iska nach und erhob sich ebenfalls. Sie alle taten es ihr gleich.

»Sie dürfte sich uns zeigen, weil wir nicht an diesen Ort gebunden sind. Ich kann uns nicht alle gemeinsam teleportieren, dafür sind wir zu viele und zu weit entfernt von lebendigem Land.«

Ayin und Luxj wechselten ein paar geflüsterte Worte, während Iska und Skee Lynn aufweckten. Sie hatten sich leise genug unterhalten, um den Jungen nicht durch ihr Gespräch zu wecken. Ayin und Luxj würden es nicht mehr laut aussprechen, doch ihnen missfiel der Gedanke, sich vollkommen auf Iska und Skee verlassen zu müssen. Jedoch kannten sie überhaupt keinen funktionierenden Weg hinaus. Und sie hatten vorhin schon sämtliche Ideen durchdacht, als Derryk mit Iska geredet hatte. Vom geradeaus laufen, bis sie irgendwo ankamen, über Kompassen bauen bis hin zum Versuch, Nachrichten zu schicken. Letztere hatte mit Skees trockenem Spruch »Was in Shabaan passiert, bleibt in Shabaan« geendet, da es absolut keine Möglichkeit gab, Nachrichten aus oder nach Shabaan zu schicken. Niemand von ihnen hatte bemerkt, dass die Dämonin ihnen zugehört hatte.

»Ob der Junge überhaupt mitkommt?« Ayin streckte ihre Knochen. Leises Knacken folgte auf ihr Dehnen.

»Was meinst du damit?« Derryk beobachtete, wie Skee vorsichtig auf Lynn einredete. Wüsste er es nicht besser, und hätte Skee nicht die Merkmale einer Katze an sich, hätte er sie für Lynns ältere Schwester gehalten. Dieser Gedanke brachte ihn zum Lächeln.

»Er scheint sehr an dem Alten zu hängen.«

»Wahrscheinlich war Ask sein Lehrer«, sagte Lura. Sie tat es Ayin nach und streckte ihren Körper ebenfalls. Eine katzengleiche Geschmeidigkeit lag in ihren Bewegungen, ähnlich wie bei Ayin.

Luxj warf Derryk einen amüsierten Blick zu. Derryk erwiderte es und erntete prompt eine warnende, hochgezogene Augenbraue von Ayin. Was auch immer sie sagte, die beiden waren sich ähnlicher, als sie zugaben. Nicht allein wegen ihrer Abstammung.

»Seid ihr bereit?« Iska kam mit Skee und Lynn wieder auf sie zu.

»Ja«, sagte Ayin, während Derryk nickte. Lynn trottete niedergeschlagen zu Ask und wechselte noch ein paar letzte Worte mit ihm. Derryks Brust zog sich zusammen, als der Junge seinen Lehrer umarmte. Doch er bemerkte ebenfalls die Hoffnung in den Augen des Alchemisten, als Lynn ihn losließ und sich zu ihrer Gruppe gesellte. Andrahey lehnte neben seinem Freund und bedachte sie alle mit einem zufriedenen Lächeln. Er wirkte nicht überaus besorgt. Es schien viel mehr, als wüsste er, dass sie es schon irgendwie schaffen würden. Und verdammt, Derryk wünschte sich wirklich Andraheys Optimismus.

»Viel Glück euch«, verabschiedete sich Ask. Skee drehte sich einmal im Kreis, bis sie die richtige Richtung gefunden hatte. Mit einem kurzen Blickwechsel bestätigte sie es noch mal mit Iska.

»Und entschuldigt, dass wir euch nicht mehr helfen konnten«, bat Andrahey.

Derryk schüttelte den Kopf, nachdem alle anderen sich ebenfalls kurz verabschiedet hatten. »Du hast unser Leben gerettet. Den Rest … bekommen wir schon irgendwie hin.«

Skee führte sie aus dem Lager, direkt hinter ihr folgten Iska und Lynn. Hinter ihnen liefen Ayin und Luxj und Lura behielt als Schlusslicht den Wald im Auge. Derryk eilte vor an die Seite seiner Schwester. Ihre rotbraunen Haare fielen zerzaust über ihren Rücken, mit toten Blättern und getrocknetem Schlamm zwischen verknoteten Strähnen. Ihre knochige Gestalt steckte in einem blutbefleckten, zerrissenen Bauernkleid. Ihre Lippen verzogen sich zu einem leichten Lächeln. »Wir sind wieder in unserer Kindheit.«

Ein Knoten in seiner Magengegend löste sich und er entspannte. »Wir sind wieder am Boden.«

In der Ferne lauerten Nebel und Derryk bildete sich ein, Gestalten darin huschen zu sehen. Oder vielleicht waren es auch nur noch mehr Bäume. Er ließ die Szene kurz auf sich wirken, dann seufzte er. »Iska?«

Diese legte gerade einen Arm um Lynn und drückte seine Schulter, als sie innehielt und ihm den Kopf zuwandte.

»Ich hatte dir noch gar nicht gedankt, dass du mich gerettet hattest.«

58

Iska

Sie suchte nach Worten, doch ihre Kehle war trocken und sie bekam keinen Ton raus. Derryk lächelte ihr lediglich zu und gesellte sich wieder zu seinen Kameraden.

Das hatte er tatsächlich nicht, aber sie hatte auch mit keinem Dank gerechnet. Lynns zitternden Körper spannte sich unter ihrer Hand an. Sie fuhr ihm über die Haare und schob ihn mit sich vorwärts. Vor ihr tanzten leuchtend blaue Lichter, die sich an den Rinden entlang hangelten oder als Blätter von Bäumen herunterhingen. Eine Absicherung von Skee, dass sie sich nicht verlieren würden. Ihre Magie sah wunderschön aus.

»Wie lange werden wir brauchen?«, fragte Ayin.

»Vielleicht einen Tag. Wenn wir schnell sind, auch kürzer. Ich kann Shabaan schlecht einschätzen«, antwortete Skee, ihre Stimme klang abwesend. Sie musste sich konzentrieren, um den Weg nicht zu verlieren, beziehungsweise um den Weg richtig einzuschätzen. Denn auch wenn Iska die Lebensenergie der lebenden Länder ebenfalls spürte, empfand sie es als äußerst schwer, den richtigen Weg dorthin zu finden, anstatt nur eine grobe Richtung zu erfühlen.

Lynns Griff im Stoff ihres Kleides verstärkte sich und er zwickte ihre Haut. Er fühlte sich eiskalt an, nicht allein wegen des fehlenden Bluts in seinen Adern. Die stechende Kälte kam von der Panik, die sein Inneres auffraß. Der Wunsch, wieder zu leben, lernen und alt werden zu können, maß sich mit dem Pflichtbewusstsein an Asks Seite zu bleiben.

Gewissermaßen an der Seite seiner Vaterfigur. Ask empfand sicherlich ähnlich, obwohl er sich alle Mühe gab, es sich nicht ansehen zu lassen. Doch auch er hatte Angst um den Jungen.

»Ich fühle mich, als würde ich ihn verraten.«

Iska schob Lynn sanft weiter. »Du würdest ihn verraten, wenn du bleiben würdest.«

Während sie liefen, wuchs ihre Anspannung von Stunde zu Stunde. Derryks Kameraden wechselten immer mal wieder ein paar spärliche Worte, doch die meiste Zeit verbrachten sie schweigend. Langsam änderte sich die Luft. Sie wurde frischer und ein-, zwei Mal bildete sie sich ein, einen leichten Lufthauch zu spüren. Die Bäume säumten noch immer zusammengefallen ihren Weg, jedoch mit mehr Farbe und Blättern in der Krone. Der Wald erhielt sein Leben zurück, zumindest den Schein dessen. Ein Beweis, dass sie sich tatsächlich der Grenze näherten.

Ihr Blick war auf den Boden gerichtet, als sich die feinen Härchen auf ihren Armen aufstellten und sie den ersten Schritt in dünne Nebelschwaden tat. Ihr Fuß brach die dunklen Wölkchen auf und sie zersprangen wie Glassplitter. Sie hielt an. Derryk, der sich mit seinen Gedanken ebenso wenig im Hier und Jetzt befand wie sie, stolperte gegen ihre Schulter und verscheuchte weitere Schwaden. Er brummte eine Entschuldigung, bevor er sich umsah.

»Das ist nicht gut«, murmelte Lura zu ihrer Rechten.

»Ich dachte, wir laufen vor denen davon, in Richtung der Grenze?« Ayin kniete sich neben Derryk und betrachtete mit schiefgelegtem Kopf die Nebel.

»Es ist die richtige Richtung«, versicherte Skee.

Iska nickte. »Die Hybriden scheinen Abkürzungen zu kennen.«

»Oder sie sind einfach verdammt schnell«, fügte Luxj dumpf hinzu und drehte sich einmal um seine Achse. Langsam folgte sie seinem Blick. Das konnte doch gar nicht – nein, doch. Magie machte alles möglich. Es sollte sie nicht mehr überraschen.

Die Nebel zogen von allen Seiten auf sie zu, doch zu ihrer Rechten tropften sie beinah schon aus der Luft. Zwischen den Bäumen rollte eine dickflüssige graue Welle auf sie zu.

Iska schob Lynn hinter sich, während sie fieberhaft nachdachte. Sachte tanzten die Lichter weiter vor ihnen, wiegten sich im imaginären Wind Annin-aHs.

Die Hybriden würden über sie herfallen. Ihre Magie war bei Weitem noch nicht wiederhergestellt, dafür hatte Shabaans Aura gesorgt. Und gegen die Wesen kämpfen konnten sie nicht. Dafür waren es zu viele und sie zu verwundbar.

Sie fuhr zu Skee herum. »Führe sie bitte hier raus. Ich kann mich um ein paar der Hybriden kümmern, aber da drin«, sie deutete auf sie Welle hinter sich, »sind zu viele. Ich muss Lynn einen lebenden Körper geben, damit die Wesen ihn nicht endgültig töten können.«

Skee zuckte zusammen. »Was?«, wisperte sie. »Ich kann euch doch nicht hier allein lassen!«

»Skee, bitte. Sie, wir sterben, wenn wir hierbleiben.«

»Aber –«

»Ich habe es Ask versprochen. Wir beeilen uns und folgen dir. Versprochen.«

Skee biss sich auf die Lippe, bis Blut unter ihren spitze Zähnen hervor-
kam. »Na schön«, brachte sie hervor, »aber beeilt euch wirklich. Ich
komme zurück, wenn wir Annin-eR erreicht haben und ihr nicht direkt
hinter uns seid.«

Iska seufzte, nickte aber. Sie konnte Skee davon sowieso nicht abbringen. Erst mit dieser Absicherung drehte sich Skee zu ihren Kameraden um
und winkte sie näher zu sich. »Wir müssen uns beeilen.«

»Was ist mit dir?« Derryk packte Iskas Arm, doch sie löste seinen festen Griff direkt wieder. Sanft, aber bestimmt.

»Ihr verschwindet schnell aus Shabaan. Ich helfe Lynn, dann folgen wir
euch«, erklärte sie laut. Als Derryk den Mund zum Protest öffnete und
auch Ayin den Kopf schüttelte, packte Lura Derryks Handgelenk, oder
besser den Saum seines Ärmels, und zog ihn mit sich und Skee hinterher.
Iska meinte, sie etwas von »die Hybriden zu Tode boxen« und »wir sterben noch früh genug« reden zu hören. Sie schmunzelte ungewollt, als Ayin
und Luxj ihnen perplex folgten.

»Wir warten auf euch. Bis dann«, rief Luxj noch zurück, bevor sie hinter den Bäumen verschwanden.

Dann wandte Iska sich zu Lynn. Der Junge sah sich mit kugelrunden
Augen um, zuerst ihren Kameraden hinterher und zu den Nebeln. Seine
Hände zitterten. Iska legte ihm beide Hände auf die Schultern und drehte
ihn zu sich.

»Ich weiß nicht, wie sich das für dich anfühlen wird. Aber gerate nicht
in Panik. Weder wegen dem, was mit dir passiert, noch wegen der Nebel.«

Lynn nickte. Er atmete tief ein und aus. Seine Hände beruhigten sich, seine Finger entkrampften und drückte den Rücken durch. Entschlossen erwiderte er ihren Blick.

Sie holte die Phiole aus den Falten ihres Kleides, welche sie zu einer provisorischen Tasche zusammengebunden hatte. Das dunkle Gemisch aus Schwarz und Violett bildete einen deutlichen Kontrast zu ihrer fahlen Haut. Reflexionen tanzten auf ihrer Haut und ihre Hand schimmerte in tiefem Violett. Verschwommene Bilder blitzten vor ihrem geistigen Auge auf; Bilder, die sie längst vergessen hatte. An die sie sich jedoch nur zu genau erinnerte.

Die Kunst des Todes. Reine Todesmagie. Als Tochter des ersten Todes gehörte ihr diese Magie. Und so nahm sie sich erneut. Hüllte sich in die wunderbare Kälte ein, ein so schweres Schwarz, dass es die Grenzen ihres Seins überschritt und ihre Gestalt übermalte.

Ihre Nägel glänzten – nein, ihre Krallen glänzten in hypnotisierendem Gold und ihre Haut nahm den weichen, roten Ton ihrer manifestierten Magie an. Die Phiole zerschmolz unter ihrem festen Griff, doch die dicke Flüssigkeit erreichte den Boden nicht. Thannas' Blut brannte auf ihrer Haut, als hätte sie ihre Hand in brodelnde Lava getaucht.

Lynn starrte sie mit offenem Mund an, wich jedoch keinen Schritt zurück. Vielleicht aus Vertrauen, vielleicht aber auch, weil seine Beine ihm den Dienst versagten. Iska konnte sich beides vorstellen. Seine Lippen formten Worte, doch er brachte keinen Laut heraus.

Sie legte ihm die Hand, in der Thannas' Blut wie pures Leben pulsierte, auf den Kopf. Während sich vor ihrem Dritten Auge die leeren Venen und Arterien des Jungen offenbarten, zeichnete sie langsam den Mythos des

Pentagramms über sein Herz, die älteste Form der Magie. Ein Pentagramm mit einer bestimmten Intention. Damit fixierte sie seine Seele an seinen sich belebenden Körper. Gleichzeitig floss das Blut in hauchdünnen Rinnsalen über seinen gesamten Körper, folgte seinen ausgetrockneten Blutbahnen.

Unter ihrer linken Hand über seinem Herzen gehorchte sein stilles Herz dem Rhythmus des Blutes: Es fing wieder an zu schlagen. Die dunklen Blutbahnen flossen direkt unter seine Haut. Die ungesunde weiße Farbe seiner Haut schwand, als sich sein Körper erwärmte.

Zittrig atmete Lynn unter Iskas Berührungen weiter, den Kiefer angespannt. Unter seinen geschlossenen Augen erschienen dunkle Kreise.

Kalte, klapprige Finger legten sich auf Iskas Schulter und zogen sie zurück, direkt in die dunklen Nebel und in die Hände von –

Sie fuhr herum, die rechte Hand schwebte noch immer einen Millimeter über Lynns Kopf, die linke Hand hielt sie schützend vor sich gestreckt. Die klapprige Hand griff aus den triefenden Schatten nach ihr, eine Hand ohne Körper. Iska zerquetschte die gelblichen Knochen. Sie zerfielen zu Staub und die Dunkelheit zerbarst mit einem schrillen Aufschrei, als fielen tausende Scherben auf den Boden. Die Hybriden umzingelten sie, schlurften aus den Schatten heran. In ihren Augen glänzte kein Leben und hinter ihren zerbrochenen Rippen schlug kein Herz. Skelette und halb verwestes Fleisch wankte auf sie zu und zwischen ihnen flogen schwarze Ansammlungen eines undefinierbaren Etwas mit grauem Rauch.

Seelen? Aber wie?!

»Wirken sie Magie?«, flüsterte Lynn, seine Stimme fast schon zu leise, um die Worte entziffern zu können. Langsam nickte Iska. Die Dämonen und Wächter, ihre Körper schienen sich an Magie erinnern zu können.

»Lynn, hör mir zu.« Sie packte seine Schultern, zog zeitgleich die tödliche Magie aus ihren Händen in sich zurück. Griffbereit wartete sie unter der Oberfläche. »Bleib dicht bei mir, ich schlage uns einen Weg durch sie. Sie sind langsam ohne die Nebel.«

»Aber …« Er schien sich seine Worte anders zu überlegen, denn er nickte stattdessen. Sein Gesicht war wieder kreidebleich, die Augen aufgerissen und die Pupille kreisrund. Doch entschieden spannte er die Schultern an.

Ohne zu zögern, griff sie nach dem ersten Arm, der ihr entgegengestreckt wurde. Sie entließ den Tod aus ihrem Innern und dirigierte die Magie mit einem Lächeln durch den Hybrid hinein in den nächsten und webte eine Linie entlang der blauen Lichter. Wie eine Rettungsleine. In Impulsen sandte sie den hungrigen Tod der Leine entlang aus. Alles, was sie zu fassen bekam, zerfiel zu Staub und Asche.

Sie rannten den Fluchtweg entlang, die Schatten erneut im Rücken, die Hybriden diesmal als donnerndes Getrappel auf den Fersen.

Lynn keuchte bereits, als Sonnenlicht zwischen sterbenden Bäumen hindurchfiel. Echtes, schimmerndes Sonnenlicht! Spärlich fiel es durch ein spärliches Blätterdach zu Boden.

»Folge den Strahlen! Ich komme gleich nach.«

Lynn zögerte nur eine Sekunde, bevor er weiter preschte und hinter dem Sonnenstrahl verschwand. Iska blieb stehen. Vermutlich war es gewagt, vielleicht sogar dumm, was sie versuchte. Vielleicht funktionierte es gar nicht. Doch der Hunger des Todes hallte in ihr wider, ein unstillbarer Hunger nach mehr. Der Tod war weder geduldig noch wählerisch. Er führte sich wie ein wildes Tier auf, das man zum Hungern in einen Käfig eingesperrt hatte. Und sie hatte den Schlüssel dazu.

Als sie den Hybriden einen Schritt entgegentrat und den Käfig mit einer simplen Handbewegung öffnete, wurde jegliche Angst verschluckt. Sie zeichnete ein schlichtes Zeichen in der Luft, welches sie unterstützte: ein normales Kreuz und ein umgekehrtes Kreuz, leicht versetzt, nebeneinander.

Kälte streifte ihren Arm und pulsierte unter ihrer Haut. Der Tod toste um ihren Körper und goldene Äderchen zeichneten sich auf ihrer roten Haut ab. Ihr Herzschlag ging ruhig, als sie ihn mit einer ausladenden Handbewegung freiließ. In weniger als der Dauer eines Wimpernschlages zerfielen die Nebel zu schwarzem Staub. Iska streckte die Hand dem Staub entgegen, als wäre es Schnee, und betrachtete die schwarzen Flocken zwischen dem Rot und Gold ihrer Hand. Es wirkte hübsch, auf eine groteske Art und Weise.

Der Tod kehrte zu ihr zurück, noch immer hungrig, aber ausgetobt. Er nahm ihre goldenen Krallen und rot verfärbte Haut mit sich. Zurück blieb die Dritte Seherin, ein stolzes und leicht selbstgefälliges Gefühl im Magen.

Sie machte kehrt und rannte den tanzenden Lichtern nach.

Sie fand Lynn, der sich an einem Baum festhielt und nach Luft rang. Unweit vor ihm lag die Grenze: Grüne Bäume und wiegendes Gras mit bunt blühenden Blumen spähte zwischen den Stämmen hervor.

»Ich musste … Luft … schnappen«, stieß er zwischen tiefen Atemzügen hervor.

Iska lächelte und legte ihm eine Hand auf die Schulter. »Keine Sorge. Du kannst ruhig erst zu Atem kommen, bevor wir die anderen suchen.«

Er nickte heftig und ließ sich zu Boden sinken. Iska verfolgte die Lichter mit den Augen, die nur im Wald leuchteten und an der Grenze endeten.

»Ich bin mir noch nicht so sicher auf den Beinen und war schnell schon außer Atem«, gestand Lynn. Er starrte seine Hände an, als gehörten sie jemand anderem.

»Du warst tot. Die Wiederbelebung wird deinem Körper wahrscheinlich auch einiges abverlangt haben. Ich würde dir vorschlagen, die nächsten Tage alles mit Ruhe anzugehen, aber du kennst dich mit Medizin besser aus.« Lynn quittierte ihren Versuch, ihn aufzuheitern, mit einem leisen Lachen.

»Na ja, bei dem Kapitel von Rehabilitation nach einer Wiederbelebung war ich noch nicht«, flüsterte er. Seine Schultern zitterten.

Iska kniete sich neben ihn und drückte ihn an sich. Sie streichelte beruhigend seinen Arm. »Mach dir keine großen Gedanken darüber. Du hast deinen Körper behalten, ebenso wie deinen Geist. Du bist genauso wie vorher.«

»Aber alles andere ist anders.« Lynn legte seinen Kopf auf Iskas Schulter ab und atmete zittrig aus. »So viel anders.«

»Wir biegen das schon wieder gerade. Wir finden einen Weg, dass unser altes Leben zurückkehrt.« Zumindest das ältere Leben. Iskas ganz altes Leben … Nein, das brauchte sie nun wirklich nicht wieder.

»Du hättest auch Ask wiederbeleben können. Er hätte doch viel mehr ausrichten können, euch viel mehr helfen können als ich.«

»Ask ist …« Sie suchte nach den richtigen Worten. »Er hat mich gebeten, dich mitzunehmen. Und in der kurzen Zeit, die ich ihn kenne, habe ich gelernt, seine Entscheidungen nicht zu hinterfragen. Er ist alt und hat eine unglaubliche Magie. Es würde mich kaum wundern, wenn wir ihm nicht eines Tages wieder über den Weg laufen werden oder er nicht auch so einen Weg findet, uns zu helfen. Vielleicht ist er ja auch extra in Shabaan geblieben, wer weiß das schon.«

Lynn kicherte erstickt und nickte. »Es würde mich nicht wundern.«

Iska drückte sanft seinen Arm und nickte zur Grenze. »Kannst du weiter?«

Zur Antwort schälte sich Lynn aus ihrer Umarmung und stand auf. Sein Atem ging noch immer etwas schnell, doch er stand sicher auf den Beinen.

Schweigend verließen sie Shabaan. Als sie die Grenze überschritten, passierte rein gar nichts. Nichts hielt sie auf, nichts fühlte sich seltsam an. Einzig eine Last fiel von ihren Schultern und ihrem Körper. Frische Luft füllte ihre Lungen und eine sanfte Brise strich durch ihre Haare. Schmutzige Zotteln fielen in ihr Gesicht. Das Atmen fiel ihr leichter.

Auch Lynn schien richtig zum Leben zu erwachen. Er streckte die Hand in die leichte Brise und der untergehenden Sonne entgegen. Sonnenstrahlen fielen durch das Blätterdach der letzten Bäume zu Boden, bevor sie auf das weite Feld dahinter traten. Dämmerlicht erhellte eine Gruppe von Leuten, die am Waldrand warteten. Zuerst sah Iska die aquamarine Aura, bei der sich die Lichter aus dem Wald sammelten.

Dann entdeckte sie, neben dem Rest ihrer Kameraden, Fremde. In provisorischen Rüstungen und bewaffnet. In Bereitschaft hielten sie die Knäufe ihrer Schwerter fest, zwei hatten auch Pfeile locker an einer Bogensehne liegen.

Skee schenkte ihr ein Lächeln, doch Vorsicht spiegelte sich in ihren Augen. »Da seid ihr ja.«

Von einem Rot so tief wie Blut

59

Derryk

Sie warteten nun schon einige Zeit am Rande eines Lagers, in welches Solon Fres Soldaten sie geführt hatten. Nachdem sie wenige Stunden über weite Felder und schließlich durch einen dichten, lebendigen Wald gelaufen waren, hatten die Soldaten sie am Rande eines großen Lagers abgesetzt und zum Warten aufgefordert. Zwei Soldaten hielten an ihrer Seite, oder über sie Wache, während die anderen zwischen den Zelten verschwanden.

»Das ist ein verdammt großes Lager«, bemerkte Lura zum dritten Mal. Aufmerksam glitt ihr Blick ununterbrochen im Lager umher – zumindest in dem Bereich, den sie sehen konnten. Sie hatte noch immer recht. Ihre kleine Gruppe wartete ganz am äußeren Rand, hinter ihnen hielten sich nur noch die aufgestellten Wachen auf. Provisorische Holzabsperrungen versperrten einige Zwischeneingänge zwischen den Zelten und die restlichen Löcher sicherten sakkarer Soldaten und Söldner. Letztere erweckten jedoch keinen zivilisierten Eindruck.

»Ein großes Lager für eine überstürzte Evakuierung«, stimmte Luxj nachdenklich zu.

Sie konnten den Aufbau des Lagers nicht genau ausmachen, die Zelte standen dicht an dicht, zumindest hier am Rande. Doch es erweckte den Eindruck, als würden sie eine zweite schützende Mauer bilden wollen. Derryk hörte Hunderte verschiedene Stimmen und sogar mehrere Sprachen und Dialekte. Hier liefen nicht nur Soldaten umher, auch wilde Männer und Frauen sowie Bürger gingen ihren Aufgaben nach. Zwischen den großen bewohnten Zelten sah er immer wieder kleinere, wahrscheinlich für Proviant und Waffen.

»So was entsteht nur mit Planung. Alleine der Aufbau muss Wochen, wenn nicht Monate gedauert haben. Und außerdem die Allianz mit den Wilden.« Ayin streckte die Beine und wischte sich Haare aus dem Gesicht. Sie war um einiges entspannter, seit die Patrouille sie am Waldrand gefunden hatte. Überraschend war jedoch die Tatsache, dass ebendiese Patrouille bereits tagelang auf sie gewartet hatte. In Königin Fres Reihen befanden sich nicht nur ihre eigenen Soldaten und Wilde, sondern auch nicht gerade wenige dämonische Heiler, Seher und Alchemisten. Derryk würde seine Hand dafür ins Feuer legen, dass sich noch mehr Dämonen unter ihr versammelt hatten.

Der Kommandant ihrer Patrouille hatte nicht viel gesagt. Nur, dass Solon Fre, unter anderen durch Seher, stets einen groben Überblick über die Geschehnisse bekommen hat. Und dass ein Seher auch auf ihre Gruppe aufmerksam wurde. Was, bei Derryks Erfahrungen mit Sehern, nicht unbedingt das beste Zeichen war.

»Es ist durchaus möglich, dass die Königin über die Ereignisse früher Bescheid wusste und dementsprechende Vorkehrungen getroffen hat«, überlegte Lura laut. »Sakkar hat schon immer viel enger und vertraulicher mit Dämonen zusammengearbeitet. Da sich Wächter nur in dämonische Angelegenheiten einmischen, arbeiten die ja generell kaum mit Menschen zusammen.«

»Außer um anzugeben oder sich in Tavernen zu betrinken«, brummte Ayin. Lura versteckte ihr Kichern hinter einem Hustenanfall und Luxj schüttelte nur den Kopf.

Doch wo sie Recht hatte …

»Auf jeden Fall hat die Königin vorgesorgt. Kein Wunder, dass sie gegen die Belagerung der Elen nichts getan hat. Ihr musste klar gewesen sein, dass sich das zu einem Krieg entwickeln würde, den sie nicht gewinnen kann«, schloss Lura.

Schließlich gab es keinen Weg, Ki'Aja zu besiegen. Die Menschen hatten schon genug Probleme mit den wenigen Dämonen, die in die Oberwelt all die Jahre lang entkamen, aber gegen ganze Armeen, zwei Halbteufel und den siebten Teufel?

»Hoffen wir mal, dass sie damit falschliegt«, murmelte Luxj.

»Hoffnung wird uns kaum weiterbringen.«

Derryk wäre vor Schreck fast vornübergefallen. Sein Blick ruckte zum Ursprung der weiblichen Stimme.

In einigen Metern Abstand, seitlich abgeschirmt von vier Leibwächtern, stand Königin Fre. Keiner von ihnen schien ihr Näherkommen bemerkt zu haben – bis vielleicht bis auf Iska. Ihre hagere Figur steckte in gewöhnlichen hellgrünen Leinenhosen, einer weißen Tunika mit Trompetenärmeln und braunen Lederstiefeln. Doch selbst ohne die feine, mit Rubinen und Obsidian geschmückte goldene Krone und dem fließenden rubinfarbenen Umhang strahlte die Königin Eleganz und eine königliche Härte aus.

Ihre orangegelben Augen musterten sie nacheinander. Niemand wagte eine Antwort.

Schließlich blieb ihr Blick an ihm hängen. Und verharrte dort. Derryk musste sämtliche Willensenergie aufbringen, um ihren Blick nicht auszuweichen.

Königsmörder.

Die Farbe wich aus seinem Gesicht, während er mit allen Mitteln versuchte, sich seine Unsicherheit nicht ansehen zu lassen.

Die verschwommenen Bilder jener Nacht tauchten vor ihm auf. Er hatte sie verdrängt, sogar vergessen in der letzten Woche. Ein ganz schlechter Moment, um sich daran zu erinnern.

Schließlich wandte sie den Blick ab. »Es freut mich, dass ihr zu mir gefunden habt. Und das halbwegs unversehrt. Meine Seher haben euch im Auge behalten und ich muss sagen: Ich bin beeindruckt. Die Erschöpfung eures Überlebenskampfes ist euch ins Gesicht geschrieben und ihr dürft euch nachher ausgiebig ausruhen. Vorher fordere ich euch auf, einer Besprechung beizuwohnen, um Informationen abzugleichen.«

Noch immer sagte keiner von ihnen ein Wort. Königin Solon Fres Auftritt schüchterte sie alle ein. Obwohl ihre langen, onyxschwarzen Haare ihre weichen Gesichtszüge im lauen Wind umspielten, strahlte sie förmlich vor Autorität. Sie war ganz und gar eine Königin. Eine Königin, die weder ihr Land aufgegeben hatte, noch vorhatte, ihr Volk im Stich zu lassen.

Ayin bewegte sich als erste. Sie stand auf und legte eine Hand auf ihr Herz, eine leicht abgewandelte Form der Respekterweisung in Ashari. »Natürlich.«

Luxj, Lura und schließlich auch er selbst folgten ihrem Beispiel. Ein Lächeln erhellte Königin Fres Gesicht.

Seine Sorgen ließen ihn verkrampfen, während er mit seinem Verstand kämpfte, um die Erinnerungen aus seinem Kopf zu verbannen. Es war nicht sein Wille gewesen. Seine Hand hatte zwar den Dolch geführt, doch ohne seine Seele. Niemals würde das wieder geschehen. Der Fluch war gebrochen – er stellte also keine Gefahr mehr für die Königin dar. Und was diese andere Persönlichkeit betraf, … die hatte er schon unter Kontrolle.

Oder?

Ihre Gruppe setzte sich in Bewegung, beinah ohne ihn. Er hätte es nicht einmal bemerkt, hätte Lura ihn nicht am Arm mitgezogen. Sie betrachtete ihn aus besorgten Augen.

War sie seinetwegen besorgt? Oder wegen der Königin? Hatte sie seine Gedanken erraten?

Da spürte er eine leichte Hand an seinem Oberarm. Die grünen Augen seiner Schwester fingen seinen Blick auf. Kaum merklich schüttelte sie den Kopf. Sein Herz beruhigte sich und er atmete tief aus. Iska hatte den Fluch gebrochen. Er war wieder er selbst. Und er leistete Wiedergutmachung für seine Taten.

Die Realität holte ihn aus seinen tiefen Gedanken, als sie vor einem riesigen, grau-grünen Zelt in der Mitte des Lagers stehen blieben. Zwei Wachen standen vor dem tunnelförmigen Eingang. Die Rechte zog den Vorgang beiseite, als einer der königlichen Leibwächter vortrat, um als Erstes hineinzugehen.

Drinnen warteten bereits zwei weitere Personen: eine ältere Frau mit grauem Zopf und einer bunten Robe und eine junge Frau, wahrscheinlich kaum älter als Derryk. Sie trug eine verschrammte Rüstung, zwei Kurzschwerter und hatte ihren Schal bis über die Nase gezogen. Ihre ungebändigten goldbraunen Locken verliehen ihr eine gewisse Ähnlichkeit zu Skee. Eine ähnliche Wildheit.

Königin Fre nickte zwei ihrer vier Leibwächter zu, die sich daraufhin am Eingang positionierten und das rege Treiben außerhalb betrachteten. Dann stellte sie sich zwischen beide Frauen an den runden Tisch; ihre zwei anderen Leibwächter stellten sich jeweils neben eine der Frauen.

Unschlüssig blieb ihre kleine Gruppe ihnen gegenüberstehen.

Zum Glück erhob die Königin erneut das Wort. »Diese vier sind meine Führungsriege und mit hauptverantwortlich, dass mein Volk die Invasion der Elen und später der Dämonen überlebt hat. Sybn ist meine rechte Hand und Strategin, zusammen mit Rhyja hält sie meine Dämonen in Schach. Rhyja führt außerdem die Dämonentruppen in meiner Armee, während Rufuj meine menschliche Armee befehligt und koordiniert. Ihn habt ihr bereits kennengelernt.« Sie deutete nacheinander auf die ältere Frau, auf die Jüngere und schließlich den älteren Mann neben Sybn. Erst jetzt erkannte Derryk das kantige Gesicht vom Anführer der Patrouille wieder, die sie aufgelesen hatte.

»Und Elorion. Giftmischer, Ausrüstungsexperte und mit einem Netz an Spionen ausgestattet, welches sich selbst bis nach Neterya und Eden erstreckt.«

Ehrfürchtig neigte Derryk den Kopf. Kein Wunder, dass sie über den bevorstehenden Krieg Bescheid gewusst hatten. Auch wenn es verwunderlich blieb, dass sie von Ki'Ajas Involvierung wusste.

Die fünf blickten sie an. Misstrauisch, interessiert, erwartungsvoll.

»Euer Vertrauen ehrt uns«, ergriff Iska das Wort. »Unsere Namen dürften Euch bekannt sein, nehme ich an.«

Königin Fre lächelte. »Das sind sie.«

Elorion neigte leicht den Kopf. »Lasst mich zusammenfassen, was wir über Ki'Aja und seinen Kriegszug in Erfahrung gebracht haben. Ka'Ji hat die letzten Jahrzehnte damit verbracht, einen Weg zu finden, um Ki'Ajas Gefängnis zu zerstören. Wie ihr das gelungen ist, ist derzeit unbekannt. Sie und Asstyx, der Sohn Antei Aras' sind seine Kommandanten und führen seine Armeen gegen Neterya und unsere Welt. Er selbst hält sich im Hintergrund und sein Standort ist uns unbekannt. Sein Ziel ist eine Neuordnung der Welten, deren völlige Zerstörung und Neuschaffung unter seinem Vorbild.«

Sybn legte eine Hand auf ein dickes Buch mit abblätterndem Ledereinband. »Die einzige funktionierende Waffe gegen ihn war sein Gefängnis, von den Teufeln und Erzengeln persönlich geschaffen.« Ihre Augen fixierten Iska. »Ka'Ji war in der Lage, dieses Gefängnis zu zerstören, als Halbteufelin. Nach unseren Informationen ist ihre Macht gefährlich nahe an denen der Teufel, nicht nur an Suruhs allein. Über Asstyx' Magie ist wenig bekannt, jedoch gleicht seine reine Stärke und Erfahrung Ka'Jis. Und weil diese beiden ihm wohl nicht reichen, erschuf er erneut seine dreizehnte Dämonenart, die Ak'Amjen. Gegen ihre Gedankenmanipulation und psychischen Angriffe sind die meisten magischen Fähigkeiten nutzlos im direkten Kampf. Über Ki'Ajas Magie brauche ich wohl wenig zu sagen: Er ist nicht umsonst die Schöpfung persönlich. Und trotz ihrer immensen Stärke, gegen die kein König, kein Rat der Zwölf und keine Wächter etwas entgegenbringen konnte, seid ihr jedes Mal entwischt und noch immer am Leben. Wie ist euch das gelungen?«

Derryk knirschte die Zähne und fragte sich unwillkürlich, wie viel sie tatsächlich über Iska, ihn und ihre Reise wussten. Und wie lange und aus welchen Gründen sie sie beobachtet hatten.

Iska seufzte. »Erstens hat Ka'Ji Jahrhunderte damit verbracht, nach Ki'Aja zu suchen und ihn zu befreien. Sie hat sich in diesen dunklen Stunden verloren. Ich vermute Schwarze Magie die Einzige, die sie noch einsetzen kann. Zweitens führt Ki'Aja keinen Kriegszug, sondern verfolgt lediglich sein Ziel einer idealen Welt. Würde er einen Kriegszug führen, würde tatsächlich keiner von uns mehr leben. Asstyx hätte Euch bereits vernichtet und Ka'Ji Neterya. Ich wäre spätestens bei meinem kurzen Zusammentreffen mit Ki'Aja gestorben.«

Iska hatte … Sie wäre … Wie bitte?

Doch Iska ließ ihm keine Zeit, groß über ihre Worte nachzudenken. »Wahrscheinlich plant er einen Kriegszug gegen die Teufel und Erzengel zu führen, um eben jenes Gefängnis gänzlich zu zerstören. Wie Ihr schon erwähntet: Ka'Ji ist kein Teufel. Sie kann die vereinte Weiße und Schwarze Magie nicht zerstören. Aber um jenes zu erreichen, hat es Ki'Aja höchstwahrscheinlich auf die Sechs und die Zwölf abgesehen.«

In der folgenden Stille waren alle Augen auf seine Schwester gerichtet. Derryks Gedanken rasten zu schnell, er bekam keinen zu fassen.

Sybn neigte den Kopf, offensichtlich misstrauisch, und doch faszinierte Iska sie scheinbar, oder vielmehr ihre Magie. Ihre Sehkraft und ihr Wissen. »Weiße und Schwarze Magie neutralisieren sich, wenn sie zusammentreffen. Im Gegensatz zu heller und dunkler Magie. Woher weißt du also, dass deine Halbschwester sein Gefängnis nicht zerstört hat?«

»Eine Theorie ist, dass aus Schwarzer und Weißer Magie Neutralmagie entsteht, ein Mysterium seinerseits.« Iska warf einen Seitenblick zu Skee. Diese lächelte nur kurz. »Neutralmagie war ein Unfall, etwas, das nicht erschaffen wurde, sondern sich selbst erschaffen hat. Daher wäre es möglich, dass Ki'Aja dort gefangen war. Meiner Meinung nach unwahrscheinlich. Ich denke nicht, dass die Teufel etwas dem Zufall überlassen hätten, was Ki'Aja anging. Ich gehe davon aus, dass sie ihre Magien nicht verschmolzen haben, sondern das Gefängnis auf andere Art erschaffen haben. Auf eine Art, die entweder nur sie selbst zerstören können oder eigentlich gar nicht hätte zerstört werden können.«

Rhyja verschränkte die Arme. »Dann bleibt die Frage, wie Ka'Ji ihn befreit hat. Und falls deine Gedanken der Realität entsprechen, ob es das Gefängnis tatsächlich noch gibt.«

»Zum jetzigen Zeitpunkt gibt es kaum noch Überlebende aus Zeiten von Ki'Ajas erstem Angriff, falls es denn überhaupt noch Zeugen gibt«, wandte Lura ein. »Gibt es eventuell noch Überlieferungen aus dieser Zeit?«

Skee fasste sich ans Kinn und dachte nach. »Bevor Ka'Ji vor Jahrhunderten aus Neterya verschwand, verbrachte sie sehr viel Zeit alleine im Archiv. Später haben die Archivwächter einen Raum zwischen den Bereichen Schwarzer Magie und verbotener Ritualmagie gefunden, in denen sie experimentiert hat. Was aus ihren Notizen wurde, weiß ich jedoch nicht.«

»Entweder sie wird sie vernichtet haben oder zu sich geholt haben«, vermutete Iska. Ihr Blick studierte die Karte, die ausgebreitet auf dem Tisch lag und ihr Lager zeigte. Darunter sammelten sich noch weitere Karten, die überdeckt wurden.

»Die Wahrscheinlichkeit ist also gar nicht so gering, dass wir in den dämonischen Archiven Antworten und Hilfe finden.« Königin Fre trommelte mit den Fingern auf dem Tisch herum und warf ihren Vertrauten immer wieder lange Blicke zu.

»Sofern die Archive nicht zerstört wurden«, gab Skee zu bedenken.

Iska hob die Karte an und holte eine Landkarte von Annin-eR hervor. »Und sofern es überhaupt noch einen Weg nach Neterya gibt, nachdem Ki'Aja und Ka'Ji dort einmarschiert sind.«

Derryk beobachtete beide Parteien genau. Iska wartete auf einen Zug der Königin oder ihrer Berater, während sie die Karte absuchte. Ihrer Anspannung nach zu urteilen, überlegte sie, was der beste Weg wäre.

Die Königin diskutierte wortlos mit ihren Vertrauten. Solon Fre, dieser Name war kein unbeschriebenes Blatt. Sie regierte seit zwei Jahrzehnten allein über Sakkar, ohne einen Ehemann oder Thronerben. Ihren Weg zum Thron hatte sie sich selbst geschlagen, mit jedem nötigen Mittel, nachdem der vorherige König ebenfalls keinen Erben hervorgebracht hatte. Nach seinem Tod hatte sie ihre Konkurrenten ausgeschaltet und musste letztendlich von den Beratern des alten Königs akzeptiert werden. Sie wurde von Priestern gekrönt und zur ersten weiblichen Regentin ernannt. Und bis vor wenigen Wochen war ihr Land so stabil wie schon lange nicht mehr gewesen.

Jetzt hatte Solon Fre keine Kontrolle mehr und ihre Armeen waren machtlos gegen die Dämonen und Teufel. Und weshalb auch immer glaubte sie, dass sie ihre Rettung waren. Eine Halbteufelin, eine Dämonin mit Wächterblut, zwei ehemalige Rekruten, eine Raska und ein

Königsmörder. Oder was auch immer er war. Kein Wunder, dass die Königin mit sich rang. Diese Situation war einfach nur absurd.

»Es widerstrebt mir, meine Hoffnung in euch zu legen. Es gibt jedoch keinen anderen, mir bekannten Weg. Daher bitte ich euch, uns zu helfen. Ich muss von Euch, Iska A'Shyr, verlangen, dass Ihr nach Neterya aufbrecht, um in den Archiven nach Antworten zu suchen. Ich denke, Euer Land zurückzugewinnen, liegt ebenfalls genauso in Eurem Interesse, wie es in meinem liegt, meines weiter leben zu sehen.« Königin Fre wandte sich an sie alle. »Ich setze auf eure gesamte Hilfe und weitere Informationen. Ihr könnt euch diese Nacht ausruhen und ihr genießt den Schutz meiner Soldaten sowie mein Vertrauen, doch ich erwarte eure Zusammenarbeit. Gemeinsam kann es uns gelingen, diesen Krieg zu gewinnen.«

Derryk glaubte, dass Iska für sie antworten würde. Seine Schwester hingegen warf ihm einen auffordernden Blick zu. Er biss sich auf die Lippe und blickte weiter zu Lura, Ayin und Luxj. Schließlich erhob Luxj die Stimme.

»Wir freuen uns, in Eure Reihen aufgenommen zu werden und Euch unsere Dienste anzubieten.«

Ayin nickte und verschränkte die Arme vor dem Körper. »Wir hoffen, wir können Euch von Nutzen sein.«

Königin Fres Augen blitzten auf und sie lächelte sanft. »Das werdet ihr. Es liegt in eurem Interesse, euer Volk wiederzusehen sowie es in meinem Interesse ist, in mein Land zurückkehren zu können. Ihr habt die letzten Wochen nicht umsonst überlebt.« Sie wandte sich an Rhyja. »Würdest du ihnen ihre Zelte zeigen?«

Rhyja verneigte sich leicht, wobei einige Haarsträhnen verrutschten und hellbraune Katzenohren zum Vorschein kamen. Doch bevor sie sie aus dem Zelt geleiten konnte, erhob Iska erneut das Wort. »Eine Sache gibt es noch.«

Solon Fre fixierte Iska und forderte sie stumm zum Sprechen auf.

»Wisst Ihr, was mit Eurem Volk geschehen ist, welches Ihr zurücklassen musstet?«

Nervosität machte sich unter den Sakkarern breit. Derryks Herz rutschte ihm in die Hose, als ihm bewusst wurde, worauf seine Schwester hinauswollte.

»Es brauchte uns einige Tage, uns neu zu ordnen, nachdem wir so viele wie möglich evakuiert hatten. Als ich meine Spione erneut nach Sakkar schickte, kam keiner zurück. Und auch unsere Seher konnten nur noch vereinzelt Einwohner finden«, gab Elorion schließlich zu.

Iska deutete auf die drei Königsländer, Elen Laar, Sakkar und Ashari auf einer dritten Karte. »Ka'Ji hat in Ashari ein Ritual durchgeführt, welches Menschen in Chameen verwandelt. Die Wahrscheinlichkeit ist groß, dass das gleiche in den anderen Städten und Ländern geschehen ist.«

Für einen kurzen Moment verrutschte die Maske der kühlen Herrscherin. Tiefer Schock, Trauer und Wut zeigte sich nun auf dem Gesicht der Königin, bis Sybn eine Hand auf die Karte legte, die Iska in der Hand hielt. »Sie haben Menschen in Dämonen verwandelt?«

Iska nickte. »Ich habe ein solches Ritual schon mal beobachtet, vor einem Jahr. Es funktioniert leider wirklich.«

»Wozu braucht Ki'Aja Chameen?« Rhyjas Hand zitterte und sie grub die Krallen in das harte Holz.

Rufuj legte eine Hand auf den Knauf seines Schwertes. »Um eine Armee aufzustellen?« Es war sicherlich der offensichtlichste Gedanke, doch ihnen allen war klar, dass das eigentlich nicht sein konnte.

Iska schüttelte den Kopf. »Er braucht keine Armee. Er hat Ka'Ji, Asstyx und die Ak'Amjen.«

»Du vermutest also etwas anderes?« Sybn beobachtete Iska aus zusammengekniffenen Augen.

»Ich habe noch keine Vermutung. Ich weiß nicht, weshalb er sie erschaffen ließ. Doch um eine Armee zu sammeln, passt nicht. Er könnte einfach seine Dämonen losschicken. Es muss einen anderen Grund haben.« Iska ließ die Karte los und auch Sybn zog ihre Hand zurück.

»Vielleicht findest du auch darauf Antworten im Archiv. Wir werden ebenso schauen, was wir herausfinden können«, beendete Königin Fre das Gespräch. Sie nickte Rhyja zu, sie aus dem Feld zu führen. Derryk spürte die Anspannung der Animeere, als sie um den Tisch trat und sie aufforderte, ihr zu folgen. Skee drängte sich an ihnen vorbei und an Rhyjas Seite. Sie redeten leise miteinander, während sie nacheinander das Zelt verließen.

»Derryk, warte noch einen Moment.«

Wie angewurzelt blieb er stehen, während sein Herz zu rasen begann. Gezwungen lächelnd nickte er seinen Freunden zu, die ihm besorgte und fragende Blicke zuwarfen, bevor sie verschwanden. Er drehte sich wieder zur Königin um. Die aufkommenden Gedanken verdrängte er mit aller Macht.

»Ich weiß von dem Fluch. Mir wurde allerdings versichert, dass er eingedämmt ist. Kann ich mich darauf verlassen?«

Derryk schluckte. Er zwang seine Stimme, selbstsicher zu klingen. »Iska hat mich geheilt. Ich stehe nicht mehr unter seinem Einfluss.«

Die Königin schien zufrieden mit seiner Antwort. »Ich kannte Xerrej nur flüchtig, jedoch ist mir sehr bewusst, dass er seherische Fähigkeiten besaß. Außerdem kannte ich seinen Intellekt. Ich weiß nicht, was er mit dir besprochen hat, konzentriere dich jedoch darauf und nicht auf die Vergangenheit und Selbstmitleid. Konzentriere dich auf deine Aufgaben.«

Er schluckte und vergaß spontan die Kunst des Redens. Wie öffnete man noch mal den Mund? Während der Schock langsam abklang, breitete sich Wärme in ihm aus. Mit ihr kam ein ganz kleines, zerbrechliches Stück Leichtigkeit. Er atmete aus, blickte der Königin in ihre leuchtenden Augen und legte die flache Hand aufs Herz. Sie beobachtete ihn genau. »Ich danke Euch für Euren Rat. Ich werde ihn mir zu Herzen nehmen und danach handeln.«

Ein leichtes, wissendes Lächeln umspielte Solon Fres Lippen. »Hoffen wir's.«

Dann entließ sie ihm mit einem Kopfnicken.

60

Skee

Nachdem die Animeere ihnen ihre zwei Zelte gezeigt hatte, hatte sie Skee beiseitegezogen. Sie lächelte, ihre bernsteinfarbenen Augen blickten etwas distanziert, doch das Lächeln war echt.

»Ich bin froh, dich wiederzusehen. Es freut mich, dass du noch lebst, Skee.«

Sie saßen an einem kleinen Lagerfeuer am Rande des riesigen Lagers. Rhyja hielt ihr eine Feldflasche mit Wasser hin. Erst jetzt fiel Skee auf, dass sie seit langem weder gegessen noch getrunken hatte. Scheinbar existierten weder auf der Insel der beschworenen Dämonen noch in Shabaan richtige Bedürfnisse.

Interessant.

»Ich bin wirklich erleichtert, dass auch du noch lebst. Wie hast du den Angriff überlebt?« Ihre Freude übertraf den stechenden Schmerz in ihrer Brust, sobald sie an den Angriff ihres Vaters dachte. Und an die Zerstörung und die Ermordungen.

Rhyjas Krallen fuhren in die Feldflasche und Wasser tropfte auf den Boden. »Meine Eltern haben meinen Geschwistern und mir Zeit verschafft, um zu fliehen. Ryn, Tryj und ich haben in Sakkar Zuflucht gefunden und uns den Dämonentruppen der Königin angeschlossen. Fyin und Nyis wurden von den Wächtern getötet.«

Skee blickte zu Boden. Bei den Namen überrollten Skee Erinnerungen aus ihrer Kindheit. Sie versetzten ihrem Herz einen Stich. Rhyja, Ryn und sie hatten viel miteinander gespielt und ihren Wald erkundet. Und immer, wenn sie den menschlichen Dörfern zu nahegekommen waren, hatten entweder Rhyjas Eltern oder Skees Mutter sie zurückgeholt. Leider hatten sie nie bemerkt, wo genau ihre Eltern sich im Wald versteckten, um sie zu beobachten …

»Mich überrascht es viel mehr, dass du überlebt hast.«

Langsam nickte Skee. »Ni'ame hatte mich vor den Wächtern gerettet und mit nach Neterya genommen. Die Wächter hatten sich nicht getraut, gegen sie zu kämpfen.«

»Ni'ame? Wirklich? Ich hätte nicht gedacht, dass sie noch mal zu ihrem Geburtsort zurückkehren würde, nach eurem Familienstreit.«

Skee zuckte die Schulter. »Mutter hat mir nie viel davon erzählt und Ni'ame noch weniger. So schlimm konnte es dann doch nicht gewesen sein, wenn sie für ihre Schwester und mich zurückkam.«

Sie unterhielten sich noch eine ganze Zeit, bis der Mond am Himmel stand und Sterne auf sie herabfunkelten. Erst als ihr Feuer fast erlosch, verabschiedeten sie sich für die Nacht. Rhyja versicherte Skee, dass sie sich bald weiter austauschen konnten. Doch die Animeere sah ebenso müde aus, wie Skee sich fühlte. Ihre Augenlider waren während ihres Gespräches immer mal wieder zugefallen.

Sie zogen sich jeweils in ihre Zelte zurück und Rhyja verschwand am anderen Ende des Lagers.

Lura, Ayin und Iska schliefen bereits auf mit Tierfellen bedeckten Pritschen, die im Kreis mittig angeordnet waren. Skee legte sich auf die freie Pritsche neben Iska und Ayin, rollte sich zusammen und schlief augenblicklich ein.

Sie sollten nach Neterya aufbrechen. Noch heute. Das war Solon Fres Befehl, auch wenn sie es als dringende Bitte formuliert hatte.

Nachdem sie wenigstens ausschlafen konnten und ein Sakkarer ihnen etwas zu Essen gebracht und das kleine Versorgungshüttchen gezeigt hatte, wurden sie zur Königin gerufen.

Nach Neterya in die Archive, so schnell wie möglich.

»Wir brauchen diese Informationen. Niemand kann voraussehen, wann vielleicht doch ein Angriff von Ki'Ajas Seite erfolgt.«

Skee musterte die junge Königin. Ihr Gesicht zeigte offen, was sie von diesem Gedanken hielt. Egal wie dringend diese Angelegenheit war, es änderte nichts an folgender Tatsache: Weder sie noch Iska besaßen im Moment die nötige Magie, um einfach so nach Neterya zu reisen und sich im Notfall noch verteidigen zu können.

Das letzte Mal waren sie in der Unterwelt auf Ka'Ji getroffen und sie wussten im Moment nicht, wo sie sich aufhielt. Die Halbteufelin schien sowieso überall den Durchblick zu behalten. Die Wahrscheinlichkeit, dass sie ein weiteres Mal auf sie trafen, war nicht gering. Und der Teleport nach Neterya würde Skee auf ihre Magiereserven reduzieren.

Jedoch wusste sie auch, was auf dem Spiel stand, wie wichtig diese Reise war. In den Archiven musste etwas stehen, irgendwo in den hintersten Ecken, zwischen Totenschädeln und Spinnenweben. Selbst das penibel sauber gehaltene Archiv besaß Ecken, in die die Seher sich nur selten wagten. Oder hatte besessen. Wer wusste, ob es noch existierte.

Iska diskutierte nun schon eine ganze Weile mit Solon Fre. Respektvoll, aber bestimmt. Ihr ging es nicht anders. Die dunklen Schatten unter den Augen, ihre ausgemergelte Gestalt.

Skee knirschte mit den Zähnen. »Wir brauchen noch ein wenig Zeit, um unsere Magie weiter zu regenerieren. Meine Magie reicht noch nicht, um uns nach Neterya und uns beide auch wieder zurück teleportieren zu können. Außerdem müssen wir uns auch verteidigen können.«

»Wir brauchen mindestens eine Woche. Ich zweifle nicht die Fähigkeiten Eurer Seher an, jedoch haben wir unsere Reise beschritten, nicht sie. Bei allem Respekt, wenn ihr unsere Hilfe wollt, lasst uns atmen und regenerieren. Es war ein langer Weg bis hierher.« Langsam verlor Iska die Geduld. Ihre sonst ruhige Stimme bekam einen gereizten, fast schon genervten Unterton.

Beinah grinste Skee. Nicht einmal Ka'Ji oder Iskas Vater war es gelungen, Iska um den Verstand zu bringen, aber die letzte menschliche Königin.

Solon Fres Augen verengten sich und die Königin stellte sich kerzengerade hin. »Eine Woche?«

»Ka'Ji hat Jahrhunderte gebraucht, um Ki'Aja zu befreien. Zu den Teufeln und den zwölf Erzengeln zu gelangen, um sie zu töten, dürfte ähnlich schwer werden. Nachdem die Sechs Ki'Aja verbannt hatten, kam er auch nicht mehr in ihre Dimension, also liegen ihm zwei Steine im Weg.« Skee versuchte die Königin mit einem beschwichtigenden Lächeln zu beruhigen. »Wir brauchen nur eine Woche. Egal wie Ihr es dreht und wendet, da führt kein Weg dran vorbei. Nach dieser Woche kann ich uns teleportieren.

Den Weg zurück finden wir im Archiv.« Ihre Stimme klang ungewollt spitz. Sei's drum. Eine verdammte Woche.

»Wir bereiten bis dahin alles Erforderliche vor«, gab die Königin letztendlich mit scharfer Zunge ihre Zustimmung. »Ich erwarte während dieser Woche dennoch eure Kooperation.«

»Selbstverständlich.« Iska neigte kurz den Kopf, bevor sie Skee zunickte und sie das Kommandozelt verließen. Ein Schatten lag über Iskas sonst so grünen Iriden.

»So ein Ehrgeiz ist tödlich«, murmelte Skee.

Ihre Freundin nickte. »Für wen auch immer.«

Die Woche begann – und verging. Viel, viel zu schnell. Skee spürte zwar, wie sich die Magie in ihrem Innern wieder sammelte, doch die Erschöpfung blieb. Sie saß tief in ihren Knochen.

Ihre Kameraden und sie verbrachten die Woche damit zu essen, zu schlafen, das Lager zu erkunden und sich von Solon Fres Beratern über die vergangenen Geschehen in Sakkar aufklären zu lassen. Eine ähnliche Geschichte wie Ashari. Außerdem erhielten sie neue Kleider.

Mit Lura und Ayin freundete sie sich an, zumindest so weit, dass sie ungehemmt miteinander sprachen. Luxj hielt sich sehr zurück, doch suchte auch er ab und zu das Gespräch mit ihr und Iska.

Und auch Derryk wurde vor allem mit seinen alten Kameraden wieder warm.

Es war eine friedliche, ruhige Woche. Angenehm, fast wie ein Traum. Denn der Beigeschmack ihrer Situation und ihrer Verantwortung hing immer zwischen ihnen.

Und so verging die Woche.

Iska und sie brachen nach Neterya auf. Mit Solon Fre hatten sie sich geeinigt, dass ihre Reise so lange dauerte, wie sie eben dauerte. Sie würden
zurückkehren, wenn sie an Berichte oder alte Texte gelangt waren – oder
spätestens, wenn sie alles abgesucht hatten.

»Lasst euch nicht zu viel Zeit. Wir erwarten euch mit Informationen
und Antworten zurück.«

Skee nickte und nahm Iskas Handgelenk. »Wir geben unser Bestes, frü-
hestmöglich zurückzukommen.« Sie ließ ihre Magie durch ihren Körper
fließen, über ihre Hand zu Iska. Instinktiv wusste die Magie, was sie zu tun
hatte. Sie hüllte ihre Körper ein, setzte sich in ihren Geist und löste beides
im Hier und Jetzt auf. Skee verzog die Gegenwart, die Realität, als würde
sie in Gedanken ihre Krallen in der Luft wetzen.

Bis das Flimmern von Magie und ein sanfter Rotschimmer sie umarmte. Der stechende Geruch des Schwefels kitzelte an dem Minimum ihrer Existenz.

Skee riss die letzten Mauern der Oberwelt nieder und zog ihre Magie in
sich zurück; zuerst aus Iskas Körper, über ihre Hand wieder zu sich und in
das Amulett. Damit setzten sich ihre Körper wieder zusammen. Warum
auch immer, aber sich von Neterya in die Oberwelt oder andersrum zu teleportieren, verlief um einiges einfacher als zwischen zwei Punkten in der
Oberwelt. Außerdem fühlte es sich anders an. Magie folgte schon seltsamen Gesetzen.

Ihr fiel nicht auf, dass sie die Augen geschlossen hielt, bis sie Iska
scharf einatmen hörte. Doch auch ohne die Augen zu öffnen, wusste sie,

wo sie stand. Das Gefühl der Freiheit und das vertraute Prickeln auf der Haut kannte sie.

Ihre Kehle schnürte sich zusammen und Skee schluckte schwer. Sie öffnete die Augen –

Und wäre fast auf die Knie gesunken. Hätte Iska nicht ihren Arm gepackt und sie auf den Beinen gehalten.

Das … das vor ihnen war Asks Hütte. Es sollte die Hütte sein.

»Was bei den Sechs ist hier geschehen«, flüsterte sie und zwang die Kraft in ihre Beine, damit sie sie aufrecht hielten.

Die Hütte schwebte. Wenige Millimeter über den Boden. Wie ein Stillleben. Blut hing in der Luft, wie ein Künstler es an eine Leinwand pinseln würde. Das dunkle Holz der Außenfassade war an mehreren Stellen zersplittert, von Brandlöchern durchzogen und tiefen Krallenspuren übersät. In den Löchern lagen Kadaver, getrocknetes Blut klebte an den Überresten der Wände und dem Boden. Die Kadaver schienen mit der Fassade zu verschmelzen. Schwarze Adern überzogen die Stellen, an denen NakTey, Chameen und unidentifizierbare Dämonen lagen. Das Innere der Hütte war eine Katastrophe aus Glassplittern, bunten Flüssigkeiten und Stofffetzen.

Skees Magen drehte sich und sie taumelte ein paar Schritte zurück. »Was ist hier geschehen?«

Zur Antwort drehte Iska sich lediglich um. Und erstarrte auf der Stelle. Ihr Körper spannte sich an und als sie die Hände zu Fäusten ballte, traten ihre Fingerknochen weiß hervor.

Skee schluckte und zählte innerlich bis drei, um ihr wild schlagendes Herz zu beruhigen. Sie schob alle Gefühle beiseite und drehte sich ruckartig um.

Ein Schauder lief über ihren Körper, als sie Neterya erblickte, die einst riesige, stolze Stadt der Dämonen. Trümmer beschrieben die einzelnen Steine zwischen den ehemaligen Häusern nicht mal ansatzweise. Ein groteskes Bild gab die Großstadt nun ab: In seltsamer Anordnung standen und schwebten die Häuser beieinander, nebeneinander und übereinander. Einzelne Holzdielen und Stofffetzen verbanden die Zwischenräume miteinander.

»Wie ein Skelett«, murmelte Iska. Sie schritt näher an den Rand des Hügels heran und zeichnete die Umrisse der Häuser in der Luft nach. Skee beobachtete ihre Finger und sah es auch. Sie bildeten eine Wirbelsäule mit Rippen, die hinauf zum Schädel führten. Dem einstigen Palast. Er sah wirklich aus wie ein Schädel, verzerrt und verbogen zu einem grotesken Thron. Und mittig am, oder im, Schädel befand sich eine schemenhafte Gestalt, die aus der Ferne nur schwer auszumachen war. Skee verengte die Augen und konnte rote Haut und goldene …

Iska packte sie am Arm und zerrte sie zur Hütte. Aus dem Sichtfeld von Stadt und Palast.

Skee starrte noch immer auf die Stelle, hinter der der einstige Palast verschwunden war. Das konnte doch nicht wahr sein. Bei den Teufeln, wie hatte das geschehen können?!

»Sie hat uns bemerkt«, murmelte Skee. »Sie muss uns bemerkt haben. Meine Magie kann ihr nicht entgangen sein!«

»Wahrscheinlich.« Iska nickte langsam, ihr Gesicht blasser als sonst.

»Wie kann es sein, dass Ka'Ji überall dort ist, wo wir auch sind? Die Insel, der Zirkus und jetzt Neterya?«

Diesmal antwortete Iska nicht.

»Das ist wohl ein schlechter Scherz! Selbst Monate hätten uns nicht gereicht. Sie ist stärker als wir, selbst Akyma und Ifrat hatten Probleme mit ihr!«

»Sie wollte die Insel zerstören, weil du darauf warst. Um mich anzulocken«, sagte Iska. »Im Zirkus hatte sie scheinbar den Dritten Seher und das Mädchen gesucht, warum auch immer. Und hier … Na ja, sie scheint es sich hier heimisch gemacht zu haben.«

Skee schnaubte. Heimisch. Ja. Sehr gemütlich.

»Iska?« Die Halbteufelin wandte ihr ihren Blick zu. »Der Eingang zum Archiv ist direkt bei Ka'Ji, unter dem Palast.«

»Ich weiß.«

»Und das Portal dort ist unser Heimweg.«

Sie nickte grimmig.

»Wir sitzen hier fest.«

»Nein.«

»Nein?«

»Wenn wir keinen anderen Weg in die Archive finden, machen wir uns einen.«

Skee blinzelte ein paar Mal. Die Panik pulsierte mit jedem Herzschlag durch ihren Körper. »Und wie?«

Iska legte ihr eine Hand auf die Schulter und lächelte. Ihre Augen blieben matt. »Ich bin es gewohnt, dass du die Optimistische von uns bist.«

Skee fuhr sich durch die von der Teleportation zerzausten Haare. Sie erwiderte Iskas Lächeln schwach.

»Ich bin erschöpft«, gestand sie.

»Ich weiß.« Mit dem Kopf deutete Iska in Richtung Neterya. »Irgendwann können auch wir uns ausruhen.«

Langsam kletterten sie eine durch die Zerstörung entstandene Nische im Berg neben Asks Hütte herunter. Iska suchte eine geeignete Stelle, um den Boden aufzubrechen und auf diesem Weg ins Archiv zu gelangen. Sie achteten darauf sich außer Sicht des Palastes zu halten, um die kaum existente Möglichkeit auszunutzen, dass Ka'Ji sie doch nicht bemerkt hatte. Magie hing verdichtet in der Luft, wurde dicker, umso tiefer sie kamen. Wie Honig verklebte sie die Lunge.

Es war nur eine Frage der Zeit, bis sich ihr Katz-und-Maus-Spiel zur Jagd wandelte. Und es würde eine kurze Jagd werden. Neterya war zu einem Schrein und einem Thron aus Knochen geworden: ein Schrein für den siebten Teufel und ein Thron Ka'Jis.

Der Rat der Zwölf war nie zimperlich mit ihrer Magie und ihrer Macht umgegangen; so oft es ging, hatten sie sie offen gezeigt. Nichts davon glich dieser Offenbarung. Ka'Jis Magie triefte tiefschwarz, ohne einen Funken Licht darin, ohne die Spur des leuchtenden Rot dunkler Magie. Ihre Schwarze Magie verteilte sich in ganz Neterya, kroch in jede Ecke und jeden Winkel der Unterwelt. Ein Netz aus Spinnenweben, in dem sie sich verfingen und das ihnen langsam den Atem raubte.

Skees Armhärchen stellten sich auf und sie erschauderte. Der Boden verwandelte sich in einen Fleckenteppich aus Blut und Trümmern. Vorsichtig stiegen sie über Steine hinweg und kletterten über Haushälften. Die toten Dämonen, bei deren Anblick Skee immer schnell den Kopf wegdrehte, verschmolzen mit den schwebenden Häusern.

»Die Archive erstrecken sich unter ganz Neterya, richtig?«

Skee zuckte bei Iskas Stimme zusammen. Dann nickte sie. »Unter ganz Neterya, soweit ich weiß.«

Iska kniete sich hin und tastete den Boden ab. Skee sah sich währenddessen nervös um und glaubte, hier und da Schatten zu sehen, die sie beobachteten. Zumindest hoffte sie, dass sie ihrer Einbildung entsprangen. Mit zusammengebissenen Zähnen lief sie um Iska herum. Aus einer höheren Position erhaschte sie sogar einen Blick auf den Palast – oder eher den Schädel.

Und auf Ka'Ji – oder auch nicht. Skee hätte sie gesehen, säße sie noch auf ihren Thron. Sie stolperte zurück, gegen Iska.

»Ka'Ji ist weg.«

Ihre Freundin gefror mitten in der Bewegung. »Weg?«

»Ja. Der Palast ist leer!«

In der nächsten Sekunde stand Iska vor ihr und lugte über die zersplitterten Steine hinweg. Sie fluchte leise.

Skee atmete tief durch und streckte den Rücken durch. »Kannst du sie sehen?«

Ein roter Schimmer umgab Iska, Fäden aus Schwarz und Gold mischten sich darunter. Von hinten konnte Skee das Dritte Auge nicht sehen, jedoch verfolgte Skee den Fluss der Magie um Iskas Körper.

»Nein. Ihre Magie ist überall und ich bin mir sicher, sie kann sich vor seherischer Magie unsichtbar machen. Sonst –«

»Sehr gute Schlussfolgerungen, Schwesterherz. Du hast nur vergessen, dass ich mich in deine seherische Magie einklinken kann.«

Mit einem Aufschrei fuhr Skee herum und rempelte Iska an. Goldene Augen durchbohrten sie, sahen von hoch oben auf sie herab. Mit leichten Schritten stieg sie in der Luft wie eine Treppe hinab, bis sie direkt vor ihnen stand.

»Und natürlich spüre ich Eindringlinge sofort.«

»Ist Neterya dein Werk?« Iskas Stimme glich Ka'Jis, eiskalt und dunkel. Neben sich spürte Skee Iskas Anspannung und stählerne Entschlossenheit.

»Ich habe mir lange ausgemalt, was ich aus der Stadt machen werde. Und ich entschied mich für eine Stelle aus einem Tagebuch, welches ich in den wunderschönen Tiefen des Archivs einmal gefunden hatte: ‚Ich vergaß Zeit und Raum, vergaß das Gefühl von Freiheit und Magie auf meiner Haut, vergaß meinen Körper und meine Seele. Dort, angekettet mit den Ketten meines Geistes und gefesselt durch ewige Fesseln kreuz und quer, waren meine Schreie das einzig dämonische, was mir blieb. Das Teuflische war die unbändige Wut und Hass in meinem Innern, die heranwachsende Lust am Morden und Zerstören. Und eines Tages weckte mich mein eigener Schrei, ein schriller Laut. Und ich sah, wie sie meine Wirbelsäule, Schulterknochen und Schlüsselbeine fein säuberlich vor mir ausbreiteten, zusammenbauten und schließlich meinen Schädel hinzufügten, der ihr Werk vollendete. Blutstropfen auf dem Boden perfektionieren ihr Bild, ihre Studien. Und ich war noch immer die Gefangene meines Geistes, verschmolzen mit dem schlaffen Etwas, das früher mal mein Körper, mein Zuhause gewesen war.'« Ka'Ji breitete die Arme aus und lachte.

Vor Skees Augen drehten sich die Häuser. Sie schüttelte den Kopf, um die Benommenheit abzuschütteln. »Woraus war das?«, flüsterte sie.

»Aus dem Tagebuch der ersten bekannten Tochter einer Teufelin: Thannas' Tochter. Ihre erste und letzte Blutsverwandte. Eine Attraktion unter den Dämonen, eine Seltenheit. Ein Studienobjekt für einen früheren Rat.« Ka'Ji schüttelte den Kopf und fixierte dann Iska. Goldene Schlieren schlängelten sich von ihren Krallen über Finger, Hände und Arme.

Skee rückte ein Stück näher an Iska heran, ihr Amulett erwärmte sich auf ihrer Brust.

»Vergleichst du dich mit ihr?« Iskas ruhige Stimme passte nicht zu ihrem bleichen Gesicht.

»Es kommt mir genauso wenig in den Sinn, mich mit Thannas' Tochter zu vergleichen, wie mich mit Ki'Aja zu vergleichen. Was sie über sich aufgeschrieben hat, ist ein Trauerspiel aus Qual und Grausamkeit.«

Skee hatte noch nie von einer Tochter Thannas' gehört. Sie wusste nur, dass sich zu Ki'Ajas Zeiten, zum Zeitpunkt seines ersten Angriffs, mehrere der Halbteufel auf seine Seite geschlagen hatten. Ein Sohn AkMeys, die Söhne Ifres' und OTeihs. Doch eine Tochter des Lebens?

»Wie kann sie in Vergessenheit geraten sein, wenn es doch Niederschriften über sie gibt?«

Ka'Jis Lächeln wurde grausam. »Es gibt keine Niederschriften. Ihr einziger Lebensbeweis ist ihr Tagebuch mit Schriften über uralte Rituale und Magie, schwärzer noch als die Schwarze Magie. Einzig uns Halbteufeln ist es möglich, es zu lesen. Diese Tochter war eine Meisterin auf dem Gebiet der Magie, schließlich gleichgestellt mit den Teufeln.«

Skees Ohren zuckten bei dem Wort Ritual. Iska spannte sich an. Ka'Ji blickte von Iska zu Skee und wieder zurück. Dann brach sie in Gelächter aus. »Seid ihr interessiert?«

Schwarze Magieschwaden zogen sich in Sekundenschnelle um Ka'Jis zierlichen Körper, umspielten das Gold auf ihren Armen und legten sich wie eine Krone um ihre goldenen Hörner. Lange Tentakel aus Schwarz schlängelten sich zu ihnen und schossen auf sie zu. Iska packte Skee und riss sie zu sich, doch die Magie streifte ihren Körper und hinterließ stechende Schmerzen auf ihrer Haut. Rücklings fielen sie zu Boden.

Ka'Ji stand bereits wieder über ihnen. Die pulsierenden Schmerzen vernebelten Skees Verstand und die Welt drehte sich. Sie hörte Ka'Jis und Iskas Wortabtausch nur dumpf. Ihr Amulett kämpfte gegen die dunklen Adern ihrer Wunden an, mehrere Risse zierten ihren linken Arm und ihre Seite, aus einem langen Schnitt an ihrer Wade floss Blut. Die Magie war nicht eiskalt wie im Zirkus, sie war hungrig und zerstörerisch. Tödlich.

Skee stemmte sich auf alle viere. Unter ihren Händen fühlte sich der Boden hohl an. Sie zögerte nicht lange, führte ihre Magie zu ihren Krallen und ließ sie auf den Boden los. Er gab nach. Iska und sie stürzten mit Trümmern hinunter. Ka'Ji fluchte verärgert, hielt sich jedoch elegant in der Luft.

Sie schlugen auf, spitze Steine bohrten sich in ihren Körper. Skee stöhnte auf. Iska lag keuchend neben ihr, dann rappelte sie sich auf und zog Skee wortlos auf die Beine, weg von dem Loch im Boden, auf das Ka'Ji über ihnen zusteuerte. Tiefer hinein ins Archiv.

Warmes Blut lief ihre Seiten herunter, während ihre Glieder bei jedem Schritt aufschrien. Doch sie hechtete Iska hinterher. Zwischen umgefallenen Regalen hindurch, über Bücher und Artefakte hinweg. Über die Leichen der Archivwächter.

»Glaubst du, das Tagebuch ist hier unten?«, keuchte sie, als Iska hinter einem Regal zum Stehen kam und sich an einen Tisch lehnte. Blut lief ihre Schläfe hinunter.

»Nein«, gab sie ebenso außer Atem zurück. »Sie wird es selbst haben. Wir müssen hier einfach raus. Ka'Ji will uns beide töten.«

Offensichtlich. Skee biss sich auf die Zunge und lugte hinter das Regal.

Schatten sprangen ihr entgegen und erwischten sie an der Wange, bevor sie mit einem Aufschrei zurückwich. Goldene Fäden pulsierten in der Dunkelheit.

Skee fasste an ihr Amulett und riss an der blauen Magie darin, griff direkt auf ihre altbekannte Magie zurück: der schmale Grat zwischen Leben und Tod der Seelen. Seelenmagie in ihrer natürlichen Form. Ein Geschöpf aus Löwe, Greif und Schlange sprang aus dem Aquamarin hervor. Eine bestimmte Brut der Chimären, die Magie erspüren konnten.

»Ritualmagie, ein Portal!«, befahl sie und das blinde Wesen rannte sofort los. Mit großen Sätzen sprang es durch die eingestürzten Gänge, sodass Skee und Iska kaum mithalten konnten.

Hinter ihnen krachten Regale und zersplitterten. Der Geruch von Tinte stieg in ihre Nase und benebelte ihre Sinne. Die Welt verschwamm, das Geschöpf nur noch ein kleiner Punkt in der Ferne. Skee stieß gegen etwas am Boden und stolperte gegen ein Regal.

»Skee!« Iskas Schrei durchbohrte ihren Kopf und im nächsten Moment wurde ihr Körper durchgeschüttelt. Die grünen Augen ihres Gegenübers waren trüb, Blut lief wie Tränen über das Gesicht.

Skee schreckte hoch.

»Weiter!« Iska hob sie auf die wackeligen Beine und trieb sie zum Rennen an.

Doch das Archiv war riesig. Ein Irrgarten ohne Ende, ein reines Labyrinth des Todes. Wie sollten sie hier rauskommen? Wie bei den Sechs sollten sie Ka'Ji entkommen, sie spielte doch nur mit ihnen!

Erneut wurde sie von den Füßen gerissen. Schmierige Fäden hielten sie fest, schnitten sich in ihre Haut und ihre Magie. Das Seelengeschöpf zersprang.

Krallen legten sich um ihre Kehle und fixierten sie an Ort und Stelle. Bei jedem Atemzug stachen sie in die dünne Haut.

Ihr Blick klärte sich und sie sah Iska in dem neuen, blutroten Gewand mit blassroter Haut und goldenen Krallen ihr gegenüber. Gekrümmt stand sie da, die Augen aufgerissen, die gefühllose Maske zerstört.

So hatte das Mädchen von früher wohl ausgesehen, die Waise von den Straßen. Ein leicht wässriger Blick, krumm und ängstlich. Außer Atem, müde.

»Eure Zeit ist vorbei. Und mit euch geht diese Welt zugrunde. Ein törichter, wenn auch mutiger Versuch schlägt fehl, Iska. Ihr habt verloren.« Ka'Ji zwang Skee auf die Knie. Sie sah die Halbteufelin nicht hinter sich, doch ihre Stimme erklang direkt über ihr. Skee keuchte, kämpfte gegen die Schwarze Magie um sie herum. Doch auch sie verlor.

Die Magie tat gar nicht weh auf der Hand.

»Ka'Ji!« Von irgendwo erklang Iskas Stimme, erstickt und ertränkt.

Kälte breitete sich von ihren Herzen aus und mit ihr ein dumpfer Schmerz. Ihr Amulett verstummte.

Skee senkte den Blick und Ka'Jis Krallen ließen sie gewähren.

Rot. Nicht so rot wie der Himmel über Neterya einst gewesen war, etwas heller. Es tropfte.

Skee hustete. Das Rot spritzte auf ihre Hände. Ein Dolch ragte aus ihrer Brust, aus ihrem Herzen. Mit zittrigen Händen berührte sie die eiserne Spitze. Die Dunkelheit darin lähmte sie.

»Skee!« Der Schrei durchbrach die Stille, ein letztes Mal.

Sie hob den Blick und lächelte Iska an, bevor erneut Husten ihren Körper durchschüttelte. Der Schmerz ließ sie zusammenzucken.

»Kehre … zurück, Iska.« Ihre Worte waren kaum mehr als ein Flüstern. Doch mit ihnen zwang sie ihren letzten Hauch in ihr Amulett, belebte es für einen kraftvollen Schlag wieder.

Iska stürzte auf sie zu, eine Hand nach ihr ausgestreckt und die auf sie einfallenden schwarzen Schwaden ignorierend. Bevor sie sie jedoch erreichte, hüllte ein leuchtendes Licht Iska ein, so blau wie der strahlende Himmel.

Und ihre einzige Freundin verschwand.

Die Krallen zerfetzten ihre Kehle, als eine ungewohnte Schwärze Skee einnahm.

»Ihr habt verloren, Skee. Und du hast deine kurzen Momente in Freiheit verschwendet.«

Damit entließ Ka'Ji sie in die Dunkelheit.

Sie war dunkler, als sie erwartet hatte.

61

Iska

Sie fiel auf staubigen Boden. Da waren keine Bücher und Regale mehr. Keine spitzen Trümmer, die in ihre Handflächen schnitten. Stattdessen packten ihre Hände staubige Blätter und Moos.

»Nein.« Ihre Stimme wurde von den Winden mitgerissen. Ihre Hände zitterten, als sie die Handflächen nach oben drehten. Das zarte Rot war verschwunden und wurde von dunklen Sprenkeln und rotbraunen Schnitten abgelöst.

»Nein!«

Sie war nicht mehr in Neterya. Skee hatte sie teleportiert, fort von Ka'Ji. Fort von ihr.

Fort ... Skee. Ka'Ji hatte – nein – war das wirklich geschehen?

Sie hatte den Dolch in den Händen ihrer Halbschwester gesehen. Suruhs Dolch. Die ausströmende Schwarze Magie hatte wie Gift gewirkt, sie benebelt und verlangsamt.

»Skee!«

Ka'Ji hatte ihre Drohung wahr gemacht. Und sie hatten nicht die geringste Chance gehabt. Das war Wahnsinn, das alles. Der reinste Wahnsinn.

Tränen fielen auf ihre Hände und den Boden, nässten ihre Wangen und ließen ihre Augen brennen. Ihre Kehle schnürte sich zusammen.

Sie hatten keine Chance.

Sie schloss die Augen und sah Skee vor sich, den Dolch in der Brust. Ka'Ji hinter ihr, die goldenen Augen grausam und unbarmherzig. Ob es ihr jemals um die Familie gegangen war?

»Steh auf, Iska.«

Sie zuckte zusammen und ihr Kopf schnellte hoch. Die Welt verschwamm zu Farbklecksen und Schemen, aus denen sich zwei dunkle, übergroße Gestalten hervorhoben. Sie schüttelte den Kopf, um ihre Gedanken und Blick zu klären.

Akyma und Ifrat standen in den Schatten der umstehenden Bäume. Sie blickten Iska mit ihren dunklen Augen an, hart und mitleidlos.

»Was tut ihr hier?«, fragte sie mit rauer Stimme.

»Unsere Überlebensstrategie ignorieren«, brummte Ifrat. Seine Flügel raschelten, als er sich gegen einen Baum lehnte und die Arme vor der Brust verschränkte. In schwarz geschriebene Zeichen säumten seine Muskeln, Symbole und Worte in der Alten Sprache, wenn Iska sie richtig deutete.

»Wenn euch tatsächlich euer Überleben am wichtigsten wäre, hättet ihr mir nach dem ersten Mal nicht mehr geholfen.«

»Vielleicht setzt man nach einer solch langen Lebenszeit nicht mehr unbedingt aufs Überleben«, entgegnete Akyma. »Außerdem sind wir wirklich interessiert daran, wie weit du und deine kleine Gruppe kommt.«

Meine kleine Gruppe ... Warte ...!

Sie drehte den Kopf. Ein Bild der Verwüstung begrüßte sie, Zeltfetzen, Holzsplitter und Leichen schmückten die Lichtung. Ihr Blick zuckte von Baum zu Baum. Blut klebte an den Stämmen, Schwerter lagen auf den aufgewühlten Wurzeln. Gras und Laub war plattgetreten worden, teilweise in

die Erde eingebrannt. Viele kleine Hand- und Fußabdrücke dicht nebeneinander, vierbeinige Dämonen. Große, tiefe Krallenabdrücke, bestehend aus
drei Einkerbungen.

»Er war hier«, flüsterte sie.

»Das war gar nicht nötig. Deine Halbschwester mag von Magie nur so
strotzen, doch im Krieg gibt es tatsächlich nur einen Halbteufel, der in dieser Art effizient ist. Asstyx ist der Einzige, der alleine gegen deine
Schwester in einem Kampf gewinnen könnte.«

Asstyx … Der Name klang in ihren Gedanken nach. Sie wischte sich
die Tränen aus den Augen und stand auf.

Ihr Drittes Auge offenbarte eine vor Kraft strotzende Gestalt in der
Größe der AkMey-Zwillinge. Ein Gefühl der Panik stieg in ihr auf.

Eine Gestalt, die mit einem Schwerthieb Hunderte zu Fall brachte, Tausende mit einem Doppelschwert.

»Wart ihr dabei?«

Ifrat stieß ein Schwert mir dem Fuß an, dessen Klinge sauber in zwei
geteilt wurde. »Nein, wir sind selbst erst vor ein paar Minuten hier einge-
troffen. Haben zu spät von dem Angriff mitbekommen.«

»Aber wir kennen Asstyx und seine Strategien. Das war definitiv er«,
fügte Akyma hinzu.

Iska fuhr mit den Fingern über die Spuren am Boden. Ak'Amjen und
Chameen.

Iska schloss die Augen und sah sich mit ihrem Dritten Auge um.
Asstyx' Magie war … farblos. Als wäre sie gar nicht da, als hätte er das
mit bloßer Kraft getan. Was gar nicht mal so abwegig war. Rote Fäden zogen sich neben dieser brutalen Stärke in einem organisierten Netz über die

gesamte Lichtung, darin waren Rituale eingewebt, Orte und Richtungen in der Alten Sprache.

»Sie kämpfen am Blutsee.« Akymas Stimme holte sie in die Realität zurück und sie öffnete die Augen. Er klang ernst. »Die menschliche Königin ist nicht dumm. Sie hatte einen Evakuierungsplan für die Überlebenden. Ihre Alchemisten haben Teleportationsrituale gewebt. Asstyx und seine Dämonen sind ihnen gefolgt.«

»Asstyx und Ak'Amjen? Wäre er allein nicht schon genug?«

Akyma grinste. »Natürlich. Hätte er allerdings vorgehabt, einfach alle zu töten, wäre er alleine gekommen und hätte komplett Annin-eR mit einem Streich von den Landkarten gefegt.«

»Die Ak'Amjen und Chameen …«, murmelte Iska zu sich. Erstere konnten Lebewesen kontrollieren, zweitere … Ja, wie passten die Chameen in das Ganze? Sie mussten eine Rolle spielen, wenn Ka'Ji sie extra erschaffen hat. Und sie bei dem Überfall dabei waren. Und sich nun mit allen anderen am Blutsee befanden. »Haben sie sie absichtlich zum Blutsee gejagt?«

Akyma hob eine Augenbraue. »Absichtlich?«

Iska erzählte den Brüdern die Kurzform der Rituale. »Könnten sie etwas mit Ki'Aja zu tun haben?«

Akyma wechselte einen besorgten Blick mit Ifrat. »Ka'Ji dient ihm. Diese Möglichkeit ist also gar nicht unwahrscheinlich.«

»Wir müssen zum Blutsee!« Iska sprang auf die Beine.

»Und dann?« Akymas Stimme ließ Iska innehalten.

»Was und dann?«

»Was ist dein Plan?«

Ifrat verdrehte die Augen. »Worauf mein werter Bruder eigentlich hinauswill, ist, dass es uns als Halbteufel möglich ist, unser teuflisches Elternteil herbeizubeschwören.«

»Eine Beschwörung?«

»Wenn wir so richtig Lust auf Ärger haben, ja. Sobald ein Teufel diese Welt betritt, folgen augenblicklich alle anderen, ebenso wie die Erzengel. Eine Art … Grauzone ihres Vertrages.«

Iska riss die Augen auf, räusperte sich gleich darauf jedoch. Sich selbst ermahnend schüttelte sie den Kopf. »Wir könnten sie mit Ka'Ji, Asstyx und Ki'Aja konfrontieren.«

»Sofern die Teufel keinen Grund hatten, bis jetzt nicht einzugreifen«, kommentierte Ifrat in einem viel zu fröhlichen Ton.

»Was meinst du?« Eine eiskalte Vorahnung nagte an ihr.

»Hattest du seit Ki'Ajas Rückkehr Kontakt zu Suruh?«

Ihr Mund wurde trocken und sie schüttelte den Kopf.

»Wir haben versucht, Antworten von AkMey zu erhalten. Aber er antwortet nicht.«

»Die Teufel halten sich absichtlich zurück«, sprach Akyma aus.

»Sie – sie überlassen diese Welt absichtlich Ki'Aja?«

»Für uns hat es diesen Anschein.«

»Aber warum? Das letzte Mal haben sie doch genau dafür gekämpft, dass er diese Welt eben nicht bekommt!«

»Sie verheimlichen uns irgendwas. Wir haben versucht, es herauszufinden, finden jedoch nichts.«

Iska biss die Zähne zusammen. Das konnte doch nicht wahr sein. Aber es ergab Sinn. Wenn die Teufel einen Grund hatten, sich vor Ki'Aja zurückzuziehen, standen ihre Chancen um einigen schlechter, als sie ohnehin schon dachte. Dann bestand ihre einzige Möglichkeit tatsächlich aus alten Überlieferungen. Und eventuell dem Tagebuch der ersten Halbteufelin.

Oder …

»Also wenn wir davon ausgehen, dass die Ka'Ji die Chameen für Ki'Aja erschaffen hat und sie sich jetzt am Blutsee befinden, wird Ki'Aja dort vermutlich auch früher oder später auftauchen. Und wenn ihr dann AkMey beschwört …«

Akyma und Ifrat grinsten.

Sie beeilten sich, das Teleportationsritual zum Blutsee nachzubauen, um schnell ebenfalls zum Blutsee zu kommen. Ein fremder Schrei empfing sie und sie schlug die Augen auf. Farben prasselten auf sie ein. Dunkles Grün und ein strahlend blauer Himmel. Doch vor allem aufblitzendes Silber und leuchtendes Rot, das die Lichtung in ein groteskes Bild verwandelte. Ein sanfter, roter Schimmer im aufgewühlten Wasser. Die Sonne, die ein dunkles Rot in den Tiefen des Wassers schimmern ließ.

Der Blutsee wogte in ruhigen Wellen vor ihr. Heisere Schreie schallten über das Wasser, krachend knallte Metall auf Metall und kämpfte gegen ein übernatürlich lautes Klingeln an.

Jemand stolperte an ihr vorbei, fiel und landete neben ihr. Die Augen starrten leblos in die Ferne.

Iska blickte von der Leiche auf.

Überall blitzten Schwerter und rote Schwaden von Magie. Überall, wo sie hinsah, wurde gekämpft. Menschen gegen Dämonen, Menschen gegen Menschen, Dämonen gegen Dämonen.

Der Blutsee leuchtete.

Eine Hand packte ihre Schulter und stellte sie auf. Wackelig stand sie auf den Beinen, neben ihr Akyma und Ifrat. Sie konnte sich an diese Art Teleportation einfach nicht gewöhnen.

»Wir –« Eine Klinge bohrte sich mühelos in Ifrats Schulter und schleuderte ihn von den Füßen. Er schlug auf dem Wasser auf.

»So schnell sieht man sich wieder, Akyma.« Eine fremde Stimme.

Iska wirbelte herum. Eine hochgewachsene Gestalt, noch muskulöser als die Zwillinge, schlenderte auf sie zu, eine Hand lässig in der Hosentasche, mit der anderen hielt er locker ein Schwert. Ein breites Grinsen zeichnete sich auf seinem Gesicht ab, das halb von Strähnen bedeckt wurde.

Akyma neben ihr knurrte und Muskeln spannten sich an. »Asstyx. Welch Freude.« Schatten überzogen seine Gestalt und tropften an seinen Händen zähflüssig zu Boden.

Asstyx' Blick fiel auf sie. Sein Grinsen wurde breiter. »Da bist du ja. Ka'Ji hat sich schon gefragt, wann du hier auftauchen würdest. Und noch nicht zu spät für das glorreiche Finale.«

Ihr Herz setzte einen Schlag aus. Ihr Blick glitt hektisch zwischen den Kämpfenden umher, doch im chaotischen Getümmel entdeckte sie nicht, wovon er sprach.

Ifrat riss sich den Speer aus der Schulter. »Kannst du zurückhaben«, brummte er und warf ihn zurück auf Asstyx. Mit einem Handwisch wehrte dieser die Waffe ab und sie flog in einen Baum und blieb dort stecken. »Wir müssen Ka'Ji und den Bastard ausschalten.«

»Suche du Ka'Ji, wir übernehmen Asstyx und die Beschwörung unseres Alten. Ein Teufel reicht, um die Hölle auf Erden zu entfachen.« Damit stürzten sich beide auf den Halbteufel. Iska blieb keine Zeit zu antworten, sie nickte dennoch. Dann zog sie sich ihre Magie wie einen Umhang über und rannte los.

Kein Vertrauen ohne Verrat

62

Derryk

»Derryk!« Er riss den Kopf herum, doch nicht ohne vorher dem NakTey das Schwert in die Brust zu stoßen. Eine kleine Gestalt rannte auf ihn zu. Ihm fiel ein Stein vom Herzen. Sie lebte!

»Iska! Verdammt.« Er zog seine Schwester in eine flüchtige Umarmung. Sie erwiderte diese sogar. »Habt ihr etwas gefunden?« Dabei blickte hinter sie. Skee fehlte. Normalerweise entfernte sie sich doch keine zwei Schritte von Iska. »Wo ist …?«

Erst jetzt fiel ihm das unnatürliche Glitzern in ihren Augen auf. Ihr Gesicht war kreidebleich, die Lippen nur zwei schmale Linien. »Wir sind auf Ka'Ji getroffen.« Ihre Stimme war kaum mehr als ein Flüstern, erstickt von zurückgehaltenen Tränen.

Derryks Finger schlossen sich fester um den Griff seines Schwertes. »Wie kann das sein?«

Iska wandte den Blick ab und ließ die Frage unbeantwortet. Sie drehte sich dreimal im Kreis, die Augen komplett auf das Chaos um sie herum fokussiert.

»Was suchst du?«

»Ka'Ji.«

Derryk versuchte, ihrem Blick zu folgen. Bevor er sich jedoch auch nur umgedreht hatte, sprang ihn etwas Graues von vorne an. Die Wucht des knochigen Körpers warf ihn fast auf Iska. Ihr Arm schnellte nach vorne, zog an seinem Ärmel und er stolperte an ihre Seite. Sie grub die goldenen

Krallen in die knochige Schulter der Chameere. Mit einem ohrenbetäubenden Kreischen zerfiel ihr Körper nach und nach. Noch lange nachdem Iska ihre Hand zurückgezogen hatte, wandte es sich quiekend und um sich schlagend vor ihren Füßen, bis dort nur noch ein Häufchen Asche übrig blieb. Verdutzt blickte Derryk auf den Boden und zu seiner Schwester zurück. Sie hielt noch immer seinen Arm. Mit einer Kälte in den Augen, die er noch nie zuvor an ihr gesehen hatte, schritt sie voran, stampfte auf die Asche und zog ihn mit.

»Wir haben Ka'Ji nicht gesehen. Sie war noch nicht hier«, rief er ihr über den Lärm zu.

Ruckartig blieb sie stehen, sodass er diesmal tatsächlich in ihre Schulter rannte. »Was?«

»Dieser andere Halbteufel, Asstyx, hat den Angriff geleitet. Ka'Ji hat sich genauso wenig gezeigt wie Ki'Aja.« Den Erzengeln sei Dank. Sonst wären sie jetzt gar nicht hier.«

Iska knirschte mit den Zähnen. »Asstyx hat gesagt, sie sei hier.«

Ein älterer Mann stürmte auf sie zu, das Schwert über den Kopf erhoben, die Lippen wie zu einem stummen Schrei geöffnet. Pfeile durchbohrten seinen Leib. Die leblosen Augen starrten direkt Derryk an. Er biss die Zähne zusammen, als er das Schwert hob, unter dem schlaffen Angriff des Sakkarer wegtauchte und ihm einen tiefen Schnitt über Bauch und Brust versetzte. Die Gedankenmanipulation der Ak'Amjen hielt selbst nach dem Tod an, solange der Betroffene noch irgendwie laufen konnte. Solange die Leichen intakt genug waren, konnten die Ak'Amjen sie wie Marionetten benutzen. Als der Mann sich wieder zu Derryk umdrehte, unbeeindruckt von dem klaffenden Loch in seinem Bauch, reagierte Derryk zuerst. Er sprang vorwärts und stieß sein Schwert frontal durch den Körper des Toten, direkt durch seine Wirbelsäule. Der Mann fiel, ohne wieder aufzustehen. Er verfolgte den Weg des Mannes mit den Augen zurück, zwang die Bilder der Kämpfenden und Sterbenden aus seinem Sichtfeld und wurde von vielen kleinen, grausamen Augenpaaren begrüßt. Solchen, die ihm direkt in die Seele starrten und sich dort einnisteten. Unwillkürlich bewegte er sich zurück. Er trat auf irgendetwas.

Diese verdammten tierähnlichen Dämonen hatten mitsamt dem Halbteufel und einer Flut an Chameen ihr Lager überfallen und Hunderte schon vor Ort getötet. Und gegen sie gewandt. Auf vier langen Beinen schlichen sie mit befingerten Händen und Füßen umher, meist in den Schatten. Den Kranz an Augen um ihren Kopf immer auf mehrere Menschen gerichtet.

»Ka'Ji soll hier sein? Weshalb hat sie sich dann noch nicht gezeigt?« Tiefschwarze Schatten sprangen in sein Sichtfeld und verschluckten den Ak'Amjen, dann zogen sie sich wieder zurück. Faulig grünes Blut befleckte die Stelle, an der der Dämon eben noch gestanden hatte. Mehr blieb nicht von ihm übrig.

Schleichend kehrte der Tod zu Iska neben ihm zurück. Geistesabwesend streichelte sie über die nicht-existierende Gestalt des Schattens. Derryk starrte sie nur an; sie und ihren Diener. Sollte es ihm Sorgen bereiten? Angst machen?

Vielleicht. Stattdessen fiel ihm ein Stein vom Herzen und ein Lächeln umspielte seine gerissenen Lippen.

Weiter vorne erspähte er Luxj und Ayin, die Rücken an Rücken Dämonen niederstreckten und noch weiter in der Ferne hockte Lura auf einem Ast und schoss zielsicher Pfeile auf streunende Ak'Amjen. Immer in die

Augen. Werden die Augen verletzt, bricht ihre Kontrolle. Zumindest hatte Sybn ihnen das zugerufen, bevor eine Welle von Asstyx' Armee sie mitsamt Solon Fre und ihren Soldaten weggerissen hatte. Er wusste nicht, wohin sie gezerrt worden waren oder ob sie noch lebten. Doch mittlerweile kämpften sie an der sakkarer Grenze zum Blutsee, ebenso wie an Asharis Grenze. Vermutlich beteiligten sich sogar die übrig gebliebenen Shareji.

»Weil sie etwas vorhat. Etwas, um Ki'Aja zu helfen.«

Derryk hielt inne. Sie verloren schon gegen Asstyx haushoch, Ka'Ji und Ki'Aja würden eine Katastrophe bedeuten.

»Was meinst du mit ,helfen'?«

»Ich weiß es nicht. Ihn stärken oder was auch immer. Ich will es nicht herausfinden!« Iska biss die Zähne zusammen und suchte die Lichtung ab. »Ich habe Akyma und Ifrat getroffen, AkMeys Söhne. Sie lenken Asstyx ab, aber ich muss Ka'Ji finden. Sie werden AkMey herholen.«

Derryk verlor den Griff um sein Schwert, nur um es ungeschickt wieder aufzufangen. »Bitte was?!«

»Wir müssen unbedingt verhindern, was auch immer Ka'Ji vorhat. Ki'Aja hat sich sicherlich nicht freiwillig bis jetzt zurückgehalten. Er darf auf gar keinen Fall zu seiner früheren Stärke wiederfinden. Die Teufel dürfen unsere Welt nicht betreten, doch wir können sie scheinbar beschwören, eine Grauzone in ihrem Vertrag. Einem Teufel werden die anderen folgen und die Erzengel werden sie nicht alleine auf der Welt weilen lassen.«

Derryk verstand. »Ihr wollt, dass sie das Ritual wiederholen.« Iska nickte. »Wir müssen es versuchen.« Aus ihren Händen tropfte Schwärze, die zu einem zweiten, hungrigen Geist des Todes zusammenfloss. Sie schickte das Biest auf eine lauernde Gruppe, die Luxj und Ayin ins Visier nahm. Der Erste blieb nahe an ihrer Seite.

Derryk packte Iskas Arm und blickte ihr in die Augen. »Und was ist mit dem Grund, weshalb sie noch nicht eingegriffen haben? Was ist, wenn es schiefgeht?«

»Dann verlieren wir den Kampf und eventuell den Krieg.« Sie wollte noch etwas hinzufügen, doch es wurde schlagartig still um sie herum. Feuer breiteten sich in genau berechneten Bahnen aus, in bestimmten Abständen zogen sie Kreise und Linien bis hin zum Ufer des Blutsees.

»Bei allen – was ist das?«, flüsterte Derryk. Schwarze Flammen prallten auf Rote und Orangene, ohne sich zu vermischen. Am Waldrand standen in gewissen Abständen Bäume in Flammen. Die Feuer verbrannten nicht, wen sie berührten.

»Rituelle Flammen«, hauchte Iska, Panik breitete sich in ihrer Stimme aus.

Derryks Herz setzte einen Schlag aus. Mit den Augen folgte er den Wegen der Flammen. Am Ufer, unweit von ihm und Iska, schwebte Ka'Ji knapp über dem Boden. Ihren Körper umgaben schwarze und rote Nebel, als brannte die Luft um sie herum.

»Wir müssen sie aufhalten!« Iska riss sich aus seinem Griff los und rannte nach vorne, blind für die Gefahr, die ein direkter Kampf für sie bedeutete.

Geistesgegenwärtig folgte Derryk ihr und stoppte sie, als er sie eingeholt hatte. »Warte, verdammt!« Ein Chor aus hohen, schmerzerfüllten Schreien erhob sich. Neben ihnen ging eine Chameere in Flammen auf, das schwarze Feuer verbrannte ihren Körper in Sekunden. Derryk zuckte zurück.

»Was tust du?«, fuhr Iska ihn an, im Schwarz ihrer Iriden funkelten goldene Sprenkel.

»Du kannst sie nicht einfach überwältigen, das hast du selbst doch schon Hunderte Male gesagt! Du musst sie ablenken und hoffen, dass deine Halbteufel-Freunde ihre Aufgabe rechtzeitig erfüllen«, zischte Derryk zurück, in der Hoffnung, weit genug entfernt von Ka'Ji zu sein.

Natürlich hätte er sich die Hoffnung sparen können.

Iska knirschte mit den Zähnen, wandte den Blick von ihm zu Ka'Ji. Die Halbteufelin erwiderte ihn mit einem Grinsen auf den Lippen.

»Sie wusste die ganze Zeit, wo wir waren«, fluchte Iska.

»Natür-« Derryk riss sein Schwert hoch, als eine lange, dreigliedrige Klaue auf ihn herabsauste. Das Vieh war aus dem Nichts aufgetaucht. Er parierte den Angriff, das Metall schrie, als es auf die scharfen Krallen des Ak'Amjen traf. Der Sog seiner Magie zog an Derryk und er musste sich anstrengen, dem Dämon nicht in die Augen zu blicken.

»Iska!« Doch als er einen Blick über die Schulter riskierte, blieb ihm der Rest seiner Worte im Hals stecken. Iska verteidigte sich gegen einen Ansturm aus verschiedenen Dämonen, die sie zurückdrängte. Sie kam mit ihrer Magie nicht hinterher. Gelächter übertönte das Geschrei der sterbenden Chameen und angreifenden Dämonen, höhnisches, erfreutes Lachen. Ka'Ji jagte die Dämonen auf sie, natürlich. Sie musste sie überhaupt nicht selbst angreifen.

Flammen schossen an ihm vorbei, eiskalt und scharf wie eine Klinge. Sie schlossen sich den schon bestehenden rituellen Flammen an.

Der Ak'Amjen drängte Derryk zurück. Sein Knie knickte ein. Doch bevor er rücklings auf dem Boden aufkam, schutzlos dem Dämon ausgeliefert, rollte er sich blitzschnell ab und sprang sofort wieder auf die Beine. Als wäre er besessen, tauchte er unter einem weiteren Angriff hinweg und stieß in einer flüssigen Bewegung dem Ak'Amjen sein Schwert einmal quer durch den Körper. Das Vieh brach zusammen.

Derryk strauchelte und schnappte nach Luft, während er zuerst ungläubig sein Schwert betrachtete, bevor er einem weiteren Dämon ausweichen musste.

Und irgendwo, weit hinten in seinem Bewusstsein, meinte er die verächtlichen Worte »Ich kann dieses Weib wirklich nicht ausstehen. Und diese Dämonen noch weniger« zu hören. Allerdings hatte er keine Zeit, sich darüber Gedanken zu machen. Doch bevor er sich auf den nächsten Dämon werfen konnte, um Iska zu helfen, legte sich eine Hand mit messerscharfen Krallen um seinen Nacken und hob ihn in die Luft. Die Spitzen gruben sich in seinen Hals. Tränen brannten in seinen Augen, als er den Boden unter den Füßen verlor und das Schwert klirrend auf dem Boden landete. Die Luft vibrierte. Sein Kopf pochte und Blut dröhnte in seinen Ohren. Als er seine Augen aufzwang, blickte er zuerst in Iskas entfernte, aufgerissene Augen. Dann stahl sich flüssiges Gold in sein Sichtfeld, bevor die Welt für eine Sekunde schwarz wurde – dann sah er den rötlichen Schimmer des Blutsees unter sich. Er zappelte einige Meter über dem brodelnden Wasser.

»Ach Iska, habe ich dich nicht gewarnt?«, rief eine ruhige Stimme neben ihm. Er versuchte, die Hand an seinem Hals zu fassen zu bekommen. Doch sobald er auch nur in die Nähe kam, fing seine Hand vor Schmerzen

Feuer. Mit einem Aufschrei zog er die Hände zurück. Tränen verwischten seine Sicht. Er spürte Ka'Jis missbilligenden Blick auf sich. Iskas Antwort hörte er nicht.

»Du hättest mein Angebot annehmen sollen.« Jetzt war Ka'Jis Stimme gefährlich leise. In Derryks Ohren hallten die Worte wie ein Schrei wider. »Das ist deine Schuld, Schwester. Ein zweites Leben auf deinem Gewissen.« Der Druck auf seinem Kopf verschwand schlagartig und er fühlte sich, als würde er in der Luft schweben. Die Zeit blieb für wenige Sekunden stehen.

Dann fiel er.

Die Hitze des Wassers unter ihm trieb ihm weitere Tränen in die Augen. Er sah gerade noch einen Riss aus geballter Dunkelheit an Land, aus dem eine noch dunklere Gestalt stieg.

Dann fing das rötliche Wasser ihn auf.

Es war heiß. Doch er spürte die Hitze nur aus der Ferne. Als könnte sie ihn nicht wirklich erreichen.

Das Wasser zog ihn von der süßen Luft weiter in die Tiefen des Wassers. Er presste die Handballen an seine Schläfen, und neben weiteren Luftbläschen entwichen auch stumpfe Schreie über seine Lippen. Rot und Schwarz tanzten vor seinen Augen. Um ihn herum war nichts. Hier schwammen keine Fische, hier war einfach nur nichts. Verzweifelt wollte er einatmen, spülte seinen Mund jedoch nur mit dem süß-salzigen Geschmack des Wassers. Langsam färbten sich seine Sichtränder schwarz.

Was bei allen Sieben tust du? Eine Stimme floss zäh durch seinen Geist.

Was willst du? Sein Körper bäumte sich auf und zuckte unkontrolliert, als er atmen wollte, doch auf Widerstand in seinen Lungen stieß.

Nichts, was du mir geben könntest.

Und was machst du dann hier?

Dir beim Sterben zusehen, wie es aussieht. Ich hatte mir den Anblick spaßiger vorgestellt.

Derryk schloss die Augen, aus seinem Körper wich jegliche Kraft. *Spar's dir.*

Armer Junge. Du flehst ja nicht einmal um Hilfe und Rettung.

Was für Hilfe? Deine? Eine schemenhafte Gestalt erschien vor ihm, klein und schmächtig. Der Umriss kam näher und listige, farblose Augen starrten ihn an.

Weißt du, ich stehe zu meinen Worten. Jedoch … Eine Hand griff nach seinem Kopf und ein Blitz durchzuckte ihn. Farben blitzten vor ihm auf. Schriften und Zeichen, alt und unverständlich. Er wand sich im Wasser.

… bist du zu schwach.

Derryks Körper wurde still, entglitt seinem Sein.

Derryk A'Shyr. Du hast verloren.

Verloren. Ja. Das hatten sie doch schon von Anfang an. Ein zum Scheitern verurteiltes Vorhaben, das war nichts Neues. Ihr Schicksal hat sie eben schon immer gehasst.

Schicksal? Da wirfst du aber mit sehr großen Wörtern um dich.

Was interessiert's dich? Eine Abfolge ihm unbekannter Buchstaben und Zeichen flog an seinen Augen vorbei. Er sah, wie sich sein Körper im Wasser aufrichtete. Sein dunkelrotes Auge leuchtete und ließ den Rotschimmer des Sees verrücktspielen.

Sein Geist befand sich nicht mehr innerhalb seines Körpers.

Weißt du, weshalb der Blutsee von Dämonen gemieden wird, Derryk?

Scheinbar ja nicht.

Ein Lachen schüttelte seinen Körper. Weil er gefüllt ist mit den Leichen aus Ki'Ajas erster Armee. Er wurde nie von ihrem Blut reingewaschen. Daher macht er uns Halbteufeln auch nichts aus. Nur Dämonen meiden ihn, weil sie Gefahr spüren, diese primitiven Wesen.

Ein plötzlicher Gedanke kam Derryk. *Liegst du auch hier unten?* Sein Körper hielt inne. Er antwortete nicht. *Oder verschwinden eure Körper einfach, wenn ihr Halbteufel sterbt?*

So etwas wie Stolz übernahm kurz das Fragment seines Geistes. Die Worte ließen für den Bruchteil einer Sekunde die Sicherheit und Kontrolle aus seinem Gesicht verschwinden. Wieder erschienen die Schriften vor Derryks Geist. Er betrachtete sie eingehend.

Ihr seid so unglaublich arrogant.

Sind wir das?

Ihr Halbteufel. Ihr glaubt gar nicht daran, dass es Stärkere als euch gibt.

Abgesehen der Teufel und Erzengel? Gibt es tatsächlich nicht. Möglicherweise ist ja genau das unser Problem: Dämonen sind trotz ihrer Schwäche arrogant. Wir nicht. Wir können es uns leisten. Wir können es uns leisten, Derryk A'Shyr.

Derryk berührte die Schriftzeichen, die seinen Körper und langsam den gesamten See einnahmen. Er folgte einem ganz bestimmten Zeichen. Es war das einzige, was sein Verstand übersetzen konnte.

Danke, Iljyah. Auch wenn ich nicht weiß, ob du mir tatsächlich freiwillig hilfst oder dich doch verkalkuliert hast. Ich muss dir dennoch danken.

Beim Klang des Namens versteifte sich Derryks Körper. Dann schüttelte ihn ein tiefes Lachen.

Bilde dir nichts ein. Ich bin gezwungen, dir beim Einhalten deines Versprechens zu helfen. Ich sitze schließlich auch in deinem Körper und damit mit deinen Taten fest. Ich glaube weder an dich noch daran, dass ihr Ki'Aja auch nur einen Kratzer zufügen könnt.

Herzallerliebst. Aber das können wir.

Große Worte für einen Toten.

Derryk öffnete die Augen. In seinem Körper. Er bewegte die Finger, dann die Gelenke und schließlich die Arme. Er befand sich wirklich wieder in seinem Körper! Über ihm befanden sich Dunkelheit und unendliche Wassermassen. Doch die Phantomhitze war verschwunden und das Wasser fühlte sich unangenehm kalt an.

Gern geschehen.

Ist das deine Magie?

Ja.

Derryk starrte auf seine Hände. *Wessen Sohn bist du?*

Ifres'. Wärme wird wohl kaum noch ein Problem für dich darstellen.

Das heißt –

Hör auf Fragen zu stellen und hol uns hier raus. Der Blutsee macht mir nichts, aber er hat eine unheimliche Präsenz.

Und wie? Ich kann deine Magie nicht einsetzen! Und ich selbst hab keine.

Nicht mal das weißt du? Du bist magieaffin, schließlich ist dein Vater ein Dämon. Lass mich Magie einsetzen und ich bringe uns an Land.

Du? Derryks Geist wurde zurückgerissen. Die verhüllte Gestalt sah ihm entgegen.

Na schön, Derryk A'Shyr. Du glaubst, ihr könntet gegen Ki'Aja etwas ausrichten? Schau selbst, wie falsch ihr liegt.

Im nächsten Moment fiel er auf Gras und Steinchen. Auf allen vieren spuckte Derryk Wasser, während sich die spitzen Steine in seine Handballen gruben. Blinzelnd öffnete er die Augen. Grelles Licht stürmte auf ihn ein und er kniff die Augen sofort wieder zusammen. Seine Ohren klingelten. Langsam öffnete er die Augen wieder.

Blutrotes Gras vermischte sich mit Asche. Neben ihm lag die verkohlte Leiche einer Chameere. Seine Gedanken klärten sich. Die Erinnerungen an Ka'Jis Ritual und die Gestalt, kurz bevor er in den Blutsee fiel, kehrten zurück. Ki'Aja.

Taumelnd kämpfte sich Derryk auf die Beine. Der Kampf hatte sich in ein Massaker verwandelt. Er konnte Feinde von Freunden kaum noch unterscheiden, alles verwandelte sich in ein heilloses Durcheinander. Sie hackten aufeinander ein, ohne Sinn und Verstand. Angst packte ihn irgendwo Lura, Luxj oder Ayin zu sehen. Der Blutsee umfasste ein zu weites Gebiet, als dass er alles überblicken könnte.

Eine kalte Präsenz ließ ihn erzittern. Er wandte den Kopf. Die erste Person, die er sofort wahrnahm, war seine Schwester. Iska wurde von schwarzen Ketten zu Boden gepresst, ein Dolch umschmeichelte ihre verzerrten Gesichtszüge. Das Rot auf ihrem Körper zog sich langsam in sie zurück. Auch von ihrem Tod fehlte jede Spur.

Ka'Ji stand über ihr, ein Lächeln umschmeichelte ihre Gesichtszüge. In einer Hand hielt sie einen Dolch, geschmückt mit einem blutroten Edelstein. Ihre andere Hand wurde von Schwarzer Magie eingehüllt, welche auf die noch immer brennenden Flammen ihres Rituales reagierte. Sie stand gerade mit dem Rücken zu ihm.

Und über dem See thronte Ki'Aja. Eine eingehüllte Gestalt, lange, massive Ketten an Händen und Füßen und das Gesicht genüsslich in den Nacken gelegt. Die Flammen flossen auf ihn zu und in seinen Körper, dorthin, wo sich sein Herz befinden müsste.

Dieser Anblick ließ ihm das Blut in den Adern gefrieren.

Allerdings … konnte er Ki'Aja anschauen. Seine Magie nagte zwar an seinem Verstand und hämmerte gegen seinen Kopf, doch sie ließ ihn nicht verrückt werden. Vielleicht lähmte sie ihn nur.

Das ist mein Einfluss. Aber bist du sicher, dass dies der richtige Moment für solche Dinge ist? Willst du Wurzeln schlagen?

Derryk zitterte am ganzen Körper. Er fühlte sich ausgelaugt und schwach, doch andererseits pulsierte eine seltsame Macht in seinem Herzen. Feurig und unerreichbar.

Schwankend erhob er sich, mit seinem Fuß stieß er gegen ein Schwert. Er hob es auf. Er spürte, wie sich eine zweite Hand um den Griff schloss, als er Iljyahs Geist neben seinem spürte. Dann schoss Feuer durch seine Adern in das Schwert und die Klinge glühte in feurigem Orange. Selbst wenn Ka'Ji so etwas nicht töten sollte, würde es wehtun. Iljyah teilte einen Bruchteil seiner Magie mit ihm und Derryk nutzte sie, um lautlos auf Ka'Ji zuzustürmen.

Sie bemerkte ihn dennoch. Blitzschnell fuhr sie herum und parierte Derryks Schlag. Jedoch war Ka'Ji keine Nahkämpferin. Sein Schwert rutschte an ihrem Dolch entlang, bis er ihren Arm aufschlitzte.

Mit ihrer anderen Hand packte die Halbteufelin das glühende Schwert. »Also doch. Kein Wahnsinn hat dich nach dem Ritual meiner Schwester besessen, sondern ein Halbteufel, nicht wahr?« Sie riss die Augen auf und grinste wild. Derryk erkannte Schweißperlen auf ihrer Stirn. »Sag mir, wer ist es?« Das Schwert zersplitterte unter ihrem Griff. »Welcher Sohn Ifres' versteckt sich in dir?«

Die Magie in Derryk flackerte verärgert. Ka'Ji packte Derryks Arm, sodass seine Knochen knirschten. Das Feuer in seinen Adern zischte auf Ka'Jis Haut, als ihre Magie gegen die Iljyahs zu kämpfen begann.

»Iskyr?« Dieser Name erntete ein genervtes Stöhnen von Iljyah.

»Ili'kas?« Ka'Ji drückte fester zu. Derryk biss die Zähne zusammen und schob seine Verwunderung, dass seine Knochen nicht brachen, beiseite.

»Oder Iljyah?« Feuer flammte durch seine Adern, als hätte es sein Blut ersetzt. Mit jedem Herzschlag jagte es erneut in jeden Zentimeter seines Körpers.

Ka'Ji zuckte zurück. Ihr Grinsen wurde breiter. Metall kreischte schrill auf. Ka'Jis Blick zuckte nach hinten. Ausgehungertes Gold fraß sich durch die schwarzen Ketten, die Iska am Boden hielten. Schrill brachen die Ketten auseinander. Blut lief an den dunklen Striemen herunter, die die Ketten auf ihrer Haut hinterlassen hatten. Goldene Tränen oder Blut lief aus ihren Augenwinkeln. Erneut Sie erschuf sie erneut ihre hungrigen Tode, die sich um sie sammelten und an sie schmiegten. Doch gegen Ka''Ji brachten sie nichts. Die Halbteufelin zerquetschte die Biester mit ihrer eigenen Schwarzen Magie.

»Du lebst«, flüsterte Iska. Aus ihren Mundwinkeln lief Blut, doch in ihren Augen glänzte ein goldener Schimmer.

»Wieder«, sagte er, und er war sich sicher, dass das so stimmte. Zumindest irgendwie.

»Nicht mehr lange.« Innerhalb eines Herzschlages stand Ka'Ji wieder vor Iska. Eingehüllt in Schwarzer Magie riss sie Iska zu sich und schleuderte sie sogleich erneut zu Boden. Mit dem rechten Fuß stellte sie sich auf Iskas Brust.

Blind griff Derryk nach den Flammen in seinen Adern. Leuchtende Adern überzogen seine Arme und Hände bis hin zu den Fingerspitzen, die orangerot glühten. Die Luft um ihn herum flimmerte vor Hitze.

Er meinte ein Hmpf zu hören, als er sich auf Ka'Ji stürzte. Bevor er sie erreichte, stoppte ihn eine plötzliche Kraft. Krallen bohrten sich in seinen Hals. Er keuchte.

»Ich habe mehr von dir erwartet«, knurrte Ka'Ji.

Iska schnappte nach Luft, Knochen knackten hörbar. Sie hustete und spuckte Blut. Panisch krallte Derryk seine glühenden Finger in Ka'Jis Arm. Ihre Haut platzte auf und seine Finger fraßen sich durch Sehnen und Muskeln, bis sie auf Knochen trafen. Ka'Ji schrie auf und ließ ihn los. Derryk fiel zu Boden, warmes Blut lief seinen Hals herunter. Jeder Atemzug jagte eine neue Welle stechender Schmerzen durch seinen Körper und zusammengesunken blieb er liegen.

Ka'Ji stolperte einige Schritte zur Seite und hielt ihren blutenden Arm vor sich. Derryk blinzelte die Benommenheit weg.

Sie sammelte ihre Magie an der Wunde und begann, ihren Arm zu heilen. Zornerfüllt starrte sie Derryk an. Schatten sammelten sich zu ihren Füßen, umschmeichelten ihren Körper und breiteten sich in Sekundenschnelle immer weiter aus. Derryks Herz setzte einen Schlag aus. Eine Welle an Kälte schwappte zu ihm und er erschauderte. Selbst das Feuer konnte ihn nicht gegen diese Eiseskälte warmhalten.

Dann fiel sein Blick auf den Dolch in Ka'Jis rechter Hand.

»Verdammt«, keuchte Iska.

»Was?« Derryk wusste nicht, was genau das war. Was er wusste, war, dass der Dolch alt und sehr mächtig war. Er glich der geladenen Luft um sie herum.

Derryk riskierte einen Blick nach hinten, zum Blutsee. Er zuckte zusammen. Ki'Aja beobachtete sie. Die schwarzen Höhlen seiner Augen verfolgten ihre Bewegungen. Doch er machte keine Anstalten, einzugreifen. Hatte er nicht vor, Ka'Ji zu helfen?

Im nächsten Moment sah er nichts mehr. Kälte schnürte ihm die Kehle zu, tausende spitze Zähne bohrten sich in seine Arme, Schultern und Brust.

Was zur Hölle tust du?

Irgendwo in der Ferne flammten kleine Feuerchen auf, deren Wärme ihn wieder Luft holen ließen.

Verbrenn die Scheißviecher! Wozu habe ich dir meine Magie gegeben? Um erneut zu sterben?

Ah, die Feuer kamen von ihm. Hatten sich auf seiner Haut entlang der Adern gebildet. Sie entzündeten Ka'Jis Tode. Flammen zerrissen die Dunkelheit, als er sich auf die Beine kämpfte. Sein Blick verschwamm, er bekam seine Umgebung kaum zu fassen.

Ka'Ji stand vor Iska, stützte sie und legte die andere Hand an ihre Wange. Iska krümmte sich, die Hände an ihren Bauch gepresst.

Rotes Leuchten sickerte zwischen ihren Fingern hervor, etwas Silbernes schaute aus ihrem Bauch. Perplex starrte er auf den Dolch. Ka'Jis Hand ruhte darauf, erbarmungslos hielt sie den Dolch fest und reagierte auch nicht, als Iskas Finger sich ebenfalls um den Dolch legten. Ihre Hand zitterte. Ka'Ji kicherte und beobachtete Derryk mit einem amüsierten

Glitzern. Ihre Zunge glitt über ihre Lippen. Ihr verletzter Arm schien schon wieder geheilt.

Hitzewellen schlugen über Derryk zusammen, dunkler Rauch stieg von seinen Füßen empor. Mit einem erstickten Aufschrei sprang er auf Ka'Ji zu.

Sie wollte den Dolch aus Iskas Bauch ziehen, doch Iska hielt ihn an Ort und Stelle. Mit tränenden Augen und einem Verstand, der sich von seinem Geist losgelöst zu haben schien, begriff Derryk nicht ganz, was sie tat. Er sah nur überdeutlich erschrockenes Gold und einen für den Bruchteil einer Sekunde eingefrorenen Körper. Er griff nach ihrem roten Hals, Dampf stieg an den Stellen empor, an denen er ihre Haut berührte.

Jedoch nur für einen Herzschlag lang. Dann legten sich lange Finger um sein brennendes Handgelenk und drückten zu. Ka'Ji zwang seinen Griff auf, ihre Fingernägel gruben sich wie kleine Dolche in seinen Arm. Ihm war, als würde sein Körper gefrieren und zerbersten unter dem Druck. Ka'Ji drängte sein Feuer zurück, löschte die Flammen in seinen Adern.

Dieses verdammte Biest.

Licht tanzte vor Derryks Augen. Erst als der Schmerz nachließ, sah er seinen ausgestreckten Arm. Und die schwarzen Adern unter seiner Haut, die die vorherigen roten ersetzten. Er konnte nur zusehen, wie sie sich auf seinem gesamten Arm ausbreiteten, bis er sich völlig schwarz verfärbt hatte.

Ohne Vorwarnung schrie Ka'Ji auf und ließ seinen Arm los.

Lass mich machen, du Idiot.

Was passiert, wenn Ki'Aja ihr hilft?

Wird er nicht. Er kümmert sich nicht um uns. Außerdem sitzt er gerade in dem Ritual fest. Er wird es nicht ihretwegen aufgeben.

Derryk ließ ihn gewähren, ohne Widerworte, ohne sich zu widersetzen. Iljyah setzte Ka'Ji nach. In schwindelerregendem Tempo jagte er sie von Iska weg. Sie befanden sich in einem permanenten Schlagabtausch, von dem Derryk schwindelig wurde. Iljyah ließ Ka'Ji keinen Platz und keine Sekunde, um sich zu sammeln. Er verbrannte ohne Mühe ihre Tode und versperrte ihre Fluchtwege, bis er sie schließlich mit einer Hand zu fassen bekam. Derryk spürte den Kampf ihrer Magien an seinem Körper und wollte am liebsten aufschreien, als Feuer mit Tod kollidierte und die Haut an seinem Arm wegfraß. Iljyah fluchte nur und ersetzte die zerstörten Teile seines Körpers mit verformten Flammen. Zum Glück erging es Ka'Ji ähnlich. Ihr Arm brannte, ohne dass sie das Feuer löschen konnte. Und Iljyah ließ sie nicht los.

Doch Derryk spürte Ka'Jis Magie an seiner Seele, die dichten Nebel, den Hunger und die Kälte. Ihre Schwarze Magie fraß sich in sein Bewusstsein und suchte *ihn*.

Panik brach über ihn hinweg und sein Herzschlag beschleunigte sich. Zumindest vermutete er das, denn er hörte Iljyah laut fluchen. Seine Finger begannen zu zittern und sich von Ka'Ji zu lösen.

Iljyah stieß eine weitere Welle an Flüchen aus, als sein Körper schwankte. Derryks Bewusstsein wurde zwischen Hitze und Kälte hin- und hergerissen, während sein Körper langsam überhitzte.

Du bringst mich um, hörte er sich leise rufen. Sein Körper konnte mit der Magie nicht umgehen.

Iljyah verzichtete auf eine Antwort. Doch mit einem Knurren wurden die Schmerzen schlagartig realer als zuvor. Der Schmerzensschrei blieb ihm in der Kehle stecken, als er in Ka'Jis triumphierende Augen blickte. Jetzt war sie es, die seine Hand festhielt.

Derryks träge Gedanken hatten noch nicht in der Realität wieder Schritt gefasst. Doch in seinem Kopf regte sich Iljyah, der seine Magie zwangsläufig zurückzog. Er hatte direkt bemerkt, was Derryk erst langsam bewusst wurde: Ka'Jis minimale Nachlässigkeit. Sie schwächelte. Er spannte die schmerzende linke Hand an und zog sich so näher an Ka'Ji heran. Seine rechte Hand glühte von innen, als er sie nach vorne stieß.

Weder Derryk noch Ka'Ji realisierten im ersten Moment, was Iljyah getan hatte. Derryk starrte lediglich auf das pochende Herz in seiner Hand, als ein gepeinigter Schrei die Stille in seinen Ohren zerriss.

Ka'Jis Beine gaben nach. Sie fiel auf die Knie, die Hände auf das klaffende Loch in ihrer Brust gedrückt. Blut sprudelte zwischen ihren Fingern hervor.

Das Herz in Derryks Hand pulsierte weiter.

»Ihr habt … trotzdem … verloren.«

Das Glühen an Derryks Händen verebbte. Seine Beine traten von selbst mehrere Schritte zurück. Sein Magen drehte sich um und er konnte nur mit Mühe unterdrücken, nicht zu würgen. Ka'Jis dunkles Blut lief über seine Hand und hinterließ eine heißkalte Wärme auf seiner Haut. Er konnte sich nicht dazu bringen, das Herz loszulassen.

Wie hast du das gemacht?

Was genau?

Wie hast du sie besiegt? Ka'Ji ist so stark …

Das Ritual hatte sie geschwächt, außerdem ist sie anscheinend nicht die beste Nahkämpferin. Und was mich angeht … Iljyah seufzte. Dein ehemaliger Fluch gibt mir Kraft.

Hinter ihm ertönte ein ersticktes Husten und er fuhr herum. Iskas Hände ruhten noch immer auf dem Dolch in ihrem Bauch, doch ihr Blick war starr auf Ka'Ji gerichtet. Sie schien nicht im Hier und Jetzt zu weilen.

Er rannte auf seine Schwester zu, seine Gedanken überschlugen sich, als er sich vor ihr auf die Knie fallen ließ. Das Herz ließ er fallen. Er fasste sie an den Schultern und schüttelte sie leicht. Seine Hände zitterten. »Iska!«

Zieh den Dolch raus.

»Vergiss … es. Sie –«

Zieh den Dolch raus und versiegle die Wunde! Noch ist sie nicht–

»SEI STILL, VERDAMMT!«

Derryk packte Iskas Schultern fester. Seine Knöchel stachen weiß hervor. Das leichte Gold in ihren Augen verschwand langsam. Sein Herz schlug wie verrückt gegen seine Brust, der tobende Kampf war schon längst vergessen.

Verdammt, verdammt, verdammt. Das konnte nicht sein! Was war dieser Dolch, was genau –

Zieh den verdammten Dolch raus! Und versiegle direkt die Wunde, sonst nimmt er die Seele der Halbteufelin mit.

»W-was?«

Eine Reihe von Flüchen prasselte in seinem Geist auf ihn ein und seine Hand wurde von Iskas Schultern gerissen. Seine Finger umschlossen den

Griff des Dolches und ein eisiger Schmerz lähmte seinen ganzen Arm. Ohne etwas tun zu können, riss er dennoch am Dolch.

Seine andere Hand legte sich auf Iskas Wunde, die Finger leuchtend hell und hitzeausstrahlend. Seine linke Hand brannte die Wunde aus, während seine rechte den Dolch herauszog.

Iska gab einen erstickten Laut von sich und krümmte sich. Aus ihrem Gesicht wich jegliche Farbe, das Gold und Rot bildeten einen krassen Kontrast zu ihrer weißen Haut.

Du bist ein Nichtsnutz.

Derryk starrte auf seine zitternden Hände. Er ließ den Dolch fallen. Wie war seine linke Hand noch intakt? Hatte Ka'Ji sie nicht eben –

»Danke.«

Er zuckte zusammen. »Was?«

Iska starrte zu ihm hoch. »Danke. Der Dolch hätte mich fast mitgenommen.«

Was?

Iska hob ihn auf und drehte ihn in den Händen. Der rote Stein leuchtete aggressiv, als reagierte er auf ihre Berührung.

»Wie habe ich dich nicht … getötet?« Ka'Ji ließ ihn erneut zusammenzucken. Er hatte sie fast schon wieder vergessen.

Iska wandte den Blick zu ihrer Halbschwester. »Meine Wunde war nicht direkt tödlich.« Ohne zu zögern, griff sie nach dem schlagenden Herz und durchbohrte es mit dem Dolch. In schimmernden Wellen breitete sich Licht von dem roten Stein in dessen Griff aus.

Lachen erschallte, zynisch und wahnsinnig. »Ist dem … so?« Ka'Jis Kopf fiel auf ihre Brust.

Iska schnappte nach Luft, das Gesicht schmerzverzerrt. Langsam kämpfte sie sich auf die Beine, den Dolch in den zitternden Händen. »Ist sie tot?«

Schatten sickerten aus Ka'Jis Körper. Als würde ihre Magie ihren Körper verlassen.

»Ich – ich denke schon.« Derryks Stimme zitterte.

Für zwei volle Sekunden wurde es still. Und sie konnten beide einmal durchatmen.

Dann explodierte die Luft.

Der Himmel überzog sich mit schwarzen Wolken und ein Blitz zerriss die Umgebung. Menschen schrien in Panik auf. Aus dem Riss wurde ein Riese von einem Mann gezerrt, zwei Flügelpaare zeichneten sich in der Dunkelheit auf seinem Rücken ab.

Iska schnappte nach Luft. »AkMey. Akyma und Ifrat haben ihn tatsächlich in unsere Welt gezwungen.«

Derryk hielt die Luft an. Der Teufel schwebte über dem Blutsee. Unweit des anderen Teufels entfernt. Doch AkMey ignorierte den siebten Teufel völlig, seine Augen waren auf einen bestimmten Punkt auf dem Land gerichtet.

»Wie könnt ihr zwei es wagen?!« Mit seiner Stimme krachte ohrenbetäubender Donner durch den Himmel. Derryk und Iska schreckten beide zurück, die Handballen auf die Ohren gedrückt.

»Ebenso wie ihr es wagen konntet, uns Ki'Aja zu überlassen!«, feuerte Akyma zurück. Iska fluchte und schüttelte den Kopf.

AkMey wandte den zornigen Blick auf den siebten Teufel hinter sich, der ihn unbeeindruckt beobachtete. Die Feuer um Ki'Aja stockten, flossen jedoch weiter auf den Teufel ein.

»Wollt ihr es diesmal richtig machen?« Ki'Ajas Stimme kratzte über Derryks Geist, als würde sie Wunden hinterlassen.

Im nächsten Moment teilte sich der Himmel erneut. Warmes Licht der Mittagssonne breitete sich auf einer Hälfte aus, während sich auf der anderen Sturmwolken zusammenzogen. Fünf weitere Blitze schossen aus den schwarzen Wolken auf den Blutsee hinab. Gleichzeitig trafen zwölf Sonnenstrahlen die Erde rund um den See.

»Was geschieht hier?« Bei Luxj' Stimme schrak Derryk zusammen. Er Herzschlag beschleunigte sich und kalter Schweiß lief seine Schläfen hinab. Erst jetzt bemerkte er, dass Lura, Ayin und Luxj langsam aus dem Wald zu ihnen traten.

Iska stand auf seiner anderen Seite. Sie war blass, doch etwas schien sie zu beschäftigen.

Sie waren die Einzigen, die noch standen.

»Hoffentlich unsere Rettung«, antwortete Derryk nur. An eine andere Möglichkeit wollte er nicht mal denken.

Hoffnung war ein bescheuertes Gut, wenn man sich einzig darauf verlassen musste. Sechs Teufel standen Ki'Aja nun gegenüber, zwölf Erzengel umstellten den See. Ihre gesamte Präsenz wirkte zornig, jedoch hatten sie ihre volle Aufmerksamkeit dem siebten Teufel zugewandt. Sie bemerkten die Überlebenden vermutlich nicht einmal, weder Menschen noch Dämonen oder Halbteufel.

»Wieder einmal alle versammelt.« Ki'Aja erhob zuerst das Wort. »Könnt ihr denn diesmal tun, was euch damals misslang?«

Derryk zuckte zusammen. Misslang?

»Schweige still, Schöpfung«, erwiderte eine harte Stimme, geballt mit Magie und Jahrmillionen altem Wissen.

»Du bist zu weit gegangen, wieder einmal«, setzte eine zweite Stimme hinzu. Derryk konnte zuordnen. Sie schienen von überall zu kommen. Die Macht klingelte in seinen Ohren. Auch seine Kameraden schienen benommen. Mit glasigen Augen fokussierten sie sich ganz und gar auf die Erzengel und Teufel.

Donnerndes Lachen hallte über den See und wurde von den Bäumen zurückgeworfen. Derryk taumelte ein paar Schritte, bis ihn irgendjemand am Arm packte.

»Und doch habt ihr euch nicht schon früher eingemischt, ihr falschen Heiligen.«

Keiner der Erzengel gab eine Erwiderung. Stattdessen hoben sie die Arme gen Himmel und fingen die Lichtstrahlen ab. Im Chor begannen sie einen Sprechgesang.

»Ki'Aja …« Den Rest der Sprache verstand Derryk nicht. Das war weder ihre Neue Sprache noch die Alte. Die Worte ergaben keinen Sinn, fanden keinen Weg zum Entschlüsseln in seinen Verstand.

Die Teufel schlossen sich dem Gesang mit abgehackten Worten an, jeweils ein Arm hinter dem Rücken, den anderen zu Ki'Aja ausgestreckt.

Ihre Stimmen verbanden sich zu einem Kampf aus Eleganz und Aggression, die Melodie der Engel wurde immer wieder von den scharfen Worten der Teufel unterbrochen.

Schwarze und weiße Bänder verbanden jeden Erzengel und jeden Teufel miteinander. Sie ließen sich nicht von dem tobenden Wasser beirren, den gelblichen aufsteigenden Knochen oder Ki'Ajas Magie, die gegen ihr Ritual kämpfte.

»Irgendwas stimmt nicht«, flüsterte Iska. Derryks Herz setzte mehrere Schläge aus. Ki'Aja hinderte die Magie am Verbinden und Knüpfen. Sein Nichts riss am Ritual und ließ die Erde erzittern. Risse bildeten sich im Boden, füllten sich mit leuchtendem Wasser. Derryk stolperte gegen Iska und jemand von hinten warf ihn um. Mit dem Bauch landete er im Dreck, mit einem leichten Gewicht auf dem Rücken.

»Entschuldige«, wisperte Ayin, ihr Blick wich nicht von den Wesen.

Als die Fäden die Dunkelheit durchbrachen, löste sich ein Knoten in seiner Brust. Er atmete zittrig auf. War es endlich vorbei? Wurde der Teufel wieder verbannt, weit weg von ihnen und unerreichbar für ihn? Konnten sie endlich weiterleben?

»Er hat noch nicht seine volle Macht wiedererlangt«, flüsterte Iska. Sie kniete am Boden neben ihm. »Weshalb also haben die Sechs und die Zwölf solche Probleme?«

Licht strömte aus den Verbindungen hervor, verbrannte die Magie des siebten Teufels. Der See beruhigte sich, die Knochen fielen wieder zurück und seine Schatten explodierten in Licht. Stille legte sich über sie. Die Lichter hielten Ki'Aja gefangen, umwickelten seinen grausamen Körper.

Derryk kräuselte die Stirn. »Was meinst du mit Problemen?«

»Sie wirken schwach. Nicht stärker als Ki'Aja. Sollte das Ritual nicht schnell gehen, nachdem er schon geschwächt ist?«

Da durchbrach ein schriller Schrei die angespannte Atmosphäre.

Ein Schatten sprang in das Ritual. Derryks Blick folgte den Bewegungen, unfähig, sich zu rühren.

Er konnte sich nicht bewegen, als dieser sich auf Ki'Aja zubewegte.

Konnte keinen Finger rühren, als das Licht auf eine Berührung hin in tausend Scherben zerbrach.

Er starrte den Schatten nur an, folgte den geschmeidigen Bewegungen, bis er endlich den Blick des Mädchens traf …

Und Lura sah zurück.

Das Auge des Sturms

63

Derryk

Gelbe Augen blickten zurück. Nicht entschuldigend, nicht erzürnt, nicht triumphierend.

Einfach nur fremd.

Die Pupille durchbrach die helle Iris und zog sich über das gesamte Auge in die Länge. Schwarze Funken tanzten um ihre Augen.

Die Kraft wich aus seinem Körper. Er konnte kaum den Kopf oben halten.

Lura wirkte nicht mehr wie sie selbst.

Das war sie nicht mehr.

Ein dröhnendes, spöttisches Lachen durchdrang die entstandene Stille. Wie ein Peitschenhieb durchbohrte es seinen Geist. Iska erstarrte, ihre Schultern fielen herunter.

»Sehr gut gemacht, meine Tochter.«

Dann verschwanden sie. Ki'Aja und Lura. Einfach so ins Nichts.

Tochter. Ki'Aja hatte Lura seine Tochter genannt.

»Was ist gerade –«

»AKYMA UND IFRAT!«

Ayin, die gerade von Derryks runterklettern wollte, zuckte heftig zusammen und bewegte sich keinen Millimeter mehr. Auch Derryks gab der Angst nach und blieb zitternd liegen.

»Was?« Bei dieser herrischen, respektlosen Antwort schnellte sein Kopf hoch. Zwei Gestalten standen unweit von ihnen entfernt und blickten in den Teufelskreis hinein.

»Ihr zwei habt den Vertrag gebrochen! Ihr habt weit über eure Macht hinaus gehandelt, ihr –«

»Wir haben lediglich gehandelt und uns um euer Problem gekümmert! Wolltet ihr etwa Ki'Aja uns und den Menschen überlassen? Ihr habt euer Problem auf uns abgeschoben, wir haben es einzig zurückgegeben!« Derryk fiel die Kinnlade runter. Konnte man so überhaupt mit Teufeln reden? Wie lebten die zwei noch?

»Ihr habt hier keine Stimme!« Eine Frau sprach, verführerisch leise und gefährlich.

Antei Aras. Ihre Persönlichkeit ist tatsächlich noch schrecklicher als vor hunderten Jahren.

Antei Aras? Die Teufelin der Verführung?

Herrlich, oder nicht?

»Ihr habt kein Recht, Halbteufel, euer Wort gegen uns zu erheben. Unser Auftreten ist ein weltlicher Regelbruch, ein absolutes Verbot. Auf solch Eigenhandel steht –«

»Ein Danke.«

Stille. Zum Reißen gespannte Stille folgte auf diese zwei Worte, ausgelöst von einer Welle der Überraschung.

Das war ja fast noch schlimmer als Akymas und Ifrats respektlose Kommentare. Derryk traute sich kaum, den Kopf zu seiner Schwester zu drehen.

Dort stand Iska, leicht gekrümmt und schwer atmend, und blickte mit Eiseskälte zu den Teufeln auf.

»Was bei allen – was tust du?«, zischte er mit unterdrückter Panik. Sie ignorierte ihn.

»Wie war das?«

»Ihr schuldet uns ein Danke. Wir haben versucht, eure Arbeit zu verrichten.«

Keiner der Überlebenden traute sich mehr zu atmen, als die Aufmerksamkeit der Teufel und Erzengel mit einem Mal dem Festland statt dem Blutsee galt. Derryks eigener Herzschlag dröhnte in dieser Stille in seinen Ohren wieder.

Iljyah lachte. Ich mag sie.

Sie gräbt ihr eigenes Grab!

Was bei den Sechs tat sie da?!

»Wie kannst du es wagen!« Die Teufel waren doch tatsächlich sprachlos. Sie schickten keinen Blitz, der sie auf der Stelle tötete. Solch eine Respektlosigkeit wurde ihnen wahrscheinlich noch nie entgegengebracht.

»Wie kann ich *was* wagen?«, schoss sie zurück. Ihre Hände ballten sich zu Fäusten, während sie stur zum See starrte.

Derryk grub die Finger ins nasse Gras und sammelte seine Kraft. Er konnte sie nicht alleine gegen die Teufel dastehen lassen. Mit einer unverständlichen Entschuldigung setzte er sich auf, sodass Ayin von ihm runter stolperte. »*Ihr* lasst uns im Stich, die gesamte Menschheit, und fragt uns, wie wir es wagen können? *Ihr* lasst euch anbeten und eure Namen werden in Ehrfurcht und Angst gesprochen und dann ignoriert ihr das Schicksal derer, der ihr euch verschrieben habt? Wie könnt *ihr* es wagen!«

Unter den gefährlichen Blicken der Teufel wurde ihm schwindelig. Seine Hände zitterten. Ein Wunder, dass seine Stimme es nicht tat. Er hatte Mühe, aufrecht zu stehen und durch seinen verschwommenen Blick sah es doch fast so aus, als würden die sechs schwarzen Gestalten näherkommen. Er rieb sich mit dem Handrücken über die Augen und den Schweiß von der Stirn, als er jemanden neben sich bemerkte. Iska stand neben ihm, sodass sich ihre Arme berührten. Sie zitterte heftig.

Verwirrt blickte er zu ihr. Womöglich bemerkte sie seinen Blick gar nicht, sie fokussierte sich gänzlich auf eine Stelle vor ihnen. Seine Augen folgten den ihren.

Sein Herz setzte einen Schlag aus.

Oh. Es war gar keine Illusion gewesen, dass die Teufel näherkamen.

Die Erzengel machten ihnen Platz, während die Sechs langsam in ihre Richtung schwebten.

Gänsehaut schlich über seine Arme und er wandte sich leise an Iska. »Vielleicht war es nicht die beste Idee, ihnen öffentlich zu widersprechen.«

Sie schnaubte und ihr Mundwinkel hob sich leicht. »Wie kommst du drauf? Sie befinden sich seit Ewigkeiten im Glauben, sie seien immer im Recht. Immer und überall dieses Gerede von Allmacht und Ewigkeit, verdammt. Was interessiert uns ihre Unendlichkeit? Wofür ist ihre Allmacht gut, wenn sie uns diesem Schicksal überlassen, während sie sich ihrer Verantwortung entziehen?« Ihre Stimme hob sich, bis sie klar als einziges Geräusch über die Lichtung peitschte.

Irgendwo hinter ihm japste jemand nach Luft. Derryk starrte Iska mit offenem Mund an, ihre Worte fegten jegliche Gedanken hinfort.

Ich kann mich an keinen Moment in meinem langen Leben erinnern, in dem jemand so direkt zu den Teufeln gewesen war. Nicht einmal Ki'Aja hat so über die anderen Teufel gesprochen.

Dann hast du nicht lange genug gelebt.

Der Teufel in seinem Innern erstarrte, als hätten seine Worte einen wunden Punkt getroffen.

Dann wart ihr damals nicht verzweifelt genug. Oder nicht wütend genug.

Wir – damals …

Selbst wenn du aus Verzweiflung zu Ki'Aja übergelaufen bist. Niemand von euch hat auch nur annähernd das gefühlt, was sie jetzt fühlt. Ihr habt aus Verzweiflung aufgegeben, statt anzufangen zu kämpfen. Wir werden diesen Fehler nicht wiederholen.

»Du vergisst deinen Platz, Tochter des Todes.«

Es war unmöglich herauszufinden, welcher Teufel zu ihnen sprach.

»Ich habe keinen Platz in dieser Welt. Wie also könnte ich ihn vergessen?«

Derryks Körper spannte sich bei ihren Worten an, seine Augen blieben an ihrem Gesicht hängen. Dunkle Ringe untermalten ihre menschlichen Augen, ohne den kleinsten Schimmer an Gold. Ihr Kiefer spannte sich an, als sie die aufgeplatzten Lippen aufeinanderpresste.

»Keinen Platz in dieser Welt, hm?«, murmelte er. Seine Schultern fielen herab und ein nostalgisches Lächeln legte sich auf seine Lippen. »Sind wir wieder am Anfang?«

»Und du denkst, das gibt euch das Recht, euch einfach einen Platz zu schaffen?« Die Teufel standen nur noch wenige Meter von ihnen entfernt, zwei schwarze Gestalten voran. Eine von ihnen trug ein gewaltiges Geweih auf dem Kopf, welches die Kapuze nicht verdeckte. Derryk kaute auf seiner Lippe, während er den Teufel anstarrte. Halluzinierte er oder deutete das Gesicht unter der Kapuze ein stolzes Lächeln an?

Er kannte sich mit den Teufeln leider nicht aus, seine Zeit bei der Garde hatte nur für Dämonen gereicht.

»Es gibt uns jedes Recht«, entgegnete Iska klar und endgültig. »Wir mussten euren Platz als Gegner Ki'Ajas einnehmen. Nun geben wir ihn an euch zurück. Ki'Aja sollte euer Gegner sein.«

»Das reicht! Mit wem denkst du, redest du!«

Iska krümmte sich, ihre Hände krampften sich um ihren Hals.

»Iska! Verdammt!« Bevor Derryk ihre Arme zu fassen bekam, fiel sie auf die Knie. So streiften seine Hände nur ihre Schultern, bevor er neben sie fiel. Ihre Haare fielen wie ein Schleier vor ihr Gesicht, versteckten ihre Mimik. Ihr Körper verkrampfte sich, während Derryk ihren Namen rief und an ihren Armen rüttelte.

Wollten die Teufel sie nun wirklich umbringen? Wollten sie sie nun *wirklich* umbringen?!

Etwas Warmes tropfte auf seine Arme, etwas, das sich durch seine Haut brannte. Er spürte weder den Schmerz noch die Hitze, die von dem flüssigen Gold ausging. Er starrte auf die goldenen Tränen, die langsam auf seine Arme und den Boden fielen. Dann blickte er in ihr Gesicht. Seine Finger ließen Iska instinktiv los, als er den kalten Hass in ihren gold-grünen Augen sah. »Iska?«

»Antei Aras. Ich habe dir nicht die Erlaubnis gegeben, Hand an meine Kinder zu legen.«

Iska schnappte nach Luft. Sie stützte die Hände auf dem Boden auf und ihr Körper bebte mit jedem Atemzug. Langsam wischte sie sich die Tränen von dem Gesicht, besah ausdruckslos das zischende Gold auf ihrem Handrücken.

»Dann unternimm etwas gegen ihre Respektlosigkeit.«

Auf Derryks Zunge lag bereits eine Erwiderung, da bemerkte er zwei Schatten von hinter sich. Zwei breite Schatten mit zwei Flügelpaaren.

Eine Hand packte seinen Arm und hob ihn mit Leichtigkeit auf die Füße. Er ächzte, als er sich schwankend aufrecht hinstellte. Neben ihm starrte einer der AkMey-Söhne auf ihn hinab, so etwas wie eine Warnung oder Aufforderung im Blick. Das war wirklich schwer zu unterscheiden.

»Antei Aras, halte dich zurück. Sie werden für uns Ki'Aja im Blick behalten, bis wir uns anständig vorbereitet haben, das Ritual zu vollziehen.«

Die Teufelin blickte auf ihn und Iska herab. Unwohlsein schnürte Derryks Kehle zu, doch Iska hielt ihr mit Argwohn entgegen.

Was habt ihr getan, um Suruh zu beeindrucken?

Was?

Sie spricht sich zu euren Gunsten aus.

Teilt sie uns nicht gerade wieder ihre eigene Aufgabe zu? Ki'Aja zu finden und zu bekämpfen?

Besser, als zu sterben.

Ist das nicht dasselbe?

»Beschäftigt Ki'Aja, bis wir euch rufen. Wir werden uns dann seiner annehmen.«

Niemand antwortete ihr. Niemand sagte irgendwas, als die Teufel ihnen wieder den Rücken zudrehten und in einem Riss im Raum verschwanden.

Niemand sagte etwas, als die Erzengel von blendend weißem Licht umhüllt wurden und verschwanden.

Für viele lange Minuten blieb es still, nur hektisches und erleichtertes Ausatmen war leise zu hören.

Derryk sah sich um.

Der Blutsee machte seinem Namen alle Ehre. Leichen bedeckten den Boden, Dämonen und Menschen waren zum Teil kaum zu unterscheiden. Ihr Blut floss in Strömen zum See hin, als würde es magisch angezogen werden. Unter der strahlenden Sonne schien er zu glühen.

Derryk erschauderte bei dem Gedanken an die unerträgliche Hitze im See und wandte den Blick ab.

Akyma seufzte. »Das lief doch traumhaft.«

64

Iska

Langsam drehte sie den Kopf nach links. Akyma hatte zu niemand Bestimmten gesprochen. Er analysierte das Schlachtfeld um sich herum.

Dennoch verweilte ihr Blick auf dem Halbteufel neben ihr, den das ganze Gemetzel komplett kalt zu lassen schien. Sie spürte ihre Hände, schweißnass, brennend von ihrer eigenen Magie und unaufhörlich zitternd. Ihre rechte Hand umklammerte Suruhs Dolch so feste, dass ihre Knöchel weiß hervortraten. Auch ihr Herz würde ihr bald aus der Brust springen. Ihre brennenden Augen. Nicht wegen der goldenen Tränen. Nein, deren Spuren bemerkte sie zwar deutlich auf ihrer Haut, doch der Schmerz fehlte noch. Ihre Kehle zog sich zusammen, als ihre Gedanken abschweiften. Zurück, nur wenige Stunden …

Sie schüttelte den Kopf, zwang die Erinnerungen zurück.

»Traumhaft«, wiederholte sie tonlos. War es ein Wunder, dass sie noch lebten? Oder vielmehr sie selbst? Oh ja. Ein Wunder, mit dem sie nicht gerechnet hatte.

War es ein Traum, dass sie noch lebte? Ein Albtraum, höchstens.

»Es gibt schönere Wege in den Tod, als die Teufel herauszufordern«, sagte Akyma nun doch direkt zu ihr.

»Damit hätten sie doch nur ihr eigenes Schicksal besiegelt.«

»Sie hätten was?« Derryks Stimme klang belegt, weit entfernt, als wäre er immer noch einige Minuten zuvor in der Zeit. Seine Augen starrten auf den sich immer mehr rötlich färbenden Blutsee.

»Sie brauchen uns, um ein Auge auf Ki'Aja zu haben, und seine Armee. Während sie sich … vorbereiten.«

»Was geht dir durch den Kopf?« Ifrat drängte sich an Derryk vorbei, sodass sie fast im Kreis zueinanderstanden.

Iska rieb sich die Augen und seufzte. »Durch Ka'Jis Ritual hat Ki'Aja an Stärke gewonnen, es wurde jedoch nicht beendet. Er hat seine alte Stärke also noch nicht zurück.«

Derryk ließ sich rücklings ins feuchte Gras fallen und atmete geräuschvoll aus. »Du lässt es klingen, als wäre das kein kleiner Sieg.«

Iska konnte ihm nicht mal widersprechen. Sicherlich konnte man es auch als eine Art Sieg bezeichnen. Oder ein Aufschieben des Unausweichlichen. »Was mich beschäftigt, sind die Sechs und die Zwölf.«

»Weil sie es nicht geschafft haben, Ki'Aja wegzusperren?« Akyma ließ es mehr wie einen Fakt als eine Frage klingen.

Iska nickte. »Hätten sie diesmal nicht einfacher haben sollen? Aber nicht nur, dass sich Ki'Aja in seinem Zustand gegen sie wehren konnte, seine Tochter konnte das Ritual zerstören. Irgendwas stimmt da nicht.« Wobei sie beim zweiten Punkt wäre: Ki'Ajas Tochter. Lura. Seit wann hatte der siebte Teufel Kinder?

Eine starke Hand schlug ihr auf den Rücken. Sie taumelte zwei Schritte nach vorn und warf einen Blick über die Schulter. Akyma grinste sie an. Auffordernd hob sie eine Augenbraue, während sie ihre Schulter rieb. Weshalb wirkte er so erfreut?

Akyma lachte leise. »Ich muss sagen, wir haben dich unterschätzt.«

»Ach ja?«, murmelte sie viel mehr zu sich als zu ihren Begleitern.

»Du hast recht mit deinen Befürchtungen. Die Teufel und Erzengel wirkten ebenfalls geschwächt. Es gibt etwas, dass sie uns nicht sagen.«

»Ihr lasst es klingen, als glaubt ihr nicht, dass die Teufel und Erzengel Ki'Aja wieder einsperren können.« Ein Hauch Panik schwang in Derryks Stimme mit.

Ifrat richtete den Blick gen Himmel. Zorn spiegelte sich in seinen Augen. »Ich würde mich einfach nicht darauf verlassen.«

Iska versteifte sich. Ihre Finger glitten über ihren Hals und rieben an der Stelle, wo sie noch immer Antei Aras' unsichtbaren Griff spürte.

»Das heißt, wir müssen einen eigenen Weg finden, Ki'Aja loszuwerden«, erwiderte sie. Sie machte den Dolch an ihrem Kleid fest und ließ sich neben Derryk ins Gras fallen und rieb sich die Augen. Ihre Arme zitterten leicht, als sie sich im blutbefleckten Gras abstützte. Es waren lange Tage gewesen.

Akyma hockte sich ebenfalls hin. »Du warst doch sowieso auf der Suche nach Berichten aus vergangener Zeit.«

Iska zuckte zusammen. Derryk spannte sich an und seine Hände verkrampften sich zu Fäusten.

Sie kaute kurz auf ihrer Lippe herum und wandte sich dann an die beiden Zwillingsbrüder. »Wusstet ihr, dass Ki'Aja eine Tochter hat?«

Akyma stützte seinen Kopf auf einer Hand ab und dachte kurz nach, bevor er antwortete. »Über Ki'Aja ist wenig bekannt, vor allem, was sein Leben angeht. Ich weiß nicht einmal, ob die anderen Teufel von einer Tochter wussten.«

»Müsste Lura dann nicht sehr alt sein?«

Akyma grinste schief und schielte zu Derryk. Derryk starrte zurück, obwohl er Akyma kaum wahrzunehmen schien. »Sie wäre älter als wir.«

»Das kann nicht sein.«

»So gerne ich dir zustimmen würde, damit Ki'Aja sich irrt: Es muss so sein. Dieses Mädchen hat mit Leichtigkeit seine Magie adaptiert und das Ritual der Teufel und Erzengel gebrochen. Es gibt keine andere Erklärung als diese.«

»Lura kann nicht seine Tochter sein!«, fluchte Derryk. Er fuhr sich mit einer Hand durch die schweißnassen Haare.

»Was soll sie sonst sein?«

»Schreit nicht so rum«, murmelte Iska und rieb sich die Schläfen. »Was weißt du denn über sie?«

Langsam drehte sich Derryk zu ihr. Lose Haarsträhnen verdeckten die Hälfte seines Gesichtes. »Nichts«, murmelte er, doch zwischen seinen Strähnen verschärfte sich sein Blick. »Sie war eine Spionin aus Elen Laar. Der König hat sie mit ihrer Familie bedroht. Sie ist eine Raska.«

»Tatsache, das ist nichts«, entgegnete Ifrat kühl. Seine Flügel raschelten, als er sie schüttelte und den Kopf prüfend nach rechts und links drehte.

Derryk erwiderte nichts. Er blickte nur wieder auf den mittlerweile ruhigen Blutsee.

Iska studierte die Grashalme auf dem Boden. Sie hätten doch sicherlich etwas gespürt, wenn Lura Ki'Ajas Tochter wäre. Es hätte doch irgendwelche Hinweise gegeben. Ihre Magie, ihr Wissen? Wobei das als Raska nichts zu sagen hätte, beides nicht. Als Raska hätte sie Wissen von ihren Vorfahren geerbt, möglicherweise bis mehrere Generationen in die Vergangenheit. Und eine magische Aura war nicht sonderlich. Doch die

Augen des Mädchens hatten sich verändert, oder nicht? Die gleiche gelbe Farbe, doch die Pupille hatte die Form geändert.

»Und wenn sie erst erwacht ist?«, murmelte sie. »Es ist wahrscheinlich, dass sie überhaupt nicht wusste, was sie ist.«

»Das wäre natürlich –«

»Das erklärt nur nicht ihr Alter«, warf Akyma ein. »Sie müsste Jahrtausende alt sein, die älteste Halbteufelin.«

Iska bemerkte nur am Rande, dass die drei sie anstarrten. Doch vor ihrem inneren Auge verwebten sich Informationen, die dieses Gefühl direkt verdrängten. »Wenn auch sie irgendwo eingesperrt gewesen war und befreit wurde, als Ki'Aja befreit wurde? Wenn sie damals zu jung gewesen war und sich durch die tausenden Jahre an nichts erinnern konnte? Vielleicht hatte die Familie in Elen Laar sie nur aufgenommen, ist aber gar nicht ihre leibliche. Vielleicht hat das Aufeinandertreffen mit Ki'Aja ihre Erinnerungen zurückgeholt. Oder seine Machtdemonstration. Oder er hat ihre Erinnerungen eigenhändig erweckt, ohne dass wir es mitbekommen haben?«

»Iska!«

Erst als sie geschüttelt wurde und ihr jemand leicht gegen die Wange schlug, schreckte sie auf. Die Informationen verblassten und sie blinzelte mehrmals, bis sie die Gestalten vor sich wahrnahm. Derryk, der sie an den Schultern gepackt hatte und schüttelte. Ifrat, der sie mit wachsendem Interesse betrachtete, und Akyma, der allem voran belustigt wirkte.

»Geht es dir gut?« Ihr Bruder ließ sie los.

Iska schüttelte sich, um den Nebel in ihrem Kopf zu vertreiben. »Ja.«

»Und dabei schienst du so erschöpft vor wenigen Minuten.« Akyma bot ihr eine Hand an.

Iska nahm sie nach kurzem Zögern an und wurde auf die Füße gezogen. Derryk richtete sich langsamer auf.

»Deine Schlussfolgerungen sind interessant, Tochter des Todes. Aber vielleicht sollten wir uns einen anderen Ort suchen, um darüber zu grübeln, als ein offenes Kampffeld.«

Richtig. Ein Kampffeld. Ein Schlachthof. Sie hatten sich nur wenige Zentimeter bewegt, standen noch immer nahe am Ufer des roten Sees. Hinter ihnen kauerten Luxj und Ayin, die ihre Blicke nicht von ihnen wandten und aussahen, als würden sie gleich endgültig umkippen.

Und sie standen als Einzige. Egal wie weit Iska sah, ihr Blick glitt über Leichen und kaltes Metall, rotes Gras und leere Augen. Hier und da entdeckte sie Verletzte, die sich zu Gruppen zusammensuchten und Wunden behandelten. Oder neben Toten schrien und um sie trauerten.

»Und wohin sollen wir gehen? Sind die Städte denn sicher?«, fragte Iska. Um den See mochte das Hauptkampffeld sein, doch Elen Laar hatte die anderen Länder in wenigen Wochen eingenommen.

»Die Hauptstädte in Ashari, Elen Laar und Sakkar sind wahrscheinlich zerstört«, antwortete Derryk. »Wir werden einen versteckten Platz für ein Lager suchen müssen. Doch zuerst …«

»Solon Fre.« Eine leise Stimme unterbrach ihr Gespräch. Ayin starrte sie an, während sie ein abgerissenes Stofftuch um Luxj' Oberarm band. Oder besser gesagt, sie starrte an ihnen vorbei.

»Ja, wir müssen sie finden«, stimmte Derryk zu. Ayin reagierte nicht. Ihre Hände hielten inne und der Knoten löste sich. Luxj fing den Stofffetzen auf und schüttelte das Mädchen an der Schulter.

Iska drehte den Kopf in die Richtung, in die sie starrte. Erleichtert atmete sie aus, als sie die Königin Sakkars aufrecht im Kampffeld stehen sah. Drei Gestalten huschten um sie herum, zwei klein und zierlich, die dritte ebenso aufrecht und stolz wie die Königin. »Oder sie hat uns gefunden«, erwiderte sie.

»Oh –«

»Iska!«

Sie zuckte zusammen, als eine der Gestalten ihren Namen schrie und auf sie zu rannte. »Lynn!«

Der Junge sprang in ihre Arme und warf sie um. Sie fing sich gerade so mit den Ellbogen auf, bevor sie der Länge nach im Gras lag. Lynn schlang die Arme um ihren Hals und vergrub seinen Kopf in ihrer Schulter. Iska starrte auf den Schopf des Jungen, ihre Muskeln angespannt. Sie konnte kaum mehr tun, als sich weiterhin abzustützen, während sie in Lynns Umarmung erstarrte. Ein schlechtes Gewissen schlich sich in ihren Hinterkopf. Sie hatte kaum an ihn gedacht seit den Angriffen, wobei sie Ask doch versprochen hatte, auf Lynn aufzupassen …

Unbeholfen strich sie Lynn über die zerzausten Haare und hob hilfesuchend den Blick. Doch zwei Halbteufel verkniffen sich das Lachen und ihr Bruder sah ähnlich hilflos und erschrocken aus wie sie. Großartig. Warum dachte sie auch, dass die drei ihr bei so was helfen konnten? Akyma und Ifrat waren in etwa so gefühlvoll wie Kieselsteine. Und Derryk … Sie seufzte. Unter Ächzen setzte sie sich auf, wobei Lynn fast von ihr runterfiel. Sie strich ihm einfach weiter über den bebenden Rücken und wartete, dass er zuerst etwas sagte.

»Du lebst noch. Ihr lebt …«, murmelte Lynn mit noch immer in ihrer Schulter vergrabenem Gesicht. Iskas Herz zog sich zusammen. Ihre Hand stockte, bevor sie Lynn sanft auf den Rücken klopfte. Er schniefte und hob den Kopf. Zwei große rote Augen sahen sie an, doch ein kleines Lächeln umspielte seine Lippen.

»Bist du verletzt?« Eigentlich wollte sie ihm von Skee erzählen. Sie wusste, sie war ihm wichtig gewesen. Wie eine große Schwester und gute Freundin. Doch die Worte blieben ihr im Hals stecken. Ihre Kehle zog sich bei dem alleinigen Gedanken an ihre Freundin zusammen.

»Nur leicht«, antwortete Lynn erstickt. »Rhyja hat mich beschützt.« Da stockte er und schaute Iska von oben bis unten an. Er riss die Augen noch weiter auf. »Du –!«

Iska lächelte schwach und wuschelte ihm durch die Haare. »Mach dir keine Sorgen. Mir geht es gut.« Zumindest würde ihr Körper nicht zusammenbrechen in den nächsten Stunden. Sofern sie sich etwas ausruhen und eventuell etwas essen konnte. Ihre Wunden würden schon von selbst heilen, nahm sie an.

Sie spürte Derryks abschätzenden Blick auf sich und die Art, wie er die Augenbrauen hochzog, war ihr nur allzu bekannt.

»Du siehst nicht so aus«, murmelte Lynn und seine Augen suchten jemanden. Jemanden, der nicht hier war. Iskas Lächeln fiel in sich zusammen und sie musste die Zähne zusammenbeißen, um die Tränen zurückzudrängen. Sie drückte Lynn an sich. Seine Finger krallten sich in ihren Rücken, während er seinen Kopf erneut in ihrer Schulter vergrub.

»Na, sieh mal einer an. Ihr lebt tatsächlich noch.«

Iska zuckte zusammen bei der neuen Stimme. Solon Fre trat in Begleitung von Rhyja und Elorion an sie heran. Die sakkarer Königin verschränkte die Arme, als erwartete sie etwas von ihnen. Erschöpft atmete
Iska aus und schloss die Augen. Letztendlich brachte sie nur ein Nicken
zustande.

»Entgegen aller Erwartung«, kommentierte Akyma an ihrer Stelle.

Solon Fre schnaubte in Zustimmung und Iska schoss ihm einen genervten Blick zu.

»Ich bewundere euren Mut und eure Dummheit gleichermaßen. Die
Teufel herauszufordern war möglicherweise nicht die beste Idee, obwohl
ich euren Worten zustimme, Iska und Derryk A'Shyr.«

Derryk zuckte bei dem Nachnamen zusammen und wandte den Blick
von der Königin ab. Iska bereitete er im Moment nur weitere Kopfschmerzen.

»Vielleicht«, sagte sie nur. »Habt Ihr einen Rückzugsort außerhalb der
Kampfzonen?«

»Unser Lager wurde zerstört«, antwortete Rhyja anstelle ihrer Königin.

Elorion schnaubte. »Vergesst die drei Länder. Annin-eR oder Annin-aH
sind die sichersten Optionen. Doch es wird einige Zeit dauern, bis dort Lager entstehen.«

»Und was ist mit den Menschen in den Städten?« Derryk hielt noch immer den Blick abgewandt, konnte jedoch nicht anders, als sich einzumi-
schen.

Iska schüttelte langsam den Kopf und kaute auf ihrer Lippe.

»Vergiss die Länder, Junge. Vermutlich sind die meisten Geister-städte«, sagte der Meisterspion Elorion und sprach damit Iskas Gedanken aus. Schließlich hatte Ki'Aja es nicht direkt auf sie abgesehen, sondern auf alles Leben. Sie waren nur diejenigen, die sich heftiger wehren konnten. Überlebende würde es höchstwahrscheinlich geben, sowohl Menschen als auch Ki'Ajas Dämonen.

Da kam ihr ein anderer gewisser Halbteufel wieder in den Sinn und sie wandte sich an Akyma und Ifrat. »Was ist mit Asstyx geschehen?«

Akyma zeigte auf einmal unglaubliches Interesse an den Grashalmen zu seinen Füßen.

Ifrat verdrehte die Augen. »Abgehauen, der Bastard.«

»Mit den Worten, er hätte Wichtigeres zu tun, als uns zu unterhalten.«

»Abhauen ist in diesem Fall ein sehr interessantes Wort für sein Ver-schwinden«, wies Solon Fre die Zwillingsbrüder zurecht.

Akyma zog die Brauen in die Höhe und wollte sofort etwas erwidern, doch Ifrat kam ihm zuvor. »Wir können es auch einen taktischen Orts-wechsel nennen, denn darauf hat er die letzten Jahrhunderte schon öfter zu-rückgegriffen. Mittlerweile haben wir uns jedoch für Abhauen entschie-den.« Sein Ton war kühl und Sarkasmus schwang in jedem Wort mit.

Jetzt war es an Iska, die Brauen zu heben.

Solon Fre stieß ein Schnauben aus, bevor sie anfing zu lachen. »Na, den Erzengeln sei Dank habe ich noch von keinem Kampf zwischen Halbteu-feln gehört.« Hinter ihr sprinteten zwei Figuren auf ihre kleine Gruppe zu. Rhyjas Ohren zuckten und sie wirbelte augenblicklich herum, die Finger um den Griff ihres Schwertes gelegt. Elorion reagierte ähnlich, nur die Kö-nigin wandte sich mit einer eleganten Ruhe zu den Neuankömmlingen um.

Sie trugen ähnliche Farben wie die drei Sakkarer. Entweder Überlebende des Kampfes oder Elorions Spione. Zumindest schienen sie nicht direkt in das Kampfgetümmel verwickelt worden zu sein, dem relativ guten Zustand ihrer Kleidung und nur leichten Wunden nach zu urteilen.

Iska schenkte ihnen ein halbes Ohr, während sie Lynn leicht auf den Rücken klopfte.

»Die Kämpfe um den See sind beendet. Wir haben wie befohlen die Überlebenden angewiesen, sich am Flussufer zu Asharis Grenze zu sammeln. Von den Ak'Amjen fehlt jede Spur, die restlichen Dämonen flüchten in den Wald.«

Lynn blickte von ihrer Schulter auf und kletterte von ihr herunter. Sie richtete ihr Oberteil, bevor sie sich unter Ächzen auf die Beine kämpfte. Stechende Schmerzen zogen sich an den Muskeln durch ihren gesamten Körper.

»Ihr habt schon öfter gegen Asstyx gekämpft?«

Akyma schnaubte. »Natürlich. Auf kurz oder lang läuft man sich gezwungenermaßen mal über den Weg.«

»Und das ist bereits ein Grund zum Kämpfen?«, hakte Derryk nach.

»Der Bastard ist ähnlich eitel wie die Teufelin, aus der er gekrochen ist. Außerdem standen wir uns schon immer gegenüber.«

»Er ist der Sohn der Antei Aras, richtig? Die Teufelin der Verführung?« Sie durchforstete ihre Erinnerungen nach Informationen zu der Teufelin. Sie wurde mehr oder weniger durch Ki'Ajas Verrat erschaffen, aus dem Nichts heraus wie die anderen Teufel auch. Doch damit war sie die Jüngste unter ihnen. Sie soll Begierden und Gelüste in ihrem Gegenüber hervorrufen, sobald sie ihr Gesicht zeigte.

Konnte es sein …

»Kann sie ihr Geschlecht wechseln?«

»So in etwa«, bestätigte Akyma. »Genau genommen besitzt sie kein Geschlecht. Sie liebt jedoch Weiblichkeit, weshalb sie sich so zeigt. Und um einen Ausgleich unter den Teufeln zu schaffen, wurde sie als dritte weibliche Teufelin betitelt.«

»Was für ein Schwachsinn«, murmelte Iska und rieb sich die Schläfen.

»Vielleicht.«

»Und ihr habt –«

»Es ist entschieden. Wir werden unser Lager in Annin-aH aufschlagen, an der Grenze zu Ashari und im Schutz des Waldes. Werdet ihr uns folgen, Teufelssöhne und Teufelstochter?«

65

Iska

Es dauerte mehrere Tage, bis sich alle Überlebenden am Waldrand und am Flussufer auf Asharis Landseite gesammelt hatten. Lynn half den anderen überlebenden Heilern, doch die Verletzten waren zu zahlreich. Auch die Toten konnten nur in Eile verbrannt werden. Niemand wollte länger als nötig im blutgetränkten Kampfplatz verharren. Die Luft wog schwer auf ihnen, der metallisch-salzige Geruch setzte sich tief in die Fasern ihrer Kleidung und folgte ihnen auf Schritt und Tritt. Niemand machte sich die Mühe, großartig Zelte oder provisorische Holzhäuser aufzustellen. Sie warteten, bis die Verletzten mit realistischer Überlebenschance bewegt werden konnten, dann verließen sie als Gruppe den Blutsee.

Lynn blieb immer in Iskas Sichtweite, sein paranoider Blick verfolgte ihre Bewegungen, selbst wenn er Verletzte behandelte oder Salben anmischte. Unterbewusst blieb sie auch in seiner Reichweite und behielt ihn im Auge.

Akyma und Ifrat waren verschwunden, kurz nachdem sie angefangen hatten, nach Überlebenden zu suchen und sich zu sammeln. Sie wollten Neterya nach Asstyx, Ki'Aja oder Lura absuchen. Solon Fre hatte ihnen außerdem aufgetragen, einen genauen Schadensbericht der großen Städte in den drei Ländern aufzunehmen. Die Teufel wussten, ob die beiden es wirklich vorhatten oder nicht.

Luxj patrouillierte mit den restlichen, noch fähigen Soldaten im Lager unter Rhyjas Kommando. Ayin folgte Elorions Befehlen zum Auskundschaften des Waldes und ihres Weges nach Annin-aH.

Derryk tat dies und jenes. Mal wachte er Seite an Seite mit Luxj, mal lud Solon Fre ihn zu Besprechungen ein, mal saß er neben Iska und lernte seine neue Verbindung zu dem Halbteufel in ihm zu nutzen.

Sie selbst breitete ihre Sicht aus, suchte nach Ki'Aja in der Oberwelt und versuchte Einblicke in die Schäden in Sakkar, Elen Laar und Ashari zu erhaschen.

Viele der Städte hatten sich in Geisterstädte verwandelt. Und in jenen, deren Einwohner keinem von Ka'Jis Ritualen zum Opfer gefallen sind, herrschte Chaos und Verwüstung.

Elen Laar schien die größten Schäden davon getragen zu haben, auch wenn es zuerst nicht den Eindruck gemacht hatte. Denn Iska war nicht bewusst gewesen, welchen Schaden die Manipulation der Ak'Amjen hinterließ. Die Magie der Ak'Amjen schien eine ähnliche Wirkung auf die Opfer zu haben, wie einen Blick auf Ki'Ajas Körper zu werfen. Blut floss in Rinnsalen durch Türspalten und sammelte sich zu Pfützen. Jene, deren Geist unangetastet blieb, setzten sich selbst das Messer an die Kehle und ihren Kindern, um nicht zwischen die Krallen der Wahnsinnigen zu gelangen. Doch das gesamte Land stand noch. Die Häuser ragten stolz in den Himmel, weder Glassplitter noch Steintrümmer säumten die Straßen. Die Bauten blieben unangetastet. Das Volk der Elen jedoch beweinte die größten Verluste.

Sakkar und Ashari ähnelten sich. Leichen bedeckten Pflastersteine, Haustrümmer versperrten Wege und begruben Zivilisten. Überall, wo Iska hinsah, entdeckte sie Kampf- und Magiespuren. Ki'Ajas Armee war größer, als sie angenommen hatte. Viel größer. Doch nicht nur das, aber das erkannte sie erst einige Tage später: den Grund für Asstyx' »Flucht«. Die kleineren Städte und Dörfer in Ashari und Sakkar waren von Naturkatastrophen heimgesucht worden. Überflutungen, Erdrutsche, Waldbrände. Asstyx hatte Naturgewalten auf die Völker der Shareji und Zena losgelassen, um diese auszulöschen. Spuren dunkler und Schwarzer Magie hingen in der Luft, die nur zu Asstyx gehören konnten.

Und neben all den Katastrophen, der Zerstörung und den Leichen entdeckte sie auch Überlebende, wenn auch wenige, die trauerten, schrien und fluchten. Und sich im nächsten Atemzug versuchten, ein neues Zuhause aufzubauen.

Iska seufzte und öffnete die Augen. Warmes Licht tränkte sie und stach ihr wie Messer in den Kopf. Sie rieb sich die Schläfen. Ein schlampig geschnitzter Becher mit mehr oder weniger sauberem Wasser wurde ihr unter die Nase gehalten. Sie blickte den Arm entlang und traf den schlaftrunkenen Blick ihres Bruders.

»Du warst mehrere Stunden weg«, kommentierte er trocken.

Dankbar nahm sie das Wasser an und trank einen Schluck. Abgestandenes Wasser mit dem Geschmack von Erde füllte ihren Mund. Sie würgte es runter und seufzte erneut. Irgendwie nostalgisch, wenn sie so drüber nachdachte. »Mhm.«

Die Wärme des Lagerfeuers mischte sich mit der kühlen Nachtluft einer Herbstnacht. Sie atmete tief ein und musste bei dem Gestank des Rauches husten. Wasser schwappte über den Rand des Bechers, als weitere Hustenanfälle ihren Körper schüttelten. Mit besorgtem Blick klopfte Derryk ihr behutsam auf den Rücken. Erst jetzt bemerkte sie zwei weitere Gestalten am Lagerfeuer. Ayin und Luxj schliefen bereits, notdürftig hatten sie einen mehrmals gewaschenen Umhang als Decke über sich geworfen.

»Ich finde sie nicht.«

Derryk schüttelte den Kopf. »Und Akyma und Ifrat?«

Iska zuckte die Schultern. Die beiden meldeten sich selten und bis jetzt ohne Neuigkeiten. Nur dass die Hauptstadt soweit sicher aussah, sodass sie ihnen bald nach Neterya folgen konnte, um weiter nach dem Tagebuch oder etwas anderem zu suchen. Sobald sich hier alles eingespielt hatte.

»Wie geht es dir?«

Derryk starrte in die Flammen, das Licht warf noch dunklere Schatten auf sein abgemagertes Gesicht und ließen ihn noch blasser aussehen, als seine tiefen Augenringe es ohnehin schon taten.

Iska legte den Kopf schief. »Derryk?«

Er sah nicht danach aus, als würde er sie hören oder wahrnehmen. Iska selbst fühlte, wie die Müdigkeit an ihr nagte. Die Erschöpfung hatte sich wie ein Parasit in den letzten Tagen in ihren Knochen eingenistet.

Sie hatte ohnehin noch nicht mit Derryk über diesen Halbteufel in seinem Körper, und alles, was damit zusammenhing, geredet.

Sie nahm noch einen Schluck des Wassers, ihre Zunge streifte dabei über das splittrige Holz. Angewidert von dem Gefühl schüttelte sie den Kopf. »Derryk.«

Diesmal hörte er sie. Er blickte vom Feuer auf. Ein genervter Ausdruck lag in seinen Augen und sein Körper verspannte sich. »Hm?«

»Wie ist das passiert?«

»Was?«

»Dein Halbteufel.«

»Ach da –« Derryk stoppte abrupt und seine Augen wurden glasig. Dann zuckten seine Brauen verärgert und seine Mundwinkel fielen nach unten. »Ja, verdammt! Sei leise.« Er blinzelte und lächelte Iska entschuldigend an. Sie schmunzelte und musste sich ein Lachen verkneifen, wenn auch nur dafür, niemanden zu wecken.

»Ich soll dir von Iljyah ausrichten, er ist niemandes Halbteufel. Aber abgesehen davon … Na ja. Wie es scheint, hast du ihn durch dieses Ritual aus Versehen beschworen. Keine Ahnung. Auf jeden Fall habe ich irgendwann eine Stimme gehört und an Vollmond hatte er die Kontrolle über meinen Körper. Das weißt du ja.«

Sie nickte. Ihre Gedanken schweiften kurz an die Nacht in Shabaan ab.

»Jetzt stellt er mir seine Kräfte zur Verfügung. Oder so. Er beteuert zwar immer wieder, wir hätten nicht die geringste Chance gegen Ki'Aja, doch es interessiert ihn, wie weit wir kommen.« Er zuckte die Schultern. Iska legte den Kopf schief und betrachtete ihn. Die Jahre hatten ihn kaum verändert. Seine braunen Haare reichten ihm mittlerweile zwar bis zu den Schulterblättern, auch wenn er sie sich immer irgendwie verknotete. Und seine unterschiedlichen Augen, eins blutrot, eins dunkelgrün. Doch sonst sah er noch so aus wie früher. Und sie hätte ihm die leichte Art auch fast geglaubt, seinen unbeschwerten Ton.

Jedoch hatte er sich verändert, so wie sie. Er war nicht mehr der unbeschwerte Junge aus den Straßen Asharis und sie nicht mehr das naive Schwesterchen. Sie sah die Sorge in seinen gespannten Muskeln, seinen flüchtigen Blicken nach rechts und links. Hin und her gerissen zwischen

Schuld, Verrat und dem Wunsch, sich wieder Ayin und Luxj anschließen zu können.

»Iljyah ist Ifres' Sohn, richtig?«

Derryk nickte. »Wusstest du, dass der Blutsee warm ist? Früher kam er mir viel kälter vor.«

»Das war er«, erwiderte sie, ohne mit den Gedanken wirklich beim Thema zu sein. Sie blickte ins Feuer. »Er fühlt sich für Dämonen und damit auch für uns Halbteufel so heiß an, weil er uns verachtet. Unsere Magie wird dort gegen uns gewandt. Er lässt die gespeicherte dunkle und Schwarze Magie auf dunkle Wesen los.«

Derryk sah sie zuerst ausdruckslos an, dann lachte er leise. »Oder das.« Dann verstummte sein Lachen. »Glaubst du wirklich, wir können ihn besiegen?«

Iska blickte vom Feuer auf. Sie verbannte die Informationen der Halbteufel aus ihrem Kopf. »Wenn nicht, wären Akyma und Ifrat nicht bei uns. Und Iljyah würde dir seine Kräfte vermutlich nicht leihen.«

»Oder die drei haben einfach nur einen gewaltigen Todeswunsch.«

Iska lächelte. »Ja, oder das.«

Elorions Spione fanden Sybn im Wald. Ihr war ein Arm abgebissen und die Augen ausgekratzt worden, wie die Heiler es beschrieben. Sie tippten auf Chameen. Doch selbst ohne Augen konnte die Seherin ihre Magie noch nutzen und beobachtete mit Iska die Situation in der Oberwelt.

»Ob er sich überhaupt in der Oberwelt oder Unterwelt aufhält?«, fragte Iska mit geschlossenen Augen, während sie mit ihrem Dritten Auge

Magieströmungen verfolgte. Alle führten an Portalen in die Unterwelt oder zogen sich weit in den Himmel zurück, vermutlich bis nach Eden.

»Vermutlich nicht. Nicht nur wir suchen die Oberwelt ab, auch die Wächter überwachen den Status der Länder vom Himmel aus. Und deine Freunde überwachen Neterya. Für ihn ist im Moment wichtig, sich von dem schiefgelaufenen Ritual zu erholen.« Sybn schwenkte den Becher in ihrer Hand. Sanft schwappte der Tee darin und der Geruch nach Brennnessel und Giersch füllte das Zelt. Sybn hatte noch keinen Schluck getrunken.

»Ach, die tun tatsächlich etwas?«, murmelte sie mit gedämpfter Stimme.

»Natürlich befolgen sie die Befehle ihrer Erzengel.« Sybn klang verärgert. Iska öffnete die Augen, sodass sie die Seherin durch ihre Wimpern sah. Sie lag in einem Krankenbett, ihr Oberkörper von dicken Verbänden verbunden und mit einem warmen Mantel über ihren Schultern. Eine Wolldecke lag auf ihren Beinen. Ihre blinden Augen starrten in den Tee.

»Benutzt Ihr nicht auch helle Magie?« Weiße Augen zuckten zu ihr, ohne dass Sybn den Kopf drehte. Iska blickte zurück und seufzte. »Die Wächter machen einen Unterschied zwischen sich und Wesen Heller Magie. Das ist mir bewusst.«

»Einen Unterschied? Diese Vögel würden uns unsere Magie am liebsten austreiben. Für sie sind wir schlechtere Dämonen.«

Iska wägte ihre nächsten Worte sorgfältig ab, bevor sie sie aussprach. »Letztendlich unterscheidet sich Helle und Dunkle Magie auch nicht voneinander. Lediglich in Farbe und Intention. Sie entstehen aus der gleichen Quelle, man selbst versklavt sich einer Seite.«

Sybn schwieg eine ganze Weile. Iska schloss ihre Augen wieder und gönnte ihrer Magie eine kleine Pause. Die Dunkelheit beruhigte sie, während ihre Gedanken weiterhin rasten. Die Dunkelheit wurde von Bildern unterbrochen. Ask und Andrahey in Shabaan. Ka'Ji mit Suruhs Dolch in der Brust, Derryk versinkend im Blutsee. Das groteske Gemälde Neterya, Asks zerstörte Hütte und …

Und Skee.

Ihre Kehle brannte, als sie in die verzweifelte Jagd durch die Archive geworfen wurde. Ihr Herz hämmerte gegen ihre Brust und sie hörte Skees Schritte hinter sich. Sah Skees Gesicht, das Lächeln auf ihren blutigen Lippen, Ka'Jis Krallen an –

»Deine Theorien sind gefährlich, Iska A'Shyr. Wenn sie uns nicht den Weg zum Sieg zeigen, dann in den sicheren Tod.«

Iska blickte in die Sterne hinauf. Ihre Kehle schmerzte, während sie die Tränen runterschluckte. Sie umschlang ihren Körper mit den Armen, wiegte sich langsam vor uns zurück, um ihr Herz zu beruhigen. Die Sterne schwebten so weit entfernt von ihnen, alt und gleichgültig. Irgendwo zwischen ihnen und der Welt befand sich die Dimension der Teufel. Daneben befand sich Eden. Darunter Neterya.

Und nirgendwo …

Sie biss sich auf die Lippe, bis sie Blut schmeckte. Es vermischte sich mit dem salzigen Geschmack der Tränen. Ihre Augen brannten.

Es war der erste ruhige Abend, die erste Nacht, die sie alleine verbrachte. Sie wollte schreien. Wollte richtig weinen, keine lautlosen Tränen. Wollte so trauern können wie Menschen.

Stattdessen blickte sie in den verschwommenen Nachthimmel, während sie in der Kälte vor ihrem Zelt saß. Sie hörte die ruhigen Atemzüge ihrer Kameraden, die drinnen schliefen. Sie bestanden darauf, zusammen in einem Zelt zu wohnen.

Ihr fielen die Augen zu. Langsam gab ihr Körper ihrer Erschöpfung nach. Das Gras stach, die Äste piksten und das Laub kitzelte ihre Haut.

Iska wollte nicht an die Archive denken. Sie wollte Skee sehen, nur nicht so. Sie wollte mit ihr sprechen, ihre Ratschläge hören.

Jedoch wurde es langsam Zeit, dass sie weitermachte, wo sie und Skee hatten aufhören müssen.

Sie schloss die Augen.

Morgen früh musste sie Derryk erwischen, bevor er einer Patrouille für die nächste Woche zugewiesen wurde.

Skee

Weshalb fühlte sich der Tod so … lebendig an?

Der erste Sonnenstrahl am morgen

Derryk

Er streckte die steifen Arme vor der Brust und schüttelte den Kopf, um die Müdigkeit loszuwerden. Ayin und Luxj hatten das Zelt bereits verlassen, schon kurz nachdem er aufgewacht war. Luxj sollte sich heute Morgen bei den Heilern melden und Ayin begleitete ihn, um sich selbst neue Verbände für ihre Wunden zu besorgen.

Derryk wollte eigentlich direkt zu Tolron, der nach Rufuj' Tod die Organisation der menschlichen Soldaten übernommen hatte. Doch seitdem er Iska meditierend auf dem Boden vorgefunden hatte, konnte er sich nicht dazu überwinden, das Zelt zu verlassen. Ihre Haare lagen zerzaust und verknotet über ihren Schultern, doch ihre Kleidung war zu ordentlich, als dass sie tatsächlich lange geschlafen hatte. Falls sie überhaupt in der Nacht ein Auge zugetan hatte.

Daher wartete er, bis sie die Augen öffnete. Iska verbrachte viel Zeit mit ihrer Magie, nutzte ihr Drittes Auge öfter als ihre normalen, soweit er das mitbekam. Doch normalerweise suchte sie sich ruhige Plätze oder beriet sich direkt mit Sybn, statt in ihrem Zelt zu bleiben. Iska mit ihrer Magie zu beobachten, versetzte ihm einen leichten Stich. Selbst wenn ihr Leben früher hart und brutal gewesen war, ironischerweise kam es ihm nun sicherer vor als das, was auch immer sie im Moment taten.

Seufzend griff er neben sich und zog einen Mantel in seinen Schoß. Die Kälte im Stoff sickerte durch seine dünne Hose und er schauderte. Gähnend rieb er sich die Augen.

Mit halbgeschlossenen Augen warf er sich den Mantel über die Schultern. Er machte sich nicht die Mühe, seine Arme durch die Ärmel zu stecken. So kalt war es mittlerweile nicht mehr.

Iska blickte ihn direkt an. »Guten Morgen.«

Er zuckte zusammen.

Gezwungen ruhig atmete er den angehaltenen Atemzug aus und hob eine Braue. »Morgen. Warum meditierst du hier?«

Sie ignorierte seine Frage. »Mir ist gestern wieder etwas eingefallen. Als ich –«, sie stoppte und schluckte schwer. »Als Skee und ich auf Ka'Ji in Neterya getroffen sind, hatte sie von einem Tagebuch erzählt. Es gehörte der ersten Halbteufelin, der einzigen Tochter Thannas'. Ich möchte es suchen.«

Langsam nickte Derryk, während er seine Erinnerung nach Erwähnungen von einer Tochter Thannas' durchforstete. Doch von ihr hatte er weder gehört noch gelesen. Generell gab es nur wenige Halbteufel, noch weniger Informationen zu ihnen, vor allem jene, die im ersten Krieg gegen Ki'Aja gekämpft hatten. Oder mit ihm. Je nachdem. »Ein Tagebuch der Tochter Thannas'?«

»Ich wusste auch nicht, dass sie existierte. Sie schien ein Versuchsobjekt für einen früheren Rat gewesen zu sein. Auf jeden Fall, ihre Magie des Lebens beruht hauptsächlich auf Theorie und Ritualen, anders als Suruhs Magie. Vielleicht kann uns das Tagebuch helfen.«

Derryk knirschte die Zähne. Eine Tochter Thannas', der Teufelin des Lebens, als erste Halbteufelin kam ihm passend vor. Ein Versuchsobjekt für einen früheren Rat? Ein Tagebuch? Iska war nicht leichtgläubig, früher vielleicht einmal gutgläubig, doch mittlerweile? Sie würde es nicht erwähnen, wenn sie daran nicht glauben würde.

Doch in seinen Ohren klang es ungläubig. Fast schon erfunden. Andererseits hatte Ka'Ji keinen Grund, Iska eine erfundene Geschichte zu erzählen, oder auch nur eine Theorie ihrerseits. Oder?

Derryk dachte zurück an den Kampf am Blutsee und ihr Gespräch danach. An die Worte der Halbteufel, sie wollen Ki'Aja selbst in die Hand nehmen. Er riss die Augen auf. »Du glaubst, du findest etwas über das Ritual dort drinnen?«

»Es gibt zwei verschiedene Arten von Ritualen: kraftlose und kraftvolle Rituale. Kraftlose Rituale sind abgeschlossene Gebilde, die von einer endlichen Magiequelle leben, welche in ihr Konstrukt eingebaut wurde. Kraftvolle Rituale werden permanent mit Magie versorgt, solange sie existieren. Sie besitzen eine Magiequelle außerhalb ihres Konstruktes.«

Farbe wich aus seinem Gesicht. »Und du glaubst, Ki'Aja wurde mit einem kraftvollen Ritual eingesperrt?«

»Das sind zumindest die stärkeren Rituale. Jedoch —«

»Sie benötigen permanent Magie. Meinst du, die Teufel und Erzengel haben sich selbst als Quelle festgelegt?«

Iska zuckte die Schultern, doch ihr Blick verriet ihre Gedanken. Er war stur auf den Boden gerichtet, wilde Gedanken rasten darin, bis Frustration ihr Grün überschattete. »Ich kann es nicht mit Sicherheit sagen. Ich brauche mehr Informationen. Die Magie dieser Welt befindet sich in einem Harmoniekreis mit den Teufeln und Erzengeln. Sie nehmen permanent Magie auf, während sie sie ebenfalls in kleinen Mengen wieder abgeben. Es wäre unlogisch, wenn ihnen die Magie fehlt, um ein Ritual zu speisen.

Dann würde auch die Magie unserer Welt darunter leiden, vor allem die Dämonen und Wächter würden es spüren.«

»Sie haben also ein anderes Geheimnis, weshalb sie uns bisher nicht geholfen haben und sie Ki'Aja nicht wieder einsperren konnten.«

»Genau. Und eine verlorene Tochter Thannas', von der niemand gehört hat? Ich weiß nicht, das kommt mir verdächtig vor.«

Derryk nickte gedankenverloren. »Deshalb willst du ihr Tagebuch finden.«

»Ja.«

Sie brauchten zwei Tage für ihre Vorbereitungen. Derryk packte zwei kleine Taschen mit Vorräten, Iska bereitete ein Portal vor, welches sie mit den vorhandenen im Palast der Zwölf verband. Akyma und Ifrat befanden sich nun seit etwa eineinhalb Wochen in Neterya und hatten noch keine Spur von Ki'Aja gefunden, weshalb vor allem die Hauptstadt der Unterwelt momentan als relativ sicher galt. Ihrer Meinung nach versteckte sich Ki'Aja in einer Dimension ähnlich derer der Sechs. Wenn das der Wahrheit entsprach, blieb ihnen nichts anderes übrig, als auf einen Angriff seinerseits zu warten.

Derryk wartete am Rand ihres provisorischen Lagers auf seine Schwester. Die Sonne kletterte langsam den Himmel hoch, erste orangerote Strahlen tauchten ihn in sanftes Feuer, das die restlichen Sterne am schwarzen Nachthimmel verbannte, während der Mond der Sonne Platz machte. Dieses Schauspiel hatte er sich schon lange nicht mehr angesehen und würde es auch die nächsten Tage nicht mehr können; schließlich schien in Neterya eine ganz andere Sonne. Und was danach geschehen würde, daran dachte er erst gar nicht. Lieber die Erwartungen niedrig halten und sich auf alle Eventualitäten vorbereiten.

»Es sieht schön aus, nicht wahr?«

Derryk lächelte und nickte. Mit Ayin hatte er nicht gerechnet. Sie redete wieder normal mit ihm, ebenso wie Luxj. Sein Gefühl sagte ihm, dass sie ihm wieder etwas vertraute. Kein Vergleich zu ihrer Freundschaft früher, was nur Wochen her war, aber es war ein Anfang. Ein Neuanfang.

»Ja. Weiter als bis zu den Baumkronen habe ich schon länger nicht mehr geschaut«, stimmte er ein wenig wehmütig zu, ohne den Blick vom Himmel zu wenden. Ayins Arm streifte seinen, als sie sich neben ihn stellte und ebenfalls an den gelben Blättern vorbeischaute.

»Die Erde ist für uns wichtiger als der Himmel«, murmelte sie bitter. Aus den Augenwinkeln nahm er ihre magere Gestalt wahr, die über ihrem Mantel verschränkten Arme. Als würde sie sich zusammenhalten.

Er schüttelte den Kopf. »Der Himmel ist ebenso wichtig wie die Erde. Wir müssen nur nicht seine Kämpfe austragen.«

Ayin schwieg zwei Herzschläge lang, bevor sie noch leiser als zuvor antwortete: »Vielleicht machen wir aber auch genau das.«

Blätter und Äste raschelten, als sich eine dritte Gestalt zu ihnen gesellte. Ein improvisierter Beutel aus alten, unbenutzten Laken hing über Iskas Schulter. »Ich bin fertig.«

Derryk nickte. Als er Ayins Anspannung bemerkte, legte er ihr zögerlich einen Arm um die Schultern und zog sie an sich. Ihre Anspannung ließ nicht nach und sie erwiderte die Umarmung auch nicht, jedoch stieß sie ihn auch nicht von sich. Stattdessen schloss sie die Augen und murmelte »seid vorsichtig«, bevor sie unter Derryks Arm wegtauchte und Richtung Lager verschwand.

Kommt zurück. Diese Worte hingen ungesagt in der Luft. Derryks Brust zog sich zusammen und seine Hände ballten sich zu Fäusten. Natürlich. Sie würden vorsichtig sein. Sie würden zurückkommen. Doch während er den ersten Teil versprechen konnte, konnte er den zweiten auch nur hoffen. Akyma und Ifrat sagten zwar, in der Unterwelt hielten sich nur noch wenige Überlebende auf, doch man wusste nie. Sie konnten nicht sagen, was sie dort erwarten würde.

»Natürlich«, antwortete Iska an seiner Stelle zu dem nun leeren Platz an Derryks Seite. Keine Versprechen. Keine Hoffnungen. Dann blickte sie zu ihm. »Ich kann dir nur nicht versprechen, wo genau wir rauskommen.« Ihre Stimme wurde immer leiser.

»Du hattest erwähnt, dass Ka'Ji Neterya … verbogen hat.« Er hatte keine Ahnung, was genau Iska damit gemeint hatte oder wie die Stadt nun aussah. In seiner Erinnerung stand der Palast prächtig und stolz über der Stadt, umgeben von Felsformationen und erstreckte sich gefühlt bis in den erfundenen Himmel. Doch scheinbar hatte sich dieses Bild gewandelt.

»Ja. Verbogen ist das richtige Wort«, murmelte Iska, bevor sie sich umdrehte und das Lager durchquerte. Derryk folgte ihr und grüßte ab und zu Soldaten und Wachen, die im Lager patrouillierten, während alle anderen noch schliefen. In etwa einer halben Stunde würde das Lager erwachen und der Tag für sie beginnen.

Das Portal befand sich etwas außerhalb des Lagers. Brennende Kerzen markierten die Grenzen und verbanden Bäume und Büsche mit unsichtbaren Linien. Bündel mit Tierknochen und Kräutern hingen über Buchstaben einer ihm unbekannten Sprache. Es sah erstaunlich einfach aus, dafür, dass es sie in die Unterwelt befördern sollte.

»Die zwölf Schriftzeichen sind die Dämonenarten«, erklärte Iska kurz, als sie seinen überraschten Blick bemerkte. »Sie sind so angeordnet wie im Palast selbst. In der Hoffnung, dass noch eines der Portale aktiv ist.«

Derryk nickte, ohne ihre Worte wirklich wahrzunehmen. »Es sieht sehr einfach aus«, gab er schließlich zu.

Hinter ihnen knackte es im Unterholz und sie drehten sich um. »Natürlich ist es einfach für eine A'Shyr in der Oberwelt, Junge«, sagte Sybn mit kratziger Stimme. Langsam kam sie auf sie zu, Rhyja stützte sie. »Aber woher sollten Dämonen Kräuter und oberweltliche Tiere auftreiben? Die Magie, die für das Portal benötigt wird? Oder das Wissen?«

Iska neigte höflich den Kopf und auch Derryk verbeugte sich respektvoll. Bandagen verhüllten Sybns Augen. Der restliche Verband versteckte sich unter dem dicken Mantel, der fast Sybns gesamten Körper einhüllte.

Derryk wusste nichts zu erwidern. Hatte er an diese Dinge gedacht, dass es keine Pflanzen in Neterya gab und wahrscheinlich auch nicht die benötigten Tiere? Nein. Seine innerliche Anspannung erlaubte es ihm aber auch nicht, dass einfach zuzugeben, ohne dabei einen respektvollen Ton zu verlieren.

»Ihr solltet Euch wieder hinlegen, Sybn. Eure Verletzungen sind noch nicht verheilt«, sagte Iska stattdessen. Höflich, aber bestimmt.

Sybn ignorierte Iska. »Lasst euch nicht zu viel Zeit. Unsere Situation kann sich jederzeit ändern.«

»Wir bleiben nicht länger, als wir müssen«, entgegnete Iska kalt. Derryk bemerkte ihre angespannte Statur. Er trat einen Schritt auf sie zu und damit ebenfalls in den Kreis des Rituals. »Wir kommen so schnell zurück, wie es uns möglich ist.«

Neterya war … anders. Nicht, dass er sich die Stadt in den wenigen Tagen groß angeschaut hatte, die er in der Hütte des Alchemisten verbracht hatte. Doch die Stadt hatte eindrucksvoll gewirkt von oben; der Palast, der weit über den Häusern thronte, und die Vielfalt an Architektur.

Nun thronte der Palast im wahrsten Sinne des Wortes. Der gesamte Palast bildete eine einzige massive Treppe in den nicht-existenten Himmel hinauf. Sie nahm überhaupt kein Ende, egal, wo er hinsah. Sein Herz überschlug sich und Schweiß lief ihm den Rücken herab. Das war Ka'Jis Werk. Laut Iska hatte sie Neterya so zugerichtet, als Tribut an Ki'Aja. Es kam ihm beinah lächerlich vor, dass sie sie wirklich getötet hatten. Ka'Jis Kraft war mit ihrer eigenen doch überhaupt nicht zu vergleichen.

Derryk blickte zu Iska, die ebenso die Umgebung in sich aufnahm. »Wo genau müssen wir hin?«

Iska zögerte. »Wir müssen suchen. Ich sehe kaum etwas anderes außer Ka'Jis Magie.«

Die Kälte brannte in seinem Gesicht. Er schlang den dünnen Mantel enger um sich, doch die Kälte brannte noch immer. »Wird sie wieder vergehen?«

Iska ließ sich Zeit mit ihrer Antwort. »Vermutlich nicht. Es sieht so aus, als wäre Ka'Jis Magie hier permanent. Nur wer stärkere Magie wirken kann, ist in der Lage, hier aufzuräumen.« Nach einem weiteren Moment fügte sie hinzu: »Ich denke, das ist der Grund, weshalb wir sie besiegen konnten. Wenn sie hier permanente Magie gewirkt hat, waren ihre

Magiereserven wahrscheinlich noch nicht wieder aufgefüllt. Und mit deinem … mit Iljyah wird sie auch nicht gerechnet haben.«

»Sie war zu arrogant«, murmelte Derryk, doch irgendwie kam ihm der Gedanke lächerlich vor. Ein leises Lachen klingelte in seinen Ohren, triefend von seinem üblichen Zynismus.

Hast du deine Überzeugung verloren, A'Shyr?

Der Halbteufel zupfte wenig subtil am letzten Zipfel von Derryks Geduldsfaden. Die Ruhe über die letzten Tage hatte er unterbewusst doch sehr genossen.

Du hast deine Sprache wiedergefunden. Glückwunsch.

Was denkst du, wie einfach es für deinen sterblichen Körper ist, die Seelen eines Menschen und eines Halbteufels zu beherbergen?

Derryk knirschte die Zähne, eine Antwort ersparte er sich.

Ich bin nur zur Hilfe hier. Ansonsten konzentriere ich mich darauf, meine Präsenz zu verbergen. Um deines Körpers willen.

An dem auch dein Leben hängt.

Das habe ich nie verleugnet.

»Derryk?« Finger gruben sich in seine Schultern und schüttelten ihn. Reflexartig packte er beide Handgelenke und stoppte die ruckartigen Bewegungen. Sein Kopf klärte sich wieder. »Entschuldige. Hast du was gesagt?«

»Ich möchte mich nicht lange hier aufhalten. Ich denke, entweder hat Ka'Ji das Tagebuch im Archiv gelassen oder zu ihrem Thron gebracht.«

Der Thron.

Warum klingst du so sicher? Kanntest du Ka'Ji?

Natürlich nicht. Aber sie ist ein Halbteufel. Die Frage sollte sich nicht stellen.

Derryk verzog den Mund. Leider war das ein gutes Argument. Er wandte sich an Iska. »Gibt es einen sicheren Weg hoch?«

Iska warf ihm einen schnellen Blick über die Schulter zu, während sie sich gerade auf ein Trümmerteil des Palasts hochzog. »Nein. Hoch kommen wir allerdings schon.«

»Und beten, dass wir auch wirklich heil oben ankommen?«

»Du kannst es ja versuchen.«

Er betete nicht, während sie über die Trümmer kletterten und versuchten, auf dem Weg der verwinkelten Treppe zu bleiben. Nein, im Gegenteil. Während er sich Iljyahs Feuer zunutze machte, um der Kälte von Ka'Jis Magie entgegenzuwirken, versuchte er den Halbteufel in ein Gespräch zu verwickeln.

Leider war der nicht gesprächig und half Derryk nur noch bei der Kontrolle seiner Magie. Bei Fragen zur Tochter Thannas' schwieg er eisern. Fragen zu seiner Vergangenheit bei Ki'Aja wich er aus. Oder ignorierte ihn weiterhin. Die einzige Sache, die Derryk aus seinem Monolog erfuhr, war, dass der Halbteufel Thannas' Tochter gekannt hatte. Und das mochte als Information interessant sein, doch es half ihnen nicht weiter.

Die Treppen sahen auch nur von außen aus wie Treppen. Ka'Ji hatte wohl nur auf ein krankhaft mystisches Aussehen geachtet. Trümmer des Palastes bildeten die Stufen, die teilweise so weit auseinander schwebten, dass sie sich einen anderen Weg suchen mussten. Und nicht, dass es die nicht zu Genüge gab, doch die meisten führten mehrere Meter in die Tiefe oder brachen bei der leichtesten Berührung auseinander. Manchmal bildeten Säulen Übergänge und Brücken und an anderen Stellen wurde der Weg wieder von ehemaligen Statuen von Chimären gespalten.

Derryk fluchte laut, als der Stein unter seinem Fuß bröckelte und abbrach und ihn dabei fast mit in die Tiefe nahm. Er krallte die Finger in einen seidigen Stoff neben sich, der sich kein Stück rührte. Iska sah ihn an, selbst zu konzentriert auf den Weg, um schockiert über seinen Beinahabsturz zu sein.

»Komplett bescheuert! Was soll das?«, brummte er, während er ihr auf ihrer Seite folgte.

»Das Gestein hält Ka'Jis Magie nicht stand.«

»Das merke ich! Aber warum sollte sie so was machen? Braucht sie keinen Weg hoch?!«

»Sie hat es gemacht, weil sie es konnte.« Iska riss an ihrem Hosenbein, das sich an einer scharfen Kante verfangen hatte, bevor sie über einen kleinen Abgrund sprang und sicher auf dem nächsten Trümmergestein landete. »Und nein, brauchte sie wahrscheinlich nicht. Sie wird ihren eigenen Weg gehabt haben, um hoch zu gelangen.«

Ja, natürlich. Was auch sonst …

Hast du gerade ernsthaft gefragt, ob Ka'Ji denselben dämlichen Weg wie ihr geht?

Willkommen zurück. Fertig mit schmollen oder in Erinnerungen schwelgen?

Ein aggressives Knurren hallte in seinen Ohren wider, als sich ein starker Druck in seinem Kopf ausbreitete. Schwankend blieb er stehen, die Hand nach einer Stütze ausgestreckt.

Lass den Scheiß! Du fällst mit runter!

Pass auf, was du sagst. Die Stimme erklang als Flüstern, leise und gefährlich.

Klar. Hast du endlich deine Sprache wiedergefunden, nur um unseren Weg zu kommentieren?

Schweigen. In Gedanken stieß Derryk eine Reihe Flüche aus, während das Pochen in seinem Kopf nachließ.

Deine Schwester erinnert mich an sie.

Derryk hatte gerade zu seinem nächsten Schritt angesetzt, als der Satz in gefrieren ließ. *Was?*

As'kan war genauso ein Miststück wie Iska. Im guten Sinne.

As'kan? Ist das der Name von Thannas' Tochter?

Das war ihr Name. Hat ihn sich selbst gegeben. Sie hat ihn sich von einer Kommandantin der Wächter geklaut, Askare Kallin. Sie hatte früher die oberste Armee Edens angeführt, als schützende Heiligkeit. As'kan tötete sie, nahm ihren Namen und verneinte ihn. Sie nannte sich Unheiligkeit.

Unwillkürlich musste Derryk lächeln. Irgendwie klang das … sympathisch. Wirklich wie ein Miststück im guten Sinne.

Außerdem war sie es, die das Ritual, um Ki'Aja zu verbannen, erschaffen hat.

68

Derryk

»Was?!«, platzte es aus Derryk heraus. Er warf den Kopf wild hin und her, als suchte er den Halbteufel. Iska, die durch seinen plötzlichen Aufschrei auf der Stelle zusammengezuckt war, traf schließlich seinen Blick. In ihren grünen Augen lag ein befremdlicher Ausdruck, außerdem trübte der rötliche Schleier Neteryas ihr Gesicht. Derryk entschuldigte sich kleinlaut bei ihr, bevor er sich wieder an Iljyah wandte.

As'kan hat das Ritual erschaffen? Nicht die Teufel?

Bist du wahnsinnig?! Natürlich nicht die Teufel!

Natürlich nicht?! Woher hätten wir das wissen sollen?

»Derryk? Worüber sprecht ihr?«

Weshalb geht ihr direkt davon aus, dass das die Gunst der Teufel war?

Was für eine Gunst? Wollten sie Ki'Aja nicht selbst am liebsten tot sehen nach ihrem Kampf?

Nicht direkt!

»Derryk?«

Was meinst du nicht direkt?

Diese Bastarde hielten sich eine ganze Zeit lang im Hintergrund und versuchten nur, mit Ki'Aja zu reden! As'kan hatte als erste etwas unternommen und uns auf ihre Seite geholt. Weder die Teufel noch die Erzengel taten irgendwas gegen Ki'Aja oder um ihre Welt zu beschützen, das waren wir! Allen voran sie.

Derryk konnte seinen Schock nicht verbergen. Iska starrte fragend in seine aufgerissenen Augen, während ihm die Kinnlade runter klappte.

»Derryk, was besprecht ihr? Ist es wichtig?«

»Es … es ist …« Worte formten sich in seinem Geist, doch sein Mund sprach sie nicht aus. Im nächsten Moment verflogen sie auch schon wieder und ließen Hilflosigkeit in ihm zurück. Er wollte Iska von Iljyahs Worten erzählen. Sie brauchte die Informationen, wahrscheinlich konnte sie damit mehr anfangen als er. Doch ihm war nicht die aufgestaute Wut und Trauer in Iljyahs Stimme entgangen, oder wie sie am Ende gebrochen war.

Bevor er Iska antwortete, stellte er dem Halbteufel noch eine Frage. *Du kanntest As'kan nicht nur, oder? Da war mehr.*

Der Teufel schwieg, doch Derryk spürte noch die Präsenz seiner Seele. Als er nach einigen Minuten immer noch nichts sagte, wandte sich Derryk an Iska und erzählte ihr von As'kan.

Iskas Mimik blieb verschlüsselt, auch wenn ihr Körper sich immer mehr anspannte. Von Iljyahs Gefühlstumult berichtete er nicht, sondern beschränkte sich auf die wichtigen Fakten. Von außen schien Iska kaum überrascht, und vielleicht war sie es auch nicht. Dennoch bemerkte er ihren Schock, der sehr schnell von Interesse überlagert wurde.

»As'kan«, murmelte sie vor sich hin. »Das Ritual wurde also gar nicht von den Teufeln erschaffen.« Sie klang seltsam begeistert.

»Es scheint so. Weshalb freut dich das so?«

Iska blickte ihm direkt in die Augen, ein zufriedenes Grinsen auf den Lippen. »Wenn das Ritual von einer von uns erschaffen wurde, ist die

Wahrscheinlichkeit hoch, dass wir tatsächlich etwas damit anfangen können. Falls etwas schiefgehen sollte.«

Der Weg hoch dauerte. Seit sie in Neterya angekommen waren, hatte das Rot sich nicht verändert. Der Farbton blieb intensiv, ohne die kleinste Schwankung. Jegliches Zeitgefühl ging dadurch verloren. Es fühlte sich an wie Stunden und Tage, die sie die Trümmer hochkletterten. Sie hielten ihre wenigen Pausen kurz und schliefen abwechselnd. Iljyah hielt sich im Hintergrund und sprach kein Wort mehr. Derryk wusste, dass er ihre Gespräche mitbekam, jedoch schien er zu sehr mit seinen eigenen Gedanken beschäftigt, als dass er sich einmischen wollte.

Nach einer gefühlten Ewigkeit erkannte Derryk eine Plattform über sich. Schon von unten sah sie imposant und elegant aus. Verschiedene Säulen bildeten schwungvolle Wirbel am unteren Rand, welche sich zu vier Füßen verbanden. Auf den Wänden rechts und links leuchteten massive Zeichen und Formen aus Gold und Onyx. Als sie auf die Plattform traten, tat sich ein unendlich schwarzer Boden vor ihnen auf. Derryk starrte einige Sekunden auf das gesamte Konstrukt, bevor sein Blick wieder am Boden, oder am nicht-Boden, hängen blieb.

»Und was hat Ka'Ji hier getan?« Die kalte Luft war ganz untypisch für Neterya. Ein Schauder lief über seinen Rücken und ließ eine Gänsehaut zurück. Nicht mal der Gestank nach Schwefel schnürte ihm mehr die Kehle zu. Stattdessen schwirrte die Luft seltsam klar. Als hätte es an einem warmen Sommertag geschneit.

»Sie hat den Thronsaal der Zwölf in einen Thron verwandelt«, antwortete Iska, Faszination schwang in ihrer Stimme mit.

Derryk kaute auf der Innenseite seiner Wange herum, bis er schließlich spitz kommentierte: »Wie poetisch.«

Mit einem gleichgültigen Schnauben betrat Iska den pechschwarzen Boden. Ihre Füße sanken weder ein noch gab der Boden nach. Es sah fast so aus, als würde sie auf einer Schicht darüber laufen.

Derryk schüttelte den Kopf und folgte Iska. Erst als sie ohne Vorwarnung einfach stehen blieb und er in sie stolperte, bemerkte er ihr Ziel: ein kleiner Thron aus glänzendem Gold und roter Seide, umgeben undurchsichtigen Nebeln. Das Gold wand sich zu schnörkeligen Ornamenten, inmitten dessen ab und zu schwarze Löcher eingelassen waren … Derryk runzelte die Stirn. Nein, keine Löcher. Obsidian.

»Was ist diese Obsession mit Gold, Rot und schwarzen Steinen?«, murmelte er.

Doch Iska stand nicht mehr neben ihm, sondern ließ ihre Finger über das glänzende Material des Thrones gleiten. »Gold ist Macht und Reichtum. Außerdem wurde Ka'Ji auch Tochter des Goldes genannt, wegen ihrer Augen. Schwarz ist edel und spiegelt unsere Magie wider. Onyx und Obsidian gleichen Schwarzer Magie gewissermaßen. Und rot … Selbstliebe? Oder auch wegen der Magie. Wer weiß.«

»Oder einfach Arroganz. Damit lässt sich so einiges erklären.« Als Akymas Stimme erklang, blieb Derryks Herz beinahe stehen. Er fuhr ruckartig herum und stolperte dabei fast über seine eigenen Füße. Akyma lief auf sie zu, diesmal ohne seinen Bruder. Derryk spähte an dem Halbteufel vorbei, doch Ifrat folgte ihm tatsächlich nicht. Letztendlich blieb sein Blick an dem großen Flügelpaar auf Akymas Rücken hängen. Natürlich, sie konnten einfach hochfliegen. Hätten sie sie dann nicht einfach –

Das will ich sehen, wie die beiden eure Fahrgelegenheit spielen.

Derryk verdrehte die Augen und ignorierte den bissigen Kommentar. Die Erleichterung, die er bei der Stimme verspürte, verdrängte er.

»Habt ihr gefunden, für was ihr herkamt?«

»Wir sind gerade erst angeko-«

»Ja«, unterbrach Iska ihn und tigerte um den Thron herum. Sie deutete auf etwas auf der Armlehne. Dort ruhte, aufgeschlagen und sich selbst durchblätternd, ein altes, zerfleddertes Notizbuch.

Derryk trat an den Thron heran und starrte auf die vergilbten Seiten, ohne das Buch zu berühren. »Das ist As'kans Tagebuch?« Die Schriftzeichen waren chaotisch, zum Teil sauber und ordentlich geschrieben, doch überall waren Kommentare eingequetscht und irgendwelche Symbole über Wörter gekritzelt worden. Nicht nur, dass er die Sprache nicht verstand, dieses Tagebuch sah wie ein einziger Wirrwarr aus.

»As'kan?«

Derryk nickte geistesabwesend. »Der Name von Thannas' Tochter.«

Diesmal bemerkte er den zweiten Schatten, der lautlos neben Akyma landete. »Woher kennst du ihren Namen?«, fragte Ifrat, obwohl er dem Tagebuch nicht eine Sekunde seiner Aufmerksamkeit schenkte. Er schien vielmehr gelangweilt von dem Thron und der Magie um sie herum. Oder genervt, dass sie was auch immer sie taten, unterbrochen haben.

»Iljyah hat es mir gesagt.« Das verschlug den beiden Brüdern die Sprache. Iska beachtete sie nicht, sondern griff vorsichtig nach dem Tagebuch. Misstrauisch wich Derryk einen Schritt zurück, als sich ihre Finger um das aufgeschlagene Buch schlossen und sie es vom Thron aufhob.

Eine schwere Hand legte sich auf seine Schulter. »Iljyah?« Die Kraft, die hinter dem noch leichten Druck steckte, jagte einen Schauder über Derryks Wirbelsäule. Hinter ihm baute sich Magie auf, weder heiß noch eisig, doch sie kratzte über seinen Arm wie die Klinge eines Schwertes. Mit klopfendem Herzen drehte Derryk sich um und blickte in Ifrats tiefschwarze Augen. Derryk antwortete nicht.

»Iljyah kämpfte an Ki'Ajas Seite. Wie kommst du drauf, ihm zu vertrauen?«

Ehrlich gesagt überraschte ihn am meisten, dass Iska ihm diese Frage noch nicht gestellt hatte. Möglich wäre natürlich, dass sie noch nichts von Iljyah gehört hatte, obwohl er das nicht direkt glaubte. Oder vertraute sie seinem Urteilsvermögen? Aus dem Augenwinkel musterte er seine Schwester. Sie stöberte im Tagebuch, ihre Augen jedoch waren auf sie drei gerichtet. Derryk suchte nach Worten, um Ifrat zu antworten. Doch sie kannten das Gefühl nicht, mit einer zweiten Seele den Körper zu teilen. Jemand anderen permanent da zu haben, zwar nicht in seinen Gedanken, aber zu jedem einzelnen Moment. Diese Verbindung, dieses Gefühl band einen in gewissermaßen aneinander. Und diese Verbindung war etwas Persönliches, ob sie es wollten oder nicht. Für ihn spielte es keine Rolle, ob sein Verstand ihm sagte, dass Iljyah mit Ki'Aja gekämpft hatte und er ihm deswegen nicht vertrauen sollte. Er tat es. Glaubte seinen Worten. Er hatte sein Leben gerettet. Und er wusste, dass da noch mehr war, über das der Halbteufel nicht sprechen wollte. Doch Derryks Gefühl sagte ihm auch, dass das nicht zu ihrem Nachteil sein würde.

»Er sitzt in meinem Körper fest. Er hilft nur, um zu überleben.«

Ifrat kniff die Augen zusammen, erwiderte jedoch nichts. Er schenkte Derryks Worten wohl keinen Glauben.

Nette Ausrede.

Derryk verfluchte den Halbteufel innerlich. *Wie kommt es, dass sie dich kennen, aber As'kan nicht?*

Iljyahs Lachen verstummte und Stille antwortete auf Derryks Frage.

Okay, verdammt, hör zu ...

Weil sich niemand an sie erinnern soll.

Wegen des Rituals?

Mit diesem Ritual kannst du jemanden aus der bekannten Welt verbannen. Sie hat es speziell für Teufel und Erzengel erschaffen. Es ist eine der mächtigsten Magien, die existieren, und steht auf einer Stufe mit Schwarzer und Weißer Magie. Was denkst du wohl, wie die Teufel darauf reagiert haben?

Derryk riss seine Schulter von Ifrat los und trat beiseite. Die Blicke der Zwillinge folgten ihm bei jedem Schritt. Iskas Aufmerksamkeit lag deutlich auf den beiden. Derryk kümmerte sich um nichts davon.

Aber war ihr das nicht vorher bewusst? Wenn sie den Teufeln etwas so Mächtiges präsentiert hat ...

Denkst du, wir hätten es mit ihnen geteilt, hätten wir eine Wahl gehabt? Wir waren zu dritt. As'kan, Iakyn und ich. Drei Halbteufel gegen Ki'Aja und vier weitere von uns. Unsere gesamte Hoffnung lag auf diesem Ritual und den Teufeln.

Warst du nicht auch auf Ki'Ajas Seite? Du hast doch auch für ihn gekämpft.

Derryk setzte sich auf den mehr oder weniger existierenden Boden und rieb sich die Schläfe. Ein leichter Druck kündigte Kopfschmerzen an.

Nicht von Anfang an.

Derryk schloss die Augen. Iljyah machte keine Anstalten, sich zu erklären. *Nach As'kans Tod, oder? Nachdem die Teufel As'kan getötet haben, hast du dich Ki'Aja angeschlossen.*

Heißer Zorn flammte in einer Stelle seines Geistes auf, die er nicht ganz ausmachen konnte. Die Hitze breitete sich in seinem Körper aus, selbst seine Lungen brannten beim Atmen. Derryk biss die Zähne zusammen und wartete, bis der Zorn abebbte und nur Kälte übrig blieb.

Sie haben uns keine Chance gelassen, uns zu verteidigen. As'kan und ich versuchten, mit den Teufeln zu reden, während Iakyn im vereinten Land auf uns wartete. Sie ließen As'kan nicht einmal ausreden, bevor sie uns fesselten und Suruh ihren Dolch zog. In ihrer Dimension sind unsere Kräfte sowieso schon schwächer, ganz davon zu schweigen, dass sie zu sechst waren. As'kan hat es mit ihren eigenen Methoden geschafft, mich durch ein Portal zurück zu Iakyn zu schicken.

Derryk wusste nichts darauf zu sagen. Das klang sehr nach den Teufeln aus den Erzählungen der Menschen. Er kaute auf seinem Fingernagel, während er im Geiste Iljyahs Worte wiederholte. Etwas störte ihn daran.

Und du bist sicher, dass As'kan getötet wurde?

Iakyn wurde in der Zwischenzeit getötet, von Ki'Aja persönlich. Er wartete auf uns, Iakyns Leiche zu seinen Füßen und zwei weitere

Halbteufel bei sich. Fast konnte Derryk ebenfalls die Bilder sehen. Die Emotionen, die sich mit Iljyahs jetzigen mischten, fühlte er überdeutlich.

Ki'Aja wollte mich nicht sofort töten. Er interessierte sich für As'kan. Ihr Plan war es gewesen, alle Teufel und Erzengel aus unserer Welt zu verbannen. Dafür forschte sie seit Jahrhunderten an Ritualen und allem Möglichen. Ki'Aja kam ihrem Plan in den Weg mit seiner Vision einer neuen Welt. Sie wollte die unsere, nur ohne Teufel und Engel.

Ich habe versucht, nach As'kan im Ness zu suchen, mit Ki'Ajas Hilfe und ihren Notizen. Doch sie war nicht mehr da. Die Teufel haben ihre Seele komplett ausgelöscht. Sie haben ihr keine Chance gelassen. Und mit As'kans Tod starb auch ihr Traum. Also erzählte ich Ki'Aja von dem Ritual. Ich wollte, dass er die Teufel tötete. Er sollte As'kan rächen.

Aber du hattest gesagt, dass sie Ki'Aja verbannen wollte. Dringender noch als die anderen Sechs. Hast du damit nicht gegen sie gehandelt?

Zum Teil vielleicht. Doch sie war keine Heldin, Derryk. Die Teufel haben sie in den ersten Jahren ihres Lebens an die Dämonen ausgeliefert, an den Rat. Sie hasste die Sechs mehr als Ki'Aja. Thannas, Suruh, AkMey, sie alle. Doch Ki'Aja … Sie fürchtete ihn. In ihr wuchs eine Angst vor seiner Vision und seiner Kraft, die sie über ihren Hass hinwegsehen ließ. As'kan war die Stärkste unter uns Halbteufeln gewesen und als wir mitbekamen, wie sie ihre Angst zu verstecken suchte, sind vier von uns übergelaufen. Iakyn und ich sind geblieben, da wir bereits eine lange Reise hinter uns hatten. Ich bin zu

Ki'Aja gewechselt, damit er As'kan rächt, auch wenn ich damit I-akyns Opfer hintergangen habe. Doch As'kan … Sie hätte es gewollt.

Derryk wandte den Blick gen Rot und atmete tief durch. Iljyahs Emotionen verschwammen mit seinen. Er konnte das, was der Halbteufel für As'kan empfunden hatte, nicht so recht entziffern, doch *eine lange Reise* traf es definitiv nicht. Liebe war vermutlich ein zu starkes Wort, außerdem würde Iljyah ihn für diesen Gedanken wohl kreuzigen. Es musste dem jedoch nahekommen. Derryk schauderte.

Was ist schiefgelaufen? Waren die Sechs stärker als Ki'Aja?

Allem Anschein nach. Ich habe den Kampf nicht vollständig mitbekommen, so wie alle anderen Halbteufel. Die Teufel haben uns im See ertränkt, während wir Ki'Aja, Ak'Aren und Kaiyr beschützen wollten.

Derryks Gedanken setzten kurz aus. Im See ertränken … Ertränken? Ak'Aren und Kaiyr?

Ihr wurdet im Blutsee ertränkt*?*

Iljyah seufzte tief. Vor Derryks Augen erschienen Bilder von einem schimmernden See, dessen tiefblaues Wasser langsam, aber sicher einen rötlichen Schein annahm. Das Wasser wurde dunkler und dunkler, Azur wandelte sich in das dunkle Blau des Nachthimmels. Rote, heiße Schlieren stiegen empor, bis das Wasser nicht mehr blau, sondern –

Derryk blinzelte, als die Bilder gewaltsam von seinen Augen gerissen wurden.

Tödlich verwundet, unserer Magie beraubt und im See ertränkt. Auf das unser Blut uns einsperren soll.

Die letzten Worte ließen Derryk stutzen. *Es war euer Blut, das den See rot gefärbt hat? Nicht das von Dämonen?*

Dämonen waren an diesem Tag gar nicht beteiligt. Zumindest nicht am See.

Derryks Schädel brummte. Eine Lüge der Teufel? Aber weshalb? Um die Dämonen davon abzuhalten, nach den Leichen der Halbteufel am Grund zu suchen? Ließen tote Halbteufel überhaupt sterbliche Hüllen zurück? Oder –

Derryk?

Hm?

Solltest du dir nicht über andere Dinge Gedanken machen?

Plötzlich sprang Derryk auf die Beine, alarmierte damit unabsichtlich Akyma und Ifrat und lief gedankenverloren im Kreis. Er spürte Iljyahs Blick auf sich, als würde er direkt neben ihm stehen und ihn schwerstens verurteilen.

Wer sind Ak'Aren und Kaiyr?

Ki'Ajas Töchter.

»Töchter?!«

69

Iska

Sie klappte das Tagebuch mit einem Knall zu. Ihre Hand zitterte leicht. Derryk stand leichenblass da, seine Kinnlade hing buchstäblich zu Boden. Akyma und Ifrat sahen zwischen ihr und ihrem Bruder hin und her, als würden sie beinah um Erlaubnis fragen, etwas gegen ihn unternehmen zu dürfen. Iska erhob sich und lief auf Derryk zu.

»Derryk?«

Wieder begann er, auf und ab zu laufen. Seine Hände fuhren durch seine Haare und der Blick in seinen Augen wurde immer alarmierender.

»Würdest du mit uns teilen, was du erfahren hast?«

Er sah aus, als wäre er in einer wilden Diskussion mit sich selbst. Was gar nicht mal unwahrscheinlich war.

»Ki'Aja hat zwei Töchter«, sagte er schließlich mit einer ruhigen Stimme, die bei seinem Auftreten fremd wirkte.

Iska erstarrte in ihrer Bewegung. Unwillkürlich grub sie die Finger in den ledrigen Einband, um ihr Zittern zu verstecken. »Was?«

»Wir haben nicht einmal von einer Tochter gehört und jetzt soll er zwei haben?!«, zischte Ifrat.

»Ak'Aren und Kaiyr.« Derryk verstummte wieder und sein Blick richtete sich unkonzentriert in die Ferne. Iska blickte zu den Zwillingen. Obwohl beide nicht überzeugt aussahen, breitete sich eine schleichende Sorge in ihren Gesichtern aus. Für sie mochte Derryks Quelle zweifelhaft sein, doch sie konnten seine Worte auch nicht ausschließen. Es stimmte, sie hatten schon nichts von Lura gewusst, doch was sprach dagegen, dass es dann nicht auch eine zweite Tochter gab? Und die beiden kannten das Argument auch, wollten von ihrer Skepsis nur vorerst nicht abweichen.

»Ki'Aja erschuf zwei Töchter. Kaiyr ist seine jüngste und zugleich älteste Tochter. Ak'Aren hat er nach ihr erschaffen als altersloses Wesen«, fuhr Derryk nach einer kurzen Stille fort.

»Eine Tochter, die auf ewig jung bleibt, und eine, die kein Alter hat. Wozu hat er sie erschaffen?«, fragte Akyma. Ifrat verdrehte bei den Worten seines Bruders die Augen, doch selbst sein Körper spannte sich an.

»Das weiß er nicht. Ki'Aja hat sie damals einfach ohne Vorwarnung erschaffen.«

»Vielleicht als Antwort auf die Halbteufel?«, überlegte Iska. »Er selbst kann sich keinem Lebewesen außer jenen mit Teufels- oder Engelsblut zeigen und damit bleibt ihm nur, sich selbst Kinder zu erschaffen. Als Teufel der Schöpfung ist es ihm möglich.« Sie kaute auf ihrer Lippe, doch eine andere Theorie fiel ihr spontan nicht ein.

»Möglich«, stimmte Akyma halbherzig zu. »Andererseits spielt das Warum keine Rolle.«

»Kaiyr ist ein altes, jung aussehendes Mädchen und Ki'Ajas älteste Tochter«, murmelte Iska. »Und Lura ist Ki'Ajas zweite Tochter.« Rädchen drehten sich in ihrem Kopf, doch letztendlich blieben Ideen aus. Lediglich ein dumpfes Pochen breitete sich in ihren Schläfen aus.

»Was hat Iljyah noch gesagt? Du warst eine ganze Zeit weg.«

Derryk erzählte ihnen von As'kan, den Teufeln und dem Blutsee. Iska machte sich dabei mentale Notizen, doch nichts an diesen Informationen änderte etwas an ihrem Plan. Ihre Finger trommelten auf dem Buch, während sie Derryks Worte in ihr Gedächtnis einsortierte.

Nachdem Derryk seinen Bericht beendet hatte, sah Ifrat noch immer so aus, als wollte er Derryks Kopf spalten und Iljyah gewaltsam aus ihm herausziehen. Mittlerweile nur vermutlich, um mehr über Ki'Aja und alles andere zu erfahren.

Iska räusperte sich und wechselte schnell das Thema. »Habt ihr etwas gefunden in Neterya?«

Ifrats Blick wich nicht eine Sekunde von ihrem Bruder und ignorierte ihre Worte. Diesmal machte auch Akyma keine Anstalten, ihr zu antworten. Ihre Finger gruben sich fester in den Einband des Tagebuchs. Sie spürte die Risse im alten Leder, das brüchige Material gab unter ihren Fingern nach. »Ihr stellt die Iljyahs Grund ziemlich schnell infrage. War das nicht auch eure Ausrede?«

Akyma sah sie an, sein Blick verschlossen und unbeugsam. »Wir haben unsere Gründe.«

»Dann wird Iljyah wohl auch die seinen haben.«

»Und was, wenn nicht? Weshalb sollte er die Seiten wechseln?«

»Weshalb sollte er lügen? Ihr wisst genauso gut wie wir, dass Iljyah Derryks Geist zerstören könnte, wenn er wollte. Er muss uns nicht anlügen, um uns zu schaden. Wenn er einfach nichts sagen würde, hätte er Ki'Aja genauso geholfen. Ihr sagt es doch so oft. Halbteufel sind arrogant. Weshalb sollte er uns also etwas vorspielen?«

Die Brüder wirkten noch immer nicht überzeugt. Ifrat verschränkte dafür die Arme vor der Brust. Zumindest Akyma stellte sich nicht genauso quer. »Sie haben sich komplett zurückgezogen. Vermutlich in eine

Zwischendimension, die der Dimension der Sechs ähnelt. Wir müssen warten, bis sie zu uns kommen.«

»Also genau so, wie wir befürchtet hatten.«

Derryk wich von Ifrat zurück, bis er neben Iska stand. Ihre Finger spielten mit dem abgeblätterten Leder des Tagebucheinbandes. »Wie sieht der Rest von Neterya aus?«, fragte er nach einem kurzen Moment angespannten Schweigens.

»Ähnlich wie die Menschenwelt. Einzelne Überlebende, doch zum Großteil völlig zerstört. Die Hauptstadt ist dabei nur ein Ort von vielen. Die Ak'Amjen haben ganze Arbeit geleistet.«

Derryk blickte zwischen dem Tagebuch und ihr hin und her, die Lippen leicht geteilt, als wollte er etwas sagen. Doch letztendlich straffte er die Schultern und verschränkte die Arme.

»Wir sollten zurück«, sagte er.

»Vermutlich«, stimmte Iska ihm zu, machte jedoch keine Anstalten, zu ihrem Beutel mit Kräutern und Tierknochen zu gehen. Sie wiegte das Tagebuch in ihren Händen, drehte es mehrmals vor ihren Augen. Schließlich öffnete sie es wieder auf der Seite, auf der sie eben aufgehört hatte.

Akyma beobachtete das Tagebuch in ihren Händen. »Was geht dir durch den Kopf?«

Iska lächelte leicht und wandte sich schließlich doch ihrem Beutel zu. »Denkt ihr, die Teufel wussten, wohin sich Ki'Aja zurückziehen wird? An einen Ort, an dem er in der Theorie ungestört zu Kräften kommen könnte?«

Akyma kniff die Augen zusammen und auch Ifrat wandte ihr nun endlich seine Aufmerksamkeit zu. Sie wechselten einen kurzen Blick. Iska bemerkte ihren wortlosen Austausch. Sie kramte in ihrem Beutel, holte getrocknetes Moos, Farn und Beifuß hervor sowie fünf Kerzen und Knochenpulver. Als ihre Finger kaltes Metall streiften, hielt sie kurz inne.

»Was willst du damit sagen?«

Iska warf den leeren Beutel beiseite und sortierte sorgfältig ihre Zutaten. Mit zittrigen Händen stellte dies eine schwierigere Aufgabe dar, als sie dachte. »Ki'Ajas Tochter, eine Halbteufelin, konnte das Ritual stoppen. Eine Halbteufelin war stärker als die Sechs und die Zwölf zusammen.«

Wieder warfen sich die beiden einen Blick zu. Iska drehte eine Kerze in der Hand, gedankenverloren. Ein kleines Messer lag neben ihr, doch sie rührte es nicht an.

»Iska, was willst du damit sagen?«, murmelte Derryk. Er stand wie eingefroren auf der Stelle. Die Farbe wich von Sekunde zu Sekunde mehr aus seinem Gesicht.

»Du willst sagen, sie wollen dieser Welt nicht helfen«, stellte Akyma klar.

»Oder dass sie es nicht können«, fügte Ifrat hinzu.

Iska sah aus dem Augenwinkel zu Ifrat. Er hielt die Augen geschlossen, ein grimmiger Ausdruck verzog sein Gesicht. Als er sie wieder öffnete, spiegelte sich genau dieser Ausdruck auch in seinen Augen.

»Ihr denkt es doch auch.«

Akyma stieß ein sarkastisches Schnauben aus. »Manche Dinge sollten nicht ausgesprochen werden.«

Innerlich verdrehte Iska die Augen. Jedoch klopfte ihr Herz schneller, als sie den Mund erneut öffnete. »Und dann? Ob ausgesprochen oder nicht, es ändert nichts an den Umständen. Fakt ist, die Teufel und Erzengel zusammen waren nicht stark genug, Ki'Aja erneut zu versiegeln. Sie wurden von einer Halbteufelin übertroffen. Jedoch hätten sie es ohne ihr Einschreiten geschafft. Wenn die Sechs und die Zwölf also nicht auf dem Höhepunkt ihrer Macht sind, ist er auch noch weit davon entfernt.«

»Hör auf, um deine eigentlichen Gedanken drum herum zu reden.«

»Ich glaube, die Teufel und Erzengel haben das Ritual beim ersten Mal nicht richtig ausgeführt. Absichtlich.« Ihr Herz hämmerte in ihrer Brust. Es klang so absurd. Doch sie hatte gesehen, was As'kan in das Tagebuch geschrieben hatte, zumindest einen Teil. Auch wenn sie nicht alles hatte lesen können, die meisten Teile ihrer Theorien hatte sie in der Alten Sprache verfasst.

»A-absichtlich?« Derryk riss die Augen auf, als erwarte er, dass sie sofort für diese Aussage bestraft werden würde. Doch wenn ihre Theorie stimmte, hatten die Teufel gerade Besseres zu tun, als ihre Kinder zu belauschen.

»Was steht in dem Tagebuch?« Akymas Stimme wurde gefährlich leise.

»Derryk, vertrau mir bitte.« Mit ihrem Fingernagel zog sie einen Kratzer in das Wachs der Kerze, dann blickte sie zu Derryk auf. »Und kehre zu den anderen zurück. Ich brauche Ruhe und wahrscheinlich Bücher aus dem Archiv, um das Tagebuch weiter zu entschlüsseln und mir sicher zu sein.«

Derryk erstarrte, sein Gesichtsausdruck fiel in sich zusammen. »Bist du wahnsinnig? Willst du hier alleine bleiben?«

»Nicht alleine«, widersprach sie und verlieh ihrer Stimme eine Sicherheit und Endgültigkeit, die sie nicht fühlte. Eine zweifelnde Stimme in ihrem Kopf meldete sich, doch Iska verbannte sie. »Sag ihnen nichts von meiner Theorie über die Teufel und Erzengel. Im Lager kannst du den Menschen helfen und dein Versprechen halten. Und vielleicht kannst du von Iljyah mehr über As'kan und den Krieg erfahren. Ich werde es erklären, sobald ich zurück bin.«

Derryk knirschte die Zähne und wollte etwas erwidern, doch Iska wandte sich ab. Mit schnellen Bewegungen zeichnete sie mit den gemahlenen Knochen Zeichen auf den Boden und legte die Kräuter und Kerzen an ihre vorgesehenen Stellen. Schwarze Magie bildete sich um die Zeichen und die Dunkelheit schwebte sachte vor sich hin.

Derryk sah nicht so aus, als stimmte er ihr zu. Er trat auch keinen Schritt auf Iskas neues Teleportationsritual zu. Stattdessen blickte er fest zu Iska. »Ich vertraue dir. Komm zurück. Und sei vorsichtig.«

Erst als sie es ihm versprach, trat er in das Ritual.

»Pass auf dich auf, Derryk. Nur weil Ki'Aja nicht angreift, heißt das nicht, dass seine Dämonen auch stillstehen werden.«

Derryk nickte. Im nächsten Moment verschwand er und mit ihm erloschen die Kerzen.

»Du hattest es ziemlich eilig, deinen Bruder wegzuschicken.«

»Er kann mir nicht helfen. Außerdem hat er seine eigenen Aufgaben.«

Akyma lächelte leicht. »Es ist normal, dass du dich um ihn sorgst.«

Ifrat nickte zum Tagebuch. »Was hast du darin gelesen?«

Iska schwieg.

»Du brauchst kein Buch aus dem Archiv, um die Alte Sprache zu lesen. Das war eine Lüge.«

»Das habe ich auch nie behauptet.«

»Also?«

»Ka'Ji hatte die Seite mit dem Ritual offengelassen. Vermutlich hat sie uns durchschaut.« Iska nahm das Tagebuch wieder in die Hand und blätterte zu den Seiten mit dem Ritual. »Vieles sind Notizen und Anmerkungen zur Erfindung des Rituals. Das meiste hat nichts mit der Vorbereitung und Anwendung zu tun. As'kan hat es ‚Irem raskjan li dehj end‘ genannt.«

»Das Ritual zur Verbannung aus der bekannten Welt? Das Ritual sollte Ki'Aja also nie einsperren.«

Iska überflog die Seiten, bis sie auf den wichtigen Teil stieß. »Nein, es sollte jemanden endgültig aussperren.«

»Und wie stellen wir das an?«

Iska biss sich auch die Lippe. Gar nicht. Diese Worte lagen auf ihrer Zunge. Zumindest nicht momentan. As'kan hatte nichts in Form einer Anleitung geschrieben. Die Sätze reihten sich chaotisch aneinander, Fakten wurden wild durcheinander eingequetscht. Sie hatte alle Regeln niedergeschrieben, sobald sie sie herausgefunden hatte. Doch selbst durch dieses Chaos an Notizen erkannte Iska die relevanten Punkte.

»Wir müssen alles lösen, was diese Welt an ihn erinnert.«

Für einen Moment herrschte Stille. Bis Akyma sie mit hochgezogener Augenbraue durchbrach. »Alles?«

Iska nickte. Sie verstanden ebenfalls, was ihr aufgefallen war. »As'kan hat versucht, es zu vertuschen. Durch die gemeinsame Erschaffung der Teufel und Erzengel haben sie eine Verbindung. Eine Erinnerung aneinander. Um das Ritual an Ki'Aja anzuwenden, müssen wir sie alle ebenfalls von dieser Welt lösen.«

Ziellos kletterte Iska durch das Archiv. Sie brauchte keine Bücher für das Ritual. Was sie brauchte, war viel aussichtsloser. Das Tagebuch fühlte sich unglaublich schwer in ihrer Hand an. Suruhs Dolch in ihrer anderen wog noch schwerer. Sie hatte ihn aus Sicherheit mitgenommen. Und dass sie ihn nun auf diese Weise benutzen müssen würde ... Das Metall spendete ihr angenehme Kühle, doch gleichzeitig hämmerte ihr Herz genau wegen dieser wie verrückt gegen ihre Brust. In ihrem Kopf spielte sich das Gespräch von vorhin immer wieder ab. Akymas und Ifrats schockierte Gesichter, die sie nicht schnell genug verstecken konnten. Doch auch die Schadenfreude. Die Schwere ihrer Worte, dieser eine Satz, der genau so im Tagebuch stand.

Wir müssen alles lösen, was diese Welt an ihn erinnert.

As'kan hatte ebenfalls von Ki'Aja gesprochen. Sie hatte dieses Ritual nur seinetwegen entwickelt.

»Ki'Aja ist an der Entwicklung dieser Welt beteiligt. Wenn wir alles von ihm zerstören müssen ...« Ifrat hatte seinen Satz nicht einmal beendet. Kurz hatte die Wut in seinen Augen aufgeblitzt, Wut darüber, seine Hoffnung in die falsche Person gesetzt zu haben. Akyma hatte schweigend seinem Bruder zugestimmt.

Doch Iska hielt noch immer zu ihren Worten. »Lura als seine Tochter, seine zweite Tochter. Die Ak'Amjen. Einen Teil dieser Welt. Die Teufel und Erzengel. Wenn es nicht möglich wäre, hätte As'kan es nicht niedergeschrieben. Es muss also einen Weg geben.« Nur, dass sie diesen nicht kannte. Und das wussten sie alle drei. Jedoch gab es eine Person, die es wissen könnte. Jemand, der dieses Buch schon viel länger als sie studierte.

Die Kälte des Dolches kroch ihren Arm hoch, nahm ihr das Gefühl in ihrer linken Hand.

»Die anderen Punkte sind vergleichsweise leicht«, hörte sie sich sagen. »Ki'Aja fangen und im Ritualkreiseinsperren. Dafür müssen unsere Kräfte die seinen übertreffen.« Ifrat hatte sie verflucht und Akyma ihre Interpretation des Wortes »leicht« hinterfragt.

Doch war es das nicht? Ki'Aja war so geschwächt, dass die Kräfte seiner Tochter an die seinen reichten. Und Lura mussten sie so oder so töten. Und sie waren vier Halbteufel, bald fünf. Vielleicht. Wenn alles nach Plan verlief. Es war machbar!

Ein Problem stellte nur die Zeit da. Es konnte Tage dauern, Wochen. Aber ein Problem nach dem anderen.

Im Tagebuch standen unglaublich viele starke Rituale drin. Doch noch wertvoller waren die Informationen über ihre Welt. Magie, Leben, Tod. Shabaan, Neterya und Eden. Und das Ness. Das Nichts dieser Welt, ihr Mittelpunkt. Eine eigene Dimension, die sich zugleich in ihrer Dimension und nicht hier befand. Nachdem sie As'kans Eintrag über das Ness gelesen hatte, vermutete sie, dass die Teufel und Erzengel Ki'Aja mit dem falschen Ritual in eine untere Ebene des Ness gesperrt hatten. Darauf deuteten auch Ka'Jis Notizen hin, die sich hier und dort unter As'kans mischten.

Bisher hatte Iska das Wort nur in alten Archivbüchern gelesen, während ihrer Lehre unter Rio't. As'kan beschrieb es um einiges genauer: Im Ness wurde die Energie für diese Welt hergestellt, die Magie. Außerdem diente es als Gefängnis für jene Wesen, die das Jenseits und Shabaan nicht halten konnten. Im Ness wurden die Seelen von Halbteufeln und wenigen anderen in Magie zersetzt, über Jahre und Jahrhunderte hinweg. Das würde erklären, wie Ka'Ji Ki'Aja letztendlich befreien konnte. Und weshalb Ki'Aja so geschwächt war.

Iskas Fuß stieß gegen einen Gegenstand am Boden und kickte ihn weg. Mit einem leisen Knall flog er gegen ein umgefallenes Bücherregal, bevor er zu Boden fiel und zwischen Trümmern eingeklemmt liegen blieb. Iska verfolgte ihn mit den Augen, ihr Körper erstarrt und ihre Gedanken erloschen. Es brauchte sie einige Momente, bevor sie den Blick abwenden konnte und mit zittrigem Atem ihre Umgebung in Augenschein nehmen konnte. Blutspritzer färbten den Boden rot und Fäden aus Schwarzer Magie tauchten die Umgebung in eine unheimliche Atmosphäre. Ihre Brust zog sich zusammen, doch ihre Beine bewegten sich von selbst. Im nächsten Moment kniete sie neben dem kleinen Amulett. Der blaue Aquamarin leuchtete stumpf unter glänzendem Blut. Er war noch kälter als ihr Dolch. Tränen brannten in ihren Augen, doch sie schluckte sie runter.

Mit überraschend ruhiger Hand legte sie das Notizbuch beiseite und wickelte das Amulett um den Dolch. Dann schnitt sie sich einmal quer über die rechte Hand, sodass ihr Blut von der Klinge zu Boden tropfte, um dort ein Zeichen zu malen. Das Zeichen hatte sie sich gemerkt, eine Mutation aus Ness und End.

Sie kniete sich mittig auf die blutigen Buchstaben und umfasste den Griff mit beiden Händen. Und schließlich, mit ungeschickter Hand, schnitt sie mit der noch immer roten Klinge über ihre Kehle.

Asche zu Asche

70

Skee

Sie hatte die Legenden gehört, die Gerüchte und Mythen, die sich die Diener im Palast erzählt hatten. Von einem Ort zwischen Wirklichkeit und Fantasie, ein Ort, der gleichzeitig existierte und doch nichts mehr war als ein leeres Wort.

Ness. Das Nichts.

Es war echt und doch existierte es nicht. Sie hatte gehofft, dass die Legenden logen. Hatte Angst gehabt, dass dieser Ort existieren könnte.

Doch natürlich existierte er.

Dichte weiße Nebel flossen um sie herum. Zu dicht, um hindurch sehen zu können. Sogar zu dicht, um atmen zu können.

Wobei, ihr fehlender Herzschlag und Atem lagen wohl nicht am Nebel.

Instinktiv hob sie eine Hand an ihre Kehle. Eisige Kälte empfing ihre Finger. Eine lange, tiefe Narbe zog sich einmal quer über ihren Hals. Skee schauderte, als ihr der Geruch von Blut in die Nase stieg. Ruckartig zog sie ihre Finger zurück. Doch da klebte kein Blut an ihren Fingern und keine Wärme an ihrem Hals.

Es war kalt. Das Todesreich des Nichts sandte nichts als Kälte aus.

Hier gab es nichts, nichts außer Nebeln. Kein oben und unten, kein rechts und links. Nur Schemen hinter den Nebeln, die alle gleich aussahen. Dunkle Schatten, die sie nie erreichen konnte, egal, wie lange sie auf sie zulief.

Wie lange sie hier wohl ausharren musste, bis sie es endlich geschafft hatte? Sie wartete auf den Tod, doch der Tod hatte sie hierhin geschickt. Wollte selbst er sie nicht haben?

Aus den Augenwinkeln nahm sie eine Bewegung wahr. Schatten – richtige, formlose Schatten – lösten einen Teil der Nebel auf. Es reichte nicht, um den Neuankömmling zu erkennen.

Ihre Brust zog sich zusammen und sie wollte auf den Schemen zu rennen, doch ihre Beine bewegten sich keinen Millimeter. Sie konnte nur dastehen und starren.

Der Schemen drehte sich um, nahm die Umgebung in sich auf und seine Schatten folgten den Bewegungen. Bis er innehielt und die Schatten die Nebel weiter lichteten.

Skees Schultern sackten ab. Sie konnte die Person nicht erkennen. Hinter den Nebeln sah alles gleich aus. Doch sie wusste, dass sie sich gegenseitig anstarrten. Und sie wusste auch, wer dort stand. Die Tochter des Todes und ihre Magie würde sie überall erkennen.

Ihre Knie zitterten, dann gaben sie nach und sie fiel zu Boden.

Der Schemen setzte sich wieder in Bewegung. Doch er lief in die entgegengesetzte Richtung davon.

71

Iska

Es tut mir leid. Es tut mir leid, Skee. Ich komme wieder. Aber ich habe nicht viel Zeit und ... wir brauchen Ka'Ji.

Es kostete Iska viel Willenskraft, sich nicht umzudrehen und zurückzurennen. Ihre Hände zitterten, doch ihre Schritte waren stetig und sicher. Sie brauchte Ka'Jis Verständnis von As'kans Tagebuch, ihren Ritualen und ihrem aufgeschriebenen Wissen. Sie brauchte die Magie ihrer Halbschwester.

Sie wollte es nicht zugeben, doch Ka'Ji war wichtiger im Moment. Sofern sie ihre Halbschwester überreden oder zwingen konnte, ihr zu helfen. Über ihre Wiederbelebung brauchte sie sich wenig Gedanken machen. Anders als in Shabaan behielten die Toten im Ness ihren Körper und solange sich dieser noch nicht aufgelöst hatte, könnten sie in der Theorie mit diesem in der Oberwelt oder Neterya normal weiterleben. Unbekannt waren die Konsequenzen, wenn man die Linie zwischen Ness und End überschritt.

Das größere Problem stellte vermutlich Ka'Ji dar. Sie musste ihre Halbschwester auf ihre Seite ziehen. Was sich Ka'Ji wünschte, war zu überleben, ebenso wie Rache an den Teufeln zu bekommen, aus welchen persönlichen Gründen auch immer. Sie kannte As'kans Ritual, wusste, woraus es bestand. Sie musste also der Auffassung sein, dass sie es alleine nicht hinbekommen würden. Doch jetzt waren zwei neue Figuren ins Spiel gekommen: Ki'Ajas Töchter. Lura stand zurzeit auf Ki'Ajas Seite, doch Iska glaubte nicht, dass ihre Meinung gefestigt war. Und seine zweite Tochter … Sie hatte sich noch nicht gezeigt. Sie hatte Ki'Aja noch nicht unterstützt. Also bestand durchaus die Möglichkeit, dass sie sich gegen ihn stellen könnte. Iska müsste Ka'Ji überzeugen, dass sie einen Weg haben, ihn wegzusperren, mit allen anderen Teufeln. Diesmal richtig und für immer.

Die Frage war nur, was Ka'Ji wichtiger war: Überleben oder Rache.

Iskas Gedanken kreisten, während sie ziellos durch die Nebel lief. Ness war unerforscht, auch As'kan hatte nichts von seinem Aussehen gewusst. Der Ort begrenzte ihre Magie und sie konnte ihr Drittes Auge nicht öffnen. Iska blieb also nichts anderes übrig, als auf die altmodische Art zu suchen. Wenigstens schlichen die Nebel nur um ihre Füße herum, als ihr auch noch die Sicht vollends zu versperren. Doch um sie herum streckte sich Leere. Sie konnte nicht einmal ausschließen, dass das Ness endlich war – es konnte sich ebenso gut unendlich in die Weite erstrecken.

Sie verschränkte die Arme vor der Brust und trommelte mit den Fingern auf ihren Armen. Wenn sie raten müsste, interessierte sich Ka'Ji nicht nur für As'kan; die ältere Halbteufelin faszinierte sie. As'kan hatte ziemlich gutwillige Absichten verfolgt, wenn sie so darüber nachdachte. Alles in allem egoistisch veranlagt, so wie alle ihrer Art, doch ihre Forschungen richteten sich nicht gegen Menschen oder Dämonen. Einzig und allein den Teufeln und Engeln. Sie hatte sie sie von der bekannten Welt verbannen wollen, hatte ihre Absichten vermutlich als gut für das Allgemeinwohlgeglaubt. Vielleicht lag sie damit ja gar nicht mal falsch.

»Jetzt sage mir nicht, dass auch du getötet wurdest.« Iska zuckte zusammen und fuhr herum. Ka'Jis Gestalt verschwamm mit der Umgebung. Ihre Haut schien durchsichtig geworden zu sein, ihre Augen hatten den

Glanz verloren. Iska brauchte einige Sekunden, um sich zu fangen und ihren Schock wieder zu verbergen.

»Wurde ich nicht.«

»Du bist freiwillig hier? Seid ihr da oben so verzweifelt?«

»Verwunderlich, dass ich dich mit etwas überraschen konnte. Ansonsten hast du doch immer alles durchschaut.«

Ka'Ji lachte. »Ich hätte nicht gedacht, dass du dumm genug bist, ins Ness zu reisen. Aber wie ich sehe, hast du ihr Tagebuch gefunden.«

»Und nicht nur das.« Iska verschränkte die Arme, ihr Herz hämmerte gegen ihre Brust. Das war der Moment, in dem Ka'Ji über ihr aller Schicksal entscheiden würde. »Hat es dir gefallen, dass Ki'Aja dich hat sterben lassen?«

Ka'Ji zuckte zusammen, doch ihre Augen verengten sich gefährlich. »Mir war von Anfang an bewusst, dass er sich weder um mich noch um Asstyx schert. Ich wusste, dass er keinen von uns retten würde, sollten wir in Gefahr schweben. Schließlich ist Stärke für ihn alles.«

»Das ist wirklich jämmerlich. Also gehe ich auch nicht davon aus, dass er euch von seinen zwei Töchtern erzählt hat.«

Ka'Ji blinzelte und Schock zeichnete sich auf ihrem Gesicht ab. »Zwei Töchter? Aber —«

»Er hat sie erschaffen, doch scheinbar ist jeder, der von ihrer Existenz wusste, tot. Und alle Aufzeichnungen sind verschwunden – ebenso wie bei As'kan.«

Ka'Ji schien das gleiche wie Iska zu denken, als Derryk ihr davon erzählt hatte: Wie konnten die Existenzen seiner Töchter so komplett geheim gehalten werden, als hätten sie nie existiert? Allerdings hatte es auch bei As'kan funktioniert.

Ka'Ji verengte die Augen. »Wer?«

»Was ist dir wichtiger, *Schwesterherz*: Dein Überleben oder Rache an den Teufeln?«, erwiderte Iska. Ka'Ji verschränkte die Arme und musterte sie. Doch sie wartete einfach. Im Gegensatz zu Iska war Ka'Jis Vater womöglich kein Seher, dennoch teilten sie einen Wissensdurst. Vor allem bei solch großen Geheimnissen, die Ki'Aja umgeben. Und Iska war nie dem Glauben verfallen, Ka'Ji lag etwas an Ki'Aja. Sie verfolgte nicht das gleiche Ziel wie Ki'Aja. Seine Vision einer neuen Welt kam der ihren nur am nächsten. Einer Welt ohne Teufel, ohne Erzengel. Wo es niemand Stärkeren als sie gab, niemanden, der über sie entscheiden konnte.

»Du erliegst der Hoffnung, dass wir stark genug sind, um das Ritual auszuführen. Doch lass mich dir etwas sagen: Ich bin tot und ohne Magie im Moment. Asstyx steht gegen dich, außerdem besitzt er die schwächsten Magiereserven unter uns Halbteufeln. Du bist neu, gerade mal ein Jahr als Halbteufelin erwacht. Ilyjah hat einen Bruchteil seiner Magie und keinen Körper. Ki'Ajas Töchter sind ein Mysterium. Und Akyma und Ifrat werden nicht ausreichen.«

»Also würdest du helfen, wenn wir eine Chance haben?« Ka'Ji biss die Zähne zusammen. Iska spürte einen Hoffnungsfunken in der Brust und fuhr fort: »In Ki'Ajas Welt gäbe es zwar keine Teufel und Erzengel mehr, jedoch einen noch schlimmeren Diktator. Wenn er dich überhaupt am Leben gelassen hätte.«

Ka'Jis Augen wurden eiskalt. »Das hätte er, wenn ihr mich nicht getötet hätte. Doch jetzt, selbst wenn ich mich irgendwie aus Ness befreien könnte, würde er mich nicht mehr akzeptieren.«

Iskas Augenbrauen schossen in die Höhe und ihr Mund verzog sich zu einem zufriedenen Grinsen.

»Ich warne dich«, fluchte Ka'Ji, »versuche mich zu zwingen, und ich werde ihm –« Sie stoppte.

Iska nickte. »Mein Plan ist kein neuer. Natürlich weiß er, was wir vorhaben. Er glaubt nur nicht, dass wir es schaffen können. Und auch du wirst ihn nicht überzeugen können.«

Für ein paar Sekunden versank Ka'Ji in Gedanken. Dann blickte sie Iska direkt in die Augen. »Also, wer ist es?«

»Eine ist Lura, die Raska aus Derryks Gruppe. Sie ist Ak'Aren. Sie hat das Ritual unterbrochen und Ki'Aja gerettet.«

Ka'Ji lachte lauthals auf. Ihre mattgoldenen Augen zeigten keine echte Freude, doch ihre Lippen verzogen sich zu einem triumphierenden Grinsen. »Und die zweite?«

»Wissen wir noch nicht. Ihr Name lautet Kaiyr.«

»Iljyah?«, riet Ka'Ji direkt ins Schwarze.

Iska nickte. »Er hat uns von As'kan, Ki'Aja und dem ersten Kampf erzählt.«

»Und du hast keinen Beweis für Kaiyrs Existenz.«

»Iljyah hat die gleichen Ziele wie As'kan verfolgt. Er hat also keinen Grund, uns anzulügen.«

Ka'Ji dachte kurz nach. »Sag, wie viel Zeit ist vergangen?«

»Wenige Wochen.«

»Und du hast das Tagebuch erst jetzt gefunden?«

Iska schwieg einen Moment. »Wir hatten viel zu tun nach eurem Überfall auf die Oberwelt.«

Ihre Halbschwester lachte nur. Iska biss die Zähne zusammen und spielte an ihren Ärmeln.

»Die kleine Raska ist also eine von Ki'Ajas Töchtern. Unerwartet.« Ka'Ji tippte sich nachdenklich auf das Kinn. »Wenn Iljyah As'kans Ziele verfolgt, will er nicht nur Ki'Aja besiegen, sondern vor allem die Teufel töten. Er würde euch nicht helfen, wenn das nicht im Bereich des Möglichen oder gar in deinem Plan ist.«

Iska blickte zu Boden. »Ich habe den Zwölf einen Gefallen geschuldet. Ki'Aja wird sie getötet haben, nicht du oder Asstyx. Damit wäre ich nun ihm etwas schuldig. Ilyjah weiß ebenfalls davon.«

Ka'Jis Körper spannte sich an und sie packte Iskas Schultern. Iska hatte sie tatsächlich so weit gebracht, dass ihr die Worte fehlten. Ein bitteres Lachen entfloh Iska und sie legte ihre Hände auf Ka'Jis. Kälte spiegelte sich in Ka'Jis Augen.

»Im Austausch gegen Skees Freiheit«, erklärte sie mit ruhiger Stimme. »Nach meinem Verständnis kann Ki'Aja nicht mehr in die Dimension der Teufel, da sie ihm seinen Status als Teufel abgesprochen und ihn verbannt haben. Doch nur so kommt er an die Teufel, um sie töten zu können. Vor allem, da sie sich nach dem zweiten Ritual nicht mehr zeigen werden. Sobald er die Teufel angreift, gefährdet das ebenso die Erzengel. Zu diesem Zeitpunkt wären sie alle abgelenkt.«

»Du denkst also, sobald er genug Kraft gesammelt hat, um sie töten zu können, wird er dich benutzen, um über dein Blut zu Suruh in ihre Dimension zu gelangen?«

»Ja. Mit dem Auge im Heiligtum. Es stellt ebenso eine Verbindung zu Suruh dar. Durch mich und mit dem Auge kann er zu den Teufeln gelangen.«

Ka'Ji atmete tief durch und seufzte schließlich. »Asstyx werden wir auf unsere Seite ziehen können, wenn wir ihm versichern, dass Antei Aras stirbt.«

»Er hat es nur auf ihren Tod abgesehen?«

Ka'Ji nickte. »Was mit ihm oder der Welt passiert, ist ihm herzlich egal.«

Iska drehte sich von Ka'Ji weg und blickte in die Nebel. »Dann fehlen nur noch Lura und die zweite Tochter.« Und Skee.

As'kan als Tochter des Lebens hatte gewusst, wie sie nach Ness kommt – und wieder zurück. Iskas Hoffnung lag darin, dass es ihr als Tochter des Todes ebenfalls auf diese Art gelingen konnte. In puncto Magie unterschieden sich Leben und Tod weniger, als man dachte. Jedoch musste sie zurück zu dem Ritual finden, in welchem sie sich selbst getötet hatte und welches sie mit Neterya verband. Ka'Ji fluchte immer wieder, während sie es suchten. Natürlich hätte sie es besser hinbekommen, sie hatte ja auch mehr Zeit zum Lernen. Iska war froh, dass sie dessen Präsenz noch fühlen konnte und es nicht einfach irgendwann erloschen war.

Allerdings war das Ritual nicht das einzige, wonach sie suchte. Ka'Ji zog an Iskas Hand und zwang sie, stehen zu bleiben. »Iska, was bei den

Sechs hast du vor? Hast du –« Sie stoppte mitten im Satz, als ihr etwas klar zu werden schien und zog ruckartig an Iskas Schulter. Iska stolperte einen Schritt zurück, während sie wieder zu Atem kam. Anders als ihre Halbschwester musste sie nämlich noch atmen und konnte nicht lange durch die Gegend sprinten.

»Du suchst dieses Katzenmädchen.«

»Sieh es als Wiedergutmachung, dass du mir hilfst, sie zu finden«, entgegnete Iska und wand sich aus dem Griff.

Ein lautes Fluchen folgte auf ihre Worte. »Wer weiß, wo sie hier ist! Ness ist vermutlich unendlich, die Zeit hast du doch gar nicht!«

»Ich nehme mir die Zeit, die ich brauche!«, schrie Iska. Ihre Brust hob und senkte sich schwerfällig. Ohne weitere Worte drehte sie sich um und lief weiter.

»Du hast nicht die Magiereserven, um das Ritual für den Rückweg lange aufrechtzuhalten.« Wie zur Bestätigung stolperte Iska, doch sie fing sich, bevor sie zu Boden fiel. Ihre Beine bewegten sich noch schwerfälliger. Sie wusste selbst, dass ihre Magie nicht mehr lange durchhielt.

Skee hatte sich direkt an ihrem Ausgangspunkt befunden. Sie ließ den Blick wandern, kniff die Augen zusammen, um besser durch die weißen Nebel sehen zu können. Inzwischen hatte auch Ka'Ji ihre Proteste aufgegeben und half ihr beim Suchen.

Mittlerweile befanden sie sich wieder in der direkten Nähe des kleinen Ritualkreises. Schwarze Kerzenflammen flackerten sachte durch die weißen Nebel. Es war nicht mehr viel Wachs übrig.

»Kennst du die Konsequenzen, lebendig aus dem Ness wiederzukehren?«

Iska beobachtete das flüssige Wachs, wie es langsam an dem Kerzenstummel hinauslief und sich am Boden sammelte. Sie zwang sich, den Kopf zu schütteln. »Ich weiß nur, dass es Konsequenzen gibt. Mehr konnte ich aus dem Tagebuch nicht entnehmen.«

Ka'Ji schnaubte. »Dann hoffe, dass es keine schlimmen sind.«

Sie konnten sich nicht mehr weit vom Ritual entfernen, da ihnen die Zeit dazu fehlte. Iska hatte Skee hier in der Nähe gesehen. Sie konnte nur hoffen, dass Skee sich noch hier aufhielt oder sogar die Kerzen gesehen hatte und in der Nähe wartete.

Verdammt, wie sehr wünschte sie sich die Magie ihres Dritten Auges! Doch die Nebel waren so dicht –

»Iska?«

Sie fuhr herum und rempelte dabei ihre Schwester an, die mit einem genervten Zischen beiseitetrat. Iska konnte Skees Gestalt nur schemenhaft ausmachen durch das eintönige Weiß. Sie bemerkte nicht, wie sich ihre Beine in Bewegung setzten. Im nächsten Moment schlang sie die Arme um Skees Gestalt und drückte das Mädchen fest an sich. Skee taumelte ein paar Schritte zurück, doch Iska hielt sie auf den Beinen. Ihre Augen stachen und ihre Kehle brannte, weshalb sie einfach nur schwieg.

»Was machst du hier? Bist du etwa –« In diesem Augenblick bemerkte Skee Ka'Ji. Ihr Körper verkrampfte sich und ihre Krallen fuhren in Iskas Hemd. Ka'Ji starrte die beiden nur an, ohne einen Muskel zu bewegen oder eine zynische Bemerkung zu machen.

»Keine Sorge«, flüsterte Iska erstickt. »Ich war nie tot. Ich hole euch beide zurück.«

Skees Blick schoss zu Iska. »Du willst was?«

»Wir haben keine Zeit mehr. Vertrau mir.«

Perplex starrte Skee sie einfach nur an. Iska zog sachte an ihrem Arm und Skee folgte, wenn auch zögernd, zu Ka'Ji. Keine der beiden sagte ein Wort, und auch Iska erklärte nichts weiter. Sie kehrten zum Ritual zurück und Iska hob Suruhs Dolch aus dessen Mitte auf. Sein Metall glänzte in unsichtbarem Licht und der Edelstein glühte bedrohlich. Die Luft um sie herum war seltsam erhitzt, was ihr bis jetzt gar nicht aufgefallen war.

»Verstoßen wir damit nicht gegen … irgendwas?«, murmelte Skee unsicher.

Doch Iska lächelte nur sanft. »Wer sind wir, wenn nicht Verstöße gegen die Natur persönlich?«

Ohne Vorwarnung packte Iska Skees Arm und zog ihn über die gekreuzten Zeichen von Ness und End. Ka'Ji streckte ihren Arm von selbst aus. Mit schnellen, gezielten Bewegungen schlitzte sie mit der Klinge in jeden ihrer Arme und fing die Blutstropfen mit dem Dolch auf. Dann kniete sie sich mittig in das Ritual und malte mit der Spitze des Dolches den Mythos des Pentagramms um sie herum.

Sie glaubte noch Skee »Und das funktioniert so einfach?« flüstern zu hören und Ka'Jis darauffolgendes Schnauben, als die weißen Schwaden sie umzingelten und Dunkelheit sie verschluckte.

Iska schnappte nach Luft, als ihre Knie festen Boden berührten und sie auf allen vieren landete. Ihr gesamter Körper zitterte und die Welt verschwamm vor ihren Augen, doch sie konnte eindeutig die Trümmer des Archivs ausmachen. Außerdem zwei Gestalten neben ihr, die bewegungslos auf dem Boden lagen.

Ein Schauer lief über ihren Rücken, als sie sich setzte.

»Und ich habe mir langsam Sorgen gemacht, ich hätte umsonst gewartet.« Ihr Herz setzte einen Schlag aus, als sie Asstyx' Stimme erkannte.

Von Vertrauen und Verrat

72

Iska

Kleine Steinchen am Boden stachen ihr spitz in den Rücken. Ihre Augen fühlten sich schwer an, und der Gedanke, einfach weiterzuschlafen, nagte an ihr. Sie konnte sich nicht daran erinnern, ohnmächtig geworden zu sein. Ihr Kopf fühlte sich wattig an. Sie brauchte einige Minuten, um die Lider öffnen zu können. Farbloses Grau blickte ihr entgegen. Erst nach weiteren langen Minuten klärte sich die Watte in ihrem Kopf. Sie schnellte nach oben und setzte sich mit einem Ruck auf. Die Bewegung raubte ihr den Atem, so schwer fühlte sich ihr Körper an.

Stein … überall Stein. Ein Raum ohne Tür und Fenster. Die Luft roch abgestanden und alt. Verwirrt blickte sie einfach nur die Wand ihr gegenüber an. Nur langsam kehrten ihre Erinnerungen zurück, an das Ness, Ka'Ji und Skee.

Und Asstyx.

Sie fluchte. Sollten Akyma und Ifrat nicht … Die Farbe wich aus ihrem Gesicht. Entweder … entweder waren die beiden ebenso überrumpelt worden oder sie hatten die Seiten gewechselt. Oder sie waren tot. Iska konnte nicht sagen, was wahrscheinlicher war. Sie glaubte nicht, nein, sie wollte nicht glauben, dass die zwei zu Ki'Aja übergelaufen waren, doch sie waren unberechenbar. Oder? Sie hatten ihr einmal geholfen, um eine Schuld zu begleichen. Und die Male danach? Langeweile und Interesse? Wie wahrscheinlich war es, dass die beiden einen Kampf verloren hatten?

Wochenlang hatten sie die Gegend ausgekundschaftet. Doch es war Ki'Aja, gegen den sie antraten.

Iska rieb sich die pochende Schläfe. Sie starrte auf ihre Hände, die abgebrochenen Nägel und verschrammten Handballen.

Sie spürte ihre Magie nicht mehr.

73

Ka'Ji

Sie hielt die Arme verschränkt, während sie mit geradem Rücken auf dem Boden saß und Asstyx' Blick erwiderte. Verdammt, war sie genervt. Dabei konnte sie nicht mal sagen, von wem mehr: ihrer naiven, kleinen Schwester oder dem dämlichen Muskelprotz ihr gegenüber. Der auch noch so dämlich grinste, als hätte er einen Wettbewerb gegen sie gewonnen.

»Na sieh mal einer an, Tochter des Goldes. Wer hätte das erwartet … Zuerst wirst du von dem kleinen Menschen getötet, über den du dir nie Sorgen gemacht hast, und jetzt scheust du vor der anderen A'Shyr.«

»Spar dir die Worte, Asstyx«, fauchte sie, den Kopf erhoben, als würde eine Krone dort thronen. »Hast du AkMeys Söhne besiegt oder musste Ki'Aja das übernehmen, hm?«

»Oh, da überschätzt du ihn aber. Als würde er auch nur einen Finger gegenüber uns Halbteufeln krümmen.«

Ka'Ji musterte Asstyx' ruhige Gesichtszüge misstrauisch, kam jedoch nicht herum, einen Kommentar einzuwerfen. »Er erholt sich also langsamer als erwartet.«

Ein Lächeln erschien auf Asstyx' Lippen. Seine dunklen Haare fielen ihm ins Gesicht und verdeckten seine Augen. »Es war Ak'Aren. Die Kleine ist wahrlich ein Geschöpf Ki'Ajas.«

Ka'Jis Körper spannte sich an. Sie knirschte mit den Zähnen.

»Wusstest du von ihr?« Asstyx begann, sie im kleinen Raum zu umrunden, und ließ dabei den dunklen Gang, den einzigen Weg hinaus, unbewacht.

Ihr Blick lungerte kurz auf der Öffnung, doch sie verwarf jegliche Gedanken daran und legte stattdessen ihren Arm auf den Knien ab. Wahrheitsgemäß schüttelte sie den Kopf. »Ich habe nie von seiner Tochter gehört.« Sie bedachte ihre rissigen Nägel, aus denen das Gold verschwunden war. Ein bitteres Lachen stieg ihrer Kehle empor, doch sie schluckte es runter. Jetzt wussten sie wenigstens, was die Konsequenzen waren.

»Es ist faszinierend, nicht wahr? Wie solch ein Wissen komplett ausradiert werden konnte. Selbst mit der ersten Tochter Thannas' ist das nicht gelungen.«

»Rede dir keine Knoten in den Mund. Wenn du etwas sagen willst, raus mit der Sprache.«

Asstyx beobachtete sie eine ganze Zeit lang, während ihre Geduld immer und immer dünner wurde. Hätte sie nur ihre verdammte Magie … »Hast du dich der Kleinen angeschlossen?«

Ein Grinsen verzog ihre spröden Lippen. »Und wenn es so wäre?«

»Du hast nachgelassen, Ka'Ji. Oder muss ich das so verstehen, dass die Kleine tatsächlich einen Weg hat? Ki'Aja würde das sicherlich –«

Ka'Ji warf den Kopf nach hinten und lachte. »Und was, wenn ich dir sage, dass es so wäre? Dass es einen Weg gibt, das Ritual auszuführen – und alle Erzengel und Teufel zu verbannen?«

74

Iska

Sie hatte sich in eine Ecke zurückgezogen und wartete. Sie machte sich Sorgen um Skee und Ka'Ji. Aber ihre Gedanken kreisten auch um Derryk und die restlichen Menschen. Wie lange war sie im Ness gewesen? Hat Ki'Aja sie angegriffen? Ihre Zähne knirschten, als sie die Gedanken zu verdrängen versuchte. Sie konnte jetzt nur hoffen, dass –

»Wenn ich dich so niedergeschlagen sehe, fällt es mir aber schwer, Ka'Ji Glauben zu schenken.«

Iska zuckte zusammen und ihr Kopf schnellte herum. Asstyx betrat den Raum und starrte von oben auf sie herab.

»Ka'Ji?«

Der Halbteufel lehnte sich gegen die Wand, die sich hinter ihm wieder schloss, und verschränkte die Arme. Er lachte. »Ich habe lange gewartet, sie mal hilflos zu sehen. Wirklich ein einmaliges Bild, auch wenn sie die Nase noch immer über den Wolken trägt.« Dann zog er ein zerfleddertes, in Leder gebundenes Buch hervor und winkte Iska damit zu. »Weißt du, wir Halbteufel haben eigentlich nichts gegen die Menschen. Mir ist es ziemlich egal, ob sie sterben oder leben. Wen ich jedoch tot sehen will, ist Antei Aras.«

»Ah, ganz was Neues. Noch mehr Halbteufel mit Mutterkomplexen.«

Asstyx schnaubte belustigt. Er streckte seinen einen Flügel demonstrativ aus und legte ihn wieder locker an seinen Rücken. Auf der ledrigen Haut hielten sich noch wenige schwarze Federn, die bei der Bewegung leise raschelten. »Den anderen hat sie mir rausgerissen. Mochte mein Aussehen nicht.«

Er sah Iska in die Augen. Sie zeigte keine Reaktion, auch wenn ihr Herz sich bei diesen Worten überschlug.

Er warf das Buch vor ihre Füße. »Ka'Ji hat mir von eurem Plan erzählt. Alles schön und gut, aber Ki'Ajas Ziel ist es ebenso, die Teufel zu töten. Weshalb sollte ich ihn also hintergehen?«

Iska legte den Kopf schief. »Du denkst doch bereits darüber nach.« Sie deutete auf Asstyx' verbliebenen Flügel. »Sicher kann Ki'Aja die anderen Teufel alle umbringen. Das kann er immer noch, wenn sie alle verbannt sind. Doch wenn er bleibt, könnte er dir auch noch den anderen nehmen, sobald du einmal schwächelst oder er genug von deiner Unterstützung hat.«

Asstyx verschränkte die Arme. Seine Körperhaltung verriet seine Anspannung.

»Wir haben einen Plan, einen funktionierenden Weg, alle Teufel und Erzengel zu besiegen. Ist das nicht der sicherste Weg, Freiheit zu bekommen?«, fuhr Iska fort. Sie ignorierte die leisen Gewissensbisse.

»Ihr habt noch keinen sicheren Weg.«

»Den hätten wir, wenn ihr mitmacht.«

»Hast du Ak'Aren mal kämpfen sehen? Die Kleine hat ebenfalls Kontrolle über die Realität, ähnlich wie ihr Schöpfer. Sie ist voll und ganz auf seiner Seite.«

Iska schüttelte ernst den Kopf. »Da bin ich mir nicht so sicher …«

»Überlasst sie mir«, sagte eine Kinderstimme. Diesmal zuckten sie beide zusammen. Asstyx fuhr herum, während sich ein Dolch in seiner

Hand materialisierte. Aus einer aus dem Nichts erschienenen Tür schritten zwei Gestalten: ein großer Mann mit drei leeren Augenhöhlen und blutigen Tränen sowie ein kleines Mädchen im einfachen Kleid. Der Seher und das Mädchen aus dem Zirkus.

In der gespannten Stille ergriff das Mädchen wieder das Wort: »Ich werde mich um meine Schwester kümmern.«

75

Derryk

Eine Frage trieb ihn um, die er beim besten Willen nicht beantworten konnte: Weshalb lebte er noch? Er hatte definitiv nicht damit gerechnet, noch mal aufzuwachen.

Dir ist bewusst, dass es ganz anders ausgesehen hätte, hätte Asstyx uns richtig angegriffen?

Leider waren sie noch immer zu zweit. Derryk hielt in seinem Hin- und Herlaufen inne. *Anders ausgesehen als ...* Er gestikulierte auf den geschlossenen Raum ohne Fenster und Tür um sich herum.

Ja.

Na dann ist ja gut, dass er es nur halb ernst gemeint hat.

Er konnte fast schon sehen, wie Iljyah die Augen verdrehte. Der Halbteufel war aus dem Nichts erschienen und hatte ihr Lager dem Erdboden gleichgemacht. Seine Magie tötete die meisten, bevor sie eines ihrer Rettungsportale erreichten. Iljyah hatte ihm geholfen, Asstyx zumindest kurze Zeit aufzuhalten, sodass sich Solon Fre und ihr Führungsstab sowie Ayin, Luxj und Lynn in Sicherheit bringen konnten. Wer es sonst noch lebend herausgeschafft hat, hatte er nicht mehr mitbekommen.

Derryk biss die Zähne zusammen. Iljyah schnaubte lediglich. Doch dann war Lura aufgetaucht, und mit ihr zwei übel zugerichtete Brüder.

Soll ich Asstyx jetzt dankbar sein, dass er mich, oder besser uns, am Leben gelassen hat und nur die-Erzengel-wissen-wo eingesperrt hat?

Du solltest dich fragen, weshalb er dich nicht so wie die Restlichen getötet hat.

Das gleiche Mysterium werden dann wohl auch Akyma und Ifrat lösen müssen.

Dabei hätte ich schwören können, wenn es hart auf hart kommt, wenden sie sich gegen euch.

Uns. Gegen uns, verdammt. Mir sind ihre Beweggründe mittlerweile egal, doch sie verfolgen anscheinend irgendeinen Plan, der sie auf unserer Seite hält. Und darüber werde ich mich nicht beschweren.

Trotzdem wäre es gut zu wissen, weshalb Asstyx uns am Leben gelassen hat.

Die Teufel wissen's.

Das bezweifle ich.

Derryk verdrehte erneut die Augen und beschleunigte seine Schritte, bis ihm vom Im-Kreis-Laufen schwindelig wurde.

Außerdem hat Lura das Gleiche getan.

Vielleicht aber auch nur aus Versehen.

Dass sie sie eigentlich töten wollte, doch die beiden ohne ihr Wissen überlebt haben? Ist das nicht etwas unwahrscheinlich?

Ich kann dir nicht sagen, wie wahrscheinlich das ist. Ich weiß nicht, wie viel Ak'Aren überhaupt von der Welt mitbekommt.

Derryk hielt abrupt inne. *Was meinst du?*

Sie wirkt, als wäre sie in Trance. Nicht sie selbst. Als hätte ihr Erwecken ihr irgendetwas genommen, weshalb sie sich jetzt kaum noch lebendig verhält.

Vor Derryks Augen erschien Luras Gestalt, ihre seltsamen Augen, als sie das Ritual der Teufel zerstört hatte. Ihre Pupille hatte die Iris durchbrochen. Ein Schauder lief über seinen Rücken. Es hatte wirklich so gewirkt, als wäre sie in Trance. Jegliche Regung hatte ihren Augen gefehlt. Als wären sie kein Fenster mehr zu ihrer Seele. Er kaute auf seinen Fingernägeln herum.

Was meinst du?

Vermutlich hat Ki'Aja ihr Erwachen erzwungen, als er sie erkannt hat, und ihre Seele mit ihren Erinnerungen wurde weggesperrt oder verdrängt. Jetzt handelt sie nur noch nach Ki'Ajas Befehlen, kann sie jedoch nicht perfekt ausführen, da ihr das Bewusstsein dazu fehlt. Und da Asstyx aus seinen eigenen Gründen unwillig war, uns alle zu töten, sind wir jetzt hier.

Wut kochte in Derryk hoch. Seine Finger zuckten und er setzte seinen Weg fort, um Dampf abzulassen. *Ihre Seele wurde verdrängt? Und was können wir dagegen machen?*

Er spürte Iljyahs Grinsen und mit einem Mal wollte Derryk die Antwort gar nicht mehr hören.

Wir brennen sie aus.

76

Iska

Weder Iska noch Asstyx wussten eine Erwiderung darauf. Asstyx'
Muskeln spannten sich an, während er den Griff um seinen Dolch verstärkte. Iska hingegen entspannte sich, nahm das Tagebuch in die Hand
und erhob sich. »Du bist Kaiyr.«

Das Mädchen lächelte freundlich.

»Na sieh mal einer an, ihr lagt richtig«, murmelte Asstyx.

Das Mädchen lachte leise. »Wir sollten gehen. Ki'Aja wird bald bemer-
ken, dass ihr wider seinen Willen überlebt habt und dass Kai'dren und ich
hinter seinem Rücken spielen.« Während sie sprach, bewegte sich ihr
Mund kein bisschen.

Kai'dren? Iska sah zu dem Dritten Seher, der neben dem Loch in der
Wand auf sie wartete. Er schwieg, aber sie hatte ihn schließlich auch noch
nie gesprächig erlebt.

Asstyx zog eine Augenbraue in die Höhe und wirbelte den Dolch in seiner Hand. »Du bist also nicht auf Ki'Ajas Seite?«

»Selbstverständlich nicht.« Kaiyr sah ihn durch die losen Fäden an ihren Augen an.

Asstyx Hand zitterte vor Wut und letztendlich wich er ihrem Blick aus,
indem er sich von der Wand abstieß. »Aber selbstverständlich.« Kaiyr ging
vor. Asstyx und Iska folgten ihr durch das Loch. Kai'dren trat als Letzter
hindurch, nachdem er noch mehrere Sekunden wie eine Statue verharrte.
Wie wohl seine Magie funktionierte, ohne Drittes Auge? Sie hätte ihn

gerne gefragt, doch es war wohl der denkbar schlechteste Zeitpunkt, um über solche Dinge zu sprechen. Wobei es auch keine Rolle mehr spielte.

»Wir müssen uns beeilen«, sagte Iska.

Kaiyr summte zustimmend, setzte ihren Weg jedoch ebenso ruhig fort wie zuvor. Sie lief zwar langsam, aber zielstrebig. Der Dritte Seher eilte ebenfalls nicht. Der Weg war breit genug für Halbteufel mit Flügeln, oder einem Flügel, dennoch fühlte Iska sich beengt. Sie wusste noch immer nicht, wo sie war, und ihre Magie konnte sie nicht einsetzen. Asstyx hielt seinen Dolch in der Hand, doch er spielte mittlerweile damit herum, anstatt Kaiyr zu bedrohen.

Die kleine Halbteufelin blieb stehen und drehte sich nach links. Mit einer erschreckend blassen Hand strich sie über die Steine. Unter ihrer Berührung verschwanden sie ins Nichts. Als hätten sie nie existiert. Iska starrte auf das nun freigelegte Loch in der Wand. Das sah ziemlich einfach aus …

»Oh nein, bitte, keine Sorge«, beschwichtigte Kaiyr jemanden hinter besagtem Loch. Sie drehte den Kopf zu Iska, die erst dann aus ihrer Trance erwachte. Sie blinzelte ein paar Mal, bevor sie schnell an Asstyx vorbeieilte, der kein Stück zur Seite ging.

Skee starrte mit großen Augen zu ihnen. Sie schien Iska überhaupt nicht wahrzunehmen, als sie in die kleine Zelle trat und auf sie zu.

Vorsichtig legte sie ihr eine Hand auf die Schulter, als sie sich vor ihre kauernde Gestalt kniete. »Skee? Geht es dir gut?«

Die Animeere blinzelte und langsam wanderte ihr Blick zu ihr. »Iska?«

Bevor Iska jedoch antworten oder irgendwas erklären konnte, zog Skee sie mit überraschender Kraft an sich heran. Iska stieß einen zittrigen

Atemzug aus und erwiderte Skees Umarmung. Kurze Zeit sagte niemand etwas. Iska spürte zwar die wartenden Blicke der anderen, doch niemand drängte sie. Nicht einmal Asstyx sagte etwas. Schließlich war Skee diejenige, die die Stille zwischen ihnen zwei durchbrach. »Danke.«

Iska schüttelte den Kopf. »Nein, nicht dafür.« Und bevor Skee widersprechen konnte, löste sie sich aus der Umarmung und zog Skee auf die Knie.

»Wir müssen uns etwas beeilen«, entschuldigte sie sich. Skee nickte ernst und wich nicht von ihrer Seite, als sie zurück auf den Gang traten. Während Kaiyr sie weiterführte, stellte Iska Skee die anderen vor und erklärte ihr die Situation so gut es ging. Ihre Freundin sah so aus, als würde sie sich in einem Traum befinden. Einem Albtraum.

Asstyx und Ka'Ji fauchten sich gegenseitig an, nachdem Kaiyr auch sie gefunden hatte und ihnen den Weg nach draußen zeigte. Skee hielt sich hinter Iska und aus Ka'Jis Sichtfeld, zeitweise klammerte sie sich auch an ihren Arm. Die spitzen Bemerkungen schienen weder Kaiyr noch Kai'dren zu stören.

Schließlich blieb Kaiyr stehen und drehte sich zu ihnen um. Sie blickte an Asstyx vorbei zu Iska, Ka'Ji und Skee. »Ihr braucht eure Magie wieder.«

»Das wäre wohl angemessen, sofern wir noch immer das Ritual im Sinn haben«, brummte Ka'Ji, während der Dritte Seher sich zwischen sie und Iska stellte.

»Was habt Ihr vor?«, fragte Iska. Bevor Kai'dren antwortete, streckte er die Hand aus. Ein verformter Schlüssel materialisierte sich, fast gänzlich durchsichtig.

Skee drängte sich an Iska, während Ka'Ji den Schlüssel misstrauisch beäugte. »Was soll das sein?«

»Woher habt Ihr den?«

Kai'dren sah zuerst zu Ka'Ji, dann zu Iska. »Du hast ihn im Zirkus zurückgelassen. Er wurde aus einem Schwarzen Diamanten gefertigt, seine Magie ist jedoch fast aufgebraucht. Ich kann mit ihm das Schloss lösen, das euch den Weg zu eurer Magie versperrt.«

»Ein Schwarzer Diamant?« Ka'Ji betrachtete den Schlüssel interessiert, die Arme jedoch defensiv vor der Brust verschränkt.

»Ich dachte, er hat sich selbst zerstört. Mit dem Zirkus«, murmelte Iska.

»Nicht gänzlich.« Der Dritte Seher bedeutete ihnen, ihre Arme auszustrecken. Mit einer schnellen, fließenden Bewegung schnitt er mit dem Schlüssel über ihre Unterarme, von der Ellenbeuge zur Spitze ihres kleinen Fingers. Iska zuckte zusammen, als der Schmerz über ihren gesamten Arm brannte und das Blut auf den Boden tropfte. Skee ebenso. Ka'Ji zuckte nicht mal mit der Wimper. Lediglich eine ihrer Brauen schoss in die Höhe.

»Der kleine Finger hält einen Großteil der Kraft der Hand, da er mit der Magie direkt verbunden ist.«

Davon hatte Iska noch nie gehört, sie stellte es jedoch auch nicht infrage. Mit großen Augen beobachtete sie, wie der Seher den Schlüssel zerbrach und die Scherben in ihren Blutkreislauf flossen.

Dunkles Blut spritzte auf die Scherben und den Boden, als der Dritte Seher sich nach vorn beugte und Blut hustete. Es besprenkelte ihre Unterarme, doch beide waren zu überrascht, um die Arme zurückzuziehen.

Im nächsten Moment stand Kaiyr zwischen ihnen und Kai'dren, doch Iska sah noch, wie zwischen Kai'drens Kopf und Körper eine dünne rote

Linie entstand. Ihr gefror das Blut in den Adern, als eine tiefe Stimme durch den Korridor dröhnte, die den dumpfen Aufschlag von Kai'drens Körper übertönte.

»Ihr enttäuscht mich.«

Kaiyrs kleine Gestalt konnte Ki'Aja nicht verdecken. Sie alle, bis auf Kaiyr, wandten sofort den Blick ab. Wie ein Loch in der Realität schritt er auf sie zu, seine Ketten klirrten schrill. Iskas Herz raste.

»Andererseits hast du mir Arbeit abgenommen.« Sie spürte, wie seine Nicht-Augen sie fokussierten. Ihr wurde übel. »A'Shyr. Es wird Zeit, deine Schulden zu begleichen.«

77

Skee

Sie starrte auf die plötzlich entstandene Wand vor ihr. Hatte …? Wer …?

»Was soll das?« Asstyx schlug ein Loch in die Wand, doch dahinter befand sich bereits niemand mehr. Ihre Finger zitterten, als sie das Loch betrachtete.

Skee, Asstyx, bitte befreit Akyma, Ifrat und Derryk und kümmert euch um Lura. Sie kann euch zu uns führen. Ka'Ji und ich regeln den Rest. Kaiyrs Stimme klingelte in ihren Ohren nach.

Oh. Okay. Ihr Kopf nickte von selbst, da sie keine zusammenhängenden Gedanken fassen konnte. Es brauchte sie dennoch lange Herzschläge, bis sie ihre festgefrorenen Beine vom Boden losreißen konnte. Asstyx fluchte. Beinah erwartete sie, dass er sich weigerte.

Sie zuckte zurück, als er sie ansah, bevor er durch das Loch schritt. »Diese verdammten Biester«, brummte er. Skee folgte im vorsichtig. Sie konnte ihm nicht trauen, doch wenn Iska sich sicher war, dass er auf ihrer Seite war …

Der Weg vor ihnen ergab sich von selbst. Es gab nur einen und der wurde immer länger, umso weiter sie rannten. Ob das die Magie des Mädchens war? Was hatte Iska gesagt? Kaiyr, die erste Tochter Ki'Ajas. Während Lura ähnlich wie Ki'Aja die Realität beeinflussen konnte, hatte Kaiyr Macht über die Fantasie. Funktionierte so Fantasie? Stellte sie sich etwas vor und es geschah einfach?

Skee machte einen Satz und stieß gegen Asstyx, als die Steinwand rechts neben ihr einfach verschwand. Sie sprang von ihm zurück und entschuldigte sich kleinlaut. Asstyx seufzte nur. Mit einer Hand auf dem Herzen lugte Skee ins Innere der Zelle. Derryk stand mittendrin und starrte ebenso dumm zurück. Die Hände hielt er hinter dem Rücken verschränkt.

Ein hysterisches Kichern entfuhr ihr.

»Skee? Was machst du hier?« Dann blickte er hinter sie und riss die Augen auf.

Sie griff nach seinem Arm und zog ihn mit. »Wir sollen euch befreien.«

»Wir? Euch?« Derryk blieb auf Abstand zu Asstyx.

Der Halbteufel verdrehte die Augen. »Ich werde euch schon nichts tun. Würde ich noch immer Ki'Aja unterstützen, hätte ich einfach sie getötet und gut wär's gewesen.« Er deutete auf Skee. Entgeistert starrten Skee und Derryk zurück, nicht im Geringsten überzeugt.

Skee räusperte sich. »N-na ja, das klingt … logisch.«

»Weshalb stehst du jetzt überhaupt auf unserer Seite?«, fragte Derryk, als sie weiter den Korridor entlangliefen.

»Deine Schwester und das goldene Biest können ziemlich überzeugende Argumente aufbringen.«

Skee grinste. Derryk stolperte ihnen hinterher, hielt jedoch mühelos Schritt, worüber sich Skee in jeder anderen Situation gewundert hätte. Er schwieg einen Moment und nickte schließlich.

Akymas und Ifrats Zellen lagen gegenüber. Beide sahen noch übel aus, ihre Wunden kaum verheilt, die Flügel abgeknickt und mit dunklen Blutergüssen überzogen. Doch sie blickten noch dreimal übler drein, als sie aus den Löchern in der Wand stiegen. Und Asstyx erblickten. Sofort bildete sich eine feindliche Atmosphäre. Drei kämpfende Halbteufel würde Skee wohl kaum auseinanderbringen können, vor allem nicht auf so kleinem Raum …

»Na sieh mal einer an«, brummte Ifrat und streckte seine Flügel der Länge nach aus. »Doch den Schwanz vor Ki'Aja eingezogen, Asstyx?« Nachdem sie mehrmals laut geknackt hatten und Skee jedes Mal zusammengezuckt war, sahen sie auch weniger gebrochen aus. Leicht verstört warf sie ihm einen Blick zu, den er mit einem Schulterzucken kommentierte.

»Irgendjemand muss eure Schwäche ja ausgleichen.«

Akyma und Ifrat sahen aus, als wollten sie sich direkt wieder auf ihn stürzen. Reflexartig stellte sich Skee zwischen sie und hob beschwichtigend die Hände. »Kaiyr hat uns zu euch geführt. Sie sagte, sie braucht euch. Außerdem sollen wir Lura …« Skee überlegte kurz. »Helfen?«

»Kaiyr? Ki'Ajas erste Erschaffung?«

Skee nickte, auch wenn sie bei dem Ausdruck die Stirn runzelte.

»Dann stellt sie sich tatsächlich gegen Ki'Aja?«

»Im wahrsten Sinne des Wortes«, murmelte Asstyx und Skee gab ihnen eine kurze Übersicht der Geschehnisse. Doch bevor sie zu Ende erzählen konnte, ertönten leichte Schritte im Korridor vor ihnen. Die Blicke der Brüder wurden steinhart. Derryk spannte sich an und straffte die Schultern.

Lura, oder besser gesagt Ak'Aren, blieb einige Meter entfernt stehen und sah sie aus unergründlichen Augen an.

78

Derryk

Iljyah freute sich über Luras Auftauchen, aber diese Freude färbte nicht auf Derryk ab. Der Halbteufel hatte ihm den Prozess des Ausbrennens erklärt und seitdem kreisten seine Gedanken um nichts anderes mehr. Sie würden Luras Halbteufel-Persona einfach verbrennen. Mit etwas Glück ging das gut und sie erwischten tatsächlich nur ihr neues Ich. Wenn sie Pech hatten, verbrannten sie mehr von ihr. Derryk wollte gar nicht darüber nachdenken.

Er stellte sich vor Skee, Asstyx und die Brüder und damit Lura entgegen. Ihr Ausdruck veränderte sich nicht. Es sah so aus, als würde sie einfach durch ihn hindurchsehen.

»Was denkst du, tust du da?«, fragte Ifrat.

Natürlich wollten die beiden eine Revanche. Derryk fluchte innerlich. »Kaiyr hat doch gesagt, wir sollen ihr helfen.« Er schielte zu Skee. »Ich weiß einen Weg, wie wir sie auf unsere Seite holen können.« Hoffentlich. Es war vielmehr eine Methode, um Lura zurückzuholen. Doch er hatte so eine Ahnung, für welche Seite sie sich entscheiden würde.

Er setzte zu einem Schritt an – und wurde am Kragen sofort wieder zurückgezogen. Die Wände hatten sich verbogen und bildeten nun eine neue Wand, dort, wo er eben noch gestanden hatte. Aus dem Augenwinkel warf er einen Blick hinter sich. Eine Wand hatte sich außerdem hinter ihnen gebildet. Und diese Wand bewegte sich blitzschnell auf sie zu. Für einen Moment stand er nur perplex da.

Dann knallte es heftig und Steine bröckelten in jede Richtung. Asstyx hatte die Wand vor ihnen mit einem einzigen Schlag eingehauen. Akyma und Ifrat zerstörten die Wand hinter ihnen, die auf sie zuraste.

Eine donnernde Stimme riss ihn aus seiner Verwunderung. Willst du sterben??

Er schreckte auf und erhitzte seine Handflächen. Lura stand ihnen noch immer regungslos gegenüber, schwarze Schwaden sammelten sich an ihren Händen.

»Keine Alleingänge, du Idiot«, fluchte Asstyx. Derryk biss die Zähne zusammen, nickte jedoch.

»Wir sind hier drinnen im Nachteil«, gab Akyma zu bedenken. »Sie kann sich die Umgebung zunutze machen.«

Ifrat fluchte, als Steine sie von allen Seiten attackierten. »Wir kennen nicht ihre genauen Fähigkeiten.«

»Sie kann sich die Realität zunutze machen, jedoch nichts Neues erschaffen. Soweit ich weiß«, rief Skee über den Lärm von gesprengten Steinen hinweg.

»Ach, na dann.« Ifrat stieß mit den Flügeln gegen die Wand und wurde prompt dort festgehalten. Die Steine verformten sich zu Fesseln, die ihn einquetschen wollten. Derryks Herz setzte einen Schlag aus. Akyma und Ifrat hatten nicht nur mit Lura, sondern auch mit ihren Verletzungen zu kämpfen. Und ihre Flügel hinderten sie im kleinen Raum.

Asstyx sprengte die Ketten mit seiner Faust. Ifrat bedachte ihn mit einem misstrauischen Blick, nickte jedoch kurz zum Dank.

Steine verflüssigten sich zu allen möglichen gefährlichen Formen. Sie schnitten und schlugen nach ihnen. Derryk konnte sie mit Iljyahs Feuer schmelzen, und auch Asstyx kam gut zurecht. Akyma, Ifrat und Skee hatten ihre Probleme.

Lura hielt sich auf Abstand zu ihnen und betrachtete ihn emotionslos. Irgendwo hinter ihm erklang Krach, der entfernt an Explosionen erinnerte. Akyma und Ifrat zapften also auch ihre Magiereserven an.

»Sie bleibt auf Abstand zu uns«, murmelte Derryk. Asstyx brummte. Jede Wand, die er einschlug, setzte sich einfach wieder neu zusammen. Auch Derryks geschmolzene Steine brachte sie einfach wieder in Form.

»Wir müssen sowieso versuchen, sie direkt anzugreifen. Aus der Ferne gewinnt man keine Kämpfe.« War klar, dass der verdammte Kriegshalbteufel, der sich sowieso auf seine körperliche Stärke verließ, so etwas sagte. Derryk hatte schon genug Kämpfe aus der Ferne verloren.

Zusammen sprinteten sie auf Lura zu. Derryk wandte den Kopf nach hinten und rief den anderen dreien noch zu. »Haltet ihr uns den Rücken frei?« Akyma und Ifrat blickten ihn an, als wollten sie ihn für diese Frage am liebsten umbringen, doch Skee nickte schnell. Ihr Amulett leuchtete schwach.

Wieder riss jemand an seinem Hemd und um Haaresbreite entkam er einer Steinspitze, die ihn durchbohrt hätte.

»Verdammt noch mal, die beiden wissen, was sie tun!« Derryks Herz überschlug sich, als er realisierte, wie knapp er gerade dem Tod entkommen war.

Das mochte ja stimmen, doch wer sagte ihm, dass sie sich genug um ihn scherten, um auch ihm zu helfen.

Konzentrier dich auf deinen Kampf, nicht auf Unsicherheiten. Außer, du willst wirklich sterben.

Ah, ja. Da war ja noch wer. *Du bist so still, Iljyah.*

Asstyx ist ein wunderbarer Nahkämpfer, wie wir mehrmals erlebt haben. Halte dich an ihn. Ich helfe dir schon mit meinem Feuer. Und verdammt, *konzentrier dich!*

Derryk verfluchte den Halbteufel innerlich. Lura versuchte, ihren Weg einzuschränken oder aufzuhalten, doch Asstyx und Derryk beseitigten einfach jedes Hindernis, das sie ihnen in den Weg legte.

Dann verschwand sie einfach hinter einer Wand. Ihr Kampf entwickelte sich zu einem Katz-und-Maus-Spiel. Lura huschte durch die Wände, um sie auf Abstand zu halten, während sie zu fünft versuchten, an sie heranzukommen. Dabei wurde ihre Magie immer gefährlicher und präsenter. Ihre Angriffe immer heftiger, bis sie Derryk gegen eine Wand schleuderte. Spitze Steine gruben sich in seinen Rücken und sein Kopf dröhnte. Kurz wurde seine Sicht schwarz. Er hustete und spukte auf dem Boden aus. Eisige Kälte schlug ihm entgegen. Das Feuer seiner Handflächen erlosch sofort. Derryk schauderte und eine Gänsehaut überzog seine Arme. Im nächsten Moment spürte er bereits Luras Finger an seiner Kehle.

Er öffnete die Augen und sah gerade noch, wie zwei Wände auf Asstyx niederfuhren, der im Stein feststeckte.

Dann stieß ihn eine unsichtbare Kraft beiseite. Besser gesagt: Jemand stieß seine Seele beiseite. Er sah Iljyahs schemenhafte Seele neben seiner. Mit blutverschmiertem Mund grinste er breit und packte Luras ausgestreckte Hand. Sein Handabdruck brannte sich zischend in ihren dünnen Arm, bis dünne Rauchschwaden von der Berührung emporstiegen. Die Kälte wich sofort einer erdrückenden Hitze, die selbst Derryk zu schaffen machte. Die Schwarze Magie in ihrem Körper flimmerte nur schwach, jetzt, wo sie sich direkt verteidigen musste. Doch Lura zuckte nicht einmal mit der Wimper, als sie an ihrer Hand riss, um sich zu befreien. Iljyah wechselte sofort die Taktik: Blitzschnell griff er nach ihrem Kopf. Doch sie zog lediglich die Krallen über Derryks Kehle und sprang von ihm zurück. Zum Glück erwischte sie ihn nur nebenbei und bis auf vier Kratzer blieb seine Kehle heil. Derryks Herz hämmerte gegen seine Brust.

Lura wurde zurückgerissen und gegen eine Wand geschleudert. Die Wucht trieb ihren Körper tief in das Gestein, doch es brach nicht. Benommen blieb sie stecken. Asstyx stand neben ihr, blutende Wunden am Körper, doch ein zufriedenes Grinsen auf den aufgeplatzten Lippen. »Na endlich hörst du auf, herumzuspringen.«

Derryk seufzte und Iljyah griff erneut nach Luras Kopf. Als sich seine Finger auf Luras Augen legten, durchfuhr ein scharfer Schmerz sein Herz. Er sah an sich herunter, halb geblendet von dem Feuer seiner Handflächen, welches auf Lura überfloss. Er brauchte einige Herzschläge, um zu realisieren, dass eine Hand direkt nach seinem Herz griff. Eine Hand, die in seinem Körper steckte.

»Oh verd-«

Nein. Nicht in seinem Körper. Sie packte seine Seele. Weißes Licht explodierte vor seinen Augen, bevor die Welt auf einen Schlag schwarz wurde.

Er schwebte. Seine schwindende Seele formte ein Lächeln, als Lura die Finger immer fester um seine Seele schloss. Iljyahs Blick lag auf ihm.

Mit letzter Kraft und letztem Willen schüttelte Derryk den Kopf.

Iljyah ... Bring für mich das Durcheinander zu Ende, ja? Ich bitte ... dich.

Ein letzter Schmerz durchfuhr seine Seele, bevor Luras Krallen seine Seele in tausende Stücke zerriss.

Iljyah starrte sprachlos auf den leeren Platz neben sich. Es war reines Glück gewesen, dass Lura Derryks Seele gegriffen hatte statt seiner. Oder Pech.

Seine Finger kühlten sich ab. Das Mädchen erschlaffte und fiel zu Boden. Unschlüssig darüber, was er fühlen sollte, starrte er auf seine Hände. Es waren nicht seine Hände, und dennoch … Es würde funktionieren. Nicht für lange, aber lang genug.

Mit diesem Gedanken breitete er seine Seele in dem fremden Körper aus.

79

Iska

Sie folgte Ki'Aja mit gesenktem Blick. Sie versuchte, ihre zitternden Hände in den Falten ihrer Kleidung zu verstecken. Ki'Ajas Magie dröhnte um sie herum, stärker und grausamer als zuvor. Sie bemerkte den Kräfteunterschied zum Blutsee. Es hatte ihn nicht lange gebraucht, um Ka'Jis Opfergaben seiner Magie anzupassen, selbst nachdem ihr Ritual zerstört wurde.

Dennoch führte Ki'Aja sie erstaunlich ruhig durch Neterya, mitten durch die abstrakten Trümmer und Leichen. Iska schaute sich nicht weiter um, wollte die Nachbildung von As'kans Rückgrat nicht mehr sehen. Galle stieg ihren Rachen hoch, wenn sie auch nur an die Passagen in dem Tagebuch nachdachte. Ihr war es unbegreiflich, weshalb Ka'Ji es hatte nachstellen wollen.

»Gefällt dir Neterya nicht mehr?« Bei seiner rauen Stimme blieb ihr beinah das Herz stehen.

Am liebsten hätte sie einfach nicht geantwortet. Doch letztendlich traute sie sich nicht, wollte ihn nicht verärgern. »Es ist sicherlich … faszinierend«, entgegnete sie und versuchte, ihrer Stimme Sicherheit zu verleihen, die sie nicht empfand. »Auch wenn ich Neterya mit lebenden Bewohnern als faszinierender empfunden habe.«

Ki'Aja lief weiter, ohne auf ihre Bemerkung einzugehen. Mit jedem Schritt beruhigte sich auch ihr Herz wieder. Der Berg, der das Heiligtum der Seher beherbergte, stand als einziger noch unberührt auf seinem alten

Platz. Iska sah an Ki'Aja vorbei, die massiven Tore an. Das Holz war dunkler geworden, ein tiefdunkles Rotbraun. Lautlos zersprang es unter Ki'Ajas Berührung. Iska zuckte zusammen. Seine Magie streifte ihre Arme und sofort breiteten sich stechende Schmerzen auf ihrer Haut aus. Holzsplitter bohrten sich neben ihr in den Boden. Stolpernd folgte sie dem Teufel ins Innere.

Sie rieb sich zittrig über die Wunden und ließ den Blick wandern, während sie ihre Schritte verlangsamte. Das Feuer an den Wänden war erloschen, die Bücher lagen zerstreut auf dem schwarzen Boden. Und mittig thronte unberührt Ki'Ajas Ziel: das überdimensionale Auge.

Es sah sie an. Als es zu Ki'Aja zuckte, schlossen sich die Lider sofort. Ki'Aja löste die Ketten an seinen Handgelenken und warf sie in einer halbherzigen Geste auf das Auge. Sie schlängelten sich um die Lider, bevor sie die dünne Haut aufspießten und das Auge aufzwangen. Iskas Herz überschlug sich.

Dann fiel Ki'Ajas Blick auf Iska. Er sagte nichts, sondern wartete einfach, dass sie ihre Schuld bezahlte. Seine Forderung konnte deutlicher nicht sein.

Das Auge stellte eine Verbindung zu der Dimension der Teufel dar, die einzig noch existierende. Ki'Aja war es nicht mehr möglich, ein Portal in seine Heimat zu öffnen – Iska schon. Sie hatte es schon einmal getan.

Während sie auf das Auge zulief, haftete dessen tiefschwarze Pupille auf ihr. Als wolle es sie warnen oder ihr drohen.

Spöttisch verzog sie die Lippen. Ihre Magie fühlte sich noch etwas fremd an, doch sie gehorchte ihr aufs Wort. Ihre Magie weitete die Pupille und öffnete die Tür zur Dimension dahinter. Das Schwarz verschluckte sie.

Als Ki'Aja die Arme ausbreitete und lachte, wich sie zurück. Ein kleiner, panischer Zweifel machte sich in ihr breit. Hoffentlich hatte sie sich nicht verkalkuliert. Gleichzeitig erfüllten die Präsenzen von sechs weiteren Teufeln die Luft um das Auge. Sie trat einen weiteren Schritt zurück, als das Schwarz aufriss und den Weg für Ki'Aja öffnete.

Und einen weiteren, weg von Ki'Aja und den Teufeln.

Suruhs Blick lag auf ihr, als Schwarze und Weiße Magie mit Schwarzer kollidierte. Iska blickte zurück in die verdeckten Augen ihrer Mutter. Sie fühlte keine Reue.

Er lag noch immer auf ihr, als sie sich umdrehte, um das Heiligtum hinter sich zu lassen.

80

Skee

Der Stein vor ihr bröckelte. Ihre Magie schlief noch immer zum Groß-teil in ihrem Amulett, weshalb sie auf Akyma und Ifrat baute, damit sie die Wände zerstörten, während sie den fliegenden Steinen nur auswich. Was beide auch mit großem Vergnügen taten. Sie sprachen kein Wort miteinan-der, verstanden sich von zahllosen Jahren und kämpfen jedoch perfekt ohne Worte.

Dann schmolz auch die letzte Wand, die sie von Derryk und Asstyx trennte. Derryk stand mit dem Rücken zu ihnen, Lura lag zu seinen Füßen, einen riesigen Krater in der Wand hinter ihr. Asstyx sah etwas unschlüssig aus. Er blieb auf Abstand zu den beiden. Skee sprang über die zerstörten Steine auf Derryk zu. Doch als er sich umdrehte, hielt sie inne.

Ihr Herz setzte einen Schlag aus. Der Junge vor ihr schüttelte den Kopf, ein Ausdruck der Gleichgültigkeit im Gesicht. Doch Skee starrte nur in seine Augen. Statt des Rots und Grüns brannte darin nun Feuer. Flammen leckten aus den Augenhöhlen und beleuchteten ein totenbleiches Gesicht. Skee wich zurück. Sie wollte etwas sagen, doch die Worte blieben ihr in der Kehle stecken. Was sollte sie tun?

Da regte sich Lura zu seinen Füßen. Das Mädchen schlug die Augen auf und fasste sich an den Kopf. Derryk – nein, Iljyah – wollte sich zu ihr knien, doch er wurde aufgehalten. Ifrat packte seinen Arm. »Was ge-schehen?« Er funkelte Iljyah misstrauisch an. Skee blickte zwischen bei-den hin und her.

»Der Junge wurde getötet. Seine Seele wurde zerstört.«

»So etwas ist uns doch überhaupt nicht möglich«, fauchte Ifrat zurück. Sein Blick glitt zu Asstyx, doch der zuckte nur die Schultern.

»Uns nicht. Aber wer weiß das schon bei Ki'Ajas Geschöpfen.« Iljyah riss sich los und kniete sich vor Lura. »Kannst du dich erinnern?«

Akyma und Ifrat traten neben Skee, vermutlich, um Iljyah zu bewachen. Und zu schauen, ob Lura wieder Lura und nicht Ak'Aren war.

Langsam nickte das Mädchen. Schweißperlen bildeten sich auf ihrer Stirn. Sie wich vor Iljyah zurück.

»Wie heißt du?«

»Lura. Ich habe keinen Familiennamen.«

»Für Ki'Aja gibt es den tatsächlich nicht«, bemerkte Ifrat, doch niemand ging darauf ein.

»Woher kommst du?«, fragte Iljyah ungestört weiter.

»Elen Laar. Und davor …« Lura stoppte, ihre Augen weiteten sich. Sie starrte Iljyah an. »Oh, nein, nein, nein.«

Der Halbteufel stand auf und verschränkte die Arme. Akyma warf ihm einen abfälligen Blick zu. »Hast du ihre Seele verletzt?«

»Nicht, soweit ich weiß.«

Skee stieß die beiden beiseite und legte Lura die Hände auf die Schulter. Das Mädchen hielt sich mit zitternden Händen den Mund zu, ihr Blick verfolgte noch immer Iljyah. »Was habe ich getan?«

-81-

Iska

Ihre Füße berührten Gras und sie atmete tief die frische Waldluft ein.
Sie wusste nicht, wo das Portal in Neterya sie hingeführt hatte. Sie hatte
nur ihre Kameraden angepeilt. Etwas weiter vorne hörte sie zwei Personen
sprechen und hantieren. An ihrem Rücken kitzelte sie die Kälte Schwarzer
Magie.

Aus dem Nichts erschienen Skee und Derryk, zusammen mit Akyma,
Ifrat, Asstyx und Lura. Keiner von ihnen lächelte. Sie alle sahen unglaublich ernst aus. Iskas Herz sank, als Skee auf sie zu gerannt kam und sich an
ihren Arm klammerte. Sie legte ihren Kopf auf Iskas Schulter. Doch starrte
nur auf Derryks Augen. Auf seine flammenden Augen. Er begegnete ihrem
Blick und schüttelte leicht den Kopf. Ihr Körper hörte auf, ihr zu gehor-
chen, und so konnte sie den vier nur hinterher sehen, wie sie hinter Bäumen und Büschen verschwanden und auf die beiden Stimmen zusteuerten.

»Es ist so viel passiert, Iska«, flüsterte Skee ihr zu. »Das ist kein Krieg
für Kinder.«

Iska drückte ihre Hand, zu mehr war sie nicht in der Lage. Mit einem
Mal wusste sie nichts mit sich anzufangen. Ihre Kehle zog sich zusammen.
Ihre Augen brannten. Ihre Sicht verschwamm. »Ist er wirklich …?«

An ihrer Schulter nickte Skee schwach. »Als er gegen Lura gekämpft
hat. Sie hat seine Seele zerrissen.«

Ein Schluchzen entrang sich Iskas Kehle. Schnell schlug sie ihre freie Hand vor den Mund. Einen Moment verharrten sie so, mit leisen Schluchzern hinter Iskas Hand und Skees Kopf auf ihrer Schulter.

Stimmen drangen aus dem Gebüsch, laute Streitereien. Iskas Sicht klärte sich langsam wieder und auch Skee hob ihren Kopf an. »Wir sollten zu ihnen.«

Iska nickte. Auf unsicheren Beinen traten sie durch das Gebüsch auf eine kleine Lichtung. Die versammelten Halbteufel diskutierten lauthals.

»Wir brauchen Ki'Aja für das Ritual nicht. Wir müssen lediglich alles von dieser Welt lösen, was eine Verbindung zu ihm hat. Ak'Aren und ich müssen sterben, doch durch seine Magie in uns habt ihr ebenfalls Zugang zu seinen anderen Erschaffungen und Verbindungen«, erklärte Kaiyr gerade sanft, aber bestimmt.

Asstyx verengte die Augen. »Und ihr opfert euch einfach so?«

Lura hielt sich im Hintergrund und wirkte abwesend. Doch Kaiyr nickte. »Natürlich.«

Iska blendete das Gespräch aus und lief am Rand des Ritualkreises zu Ka'Ji. Skee hielt sie auf ihrer anderen Seite, sodass sie sich keine Sekunde auf der falschen Seite des Kreises befand. Ka'Ji beobachtete die Halbteufel mit verschränkten Armen, ihre Haare zerzaust und die goldenen Augen matt.

»Du hast ihnen wirklich gesagt, dass sie in der neuen Welt leben können.« Ka'Ji klang seltsam stolz.

Iska biss sich auf die Lippe und wich Skees fragendem Blick aus. »Anders hätten Akyma und Ifrat nicht zugestimmt. Bei Asstyx war ich mir nicht sicher, doch ich musste auf Nummer sicher gehen. Sie sollten nichts davon erfahren.«

»Du führst sie geradewegs in den Tod. Wie eine wirkliche Halbteufelin.« Ka'Ji lachte.

Skee zuckte zusammen. »Was meinst du?«

»As'kans originales Ritual lebt von Magie. Es muss aufrechterhalten werden, bis dessen Ausführer keine Magie mehr haben – also sterben. Erst dann geht es in den Kreislauf unserer Welt über und versorgt sich selbst. Sie hatte leider nie eine bessere Lösung gefunden.«

»Was?«, flüsterte Skee, ihre Augen weit aufgerissen. Panik spiegelte sich in dem tiefen Blau.

Iska zog sie in eine Umarmung, in der sie Skee nicht erlaubte, über eine gewisse Linie am Boden zu treten. »Es tut mir leid.«

Dann blickte sie zuerst zu Kaiyr, die entschlossen nickte, und zu Ka'Ji. Ihre Schwester entzündete eine goldene Flamme auf ihrer Fingerspitze und warf sie in die Runde. Blitzschnell breitete sich das Feuer aus und schloss alle Halbteufel ein.

Akyma, Ifrat und Asstyx sahen misstrauisch in die goldenen Flammen. Sie alle spürten, wie die goldenen Flammen vom ersten Moment an ihnen rissen.

Und langsam begriffen sie, was dieses Ritual eigentlich für sie bedeutete.

End

Iska

Ihnen blieb keine Zeit, entrüstet zu sein. Das goldene Feuer nagte an ihnen, entriss ihnen ihre Magie, um es selbst zu nutzen. Es jagte um sie herum, breitete sich als Dunst und Nebel in der Luft aus.
Lura und Kaiyr wurden eingeschlossen von den Flammen, die sich langsam um ihre Körper legten.

Iska spürte, wie es ihr die Luft aus den Lungen zog. Sie fiel auf die Knie. Sie würden Ki'Aja und alle Teufel und Erzengel ein für alle Mal aus ihrer Welt verbannen, sie würden die Teufelsdimension und den Palast der Erzengel ein für alle Mal verschließen. Es konnte Jahre und noch länger dauern, bis ihre Magie versiegte und Verbannung endgültig wurde. Doch das spielte keine Rolle.

Iskas schwindender Blick fiel auf jemanden hinter den Feuern, ein kristallines Augenpaar voller Panik. Und Iska lächelte.

»Keine Sorge, Skee. Das Schicksal war noch nie auf meiner Seite gewesen. Deshalb habe ich es selbst gemacht – ich habe selbst bestimmt. Wir werden uns wiedersehen. Ich werde dafür sorgen, dass wir uns wieder begegnen, meine Freundin. Nicht mehr in diesem Leben. Doch im nächsten, ich verspreche es.«

-Ende-

-Epilog-

Skee

Die Welt war friedlich. Und das schon Hunderte Jahre. Die Menschheit erholte sich ebenso wie Natur, Dämonen und Wächter. Man erzählte sich Geschichten über die sogenannten Teufel und Erzengel und die Taten ihrer Kinder – doch das war alles. Es waren nur Geschichten. Niemand glaubte an eine Tochter des Goldes oder einen einflügeligen Halbteufel. Leben, Tod und Erschaffung waren die Aufgaben der Natur, nicht irgendwelcher höheren Wesen.

Das war die neue Welt und diese Welt erfreute sich eines langen Friedens.

Skee sprang von Ast zu Ast, kannte den Weg bereits auswendig. Blätter schlugen ihr ins Gesicht, Äste peitschten an ihre Arme. Sie trug ein Lächeln auf den Lippen.

Vor hunderten Jahren war die Menschheit auf wenige Überlebende dezimiert worden. Im Tierreich, bei den Dämonen und Wächtern hatte es ganz ähnlich ausgesehen. Die Welt hatte in Trümmern gelegen. Bis wenige Menschen es sich zur Aufgabe machten, dies zu ändern.

Die Hohe Königin Solon Fre, wie sie heute feierlich genannt wurde, versammelte Überlebende um sich, um den Aufbau der Welt zu beginnen; den Aufbau einer neuen Ära. An ihrer Seite standen die Generalin Rhyja und der Meisterspion Elorion, die sie von Anfang bis Ende begleitet und unterstützt hatten. Junge Helden wurde die Generation danach genannt. Einsame Soldaten, die zu Generalen und Meisterspionen ernannt wurden.

Ihrem Beispiel folgten Luxj und Ayin, deren Namen bis heute beliebt bei Müttern für ihre Kinder waren.

Skee liebte es, den Geschichten zuzuhören. Ob sie nun von Kindern im Spiel erzählt wurden oder von Erwachsenen als Gute-Nacht-Geschichte. Diese Geschichten spendeten Hoffnung. Ihr Leben spendete nun Hoffnung und Freude. Sie hörte selbst Lynn gerne zu, wenn er ihr neue Varianten mitteilte. Es gab immer mehr Geschichten und sie merkte sich jede einzelne.

Eine Präsenz schlug ihr entgegen, aus einer Richtung, die ihr ganz und gar nicht gefiel. Mit einem Satz landete sie am Rande der Lichtung. Das Zeichen war noch immer zu erkennen und wenn Skee genau hinsah, sah sie noch immer die meditierenden Gestalten darin. Es war einer der wenigen Orte, die den Weltenwandel überstanden hatten. Heute sah sie keine Phantomgestalten im Ritual.

Heute stand eine vermummte Gestalt darin. Sie betrachtete die fremden Zeichen am Boden, ohne sich zu regen.

Skee machte keinen Laut, als sie hinter die Gestalt trat. »Was tust du hier?«

Die Person zuckte zusammen. Langsam drehte sie sich um. Die Mundwinkel unter der Kapuze verzogen sich zu einem leichten Lächeln. Skees Misstrauen flaute ab, als die Gestalt keine Anstalten machte, kämpfen oder etwas zerstören zu wollen.

»Wer bist du?«

Doch die Gestalt blieb ihr eine Antwort schuldig, als sie langsam ihre Kapuze zurückschlug.

–Das kleine Buch, das zu wenig weiß–

für Seharya und Rehej

Unsere Teufel, Dämonen und Erzengel

Der Zirkel der Sechs

Suruh	Teufelin des Todes
Thannas	Teufelin des Lebens
AkMey	Teufel der Sünde
Ifres	Teufel der Feuerkunst
OTeih	Teufel der Kriegskunst
Antei Aras	Teufelin der Verführung
Ki'Aja	Teufel der Schöpfung

Der Rat der Zwölf

Rio't	Dritte Seherin
Armenroth	Gorgon
Ska	Asyx
Tikla	Nymphe
Andros	Alchemist
Ipka	NakTey
Hepitros	Chameeene
Ni'ame	Animeere

Is	Chimäre
Ky'Fwra	Acqui
Nastyx	Trickdämon
Syx	Aetris

Die zwölf Erzengel

Gaia	Erzengel des Lebens
Terra	Erzengel der Erde
ShanaaAh	Erzengel des Schutzes
Shabey	Erzengel der Kraft
Habe	Erzengel der Fülle
Isrit	Erzengel der Künste
FahNey	Erzengel der Vergebung
Aqa Nema	Erzengel des Wassers
Iuni	Erzengel der Unschuld
Ye'Ista	Erzengel der Erleuchtung
Bliva	Erzengel des Todes
Santo	Erzengel des Westens

Dämonenarten

Acqui

Art des Dämons:	nicht definiert
Form der Magie:	Seelenmagie, psychische Magie
Zustand des Verstandes:	aggressive Intelligenz

Viele sagen, mit Chameen zu streiten sei angenehmer. Du lässt dich lieber von 30 Paar Krallen durchbohren, als dich mit einem Acqui anzulegen. Sie sind jenseits von Gut und Böse.

Ausgestattet mit zwei Paar Augen, einem zum normalen Sehen und einem kleineren zur besseren Auffassung; zwei nutzlosen, mit dunklen Federn besetzten Flügeln und langen Stacheln anstelle von Haaren (die Stacheln sind ein wenig biegsam, massiv und die längsten reichen von ihrer oberen Stirn bis zum Rücken). Ihre Flügel schleifen am Boden und sind zu schwer, um sie anheben zu können, außerdem stehen die schwarzen Federn im Kontrast zu ihrer hellgrauen Haut.

Man spricht ihnen eine präzise, passive Aggressivität des Verstandes nach, ihr Herz schlägt am langsamsten von allen Lebewesen, weshalb sie weder Empathieempfinden noch ein Gewissen haben. Diese zwei Fakten gepaart mit der berüchtigten und gefürchteten Seelenmagie waren die Gründe, weshalb sie ausschließlich in der Unterwelt, meist unter Aufsicht anderer Arten leben dürfen. Sie sind sehr magieaffine Dämonen, manipulativ und experimentell.

Ak'Amjen

Art des Dämons:	?
Form der Magie:	ausgeprägte psychische Magie
Zustand des Verstandes:	absoluter Gehorsam

Ak'Amjen sind die ausgelöschte 13. Dämonenart; erschaffen von Ki'Aja, um alle anderen Lebewesen auszulöschen. Sie sind die mächtigsten aller Dämonen, erschaffen, um selbst allein ein Mitglied des Rates der Zwölf ohne Probleme umzubringen.

Ihre Vernichtung konnte nur mit der Hilfe der Teufel und Erzengel erfolgen.

Doch die Gerüchte, das Ritual zu ihrer Wiedererweckung gäbe es noch immer, sterben nicht aus.

Nachtrag:

Ihre Körper sind tiefschwarz und sie bewegen sich auf allen vieren. Sie sind größer als jede andere Dämonenart und schauen stets auf ihre Opfer herab, aus einem Kranz an vielen, weißen Augen. Ihr Blick brennt sich in die Augen ihrer Opfer, wirken so ihre Kontrollmagie aus, welche selbst nach dem Tod des Opfers nicht versiegt. Die Magie lässt sich nur brechen, wenn der Ak'Amjen stirbt.

Sie sind höchst loyal gegenüber Ki'Aja und hören auf keine anderen Befehle. Lasst euch niemals von einem von ihnen erwischen. Sie dürfen euch niemals sehen.

Aetris und Terris

Art der Dämonen:	Alptraumdämonen
Form der Magie:	elementare Magie
Zustand des Verstandes:	instinktiv

Aetris und Terris waren die erste Dämonenart, mit denen Menschen Bekanntschaft gemacht haben. Zuerst wurden sie als Vorzeigeart der Dämonen gehalten. Ihr Aussehen gab ihnen den menschlichen Spitznamen Alptraumdämonen.

Allgemein leben sie gleich: In großen Territorien (Aetris in Gebirgen oder Klippen, Terris in Wäldern) und haben festgelegte Hierarchien.

An ihrer Spitze stehen Großaetris bzw. -terris. Sie sind nicht nur die größten ihres Rudels, sondern auch die stärksten und mächtigsten. Aetris besitzen schwache Luftmagie zur Unterstützung ihrer Flügel, Terris Schattenmagie.

Nach den Großaetris/-terris entscheidet ihre Größe über die Rangordnung.

Ihre Magie hat sich jeweils an ihr Erscheinungsbild angepasst: Aetris sind Luftdämonen. Sie haben eine ledrige, fast weiße Haut und lederne Flügel, sind groß und mit langen Gliedern ausgestattet.

Terris haben verformte, lange Gliedmaßen und schwarzes, hautähnliches Material, welches ihre Körper überzieht. Sie tauchen stets mit Schatten auf.

Menschen sind für sie lediglich Fressen und Spielzeug.

Animeen

Art des Dämons:	menschlicher Tierdämon
Form der Magie:	physische Magie, leichte elementare Magie
Zustand des Verstandes:	menschliche Intelligenz

Jede Animeere wird immer bestreiten, zu den Tierdämonen zu gehören. Sie zeigen in jedem Moment ihres Lebens ihre tierische Seite (sie sind durchaus stolz auf ihre tierischen Merkmale wie Hörner, Flügel, Ohren, etc.), jedoch sehen sie sich durch ihren gesunden Verstand und größtenteils menschliches Aussehen als menschliche Dämonen an. Die Argumentation, sie können sich zu jeder Tages– und Nachtzeit in ihr Seelentier, wie sie es nennen, verwandeln, ignorieren sie äußert gekonnt.

Animeen sind von Grund aus friedlich, weshalb sie nicht in die Unterwelt verbannt wurden und dadurch auch in der Oberwelt leben. Ihre Dörfer sind intern und abseits, tief in Wäldern, um in keine Konflikte mit Menschen zu geraten, auch wenn diese sie nicht jagen und töten wie andere Dämonen. Neben Heilern, Alchemisten und Sehern gehören sie zur akzeptiertesten Dämonenart.

In ihnen vereinen sich die Scheuheit der Tiere und die Neugierde der Menschen: Sie leben unter sich und meiden Menschen, jedoch sind sie von der Lebensweise der Menschen sehr fasziniert und versuchen, sie nachzuahmen.

Asyx

Art der Dämonen:	nicht definiert
Form der Magie:	Seelenmagie, elementare Magie, psychische Tricks
Zustand des Verstandes:	hohe Intelligenz

Asyx Nim und Asyx Nocxj, auch die Asyx des Tages und der Nacht. Sie werden als Zwillingsdämonen bezeichnet; zwei Arten, die sich angeblich aus einer geformt haben sollen.

Asyx Nocxj, im Großen und Ganzen eine ähnliche Art zu den Acqui, sind die stärkeren Dämonen beider Arten. Ihre Seelenmagie ist besonders stark, da sie ebenfalls psychische Magie vollends beherrschen.

Ihre nachtschwarze Haut diente früher als Tarnung. Ihre weichen, federnbesetzten Flügel geben in der Luft kein Geräusch von sich und ihre scharlachroten Augen wirken einschüchternd. Ihre Haare haben mit der Zeit die gleiche Farbe angenommen und trotzdem erschaffen sie die Illusion von brennendem Feuer. Sie stehen auf Platz drei der mächtigsten Dämonen. Genauso sehen sie auf ihre schwächere Schwesterart herab.

Asyx Nim haben das umgekehrte Aussehen: scharlachrote Haut wie flüssige Lava, Augen wie der tiefste Sternenhimmel und ebensolche Haare, die sich über die Narben auf ihren Rücken legen. Auch sie verfügen über perfektionierte psychische Magie, außerdem über das Element des Feuers, dem das Gerücht nachgeht, es sei das Feuer der tiefsten Hölle.

Chameen

Art des Dämons:	Wandlungsdämon
Form der Magie:	–
Zustand des Verstandes:	nicht existent

Seher bezeichnen sie als einzige künstliche Dämonenart. Sie wurden nicht von der Magie der Sechs erschaffen, sondern sind das Resultat verschwindender Magie mit den falschen Worten. Sprich, sie sind stets das Resultat schiefgegangener Rituale und Experimente.

Sie leben einzig im Dunklen, in tiefgelegten Kellergewölben, Tunneln oder Höhlen, meist jedoch Ersteres.

Chameen leben nicht mal mehr instinktiv. Sie töten alles, was sich bewegt und in ihr Sichtfeld kommt. Auf ihren sechs Armen sind sie schnell und können äußerst gut klettern und springen. Ihre Haut ist aschfahl und ihr Körper besteht aus ledriger Haut, die über brüchige Knochen gezogen wurde.

Ihr Verstand wird bei der Verwandlung zerstört, weshalb sie leicht manipulierbar sind. Ihre Krallen und Zähne sind scharf und tödlich.

Sie sind die Dämonenart, die am einfachsten zu töten ist.

Chimären

Art des Dämons:	Tierdämon
Form der Magie:	–
Zustand des Verstandes:	Tierinstinkte

Viele Dämonen bezeichnen Chimären als die Haustiere der Unterwelt. Diese Bezeichnung gleicht in etwa dem Beispiel, einen Löwen, Wildvogel und eine Schlange gleichzeitig zähmen zu wollen.

Chimären sind die Mischung aus mindestens zwei oberweltlichen Tierarten. Erstaunlicherweise sind sie weder ein geglücktes noch ein fehlgeschlagenes Experiment eines Dämons, Wächters oder Menschen. Tatsächlich haben sie sich selbst erschaffen durch eine magiemodifizierte Evolution. Als Thannas, Ki'Aja, Gaia und Terra diese Welt erschufen, ließen sie Magie in der Luft; daraus entwickelten sich die Chimären.

Als dämonische Tierart lebten sie nur zur Zeit der Ära Antamohras auf der Oberwelt, nach dem Untergang und der Verbannung der Dämonen zogen sie sich in abgelegene Gebiete außerhalb dämonischer Zivilisationen zurück.

Chimären sind keinerlei magieaffin, abgesehen von ihrer Erschaffung. Nur sehr wenige besitzen kommunikative Telepathie.

Gorgonen

Art des Dämons:	Schlangendämon
Form der Magie:	Ritualmagie, physische Magie
Zustand des Verstandes:	arrogante Intelligenz

Wenn man eine Art sucht, deren Arroganz ihre Intelligenz übersteigt, fällt das Augenmerk unweigerlich auf Gorgonen. Zurecht.

Ihre Paläste sind allesamt an den Palast der Zwölf angelehnt. Überall Marmor, Quarz, Basalt, Gold und Platin. Sie mögen alles Edle, auch wenn es bei ihnen nur Schein ist. Unter jedem Palast befinden sich Kerker mit missglückten Experimenten und Ritualräume.

Sie sammeln alles Wertvolle, alles, was glänzt und glitzert. Sie sind schlimmer als jede Elsteranimeere. Ihre Paläste sind voll mit Statuen und Gemälden von Menschenhand.

Sie folgen einer strikten Hierarchie: Ihre Großmeister, die schlangenhaften Körper stets in Seide und Goldschmuck eingewickelt, sind mit mächtiger Magie beschenkt worden. Unter ihnen folgen Magienutzer, die ebenfalls hohe Ränge genießen.

Die restlichen Gorgonen haben einen versteinernden Blick und schrille Schreie. Sie werden als Diener und Untergebene angesehen. Sie erhalten lediglich abgeranzte Kleidung.

Das einzige, unerfüllte Ziel der Gorgonen: An die Oberwelt zu gelangen …

Heiler und Alchemisten

Art der Dämonen:	menschliche Dämonen
Form der Magie:	physische Magie, Ritualmagie
Zustand des Verstandes:	menschliche Intelligenz

Diese beiden sind die menschenähnlichsten Arten. Sie leben nicht selten unter Menschen, zwar allein in ihren hölzernen Hütten, die vor Magierequisiten überquellen, jedoch mitten in Städten.

Entweder so oder komplett abseits jeglicher Zivilisation.

Heiler sind die zweite Anlaufstelle der Menschen bei gesundheitlichen Problemen, denn sie verkaufen Heilungen und Salben. Alchemisten helfen bei höheren Bedürfnissen, die Rituale und Elixiere beinhalten. Durch ihre Hilfe sind sie gerne gesehen und dennoch wird ihnen selten mehr als Misstrauen entgegengebracht.

Insgesamt sind sie eher Einzelgänger und brauchen ihre Ruhe und ihren Seelenfrieden vor anderen Lebewesen. Heiler sind nur unter sich und arbeiten selten mit anderen Dämonen zusammen, im Gegensatz zu Alchemisten. Diese arbeiten oft mit Sehern zusammen oder nehmen sich verwaiste Heiler als Schüler.

Ihr Erkennungsmerkmal sind die einfachen, braun-weißen Roben, die sie niemals ablegen oder gar gegen ein anderes Kleidungsstück austauschen.

Ihr Wissen ist auf physische und psychische Bereiche sowie geschichtliche Ereignisse und pflanzliche Magiemethoden beschränkt.

NakTey

At des Dämons: Geisterdämonen

Form der Magie: –

Zustand des Verstandes: getrieben von Überlebenswillen

Vor einer ungewissen Zahl an Jahrhunderten besaßen NakTey manifestierte und überlebensfähige Körper.

Die übergroße Gestalt mit der fahlen Haut getrockneter Algen und der Struktur von brüchigem Leder haben sie beibehalten. Nur sind sie nicht mehr überlebensfähig.

NakTey sind Seelenfresser ohne Sättigungsgefühl. Früher sowie heute wandern sie zwischen Dämonen und Menschen und ernähren sich von ihren Seelen. Ihr Hunger nahm ein unverantwortliches Ausmaß an, ein ganzes Dorf reichte einem einzigen nicht mehr. So befahlen die zwölf Erzengel den Wächtern, sich um dieses Problem zu kümmern.

Die Wächter nähten die Münder der NakTey zu und lösten ihre Seelen von ihren unförmigen Körpern. Die Dämonen sind seitdem gezwungen, sich in menschliche Körper einzunisten, um zu überleben. Außerdem haben sie sich die Fähigkeit angeeignet, ihre Körper zu manifestieren, wenn ihre Seelen in keinem Körper sind.

Heute nisten sie sich in die Körper von kleinen Kindern ein und locken Menschen tief in die Wälder. Durch die schwachen Körper sind sie verletzlich und ein leichtes Ziel.

Nymphen und Sirenen

Art der Dämonen:	Wasserdämonen
Form der Magie:	elementare Wassermagie, psychische sowie physische Elemente
Zustand des Verstandes:	intelligente List

Merke dir eines: Verwechsle sie niemals!

Nymphen, die lieblichen und von Natur aus wunderschönen Erotikdämonen, sind einzig an Quellen anzufinden. Schon ewig stehen sie bei den Männern der Menschen an erster Stelle, schon ewig hat ihnen ihre Schönheit jede Tür in der Menschenwelt geöffnet. Pastellige bis höchst intensive Meerestöne schmücken ihre Haut, mehrfarbige Haare schmiegen sich an ihren wohl geformten Körper und mit den klaren, bunten Augen mit den zwei Pupillen können sie sich alles holen, was sie sich erwünschen.

Und schon immer wurde dadurch der Verstand ihrer Schwesterart, der Verstand der Sirenen vergiftet. Sie sind von Neid zerfressen, Neid und Eifersucht, immer nur Platz zwei zu sein.

Also gingen sie einen Pakt mit den sechs Teufeln ein: Ihre frühere Wassermagie und psychische Magie, die Nymphen sowie Sirenen besitzen, tauschten sie ein. Statt der Wassermagie wollten sie ihr Erscheinungsbild verändern, um schöner als ihre Schwesterart zu werden. Auch ihre psychische Magie konzentrierten sie auf den Aspekt der Hypnose und Manipulation.

Doch ihre nun glatte und farbenfrohe Haut verfaulte wurde und löcherig. Sie verfaulte so wie ihre neidverseuchte Seele.

Seher

Art des Dämons:	menschlicher Dämon
Form der Magie:	psychische Magie (u.a. fortgeschrittene Formen)
Zustand des Verstandes:	hochintelligent und weise

Ein jeder Seher ist mit dem Dritten Auge beschenkt. Es legt ihnen entweder die Zukunft, Gegenwart oder Vergangenheit offen.

Der eigentliche Unterschied zwischen Sehern und Dritten Sehern ist nicht das Dritte Auge, sondern die zwei normalen Augen. Dritte Seher können mit jedem ihrer drei Augen sehen, Seher nur mit ihrem Dritten.

In ihrer früheren Metropole Antamohra sammelten sie all dieses Wissen und pflegten jeden einzelnen Satz mit viel Fürsorge. Diese Aufgabe ist ihnen auch heute noch heilig in dem unterirdischen Labyrinth unter Neterya, welches an jenes unter Antamohra angelehnt ist. Sie ehren jene Zeit auch mit der bunten, seidigen Kleidung, alten Instrumenten und allerlei klingenden Münzen, welche sie an ihren Körpern tragen.

Seher haben eine übernatürliche Ruhe und Konzentration, ein unglaubliches Wissen und einen noch größeren Wissensdurst.

Seher sind noch eine Spur bedachter und ruhiger als Alchemisten, sie teilen ihre Gedanken selten und behandeln ihr Wissen als Mysterium. Nur sie können in die Formen fortgeschrittener psychischer Magie eintauchen.

Trickdämonen

Art des Dämons:	Geisterdämonen
Form der Magie:	physische und elementare Magie
Zustand des Verstandes:	lustig und verspielt

Menschen nennen sie Poltergeister oder Reuedämonen.

Ihre Gestalt ist entfernt von manifestiert: Ihr Leib besteht aus unförmigen Schatten, die sich um einen Kern, ihre Seele, sammeln. Sie sind so gut wie nie in dieser Gestalt und wenn doch, werden Menschen von ihren rot leuchtenden Augen verscheucht.

Sie ergreifen von allen möglichen Dingen Besitz und lieben es, so Chaos anzustellen und Streiche zu spielen.

Sie leben in steinernen Häusern mit einer Feuerquelle, egal ob sie unter Menschen oder Dämonen leben. Niemand weiß, wie sie solche Häuser bauen, in denen nur Trickdämonen wohnen …

Sie wandeln die Wärme des Feuers in Lebensenergie um und können sich das Feuer auf ungefährliche Weise zu Nutze machen.

Sie sind nachtaktiv. Tagsüber ist es unmöglich, sie ausfindig zu machen.

Trickdämonen wollen niemanden ernsten Schaden zufügen, sie sind lediglich verspielt und versuchen, Schabernack zu treiben.

Die Magiearten

Schwarze Magie

Sie ist die dunkelste Magieart und strengstens verboten zu praktizieren. Sie kann ausschließlich für das Böse genutzt werden. Keinem Dämon ist diese Magieart angeboren, sie könnte nur erlernt werden in speziellen Tempeln in der Unterwelt.

Nur die Teufel dürften diese Magie praktizieren.

Es gibt keine Magieform spezifisch für Schwarze Magie, Seelenmagie liegt an der Grenze dunkler zu Schwarzer Magie.

Dunkle Magie

Sie ist die Bezeichnung der Magieart der Dämonen. Der dunklen Magie wird nachgesprochen, fast nur Böses anrichten zu können. Die Wahrheit jedoch ist, dass helle und dunkle Magie ein und dieselbe Magie bezeichnen, nur unterschiedlich benutzt werden.

Sie hinterlässt rote Magiespuren.

Neutralmagie

Sie kann nur von solchen verwendet werden, die dunkle sowie helle Magie in sich tragen und zeichnet sich in blauen Magiespuren ab.

Zur Neutralmagie zählen solche Magieformen, die von Wächtern sowie Dämonen praktiziert werden.

Wesen der Neutralmagie werden als gefährlich angesehen, da sie dunkle sowie helle Magie benutzen können. Sie werden unter stärkere Beobachtung wie die Kinder der Teufel gestellt.

Es gibt kaum Lebewesen, die sie benutzen können.

Helle Magie

Sie ist die Bezeichnung der Magieart der Wächter. Sie wird fast nur für Gutes benutzt, jedoch nicht ausschließlich.

Sie ist das Gegenstück zur dunklen Magie und kaum von Unterschied, lediglich dass sie für Gutes statt für Böses genutzt wird.

Sie zeichnet sich durch grüne Magiespuren aus.

Weiße Magie

Sie wird von den Erzengeln praktiziert und ist das reine Gute. Es ist unmöglich, sie auch nur für das kleinste Schlechte zu verwenden.

Sie wird von den Menschen als Himmelslicht bezeichnet.

Sie zeichnet sich in weißen Magiespuren ab, die einen jeden erblinden lassen, der hineinschaut, bis auf die Erzengel.

Nachtrag:

Teufel können zwar mit Leichtigkeit Schwarze Magie anwenden, jedoch nicht ausschließlich. Auch sie beherrschen jede Form der dunklen Magie und können somit Gutes sowie Böses anrichten. Ansonsten hätten sie nicht am Erschaffen der Welt und der Artenvielfalt mithelfen können.

Erzengel können Weiße sowie helle Magie anwenden und sind nicht ausschließlich gut.

Tatsächlich verwenden Wächter, die Krieger und Gesandten der Erzengel, ihre Magie größtenteils für Magie stark an der Grenze zu Gut und Böse.

Und dabei nicht nur, um die Menschen vor Dämonen zu beschützen.

Die Magieformen

Psychische Magie

Sie wird mit den Gedanken, bzw. der Psyche ausgeführt und betrifft dabei oft noch die Psyche anderer.

Beispiele: Gedankenkontrolle, Kommunikation mit Geistern, Sehen, Telekinese, Hypnose.

Physische Magie

Sie wird aktiv mit dem Körper betrieben, bzw. betrifft den Körper anderer.

Beispiele: Heilen, die Fähigkeit kognitive Fähigkeiten zu verstärken, Gestaltwandlung.

Elementare Magie

Wie der Name schon sagt, befähigt diese Magie, ein Element zu kontrollieren oder Naturgewalten heraufzubeschwören, bzw. zu kontrollieren.

Zu den Elementen gehören Luft, Erde, Wasser, Feuer, Schatten.

Ritualmagie

Hierbei wird Magie mithilfe von Ritualen und weiteren Hilfsmitteln ausgeführt

Es wird beschworen, verwandelt, teleportiert, etc.

Eine Unterart der Ritualmagie ist die Elixiermagie, die mit Pflanzen und Flüssigkeiten Magie ausübt.

Seelenmagie

Mit Seelenmagie können Geister und Seelen beschworen und beeinflusst werden, außerdem ist sie die stärkste und eine permanente Form der Manipulation.

Auch ist es durch sie möglich, Tote wiederzuerwecken.

Kleines Wörterbuch der Alten Sprache

Salem–nira	Gruß, Seid gegrüßt
Ik Ahji	Auf ein Wiedersehen
Shibbin	Meer, Wasser
Shibbi	See, Teich, Fluss
Annin	Land
Anni	Stadt
Zen	Herz
Tey	Seele
Yira	Blut
Kaya	Schwester
Lerro	Bruder
Net	Stadt
Reixe	König/in
eden	sein
Raska	Spion, Verbrecher, Dieb (ebenfalls eigenes Volk)
Hexje	beschwören, zaubern
Hexj	Zauber, Magie
Raskyje	verbannen, verbrechen, spionieren
L'Annin	Insel
Itha	Tochter
Etho	Sohn
Antamohra	allsehend
Antamehri	allwissend

Aje	Mein, mir
Deje	dir, dein
Nejx	nicht, nein
Ista	allein, einsam
Yyn	Mond
Hymno	heilen
Sezjen	Fluss
Dan	Bezeichnung eines Freundes oder Verbündeten
dämon	Dämon
symbiosze	Symbol
het	hoch
mohra	Seher/–in
Hehje	Heiler
Kamaye	Alchemist
Myre	Auge
he	und
ri	Ihr/sie
is	ich
iye	du
keshem	Fall, Zerstörung
irem	Ritual
dehj	bekannt
li	aus, heraus
end	Welt

L'Annin dämon–hexje	Insel der beschworenen Dämonen
L'Annin dämon–raskyje	Zirkus der dunklen Künste / Insel der verbannten Dämonen
Irem raskjan li dehj end	Ritual zur Verbannung aus der bekannten Welt

Danksagung

Wow. Und damit geht diese Geschichte zu Ende … Was für eine Reise. Mit so vielen Up und Downs, Zweifeln und Nervenzusammenbrüchen, Spaß und kleinen Freudensprüngen, immer, wenn ich einen lachenden Smiley von meiner Lektorin gesehen habe.

Vielen Dank an alle, die mich bis hierhin unterstützt haben. Sich mein Gejammer angehört haben, meine Flüche und Drohungen, einfach alles zu schmeißen. Und weder mich, noch mein Projekt aufgegeben, sondern mir durch diese Phasen geholfen haben.

Besonderes danke an euch, Jamie und Knig. Ich glaube, ohne euch läge dieses Buch irgendwo im Müll …

Und ein großes Danke an alle, die mir beim Schreiben oder dem Drumherum geholfen und mich motiviert haben. Meine Eltern, Lara, Jojo, Hannah, Base und Anna. Das bedeutet mir unglaublich viel. Und ich entschuldige mich für die vielen Snaps vom Lektorat. Ich hoffe, ihr fandet sie wenigstens etwas unterhaltsam :D

Dieses Projekt bedeutet mir sehr viel und ihr habt mir geholfen, es zu verwirklichen.

Und natürlich danke an euch Leser, dass ihr nach *checkt Kalender* … ahem. Zwei Jahren zum zweiten Teil gegriffen habt. Ich hoffe, Iskas und Derryks Reise hat euch gefallen :)

Und ich hoffe, wir sehen uns in meinem nächsten Projekt wieder!

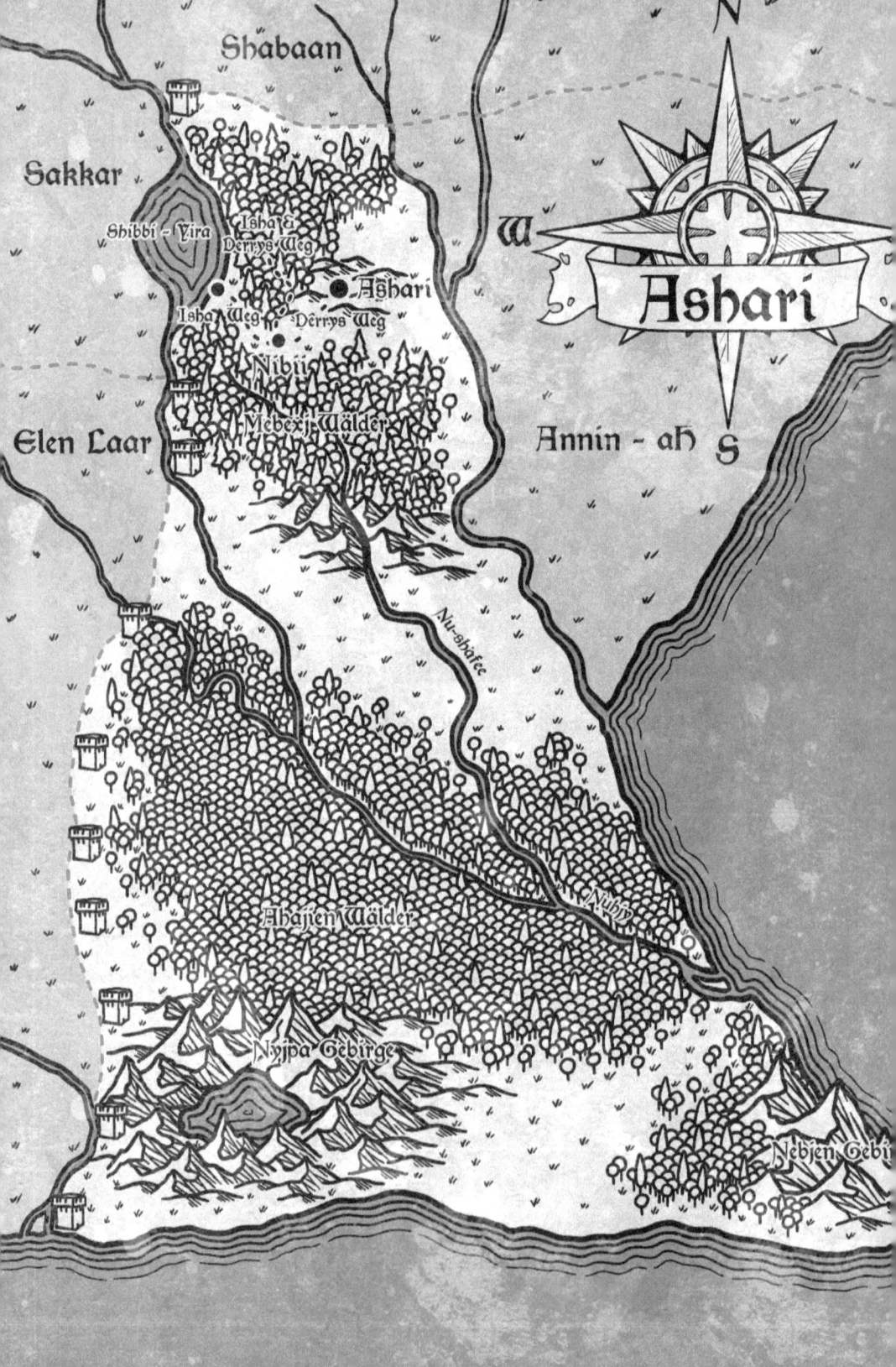